致命巔峰

BREATH
LESS

艾米．麥卡洛克 著
林柏圻 譯

獻給安格斯——
最棒的爸爸、我的頭號讀者和最大粉絲

序言

登頂日

呼吸，塞西莉。

冷空氣灌進她的肺。很奇怪，她曾想像在這個海拔高度上呼吸時，會感覺透不過氣，快要窒息。或許某種程度上就像溺水一樣。

但事實上並非如此。

從她的脖圍到墨鏡間，她可以感覺到寒風刺痛她臉頰上露出的一小塊肌膚。接著一股更猛烈的強風向她的身體襲來，幾乎讓她跪下。

高山上雖然有空氣，只是不像平地習以為常的那樣。

她精疲力竭，拖著身體在雪地裡掙扎著往前。不只是她的肌肉，她的血液、肺部和大腦都感到非常疲憊。

原因很簡單，空氣中的含氧量過低，份量不到她身體習慣的三分之一。手錶上的高度顯示，她現在仍在八千公尺之上，在死亡地帶裡。

她的心臟跳得很快。她回頭看了看，道格跟在她後面嗎？她停下腳步，一個巨影就在她身後幾公尺，大步踩在剛下的雪上，跟蹤、追趕著她。不……她眨了眨眼，意識到原來那只是山腰上的一朵雲影。

腦中氧氣不足時，連她自己眼睛所見的都不可信。

所以道格跟來了嗎？還是他在前面的路上等著？

她以為自己的心臟不可能再跳得更快了，但她的心確實繼續在胸口狂奔。她大口吸入稀薄的空氣，呼吸也更加急促，感覺頭暈目眩，幾乎要昏厥。

道格在後面或前面又有什麼差別？

晚點再擔心他吧，現在先想想要怎麼活下去。

她以身體能力所及的最快速度移動。只要走錯一步，就會跌落幾千公尺。而鬼魅般的腳步聲，也如影隨形地縈繞她身後。

她必須走下這座山。

而她只能靠自己了。

草稿一

成功登頂世界十四高峰：一位登山界的傳奇人物

作者：塞西莉．王

在平地上，查爾斯．麥克維就是一個尋常男人，但若把他帶到八千公尺以上的死亡地帶，便會見識到他超乎常人的一面。

他在〔插入日期〕登上馬納斯盧頂峰時，達成了許多人認為不可能的任務：一年內，以無氧且不使用架繩的方式登上世界十四座最高山峰，鞏固了他作為當今最偉大登山家的地位。

然而，比起他登山的成就，更令人讚賞的或許是他在登山過程中的大膽救援行動。在十四座山中的第三座山——道拉吉里峰上，他曾帶頭營救一對被困在四號營上方的義大利兄弟。最後救出兄弟中的其中一人，另一人不幸因傷勢過重死亡。

這對兄弟當時已經在低溫和稀薄的空氣中度過一夜，即使僅救回其中一人也仍是個奇蹟。若非查爾斯身強體壯到有辦法在下坡時掉頭，從三號營地返回山上，兄弟倆恐怕都活不下來。救援隊的其他人花了將近十四個小時才和他們會合，若等到那時，早已無可挽回。

這次事蹟連同其他在聖母峰、布羅德峰和卓奧友峰的救援行動，開始讓查爾斯受到全世界媒體的矚目。

到底是什麼造就了查爾斯，讓他成為如此出色的登山家？我很幸運能參與查爾斯的最後一次任務，和他一同攀登馬納斯盧峰。接下來就讓我們一探究竟。〔插入後續採訪內容！〕

1

在泰美爾一間窄小的旅館房間裡，塞西莉啪一聲地蓋上了她的筆電。這裡是尼泊爾，加德滿都的主要觀光區，街道上到處掛滿了祈禱的經幡。塞西莉的文章開頭不太順，但早點把東西寫下來多少能讓她緊張的神經稍微放鬆，對著薄弱的標題句塗塗改改總比面對空白頁面好得多。

她一度認為她人生中最恐懼的就是空白頁面，如今多虧了查爾斯·麥克維，她即將面對更加恐怖的挑戰。

世界第八高峰的死亡地帶。

昨晚在「湯姆和傑瑞」酒吧玩了一晚後，她頭痛欲裂。本來她不打算喝太多的，但來自美國的隊友札克付錢請客。現在看來，宿醉就是和他建立關係所付出的一點代價。這次的登山冒險，她需要全力以赴；但才一開始，她就表現失常。

一陣急促的敲門聲催她起身。她打開門，讓探險隊隊長道格·曼尼斯和主要嚮導明瑪·拉克帕·雪巴進房。他們昨天在機場已經見過面，道格的一頭白髮和在山上曬黑的皮膚形成鮮明對比，她一眼就認出了對方。但今天他駝著背，看起來很疲倦……一點也不像她想像中的那個勇猛登山先鋒，英倫登山界的傳奇人物。她讀過很多道格在高山上的輝煌成就：他曾經從聖母峰南側和北側五度登頂，並多次首登喀喇崑崙山脈和安第斯山脈一些比較不為人知的山峰。他曾在世界頂尖的高海拔商業探險公司「極限巔峰」擔任嚮導多年，後來才開創他自己的個人事業：曼尼斯登山公司。他最為人所知就是他一絲不苟的態度，還有對安全的高度重視。

他身旁的明瑪則是個瘦小的男人。不過塞西莉知道，他已經攀登過十五次聖母峰，她實在難以想像完成這種壯舉需要多少決心和勇氣。

「都準備好了嗎？」道格問。

「我想是的。」她翻開她印出來貼在筆記本封面的裝備清單，同時讓他們進房檢查雙人床上擺放整齊的裝備。那天早上她已經檢查了幾十遍，仔細標出每樣規定攜帶的物品。她什麼都沒忘，什麼都帶了。

這一次，在這座山上，她下定決心要做好萬全準備。

「今天早上還好嗎？」明瑪使了個眼色問她。昨晚還好有他在計程車上為尼泊爾司機指路，塞西莉才得以在他的幫助下順利回到飯店。

「很好！」她勉強擠出微笑。他拍了拍她的手臂，沒再多說什麼。

她看著道格以挑剔的眼光審視她的裝備。他拿起其中一隻鞋，檢查鞋底。這雙超大的鞋子是用來攀登八千公尺高峰的登山鞋，有三層內裡，外面包著蜂黃色的及膝綁腿。鞋子是全新的，還沒穿過。它們將在極度寒冷的環境中扮演關鍵角色，保護她的腳趾不被凍傷。但鞋子真的很大，大到她得加上額外的鞋墊才能合腳。像登山服和登山靴等等的所有高海拔登山裝備幾乎都是為男性身體量身訂做，所以它們全都得經過調整才能符合她的體型。

「再次謝謝兩位讓我參加這次遠征。」她說：「我知道你們一直都在支援查爾斯攀爬十四座山的任務，這次帶著一般客戶和你們上山或許有點奇怪。」

「這是我們的榮幸。」明瑪說。他笑起來的時候，稀疏的小鬍子在他鼻下騷動，溫暖的性格與道格的陰沉形成鮮明的對比。道格繼續檢視橘色手把的冰斧和安全吊帶，他的眉頭鎖得更深了。

「我希望這個安全吊帶沒什麼問題，」塞西莉說：「我上網谷歌搜尋了最好的登山安全吊帶，它的評價很好。」

「是沒什麼問題，但如果可以繞過腿部會更好。」

她的臉漲紅，「哦，我先前不知道。」

「妳應該先問一下。在八千公尺的高山上，谷歌是救不了妳的。」道格把安全吊帶放回床上，小心地不讓繩子纏在一起。「我在帶登山隊的時候，通常只會帶有合適經驗的登山者。你永遠不知道山上會有什麼預期之外的狀況，在山上置於險境的不是只有你一個人的性命而已。」

「這也是我在先前的登山經歷中學到的功課，」她試著壓抑自己緊張，「我其實在網路上寫過關於那次經歷，不知道你有沒有讀過……」

道格面無表情地說：「我不太上網。」

「噢，當然你不太上網。我只是想說你或許讀過那篇文章，因為查爾斯說那正是他邀請我參加這次任務的原因……」她為自己提起這件事感到尷尬，但同時又很慶幸，至少同行人中有個人完全沒讀過那篇現在已經聲名狼藉的爆紅部落格文章〈無功而返〉，她在文章裡敘述了自己所有**未能**成功登頂的登山經驗。札克那晚發現她就是文章作者時，在酒吧裡堅持要再請她喝一杯。

「妳這裡看起來沒什麼問題，我得去看看其他人的狀況。」道格說。「妳打包好了就把行李留在房間裡，明瑪會把它們拿下來。十一點整在大廳見，我們要去機場。」

塞西莉挺直了腰桿，「知道了。」她看著自己準備打包的大量裝備，她一生的積蓄都在這裡了，她所擁有的一切都在這張床上。她和明瑪對看，「你覺得我會不會帶太多東西了？」

明瑪笑了。「你該看看札克先生的清單，我想他打算帶著孩子的相簿登頂，妳打算帶什麼上去呢？」

她咬了咬下唇。「老實說，我還沒想到那麼多……」

「沒想那麼多？」他吃驚地眨了眨眼。「泰美爾到處都有賣旗子，妳要不要去買一面？還有一點時間。」

「真的嗎？好主意！謝謝你，明瑪。我這裡整理完就去。」

明瑪低頭跟著道格走出了房間。塞西莉把衣服摺成方塊疊進背包裡，再次檢查清單上的每項物品。

清單上並沒有「登頂旗」這一項。她當然應該帶點什麼上山頂的，這樣拍照的時候才有東西可以拿在手上。為什麼她先前沒想到這件事呢？

當她走到熙攘的街道上，答案再清楚不過了。

因為妳不認為自己做得到。

2

塞西莉買了一面小型英國國旗之後，走回旅館。一推開門就看見札克手裡拿著一支手機，迎面朝她走過來。「看，這是我其中一個隊友！」他大喊。

那晚離開酒吧之後，她一回到飯店就上網搜尋札克，才發現他是「前進通訊公司」的執行長，那是一家位於加州佩塔盧馬的高科技通訊公司。

「跟西莉亞打聲招呼吧！」

「是塞西莉！」她邊說邊揮手，向札克手機螢幕上一群開心的金髮小孩打招呼。

札克把手臂搭在她肩膀上，拉近兩人距離，好讓他們同時出現在畫面中。「我的腦袋還因為時差轉不過來。孩子們，這是塞西莉！她是世界頂尖的記者，正在寫一篇關於查爾斯的報導。」

聽到札克這樣描述她的工作，她的表情有點古怪。儘管描述得不太正確，但她並沒有糾正，札克似乎也沒發現她的不自在。

「那個登山勇士！」最小的男孩叫著。

「沒錯，小子，就是我們的喜馬拉雅超人。好啦，孩子們，我很愛你們，但我得先走了。山在等著我呢！」他掛上電話，大聲嘆氣。「我可能有好一段時間不能這樣跟他們通話了，感覺很怪。妳打電話給家人了嗎？」

「老實說，我覺得他們比較想在我安全歸來後才聽到我的消息。」

「我懂。噢，看看誰來了！」札克指向她肩膀後的電梯門。「那不是查爾斯嗎？」

塞西莉轉頭一看，感到胃裡一陣翻攪。「就是他。」

不管在哪個空間裡，查爾斯・麥克維都是讓人難以忽視的存在。即使這個飯店裡擠滿一群即將啟程的登山者，他依然在眾人中鶴立雞群。身材高壯的查爾斯不像大多數登山者那樣四肢瘦長。他身穿天藍色羽絨外套，手臂上印有前進通訊公司的標誌，胸口和棒球帽上都繡著他名字的縮寫CM，字母M還設計成山脈的形狀。

札克站在塞西莉身旁，即使抬頭挺胸，挺直腰桿，身高也還不到查爾斯的肩膀。不過她了解那種想讓對方留下良好印象的渴望，畢竟查爾斯・麥克維本來就是登山界赫赫有名的人物，而且他很快將會成為登山界的傳奇人物。他即將完成的挑戰是一項史無前例、可以說是幾近不可能的壯舉：以不使用隨身氧氣的阿爾卑斯式攀登，爬完世上僅有十四座高度超過八千公尺的山，而且還是在一年內達成。

這項任務，他稱作「登頂十四」。

大多數登山者都像塞西莉、札克或其他隊友一樣，採用遠征式或稱「極地包圍法」的方式進行攀登。這種方式善用一切有利資源來完成安全上山和下山的任務。這些資源包括揹工、架繩、梯子、用餐帳篷、氧氣瓶、密集的高度適應訓練，以及雪巴嚮導一對一的帶領。查爾斯的方式則是捨棄這一切，以最純粹的方式登山。

查爾斯就是塞西莉之所以出現在加德滿都的原因。他已經答應塞西莉，一旦他達成任務，就讓她進行獨家採訪。這次專訪毫無疑問將會是她人生最重要的一篇報導，也是一篇決定她職業生涯的作品。

一看到查爾斯，塞西莉便開始從背包裡摸索她的筆和筆記本。她回想起編輯蜜雪兒得知她獲得採訪機會時有多麼興奮，能獲得世界最知名登山家的獨家專訪對《野生戶外》雜誌而言絕對是大有益處。

但蜜雪兒似乎下一秒就開始懷疑她的能力。

「妳真的認為妳辦得到嗎？」她問。塞西莉確信她的編輯比較想讓詹姆斯這樣的人來做這篇報導，而不是她。詹姆斯是塞西莉當時的男朋友，也是知名的探險旅行記者。不過這個重責大任偏偏落在塞西莉這個以登頂失敗出名的作者身上，而且查爾斯還開出了一項特別的條件。塞西莉得和他一起登上馬納斯盧山頂才能得到專訪。

難怪蜜雪兒會有疑慮。

「我會盡力的。」她回答道。

蜜雪兒嘆了口氣，「盡力是很好，只不過……妳聽我說，我和這裡的團隊談過了。我們是想要這篇報導，但在妳交出稿子之前，我們無法支付妳任何費用。」

這無疑給了塞西莉沉重的一擊。「妳是認真的嗎？我根本不可能負擔所有的支出啊！我需要機票錢、訓練費，更不用說那些裝備和探險隊的費用……」其實不只這些，但塞西莉盡量不讓自己聽起來像是走投無路，試圖想保持一點專業的形象。

「如果妳能同時報導登山的過程，我或許可以提供旅費和一些額外的支出，但其他部分……很抱歉，塞西莉，妳得自己想辦法。」

「可是詹姆斯去南極洲的所有費用都是你們負擔的！而且這次採訪比那篇南極洲的報導重要太多了，妳自己也說這是一輩子難得的機會。」

「詹姆斯是我們最頂尖的記者之一，他的實力是有目共睹的。而妳……」

「而我不是。」

蜜雪兒並沒有立刻糾正她的說法，因此出現了一陣尷尬的停頓。塞西莉的腦袋正在高速運轉著。她需要這次採訪來打開事業的大門，但現在聽起來她得賭上身家財產才能讓這一切發生。「那如果就照妳們說的條件去採訪呢？」

「如果妳去採訪了，我們最後會付錢，而且妳未來會得到更多的報導機會。相信我，我的員工裡有越多女性有色人種對我來說越好。說真的，只要妳好好完成這篇報導，我相信它絕不會只是《野生戶外》裡的一篇文章而已，它會變成一本書、一部電影。這會為妳的職業生涯帶來重要突破，是難能可貴的機會。」

塞西莉的呼吸緩和下來，很慶幸蜜雪兒願意支持她，儘管支持的原因是來自她白皙的外表配上父親的中文姓氏，讓她成為這個社會中最容易被接受的一種多元化版本。不過，編輯的話言猶在耳，不僅是因為她提到正面的事業發展機會，也因為她沒說出口的負面影響。也就是說，如果她失敗了，她身為冒險旅行記者的職涯也會跟著終結。她會回到原點，汲汲營營於那些幾乎只夠基本生活開銷的作品。如果她這次失敗，那就不會只是沒成功登頂而已。

而是在職涯中完全失敗。

她會沒辦法湊足租房子的押金。

原本只是一篇文章標題的〈無功而返〉，將變成真實世界的「無以生存」。

❖ ❖ ❖

查爾斯漫步到大廳裡的皮製扶手椅旁。「來吧，趁他還沒被粉絲圍攻之前，我們趕快過去跟他打個招呼。」札克話還沒說完就走了過去，塞西莉還在後面找她的筆。相隔幾個月後第一次看到查爾斯本人，讓她想起了即將面臨的挑戰。

她將首度攀登八千公尺高峰，世界最高峰之一。也是其中最危險的一座。

她克制逐漸襲來的恐懼感，跟著札克走過去。

「你好，能來這裡真是太棒了！」札克熱情地和查爾斯握手，非常崇拜他的樣子。「我很榮幸能加入這個團隊。」

查爾斯把手放在胸口。「這是我的榮幸，請坐。塞西莉，也很高興再見到妳。」

「我也是，真不敢相信這趟冒險真的要開始了。」她拿出筆記本，「你介意在等待登機的時間回答幾個問題嗎？」

查爾斯笑了起來，「妳想現在採訪，是吧？我們當初講好的可不是這樣……」

塞西莉露出微笑，希望試著讓他改變主意。「我想，既然我們還不算真的上了山，或許可以讓我提出幾個行前問題？」

他搖搖頭，無動於衷。「把筆記本收起來吧！我帶妳來這是為了讓妳體驗真實的探險。」他挑眉，湊近身低聲說：「好好享受吧！」

「抱歉打擾了，查爾斯。」

一位略帶德文口音的年長婦女向他們走了過來。查爾斯起身，在她的雙頰上各吻了一下。「凡妮雅！妳好嗎？來，這位是札克·米契爾，他是前進通訊的執行長，這是一間創新的科技公司。這位是塞西莉，是我選定和我一起上馬納斯盧的記者。為了了解登山過程的全貌，她也會上山，而且直到登頂前都不會有採訪，對吧，塞西莉？」

她的笑容褪去，停頓了一下才回答：「對。」

凡妮雅打量著塞西莉。「真了不起！」

「這位是凡妮雅．狄特瑪，她在加德滿都負責喜馬拉雅資料庫的維護，我所有在尼泊爾的登頂紀錄都是她為我驗證的。」

「這是我的榮幸，查爾斯。」

塞西莉與這位女士握手，然後在筆記本裡草草寫下她的名字。

「我來這裡是要登錄所有團員的詳細資料，這樣之後就可以為你們的登頂紀錄認證。可以從妳開始嗎，塞西莉？」凡妮雅在塞西莉身旁坐下，把她的筆電放在前面的矮茶几上。

「喔，我不太確定……」

「妳想留下歷史紀錄，對吧？」

塞西莉停頓了一下，「如果我成功達成任務的話。」

「妳沒問題的！」凡妮雅說。「和查爾斯在一起最安全了，要是遇到任何狀況，他會出手救妳的。」

查爾斯微笑著說：「凡，妳這麼說真是客氣了。在卓奧友峰之後，我真的希望這趟爬山別再遇上什麼麻煩了。」

「噢！查爾斯，你太謙虛了。大家最愛聽的不就是這種英勇救援的故事嗎？」女人朝他眨眨眼。她打開筆電，手指在鍵盤上飛舞，塞西莉好奇地靠了過來。喜馬拉雅資料庫成立的目的是為所有試圖在尼泊爾登上八千公尺高峰的登山者留下紀錄。「英國女性登山者？」她問塞西莉，塞西莉點點頭。凡妮雅敲了幾下鍵盤，螢幕上便出現了所有曾經登上馬納斯盧峰的英國女性名單，第一筆登頂紀錄是在二〇〇八年。塞西莉快速地眨了眨眼，對於人數如此寡少感到震驚。如果她登頂成功，她的名字也會成為這少數人中的其一。這又再次了提醒她，前方的任務有多麼艱鉅。

「有些名字旁邊標有星號，那代表什麼意思？」塞西莉問。

「喔，那是標記出登山者只靠近了頂峰附近，但並未真正登頂的年份。」凡尼雅解釋。「有幾年通往真正頂峰的路真的太難走了。」

「我們今年會成功的，」查爾斯說：「別擔心。」

「塞西莉？」明瑪看了她一眼，示意要她過去。他身旁的年輕女子穿著螢光黃色的細肩帶運動上衣和紫色緊身褲，臉上唯一的妝容是嘴上鮮艷的口紅。

讓塞西莉又驚又喜的是她認得這個女生！她是法裔加拿大網紅登山家，艾莉絲．高堤耶。塞西莉自從開始探索登山界就在社交媒體上追蹤艾莉絲，她的招牌特色就是在高山上穿著亮麗的衣著配上大膽的珠寶首飾，所有照片和影片都很搶眼，色彩飽和度高、構圖完美，眼光獨到。

塞西莉忍不住展開笑容。「喔，我的天啊！艾莉絲？」

「我正是！」艾莉絲把墨鏡推到髮後，眉開眼笑地說：「我認識妳嗎？」

「抱歉，我是塞西莉．王。我在 Instagram 上有追蹤妳，我真的很欣賞妳。妳也來爬馬納斯盧嗎？」

「我和查爾斯一起上山，妳也是吧？」

「我也是，有妳在隊上真是太驚喜了！」

「我也覺得有妳真是太好了！」她靠了過來，在塞西莉雙頰上各親了一下，然後緊抓著塞西莉的手臂。「我還以為會跟平常上山一樣，只有我和男生們呢！這樣我們兩個可以待在一起！」

「我有東西要給妳們兩位。」明瑪說。他把手伸進包包，拉出滿是佛教圖騰的長長橙色布條。他在塞西莉的脖子上圍了一圈，「這是哈達，祝福妳在山上一路平安。」

塞西莉的指尖滑過手中的絲質布料。飛往尼泊爾的班機上，想到要和其他不認識的隊友見面，她原本感到有些焦慮。札克是有那麼點傲氣，但經過昨晚的相處，塞西莉感覺他挺友善；現在又有像一道明亮陽光的艾莉絲，讓她感到溫暖。塞西莉心想，如果這就是她的隊友，她應該可以成功達成任務。

酒店的門推開，道格走了進來。「車子到了。」他舉起手，默默數著人數，然後皺起眉頭。「明瑪，他還沒下來嗎？」

「我還沒看到他。」

道格生氣地看著手錶，時間已經過了十一點。

「有人還沒到嗎？」塞西莉問明瑪。

「對，我們還有一位團員，他是最後一刻才加入的，叫做——」

明瑪話還沒說完，電梯的鈴聲就響了。一個戴著墨鏡的男人從裡面跌跌撞撞地走出來，脖子上掛著一台高檔數位單眼相機。他朝大廳角落裡的咖啡廳直奔，但道格攔住他。「沒時間了，格蘭特。我們現在就得出發。」

「真的嗎？我只要一杯咖啡就好了……」

塞西莉挑起眉毛，看來這是他們的另一位英國隊友。他的年齡大概和塞西莉差不多，也有可能比她年輕。不過他口中的上流社會口音和他凌亂的外表實在完全不搭。他一副像是剛從酒吧裡走出來的樣子，原本嘴歪臉斜的，但一看到查爾斯，表情就立刻變了。

「哦，兄弟，你在這！真高興看到你，我昨晚真的醉倒了，在夜店裡找不到你，結果一覺醒來在一家饃饃餐廳裡。真好笑！你準備好要上山了嗎？」

「我永遠準備好要上山。」查爾斯皺眉。他並沒有上前和格蘭特握手，不像先前他對札克那樣。格蘭特看來也不以為意，他們顯然已經認識了。塞西莉原本在隊友身上找到的那份安全感開始動搖。格蘭特的態度舉止讓她想起大學時代那些傲慢的紈褲子弟，在校園裡晃來晃去的，好像每個地方都是他們家的一樣。也許是道格的不悅影響了她吧，不過格蘭特看來反正也不在乎。

「真迫不及待要用相機記錄一切，捕捉每一刻。」

道格咳嗽。「好了，各位，我們走吧！」

「等一下！」艾莉絲說，「凡妮雅，妳能幫我們所有人拍張合照嗎？」

他們所有人上前聚集，明瑪發下其餘的橙色哈達。查爾斯站在正中間，比其他人高出一個肩膀。七個原本互不相識的人就這麼湊在一起，接下來一個月，他們將試圖登上世界上最大、最危險高山之一。

塞西莉只希望自己準備好了。

3

一拍完照，查爾斯就離開隊伍。「再見！旅途平安！」

「你不和我們一起去嗎？」

「不，我會晚點去，我在加德滿都還有一些行政事務要處理，況且我也已經完成高度適應了。」其他人走向等待中的接駁車，但塞西莉留在原地不動。

「來吧，塞西莉，我們得走了。」道格說。

她的目光在道格和查爾斯之間遊移，查爾斯似乎感覺到她的擔憂，於是走向塞西莉，拍拍她的肩膀。「別擔心。」他靠過身來，在她耳邊說：「我們在山上有很多時間可以聊。」

查爾斯的動作安撫了她的疑慮，於是她點點頭。

❖ ❖ ❖

很難想像她不到一年前才第一次聽聞查爾斯・麥克維的大名。

她記得很清楚，那是去年十月一個寒冷的早晨，下著傾盆大雨，車上的雨刷猛烈地刷著擋風玻璃。

「從他的眼神就可以看得出來，他會做到的。只要他在明年春天出發前募集到所有資金，他就能輕易打破紀錄。」詹姆斯說。

為了參加著名的國家三峰挑戰賽，她和詹姆斯從倫敦一路開車北上到威廉堡。他們必須在短短二十四小時內，登上蘇格蘭、英格蘭和威爾斯三地的最高峰。好吧，負責開車的其實是班，詹姆斯的朋友兼同事，因為她和詹姆斯必須保留體力爬山。當時塞西莉極度緊張，擔心著天氣、自己的體能和前方艱鉅的任務，而詹姆斯正試著讓她放鬆。不過也只有詹姆斯才會以為告訴她世界上有人正在進行幾乎不可能達成的登山任務能讓她減輕焦慮。他很貼心，但這完全無助於幫她放下心中的焦慮。

「中國政府最近關閉了希夏邦馬，他得拿到許可證才行。」班加入了他們的對話。班的身材高大，開車的時候得彎腰駝背才能握住方向盤，看起來很不舒服。

「他會得到許可證的。他們如果拒絕就太傻了，畢竟他為整個登山產業帶來的宣傳效果實在太驚人了。」塞西莉雖然很擔心挑戰賽，但她很喜歡看詹姆斯如此興致勃勃的樣子。他難得那麼熱情地稱讚別人。對這些高知名度的登山者，他通常是第一個提出批評的。她不得不承認，詹姆斯的這種熱忱引起了她的好奇心。

「所以他到底有什麼特別之處？你說他叫什麼名字？」塞西莉靠向前座問。

「查爾斯·麥克維。」詹姆斯說。

「山上不是一直有人在破紀錄嗎？」

詹姆斯從後視鏡中和塞西莉對看，不以為然地說：「妳在開玩笑嗎？紀錄不是這樣破的。如果查爾斯完成了他的任務，那將會改變所有的遊戲規則，而且不只光是在登山界而已。他這是在挑戰人體極限，向世界展現人類的能耐，是超屌的境界！」

「聽起來很酷。」她說。

詹姆斯露出奇怪的表情，塞西莉知道「酷」這個字可能太輕描淡寫了。

「我在《登山網》報導了他『登頂十四』的聲明，但他應該得到更多關注的。真希望我能讓《國家地理》或《野生戶外》提起興趣做一篇大報導，到現在還沒有人從他那裡得到獨家報導過。」

詹姆斯和班繼續談論查爾斯有多厲害，她在後座上網搜尋查爾斯的社群網站，想知道詹姆斯對這個人的熱情和景仰從何而來。她對查爾斯的照片中廣闊的山景和穿越聳立冰柱的駭人路徑感到驚嘆。她這輩子只上過一座山，就是坦尚尼亞的吉力馬札羅山。那座山不像查爾斯爬的那些山那麼高，但那座山對她來說就已經夠難了。

「那他為什麼要特別選這十四座山來爬？」她問詹姆斯。

「它們是世界上僅有的十四座高於八千公尺的高峰，都在喜馬拉雅山區，是屬於『死亡地帶』的高峰。事實上，你的身體在那個海拔高度上的每一分鐘都在死亡。大多數人會攜帶隨身氧氣，但查爾斯卻沒有，他是純粹主義者。」

「那為什麼查爾斯可以不帶氧氣？」

詹姆斯繃緊了下巴。「我也不知道，我真的很想問他，但我寫的 E-Mail 他完全不理。」

「那我也應該寫給他看看。」班說。

「你他媽的敢寫試試看。」詹姆斯大吼。

班立刻雙手離開方向盤，做出投降的姿勢。「開玩笑的啦，兄弟！你會得到專訪的。你也知道這些登山的人都很迷信，他大概在任務完成前都不想跟別人說吧？」

「你也是呀，詹姆斯，你腳上穿的不正是那雙你穿去阿空加瓜山的襪子嗎？」她調侃他，想讓氣氛變得輕鬆點。詹姆斯和班總為了報導相互競爭，但他們也共同經歷了許多冒險。他們倆去登南美洲最高峰時，塞西莉二十四小時都在焦急地等待消息。最後他們成功了。儘管塞西莉當時和他們相隔遙遠，安然無恙地待在她和詹姆斯的倫敦公寓裡，她也還是能感受到他們登頂時的興高采烈。這是她初次見識到所謂的「登頂熱」，那種無論如何都要到達頂峰的衝動。

「我最可靠的登頂幸運襪。」他眨了眨眼。「跟護身符一樣。」

「除了在吉力馬札羅山那次。」她搓搓他的手臂。「我還是覺得那次很難過，希望我這次不會讓你失望。」

他把手伸到後方，牽住她的手，緊握她的手指。「這次不一樣，這裡沒有高海拔的問題。寶貝，妳已經做了訓練，妳沒問題的，什麼都別擔心。」

可是她的狀況很不好。他們已經在二十幾個小時內連攻蘇格蘭的本尼維斯山和英格蘭的斯科費爾峰，在漫長的車程中也無法好好休息或睡一覺。到了挑戰的第三關，也就是威爾斯語稱作「鐘狀山」的雪墩山時，塞西莉已經神智不清、精疲力竭了。在暴風和傾盆大雨的襲擊下，她冷得發抖，無法再繼續前進。此時，他們正身處威爾斯語稱作「紅刃」的山脊，沿著被水打濕的岩壁往上爬。

「我不行了。」她告訴詹姆斯。「說真的，你先走吧。如果現在就走，你還是可以在二十四小時之內完成挑戰。」

「塞西莉，我不會丟下妳的。」他停在頂端往下看。塞西莉的手抓不牢石壁，掙扎著要往上爬到他那裡。

她搖搖頭，「沒有用的，我沒辦法繼續了。我會回車上等你，車子離這裡不遠，班的保溫瓶裡有熱茶。拜託，我不希望吉力馬札羅山的事情再次發生。」

她看到詹姆斯臉上天人交戰的表情。那次在吉力馬札羅山，詹姆斯就這麼陪她一起下山了，但這次他能完成挑戰賽的。「如果妳確定要這麼做的話……」

「我確定。你看，雨應該快停了，我會沒事的。」她全身濕透，手指凍到抽筋。

詹姆斯給了她一個飛吻，「直接回車上，好嗎？這裡的訊號有點斷斷續續，我沒辦法打給妳得知妳的狀況，但幾個小時之內，我應該就會攻頂下山。」

「知道了，現在就走吧！」她說。詹姆斯立刻繼續前進。

塞西莉最後並沒有回到車上。詹姆斯離開後，她目睹了一件往後將在她回憶中揮之不去的事。

她眼睜睜看著一個女人從岩石上摔了下去。

這是她一生中最可怕的幾個小時。她在那裡等待救援，吹哨子告知救援隊她們的位置。

「妳真勇敢！」詹姆斯和她會合的時候這麼說，緊緊將她抱緊。她不覺得自己有什麼偉大的，她所做的不過就是等待救援而已，根本救不了那個女人，也無法阻止已經發生的事。

他們回到倫敦後，詹姆斯寫了一篇關於這次意外的文章，並且在文中稱她為「雪墩山的英雄」。塞西莉真希望詹姆斯沒那麼寫，內心的羞愧感令她備受煎熬。於是她做了一件對她來說再自然不過的事。她開始寫作，把自己的經歷和故事訴諸文字，最後寫出一篇坦誠且發自內心深處的部落格文章：〈無功而返〉。她在文中寫下自己對當時所見之事的震驚和悲傷，以及深沉而難以忍受的挫敗感——吉力馬札羅山登頂失敗，三峰挑戰賽失敗，並且無法挽救一個女人的性命。

她把文章寄給負責《野生戶外》雜誌部落格的編輯蜜雪兒，結果那篇文章出乎意料地在網路上被瘋狂轉發，點閱率不斷攀升，成為他們當月最最受歡迎的作品。

雖然讀者們因為詹姆斯早已將她視為英雄人物，但她寫的這篇文章似乎引起更廣大的共鳴，尤其是她不加掩飾地坦承自己的登頂失敗讓許多人深有同感。然而，她在文章中並沒有透露她對那個在山上短暫相遇的女子感到多深的哀傷，因為那個感受實在太強烈了。

敞開心房訴說自己的故事對她來說很冒險，但這麼做還是值得的。她頭一次發現自己站在成功的跳板上，只要再出現一個好題材就能讓她的事業起飛。

然後查爾斯出現了。

雪墩山的創傷經歷意外地讓她對查爾斯的登山壯舉有了新的認識。第二年春天，查爾斯前往挑戰任務的第一座山「安娜普納峰」，她和詹姆斯在網路上關注著他的進展，詹姆斯在文章中對查爾斯的讚美也越來越多。在挑戰任務的第三座山「道拉吉里峰」時，查爾斯從死神手中挽救了一名義大利登山者。塞西莉對此深受感動。這個人不僅自己努力達成目標，同時也願意冒險拯救別人的性命。查爾斯不像她，他才是一位真正的英雄人物。

塞西莉不是唯一追蹤查爾斯的人，查爾斯戲劇性的救援傳遍了主流媒體，現在全世界都關注著他。面對壓力，查爾斯處之泰然。每征服一座山，他的話題性就隨之攀升。

查爾斯成功登上K2後，塞西莉很驚訝地發現，自己竟然是他的倫敦募款活動中唯一受邀聆聽演講的記者。查爾斯當時已經完成超過一半的任務，但他需要新的資金來爬完後面幾座山。

詹姆斯對塞西莉的受邀滿心嫉妒。為了安撫他的情緒，塞西莉帶他一同參加募款活動。在活動中，查爾斯宣布了一項引起話題的消息：他將帶著一支隊伍和他一同攀登任務中的最後一座山——馬納斯盧。這讓人更加崇拜他了，因為他不只能登山，還能在登山的同時領導一個團隊。

查爾斯在活動結束後的派對找上了塞西莉。派對在皇家地理學會的一個大房間裡舉辦，每個人的目光都在查爾斯身上徘徊，期盼能跟這位風雲人物共度時光，但他的注意力卻只停留在塞西莉身上。

「我一直在尋找能和我一起前往最後一座山的記者。」他說，「塞西莉，我希望妳能一起去。」

她差點噴出口中的香檳。「對不起，你說什麼？」

她可以感覺到身旁的詹姆斯身體一僵，差點跌倒。

就算查爾斯有注意到詹姆斯的不適，他也沒當一回事。「跟我去馬納斯盧吧！這座山很棒，對登山新手來說也是可以達成的目標，而且它美得令人驚艷。唯一能公平報導我的故事的方法，就是到山上親身經歷，在我身旁留下紀錄。」

她邊笑邊搖頭，但查爾斯沒有笑。她嚥下口水，看著查爾斯。「等等，你是說真的？我沒辦法……」

「妳可以的。我們**倆**都登上山頂後，妳就會得到專訪。」查爾斯說。

「如果我不想呢？」

查爾斯微笑，他淡藍色的眼睛閃閃發亮。「妳沒有其他選擇。」

就這樣，這就是她一直在等待的事業突破機會。事情就這麼決定了，她會跟著上山。

❖ ❖ ❖

道格在他身後咳嗽，直盯著手上的錶，看得出來他真的不太有耐心。他看到塞西莉在看他，便用手示意要她跟上，自己也跟著走向接駁車。

「在薩馬崗和基地營玩得開心！」查爾斯對她說。「專心準備，在營地間輪轉，好好適應山區，讓這次成為妳自己的登山之旅，我知道妳做得到。我到的時候，我們就可以一起直攻山頂，之後我們再好好聊一聊。」

「謝謝你，查爾斯，也祝你的行政作業順利。」塞西莉深呼吸，跟上探險隊隊長。旅館的自動門一滑開，濕暖、黏膩的空氣便朝她的臉龐襲來，感覺像是暴風雨即將展開。她回過頭，看了她的採訪對象最後一眼。他的雙手交疊在胸前，目送他們離開。她溜進後座，坐在札克和格蘭特身旁。接駁車已經準備好帶他們奔往直升機坪，飛向馬納斯盧山腳的薩馬崗村。

塞西莉很興奮。他們即將深入喜馬拉雅的中心地帶，但她也無法忽視內心深處的焦慮。她是來報導一篇故事的，但故事的主人翁看來是要留在加德滿都了。

馬納斯盧：終極之山

節錄自塞西莉·王的部落格
九月三日
廓爾喀縣
薩馬崗村
三千五百公尺

從美麗的薩馬崗村問候大家！我們順利抵達了。

好吧，所有人都到了，除了主角查爾斯·麥克維之外。別擔心，他並沒有放棄他的任務，只是還在加德滿都處理一些剩餘的行政工作。為了登上這些大山，需要處理各種文書、行政手續和募款工作。在所有繁瑣的事務中，這趟任務所需要的後勤工作對查爾斯來說似乎比登頂本身更具挑戰性。

登山很多時候取決於運氣，如何前往山上也得靠運氣。大雨幾乎把我們困在加德滿都，還好我們遇上好時機，好轉的天氣給了我們足夠的時間找到一架直升機。從加德滿都徒步到離馬納斯盧最近的薩馬崗村需要一週的時間（據說我們的雪巴只需要幾天），因此道格認為坐飛機是比較好的選項。

這真是一趟難忘的飛行！下午兩點一過我們就起飛，低空翱翔在加德滿都這座龐大的都市上空。我們沿著下方蜿蜒的河流一路閃避雲雨前進，波浪般起伏的綠色梯田和茂密的叢林也很快地取代了雜亂的市區建築。偏僻房舍的天藍色鐵皮屋頂三不五時點綴著這片充滿綠意的景象。從上空實在難以得知人們如何前往這樣位處邊陲的家。短暫停留加油後，我們飛往更高的海拔，眼前景色也再次轉變。此時出現的是令人驚嘆的松樹林和山脊，瀑布從我們兩側的岩石上傾瀉而下。說真的，光是在直升機上看到的美景就已經讓這次探險隊的報名費值回票價。

薩馬崗位於馬納斯盧山腳下。季風季節雖已近尾聲，仍有大片烏雲倔強地籠罩山脈，遲遲不肯讓它露面。儘管如此，一切都很讓人期待。

我在當地的茶館裡寫下這篇文章，旁邊的爐子正燒著熊熊火焰。旅館的主人莎希從廚房為我們端來加了牛奶的熱咖啡，我也早就拿出儲備零食大快朵頤。木桌旁聚集著世界各地的登山者，所有人都等著開始一場終身難忘的冒險。

許多讀者都知道，我是一個因為登頂失敗而出名的人，但查爾斯的特別之處就在於，他能從最缺乏安全感的人身上激發出自信。在他的領導下，我知道我能達成任務。他由裡到外都散發著成功的氣質，即使只和他在加德滿都短暫相處，我都能看見他激勵了整個世代的登山者。而這樣的人物值得我們慶賀。他在山上所走的每一步，都是在地表最惡劣的環境中展現人類的潛能，改變我們對人體極限的認知。我很榮幸能參與其中。

接下來我們有什麼計畫呢？既然已身處高海拔地帶，我們將會花一天的時間來適應稀薄的空氣。高度適應是這次登山的重點。我們會遵循古老的登山格言「爬得高，睡得低」，這樣身體才能適應更高海拔。這表示我們要在不同營地間進行一連串的輪轉，在同樣的路徑上上下下，每一次都要面對同樣駭人的障礙——那些赫然顯現的冰峰、深不見底的冰隙，和幾近垂直的冰壁。

當然，查爾斯是在無氧和無固定路線下面對這一切的，不過他最著名的就是在高海拔上來去自如的能力，如同在海平面上一樣。

至於我，即使攜帶隨身氧氣，我也不確定自己將如何克服挑戰。身體在高海拔的反應是無從事前發現，也無從真正準備的。我唯一能做的，就是一步一腳印，直到登上山頂，或是被領隊指示回頭下山。

其實，登上頂峰只算獲得這場挑戰一半的勝利。許多登山者都表示，下山和登頂一樣艱鉅。所以祝我好運吧！我會需要運氣的，在山上什麼都可能發生。

4

隨著太陽在山頭升起，茶館的露台也籠罩在光線和溫暖之中。塞西莉手中的茶熱氣氤氳，筆記本和筆放在一旁的桌上。她往前倚著木頭欄杆，欄杆雖然不安地嘎嘎作響，但依舊穩固，下方的庭院裡有一頭山羊在咩咩叫。除此之外，一切都在寂靜之中，這個時刻對多數人來說都還太早。

她獨自享受著眼前的美景，這也是她第一次細細品嘗這裡的風光。她的手機留在房間裡充電，相機也埋在包包底層，因此她不急著拍照，就這樣看著風景，喝著手中的熱茶。

銳利的頂峰和東峰雙雙聳入天空，他們的尾巴像巨獸般潛入深藍的海洋。相形之下，她是如此渺小，就像一隻小蝦米，難以想像自己將會登上山頂。

她再次問自己，登頂的企圖是否太傲慢了？

她賭上了一切——事業、財產、房子，現在她得把注意力集中在眼前的這座山。

廚房裡飄來了尼泊爾傳統油炸麵包「普里」的香味。人們逐漸從睡夢中甦醒，茶館也跟著活絡了起來。許多身強體壯的人一一出現在對面另一家漆著藍色油漆的旅館露台上，他們伸展肢體，呼吸著喜馬拉雅的新鮮空氣。

「這景色很美吧？」

艾莉絲穿著暖粉紅色的軟殼外套和針織帽，爬上通往露台的樓梯，身旁跟著兩位她們前晚認識的法國的登山者。塞西莉低頭看了一眼筆記，回想他們的名字：艾倫和克里斯多夫。現在她想起來了，他們剛完成從加德滿都出發的徒步旅行。為了適應高度，他們在繼續前往基地營之前會先在薩馬崗住幾個晚上。

「看起來美得太不真實了。」塞西莉回答。

其中一位男子，她認為應該是艾倫，站在艾莉絲身旁。昨天在茶館火爐旁喝咖啡時，他分享了他上一次登山的見聞，他們都聽得興致勃勃。那好像是在阿富汗的某個地方吧，她不認得那座山的名字，但聽起來的確令人印象深刻且驚駭。她記得好像是跟首登有關的事。那麼多的山、那麼多的故事、那麼多的人物和細節，實在很難一聽就懂。

「這座山會很好爬的。」克里斯多夫說著，並用手機拍了一張風景照。

「什麼？」塞西莉眨眨眼，難以置信地看著他。

他聳聳肩，「拜託，馬納斯盧又不是什麼難爬的山，今年有兩百五十個人打算上去，架繩小組也已經在二號營地了，這不過就是高海拔的鐵索攀岩。」

塞西莉為馬納斯盧感到不平。她曾在英國的湖區進行過鐵索攀岩，那是一條由金屬梯子和鋼索橋組成的「鐵道」，將難走的路線轉變為受到保護的安全路線。不過在馬納斯盧，即使有繩索輔助，攀爬的難度都將更勝湖區千倍。「馬納斯盧曾經是有名的殺人峰。」她提出抗議。

克里斯多夫不以為然。「只要在對的時間點，每座山都是殺人峰。馬納斯盧現在商業化的程度幾乎可以媲美聖母峰了。」

「那你為什麼要來？」塞西莉問道。烏雲開始再度聚集，像裹屍布般環繞山頂周圍。上面的風必定很猛烈。

「為什麼不來呢？」

她正要開口回答，克里斯多夫的夥伴艾倫就先插嘴：「別理他這個討人厭的傢伙！妳說得沒錯，馬納斯盧很危險，所有大山都是。這麼多年來，我就是因為這些風險一直避開八千公尺的大山。」

她看向艾倫身後。艾莉絲和克里斯多夫繼續在露台上走動，從不同角度拍照。「那是什麼讓你改變主意？」她問。

「我來這裡是為了紀念我的一位朋友：皮耶．夏朗。」他臉上閃過一絲哀傷，「他今年死在聖母峰上。」

塞西莉倒抽一口氣，「我很抱歉，發生了什麼事？」

「我們也不確定。他登頂了，看起來是在回四號營地的路上消失的。」他一邊說，一邊從手機裡找出相片。相片上的年輕男子戴著反光的藍色墨鏡，跪在聖母峰頂雜亂的經幡旁。

「陪他上山的雪巴嚮導拍了這張照片。皮耶是經驗老到的登山者……他出事讓我很震驚。」

「他就這樣走了，你一定很難接受。」

「不只是難以接受，是無法想像！」他嘆了口氣，「在死亡地帶裡要進行徹底搜索是不可能的，更別說是調查了。我來這裡是要為他在山頂上留下一面旗子，紀念他。」

「真的很令人感動，艾倫。但等一下……為什麼你剛才說到調查？」

「我很難開口談這件事。」他的聲音哽咽著把臉轉開，抬頭看著山。

塞西莉想伸手安慰他。她知道他的傷痛是簡單的肢體觸碰無法撫平的傷痕，但她想做些什麼。「我懂。你要喝杯茶嗎？」塞西莉帶著溫柔的笑容問他，伸手拿起莎希端給她的茶壺，並從附近桌上反蓋的一堆茶杯中抓了一個過來。她為艾倫倒了一杯，也倒滿自己的茶杯。過了一會，他拿起那杯熱騰騰的茶，勉強露出微笑喝了一口，他的肩膀也不再那麼緊繃了。茶總是能讓人改變心情。

她跟著艾倫的目光望向山頂，「希望我們的旅途順利。」她試著克制顫抖的聲音說。

「登山本身就是一種危險的活動，任何在高山上待過的人都知道。」艾倫緩慢地呼出一口長長的氣息。「但有些意外是不該發生的。」

「你是指發生在皮耶身上的事嗎？」

他又嘆了口氣，轉身背著山。她很快補充說道：「抱歉，你不需要跟我多說什麼。」

「不是這個意思……而是我真希望自己知道更多事實。他的雪巴嚮導說，他一定是解開繩索上的扣環才掉下去的，但我很確定皮耶絕對不會鬆開繩索。」他的目光炯炯，憤怒的語氣令塞西莉感到驚訝。

塞西莉俯身向前，「有可能是高山症造成的嗎？或許他當時神智不清……」

「是有可能。」

她端詳艾倫的臉。「但你不這麼認為。」

艾倫遲疑了一會兒，對著茶吹了口氣。「對，我不這麼認為。」他轉過身來對著塞西莉，壓低聲音，她得靠近才聽得到他說話。「我有很充分的理由。他登頂後馬上和我通了衛星電話，但他並不像我想像中那麼興奮。他跟我說他自己一個人，他和他的雪巴嚮導分開了，而且有人一直在跟蹤他。他很害怕那個人，對方想傷害他。我當時心想：『喔，天啊！他有高山症，他在山上出現幻覺了。』但我從來沒聽過他用這種語氣說話，那聲音聽起來就是完全的……驚恐。我還來不及說什麼，電話就斷了。」他繼續說下去之前，深吸了一口氣。「然後我發現他根本沒抵達四號營。就這樣，」他彈指，「不見了！一個登山好手就這麼走丟了。」

「這是什麼意思？你認為有人對他做了什麼嗎？」

他用力地把杯子往桌上一放。「有些事不太對勁，這就是我來這裡的原因。我的確想為皮耶在山頂留下一面旗子，但我也想找到問題的答案。所以我這回加入的正是帶皮耶上山的登山公司所組成的隊伍，跟的也是和皮耶同一位領隊。」

「領隊是誰？」

「達里歐·崔佛斯。我只想知道山上到底發生了什麼事，像皮耶這種優秀的登山者絕對不會無緣無故地摔下去。」他緊咬下顎，當塞西莉往下一看，她注意到艾倫握住欄杆的手大力到節都發白了。她知道自己該做些什麼，她幾乎可以聽見**正牌**專業登山記者的詹姆斯在她耳邊大叫：再問下去！詹姆斯如果嗅到背後的故事，他會要艾倫吐露這則高海拔可疑命案的更多細節。但是面對馬納斯盧巨大的身影，塞西莉實在無法克制盤旋在心頭的恐懼。即使是經驗最老到的登山者都無法逃脫死亡，更何況她不過是個新手。她不想再多問，她需要緊抱著一切都會好起來的信念。

可是她來這裡是有工作要完成的。或許專注工作可以分散注意力，讓她不會一直想著前方的危險。她壓下內心的恐懼。

「艾倫，我不知道你記不記得我昨晚說過……我來這裡是為《野生戶外》雜誌報導查爾斯的故事。皮耶的故事不該被遺忘，如果他真的發生了什麼，我想讓大家知道。你願意多回答我幾個問題嗎？」即使皮耶真的是慘死於意外，她覺得將艾倫的經驗融入查爾斯的報導中，也會有助於讀者理解驅使人們攀登這些大山的原因以及其中的風險和犧牲，還有那些在追求這種終生理想的過程中所逝去的生命。她希望以此為查爾斯今日的成就提供背景。

「妳是記者？」艾倫挑起眉毛。

「別擔心，我不會把你現在說的話寫下來，但或許我們可以做一個比較正式的採訪？」經過一番掙扎，他點點頭。「到極限巔峰隊的基地營來找我，我們可以在那裡好好談談。我還有幾張皮耶的照片，或許妳能派上用場。」

「當然。」她回答。「我在登頂之前都不能採訪查爾斯，所以我有足夠的時間關注你朋友的故事。」

「你說『登頂之前都不能採訪』是什麼意思？」艾倫搓了搓下巴上的鬍渣。

「我們的採訪條件是我必須登頂。」

他起皺眉。「聽著，我不是妳的登山隊長，當然也不比查爾斯厲害，但我不太認同這麼做，登頂絕對不該有壓力。爬山——尤其是爬這麼大的一座山，是妳身體能承受最艱難的事之一，願意嘗試就已經是一種成就了。」

「你認為我做不到嗎？」

他搖搖頭，「我不是這個意思。」接著艾倫伸出手，將他的手覆在塞西莉的手背上，「只是山永遠都在，別為了登頂冒任何不必要的險。」

「也別為了一篇報導冒這種險。」

他仔細端詳她的臉。或許她迫切想得到這篇報導的心情已在臉上表露無遺。一陣鍋碗敲打的聲音打斷了他們的對話。「夥伴們，吃早餐了！」道格在茶館的餐廳入口處大叫。

「我該走了。」塞西莉說。她回頭看向山，頂峰現在完全被厚厚的烏雲遮蓋住。她驚訝地眨眨眼，沒想到變化來得這麼快。她把另一隻手放在艾倫的手上，用雙手握住他的手掌。「我對皮耶的事真的很遺憾，希望你能找到你在尋找的答案。」

「我也希望。」他回答，聲音軟化了下來，「在山上注意安全。」

「你也是。」她微笑著說。

在餐廳裡，格蘭特、札克和明瑪一起坐在一張長長的木桌旁。同一個空間裡還有其他隊伍的成員，到處可以聽見不同的語言和口音。每個人都有他們想要登頂的原因，每個人都有一個故事。

艾莉絲從餐廳另一端的廚房裡走出來，一手搭著旅館主人莎希，一手拿著一大壺熱水。坐下之前，她先把水放在團隊的桌子上。

唯一的空位只剩下格蘭特旁邊的位置。他把頭上的棒球帽拉得很低，看起來應該是連續宿醉了兩個晚上。

塞西莉刻意避免直接坐到格蘭特身旁，而是一屁股坐到鐵爐邊，爐子正發出暖烘烘的熱氣。她頭頂的牆壁上貼滿了照片，照片上都是著名的雪巴和登山者，當中也有一些簽名照。查爾斯當然也在牆上，或者說他「登頂十四」的宣傳海報也在上面。

忽然間，一個身材高大無比的男人在她面前彎下腰來。「塞西莉？」

她張口，摀住了嘴。「哦，我的天啊！班？」

5

班・丹佛斯是他們三峰挑戰賽的司機，也是她的同業競爭對手，同時還是詹姆斯最老的朋友之一。即使他蹲下，頭還是碰得到茶館的橫樑。

「你在這裡做什麼？」塞西莉問。愣了幾秒後，她站起來給他一個擁抱。

「我也想問妳同樣的問題！我來這裡爬山，詹姆斯沒告訴妳嗎？」

「沒有……」

「該死，對不起。」他用手掌拍了一下他的額頭。「我知道你們分手了，我真是個混蛋。」

她聳聳肩。得到這個大採訪後，詹姆斯就甩了她，把她趕出家門。「分手」似乎是種輕描淡寫的說法。她看向班的身後，試圖引起隊友的注意，看有沒有人能讓她脫身，但隊友們都在聊天，於是她嚥下口水。「你是來工作的嗎？」

「才不是，爬遍所有八千公尺的山一直是我的夢想。我是自己一個人來的，但會使用極限巔峰隊的後勤支援。」

「我之前都不知道你是這麼厲害的登山者。」只使用極限巔峰這種登山公司的「後勤支援」，代表班在攀登的過程中需要自行規劃如何安排高度適應、如何登頂。儘管他會用到極限巔峰的帳篷，也會有一名雪巴嚮導陪他登頂，但他必須攜帶自己的氧氣和食物。就算是班這種登山好手，他的經驗也不足以讓他完全單槍匹馬上山。真正的獨自攀登是留給登山界翹楚的。

班一屁股坐在長凳上，塞西莉還沒完全從見到他的震驚中回過神來，遲疑地坐到他身旁。「這種方法比較便宜。」他繼續說，「自從和詹姆斯爬了阿空加瓜山之後，我就迷上了登山，停不住腳。不過我一陣子沒爬山了，這是我這段時間以來爬的第一座山。有了家庭就不太容易出遠門。」他拿出手機，向她展示螢幕保護程式上的照片：一個牙齒稀疏，滿臉通紅的孩子。她發出了一聲讚歎的「哇！」，但她的腦袋正飛速思考著：他說他不是來工作的，但……如果是《野生戶外》派他來的，他會告訴她嗎？他是來代替她的嗎？還是他在為另一家競爭對手的雜誌工作？

她得說些什麼，不能一直沉默下去。如果他是為競爭對手工作，那她最不希望的就是他意識到她不信任他。她腦袋裡想起了他妻子的名字。「所以……梅爾對你來這裡沒有意見嗎？」她發問的同時，班剛好在手機上滑到他和妻子的合照。

他微笑，聳了聳肩。「她會安頓好一切的。這是我的夢想，雖然可能會讓我遠離家庭，把身體搞壞……但這就是一種強烈的欲望。我以為兒子出生後，一切都會停止。不過我現在人就在這裡，我認為如果想實現站上世界巔峰的夢，就必須趁自己還夠年輕、夠有傻勁的時候行動。」他笑了起來。不知道為什麼，想到人在英國的梅爾像班說的那樣把「一切安頓好」（例如他們的兩個小孩），塞西莉不覺得梅爾笑得出來。她希望班知道自己有多幸運。「那妳怎麼會來馬納斯盧？」班問。「雪墩山之後，妳進步得還真多。順帶一提，很高興妳已經走出來了。」他輕推她的肩膀。

聽到這話，塞西莉僵住了，下巴繃緊。她一直很討厭班這種輕率的態度，一種扭曲的大男人主義形成的防衛機制，企圖將可怕意外產生的後果淡化到最低。他當時明明也在那裡，親眼看到那件事對她的影響。於是她清了清嗓子說：「我正在為《野生戶外》報導查爾斯的最後一次登山任務。」

他兩眼瞪大，「見鬼了！妳竟然得到大家都搶不到的採訪？太強了。查爾斯根本是現代的喬治．馬洛里，英國能有這種人物真不錯。」

「我也這麼覺得。」

他搓搓自己的鼻翼，吸了吸鼻子。「這真的太酷了，也是個很棒的機會。詹姆斯知道嗎？」

「知道。」她咬牙切齒地說。

「我賭他沒得到這個機會一定很失望。」她幾乎可以看到班在腦海裡拼湊著她和詹姆斯的故事：她得到了職業生涯中最重要的採訪，他朋友被捷足先登，然後他們兩個分手了。

「那……或許妳可能可以把我介紹給查爾斯？」

他眼中發出的閃光讓她措手不及。她和詹姆斯還在一起的時候就見識過這種眼神，是班嗅到故事時會露出的神情。

塞西莉的血液幾乎為之凝結，她回頭看了一眼，很高興道格正示意她過去。「我相信查爾斯到這裡的時候會非常忙碌，所以再看看吧。我最好回隊裡去了。」她站起來，頭差點撞上爐子的拱形煙囪。

「等等，我們到基地營的時候能再聊聊嗎？」

「我不知道，我會和我的隊友在一起……」她跨步離開。

班伸手抓住她的手，「塞西莉，拜託。我自己一個人孤伶伶的在山上。」他試著笑出來，但聲音卡在喉嚨裡。

她嚥下口水。或許他不是來挖新聞的，隻身一人來到這樣的地方肯定不太容易。在與世隔絕的地方面臨生死，身邊沒有隊員或熟悉的嚮導，他可能只是很高興看到熟悉的面孔，但也有可能是他真的很會演戲。

不論是哪種情況，她都得提醒自己不能完全相信他。「我會試著去找你的。」她帶著不自然的笑容對他說。

「謝謝！妳真是個好夥伴，這對我來說很重要。」他鬆開了她的手。她慢慢走到團隊的桌子那裡，在明瑪旁邊的長椅上坐了下來。

她深吸了一口氣。班在這裡，不論他來這裡的動機是什麼，他都會觀察著她。就算不是為競爭對手工作，他至少也會向詹姆斯回報她的事。他是等著看她失敗，打道回府嗎？她揚起下巴，把頭抬高，仔細看著她的隊友：道格、明瑪、艾莉絲、札克、格蘭特……還有查爾斯以及其他雪巴嚮導們。這些人就是她的隊友。直到她找到自己的信心前，她可以從他們身上獲得信心。

「要喝茶嗎？」明瑪輕拍她的肩膀問道。

「好啊。」她回答。然後從眼角餘光中看見班起身離開餐廳，她肩胛骨之間的緊繃也終於鬆懈下來。

莎希走向他們那一桌，手上堆滿了盤子。塞西莉點的是香蕉煎餅，坐在她對面的格蘭特則點了煎餅、蛋、麵包和麥片。相形之下，她的早餐看起來微不足道。

道格身體前傾，手肘撐在桌上。塞西莉把盤子移開，為筆記本挪出空間。道格開口說話時，她的筆已經準備好了。

「我們已經在海拔三千五百公尺，今天是休息日。」道格說：「放輕鬆，多吃多喝。如果天氣持續良好，我們明天就上基地營。」

明瑪在他身旁點頭。「如果你們有任何需要，譬如水或更多食物，請到廚房問莎希。」

「我知道你們當中有些人是第一次到這樣的大山上，」道格說：「所以在開始進行高度適應計畫前，我們會先在基地營做一些登山技巧訓練。我們的目標是至少在六千公尺以上的地方待兩晚，然後再下到基地營，等待適合登頂的氣候。我們至少需要四天的好天氣，在合適的風況和溫度之下才能登頂，並安全返回基地營。安全是最重要的。」

「你該不會連我們上廁所的時間都排好了吧？」格蘭特問。

札克暗自發笑，但道格不為所動。他繼續說：「如果一切順利，我們全部人都會在三週後成功登頂，並回到加德滿都慶祝查爾斯任務達成。但是——」他以嚴厲的口氣預先阻止格蘭特打斷他，「不要低估這座山。馬納斯盧很危險，不只海拔高，降水量也很強，不論降雨或降雪都會讓氣候條件變得很艱難。我們最需要擔心的是雪崩，雪地裡也可能藏著很深的冰隙。我們可能會在冰瀑中遇到問題，更高的地方也可能會有風暴。如果適合登頂的氣候延遲到離冬天太近，我們就會因為天氣太冷、太不穩定而無法前進。」

「天哪，你現在說得好像我們上不去了！」札克說。

「不，這不是不可能的任務，但我希望你們在上山前知道有什麼風險。」

艾莉絲興奮地大叫，眉飛色舞地說：「太刺激了！我等不及要上山了！」

「還有其他問題嗎？」道格繼續問。

札克問：「其他的雪巴嚮導在哪裡？」

「他們已經在山上的基地營準備。」

「喔，那芬巴在我們這一隊嗎？」艾莉絲問。

道格點頭。

「耶！我們在巴基斯坦玩得超開心！我超喜歡他的，他超會跳舞。」艾莉絲邊抖動肩膀邊說：「我愛登山，也愛派對。」

「敬妳一杯。」格蘭特說完，喝光他的咖啡。

他們一吃完早餐，便準備開始一整天的高度適應。「這裡有無線網路嗎？」札克邊掏出他的超薄平板邊問。「我想把山上的影片發給孩子們，他們知道我們已經到了一定會很興奮。」

道格說：「莎希會在下午五點打開無線網路，你可以等到那時候嗎？」

「應該可以。」札克原本不太高興，但突然笑著說：「嘿！反正我又不像艾莉絲，有一大票粉絲要取悅。十萬追蹤耶，妳才幾歲？二十五？」

「二十二。」她微微一笑。

「年紀還真輕！」

「說到妳的 Instagram，艾莉絲……」格蘭特往後靠著長椅，手放在後腦勺，從牙縫裡吹出口哨。「照片很美喔。我特別喜歡那張妳不知道在哪裡拍的照片——布羅德峰嗎？我敢說妳在巴基斯坦的時候，大家都不知道自己有多幸運能遇到妳。妳會在馬納斯盧拍同樣的照片嗎？」他挑了挑眉毛。

「不會在你面前拍的，鄉巴佬。」她開玩笑地推他的手，但塞西莉覺得她的語氣有點尖銳。她知道格蘭特在說哪張照片。照片中的艾莉絲裸著上身，背對鏡頭張開雙臂。她的追蹤者最愛這種吸引眼球的畫面。「總之，如果你有讀過文章內容，而不是色瞇瞇地盯著我的身體，你就會知道我那樣做是為了慶祝自己還活著。我差點死在布羅德峰上，但我可不打算死在這裡。」

「那是妳爬過最危險的山嗎？」札克問。

「不，艾格峰北壁才是最危險的。那是我唯一從山上打給我媽道別的一次，我以為自己已經完了。」

「她之後還讓妳繼續爬山？」格蘭特說。

艾莉絲聳聳肩。「她也沒得選，反正不管怎樣我都會去，山就是我的生命。」

「我懂妳的意思。」札克說：「我在阿拉斯加德納利山上經歷的事……可以說是改變了我，但我不斷想回到山裡經歷更多。」

塞西莉在她的椅子上動來動去，實在沒心情聽更多山上的死亡和不幸事件。這似乎是登山者們唯一想聊的事情，持續不斷地把山上的危險升級。

一隻手拂過她的手臂，原來是明瑪。「妳還好嗎？」

她眨眨眼，勉強掛著笑：「這個村子裡有什麼可以看看的嗎？我想到處走走。」

「往前走幾分鐘就有一座寺院。如果想再走遠一點，再過一段距離有個叫做比倫德拉的湖，湖水來自馬納斯盧冰河。」

「聽起來正合我意！」

「出了茶館後向左轉，沿著小路走。」明瑪說：「妳一定不會錯過我跟妳說的那個地方。不過要小心，路上的石子在潮濕的時候容易讓人滑倒。」

她吃完煎餅便離開了飯桌。她離開時，只有明瑪的眼神目送她離開，其他人正忙著交換他們的壯烈的登山事蹟。

6

庭院裡有人正在幫他們的行李秤重，以重量決定分配給驢子或是揹工。登山運動不僅是一種大膽的冒險，也需要軍事等級的規劃來處理必要的後勤支援。

塞西莉按著明瑪指示的路線，經過色彩鮮豔、圍牆低矮的房屋，沿著鋪設平坦石頭的殘破小徑前行。天氣已經放晴，儘管馬納斯盧仍被烏雲籠罩，但已經可以看見其他周圍聳立的山峰。這些山並沒有大到引起登山者的興趣，大多數仍未有人攀爬，但它們的宏偉和岩石上極其美麗的冰川擦痕仍然讓塞西莉留下深刻的印象。生活在這樣的巨大山影之下，尤其是當馬那斯盧的山影映入眼簾時，會是什麼樣的感覺？也許是不斷被提醒自己在這個世界上的位置吧。

這條小路滿是泥濘，她停下來撫摸幾隻毛茸茸的小狗。她逐漸遠離村莊走到山上，小狗們也一路小跑步跟著她。一道溪流順著路旁的溝渠流下，潺潺小溪的聲音平靜地伴隨著她的腳步。

不久後，她來到一排祈禱輪前。這些青銅金屬圓柱上刻著六字真言，在轉軸上旋轉著。一位穿著深褐色披肩、因年邁而駝背的尼姑，正順時針繞著轉輪行走，依序旋轉每個輪子。

塞西莉遲疑了一會。她想跟隨這位女士的動作，但不確定這樣是否尊重。或者說，她不知道若是直接經過而忽視祈禱輪會不會失禮？

她覺得跟著旋轉祈禱輪比較合適，於是走到離她最近的那一個，轉動木頭手把，上面的輪子便跟著開始旋轉。輪子不穩地嘎吱作響，但仍繼續轉動。於是她轉動另一個，再接著下一個，直到所有的輪子都在旋轉。當最後一個祈禱輪慢下來的時候，她向上天祈求一個徵兆，讓她知道自己來這裡是正確的選擇。

尼姑轉過身對塞西莉微微一笑，塞西莉低頭致意，驚訝於那張滿佈皺紋的臉讓她想起自己的祖母。自從祖母搬回蘇州之後，她就無法經常探望。她多年來最大的遺憾，就是在祖母去世之前沒能再多見她一面。

在塞西莉生活裡的所有人當中，祖母一直是她主要的安慰和愛的來源。她升學考試失利時，父親教訓了她一頓，母親要她到處寫求情信讓大學給她一個名額，只有祖母坐在她身旁，教她如何包她最愛吃的餃子。她對塞西莉說：「妳不如學著讓自己開心起來。」

她大學讀的是英國文學，畢業後工作一個接一個換，一直無法找到自己的定位。這麼多年下來，她包過好多餃子——面試被拒絕的餃子、分手的餃子、錢用完了但還好記得冰箱裡有冷凍餃子的餃子。

想到這些事，她臉上露出一抹微笑。祖母如果看到她挑戰馬納斯盧一定會感到非常驕傲。祖母一直是個堅強的女性，在身上只有不到十英鎊財產也幾乎不會任何一句英語的情況下就移民英國，一路闖蕩。她一定會很高興看到自己的孫女嘗試攀登世上的最高峰之一。「塞西，妳必須靠自己站起來。」祖母曾這麼告訴她。

尼姑開口對她說話，塞西莉真希望自己能聽懂。尼姑語帶微笑，因此她向對方點頭。「寺院嗎？」她問。尼姑朝著一棟看起來有些年久失修的建築揮手。「丹尼亞巴德。」塞西莉用不太標準的尼泊爾語道謝。

寺院上鎖了，建築物正在裝修。塞西莉在一旁發現了通往比倫德拉湖的路標。既然還有足夠的時間，她決定到那裡看看。

寺院周圍的小路雜草叢生，路面上有幾個窟窿。這可能是未來建築物的地基，不過卻是登山者最害怕的那種路況，畢竟沒人想在旅程還沒真正開始前就扭傷腳踝。她想起明瑪的提醒，因此特別小心自己的步伐。

隨著小路蜿蜒經過森林，村裡的喧囂也在她身後消失，一切變得更加清靜。她越過幾條潺潺小溪，踏著前人刻意安放的木頭，在樹林中逐漸往上。林子越來越稀疏，取而代之的是光禿的岩石和小碎石。她登上一塊巨石頂端，湖景瞬間出現在下方，這樣的美景讓她歡喜地發出讚歎。比倫德拉湖面閃耀著藍綠色的光芒，背後的山脈直通雲霄，瀑布從遠方的峭壁一躍而下，她可以聽見馬納斯盧冰河的撞擊和隆隆聲響。她從灰白的巨石爬下來，循著先前旅人留下來的卵石堆走到湖畔，在崎嶇的路面上一路留心自己的腳步。她的移動導致許多碎石塊在她身後掉落，甚至差點打在她頭上。即使是在山下，也存在著危險。

她走近湖畔，湖面波光粼粼，平靜而誘人。相較於她腳下的白石，湖水的顏色是一種更淡、更寧靜的藍色。她跪了下來，用指尖觸碰冰冷的水面。

「要下水嗎？」

有個低沉的男性嗓音從她身後冒出，嚇得她魂飛魄散。她轉身爬起來，看到是艾倫才鬆了一口氣。他發亮的墨鏡映照著藍綠色的湖水，肩膀上掛著背包。

「噢！我不是故意要嚇妳的。」他說，一邊伸手將她拉起。

她微笑著抓住他的手，在水邊的巨石上重新站穩腳步。「沒事，我沒想到會有其他人來這裡。」

「景色很壯觀吧？妳要下水嗎？」他指著泛起漣漪的湖面問她。

她搖搖頭。「我想不了，我並沒有準備要在戶外游泳。」

「真可惜！沒什麼比浸泡在冰涼的水裡更能讓人準備好上山了。」

「如果我到現在都還沒準備好，那就算下水也來不及了吧。」她輕聲說。「你不怕重感冒嗎？」他放下背包，脫下登山服，塞西莉把目光轉開。對於年近六十的人來說，他的體態仍相當健美。

「我已經練習很多年了，身體泡在冷水中能幫助我感官甦醒，保持敏銳，將身心都預備好以面對後續的事。爬八千公尺的高山得用上你所有的智慧。」他指指自己的太陽穴。

「或許在我們登頂之後，我會有足夠的勇氣加入你。」她說。湖遠方的另一端傳來一聲巨響，有更多碎裂的冰與雪滾落水裡。塞西莉打了個寒顫，從岸邊退後。

艾倫微笑。「塞西莉，妳人在這裡，就表示妳擁有妳需要的一切勇氣。」他涉入水中，當他把頭潛入水裡，塞西莉也跟著倒抽一口氣。接著他把頭探出水面歡呼，像小狗一樣甩頭，把浪花拍上了岸邊。冷冰冰的水花濺到塞西莉的臉頰，但她笑了。艾倫和自然美景之間的連結和熱情也感染了她。

她很懊惱自己無法就這麼和他一起下水。她沒帶毛巾、泳衣，也沒有在冰冷的水中游泳的經驗，所以明智之舉是讓自己保持溫暖和乾燥。如果是詹姆斯一定馬上就跳入水裡，這點她很確定。

「我就不打擾你了。」她對艾倫大聲說。他舉手揮別，然後大手一揮開始游起自由式。

塞西莉轉身離開寧靜的湖泊，在遍佈岩石的區域中穿梭向前。她選擇了一條不同的小徑，這條路將她帶往高處遠眺。到達頂點時，她用手機拍了一張全景照片。

她試圖在水上找尋艾倫的身影，但不見蹤影。他要不是上岸了，就是還在水面下。

這時有個聲音引起了她的注意。

一串口哨聲在岩石上迴盪著，由幾個音符組成——低、低、高、低。

她的呼吸哽在喉嚨深處，心跳加速。

這是另一個游泳者在野外發出的哨音嗎？她等待著，看吹口哨的人是否會現身。

但沒有人出現，她周圍的冰磧靜止不動。

於是她開口：「有人嗎？」她對著空蕩的岩石大喊。

口哨聲頓時止住。

沒有人回應。

她動也不動地站著、聽著、等待著，雞皮疙瘩爬上了她的手和背。這種顫慄正是她在夜裡過馬路時，會讓她手指抓緊鑰匙，加快步伐的那種感覺。這種戰慄感讓她寧可越過繁忙的馬路，也不願冒險走過黑暗的地下道。

直覺催促她趕快離開，於是她急忙回到主要道路上，心怦怦地跳。突然間，腳下一塊石頭晃動，她一個重心不穩便滑倒了，膝蓋重重著地。她因疼痛而抽搐，腦海中浮現了一段讓她頭暈目眩的記憶——她當時在寬如腳掌的懸崖上，只要一腳踩空就會跌落千里，此外還有狂風暴雨打在背上，她只能用力緊抓峭壁，手掌因此流了好幾週的血。

此時出現了另一個聲音，但不是哨音，聽起來像是一陣低沉的嗡嗡聲，像一群蜜蜂靠近。她轉頭在天空中找尋聲音的來源。

一架小型無人機從她頭上呼嘯而過，消失在湖面上。她小心翼翼地站起來，揉揉膝蓋撞到的地方。她等待著無人機駕駛的出現，但沒有任何人現身。

恐懼從她的背脊蔓延開來。她加快腳步，返回村莊。

7

回到薩馬崗後，她猶豫是否該把事情告訴道格，但她擁有的線索不過就是一架無人機和自己的不祥預感罷了。無人機有各種合理的原因在那裡空拍湖景，她不想因此表現得太過神經質。

當晚，團隊成員在餐桌上大快朵頤，享受麵條和饃饃，那是一種包著碎肉和蔬菜的尼泊爾餃子。麵皮上工整的摺痕讓她想起了和祖母包餃子的時光，這就像是上天應允了她今天在寺院裡的祈求，讓她即使身處千里之外，也能感受到家的溫暖。先前在湖邊籠罩她的不安，也在茶館溫馨而歡樂的氣氛中逐漸散去。

不僅如此，空氣中也充滿了活力。一整天都有新的隊伍陸續抵達旅館，安頓下來。有些是和塞西莉一樣的登山者，也有一些是來較低海拔路徑健行的旅客。每張桌子都高朋滿座。

「今天散步還好嗎？」她吃飽後，明瑪問她。

她微笑，「湖景真的令人驚艷，湖水澄澈清新。村子裡雖然有很多地方在施工，但依然很平靜。」

「唉，或許也不會平靜太久了。有這麼多遊客進來，村子每年都在擴張，不久就會大到像南崎巴札那樣！」

「你來自那裡嗎？」

他搖頭。「不，我家鄉在坤布地區，那裡比南崎還高。我老婆現在就住那裡。」

「噢，我不知道你結婚了。你一定很想家吧。」

「每天都想。」他把手放在心上，然後給了她一張紙條，「我想妳應該需要這個吧？無線網路密碼。但現在很多人在上網，所以可能很慢。」

「明瑪，你太棒了！」塞西莉在手機上輸入密碼。

一連上網，就收到一連串E-mail。其中有兩封蜜雪兒寫來的信，她打開第一封：

塞西莉！妳在山上了嗎？記得把下一篇遊記寄過來，我才能盡快發布在網站上。大家都等著要讀妳的經歷！妳的第一篇部落格點閱率很高，我想讀者們對妳的旅遊日記很感興趣。妳以登山新手介紹攀登大山的經歷為網站帶來了新的讀者群。

塞西莉露出微笑。點閱率越高，蜜雪兒對她完成任務的能力也會越有信心。不過這也代表了壓力，畢竟大家都在看她是否真的能夠登頂。她打開下一封隔了幾個小時後發出的信：

嗨，塞西莉。

我希望妳知道這篇報導對我們雜誌有多重要，對妳自己的職涯也是。我收到一封詹姆斯的信，覺得有點擔心。妳可以讓我知道妳一切安好嗎？是否會按照計畫進行下去？如果妳無法繼續，我們得盡快想辦法……我個人希望妳留下，但不會勉強妳。

請再讓我知道。

蜜雪兒

她把這段話讀了好幾遍。蜜雪兒在第二封信上像是變了個人，變得更客套和謹慎。她花了那麼多功夫取得蜜雪兒的信任，實在不懂到底發生了什麼事。蜜雪兒為什麼提到詹姆斯？他們都已經幾個月沒聯絡了。她原本以為詹姆斯會放下心裡的疙瘩來跟她道歉，就算是為了從她這裡得到查爾斯的小道消息也好。但他一點消息都沒有，無聲無息的。那他幹嘛寫信給蜜雪兒問她的事？

塞西莉忍住立刻回覆的衝動，她需要一點時間思考如何回應，於是她打開另一封媽媽寄來的信：

親愛的，我一直在搜尋更多關於這座山的資訊。我實在不喜歡妳自己一個人在那裡。我們在妳的部落格看到查爾斯現在根本沒和你們在一起，對吧？那妳在那裡幹嘛呢？這跟妳以前和詹姆斯一起出去探險可不一樣，那時候有他在身邊照顧妳。

別生我們的氣，但我們跟他談過了。他說他一直在進行訓練，如果妳想跟他交換，他願意去尼泊爾接下妳的工作，這樣妳就可以回家了。任何報導都不值得妳冒這麼大的險，對吧？

我們很想妳，只希望妳平安。

她還附上了一篇二〇一二年馬納斯盧雪崩的報導。塞西莉沒有點開連結，因為她早就看過那篇文章了。

謎題揭曉：原來是她爸媽聯繫了詹姆斯。這就是問題所在，對吧？她進行過的每場「探險」，身邊總有個比她更強壯的人在支援、保護，有時候甚至是拯救她。而他們預期她最多就是在有人陪伴的狀況下能達成任務而已。

他們的期待還真低。

他們壓根就不相信她能辦到。直到目前為止，她也沒讓父母意外過。她的失敗總在他們的預期之中，也難怪他們想找詹姆斯來取代她。她敢打賭，詹姆斯甚至沾沾自喜地覺得自己答應他們真是英勇。

她既然把握了這次機會，自己一個人來到這裡，就是要證明她能做到的事情比他們想像的更多。正如她那篇部落格文章〈無功而返〉裡所說的，即使知道自己可能失敗，還是仍舊願意嘗試。

她想起艾倫對她說的話：塞西莉，妳人在這裡，就表示妳擁有妳需要的所有勇氣。她已經踏出了一大步，現在她要向所有人，她的父母、編輯、前男友，證明她能辦到。

她回覆蜜雪兒：

除了山頂，我哪都不會去。另一篇部落格文章很快就會寄給妳！

接著她打開WhatsApp傳訊息給她最好的朋友瑞秋。瑞秋是世界上唯一知道故事來龍去脈的人。塞西莉自從和詹姆斯分手之後就一直睡在瑞秋家沙發上。瑞秋也親眼目睹了塞西莉蠻橫的父母如何處處打擊她的信心。

我都已經離家千里遠了，我爸媽還是想控制我。

結果瑞秋秒回，讓塞西莉開心地笑了。

妳在線上！我一直盯著我的手機，在等妳消息。

幾分鐘之後，她又收到：

別管他們了。妳做得到，我相信妳！管妳爸媽和詹姆斯去死！

瑞秋會這麼說當然是因為她猜得到是詹姆斯在背後搞鬼，她總能在文字中讀出塞西莉的沒說出口的話。

妳最棒了！謝謝妳總是知道要跟我說什麼。

然後是一連串愛心符號。

塞西莉往下滑動一連串聯絡人清單，在詹姆斯的頭像上停了下來。她在想，詹姆斯是不是正等著被通知前往加德滿都代她上陣。她一時心軟，點開了他的頭像。她想，或許該讓他知道自己遇到他的老朋友班。詹姆斯的狀態顯示「正在線上」，塞西莉心跳加速。

他的最後一則留言從螢幕上睥睨、嘲弄著她：

祝妳好運。妳絕對需要運氣的。

她很想再傳訊息給他，所以再次打開他們兩人之間的對話框，想讓他知道她現在在做什麼。**不准傳訊息給他！**瑞秋的最新訊息從畫面上跳出來，打破了她的情感小漩渦。她最好的朋友毫無意外地再次看穿她的心思。塞西莉嘆了口氣，不再多想，直接刪除了她和詹姆斯之間的對話紀錄。

瑞秋再次傳來：

只要收得到網路訊號，就跟我回報妳的狀況。我會等妳消息。

塞西莉接著回了一封信給她的父母，洋洋灑灑地說著她到目前為止有多麼樂在其中，她的準備有多麼齊全，團隊有多讓她安心。總之她父母是不會信的，不過也不重要了，反正他們現在也阻止不了她。

她完全忽略跟詹姆斯有關的提議。

然後她登入她的ＩＧ帳號。這裡的網速慢到誇張，但最後相片終於跑了出來。艾莉絲已經發文，她在村莊附近的健行吸引了幾千人按讚，其中有張自拍照的背景是比倫德拉湖。所以那台空拍機是艾莉絲的嗎？口哨是她吹的嗎？如果確實是艾莉絲，那麼塞西莉很慶幸自己沒有告訴道格，不然她真的會讓自己看起來很怪。

艾莉絲在自介裡放了查爾斯募款網站的連結。塞西莉點進去，看到艾莉絲的每篇發文都讓募款金額節節攀升。

「你們有人看到艾倫嗎？」克里斯多夫站在他們桌旁，雙手不安地扭著針織帽。

「今早之後就沒見到他了，抱歉。」塞西莉皺著眉回答。

「我也沒有。」艾莉絲說。

「艾倫是誰？」札克拿下一邊的耳機問。

「他是我的隊友。他出去散步，但是還沒回來，我覺得不太對勁。」

「你去其他旅館找過了嗎？」明瑪問。「對面也有一間旅館。」

「噢，對，我該去看看的，他也可能去那裡吃飯。謝謝，不好意思打擾了。」克里斯多夫不太有把握地離開了。

塞西莉想起艾倫潛入冷水中的情景，或許他正在某處的熊熊烈火旁取暖吧。她打開筆電，開始撰寫下一篇要寄給蜜雪兒的部落格文章。她決定介紹查爾斯組成的這個團隊：

- 札克：科技公司執行長
- 艾莉絲：網紅
- 格蘭特：影片製作人
- 還有她自己：記者

這個組合還真奇特。負責監督他們的領隊則是神祕的道格，她還需要再多了解他一點。

她在瀏覽器上開啟了無數個相關報導的視窗。網路上很容易找到道格在登山領域的成就，但關於他的個人生活卻沒有顯示多少搜尋結果。她找不到任何關於他的家庭的線索，沒有固定住所的資料，也找不到任何他離開極限巔峰、開創個人事業的原因。然而，極限巔峰的官網上倒是有另一個名字吸引了她的注意：達里歐・崔佛斯。他不只是道格以前的同事，艾倫也曾提起他。他就是皮耶在聖母峰上的領隊，看來他的背景值得花點時間挖掘。塞西莉在搜尋框中輸入達里歐的名字，結果跳出來的資料非常多——每家重要的戶外運動雜誌和論壇都訪問過他。他似乎是頗受信任的領隊，也是經驗豐富的登山家。達里歐來自奧地利阿爾卑斯山區的一個小鎮，從資料看來，他有點像是登山界的花花公子。塞西莉注意到，達里歐在這些年來的每篇報導中的照片，身旁都摟著不同的女性。

在他最近期的資料中，有一段話特別引起塞西莉的注意：

> 我很感謝極限巔峰讓我能把熱情轉化為工作。帶領客戶到這些美麗的山上很有意義，但我最享受的，是為公司到其他山上考察新的潛在路線。考察新路線讓我意識到自己有多幸運能做自己喜歡的事。

連塞西莉這樣的門外漢都看得出達里歐這番話的弦外之音。她還和詹姆斯在一起的時候，就對登山嚮導的工作略有所知。那不是一種容易的維生方式。真的熱愛山林到以此維生的人都渴望打破成規，開拓不為人知的祕徑。只不過為了生活，他們還是得日復一日地回到同一條路上服務客戶。達里歐顯然對帶領商業隊伍上知名大山的生活感到窒息。查爾斯的做法也不是全無挑戰，他對籌措資金以及支援任務的後勤工作遇到的困難一直很坦白，因為有大量的文書、簽證和許可證需要申請。不過，好處是可以自由選擇路徑，在蠻荒之境留下屬於自己的印記。查爾斯實現的是許多登山者的夢想，塞西莉相信背後有很多人都用嫉妒的眼光在看著他。

她一把部落格文章寄給蜜雪兒，網路就斷了。不久後，電源也跟著被切斷。她的手錶顯示現在才剛過晚上八點，但她已經準備好要上床睡覺了。她不是唯一想早早上床的人，茶館的人群在她寫作的時候已經逐漸散去。

在外面的庭院裡，塞西莉仍可聽見人聲低語。在露台上，艾莉絲舒服地靠著木椅，腳高跨在欄杆上，格蘭特站在她身旁拿著酒瓶暢飲。圍繞在他們身旁喝啤酒的還有一群趁著上大學前的空檔年來健行的年輕女性。

「塞西莉，過來加入我們吧！」格蘭特從上面叫她。

她爬上搖擺的階梯，拉緊身上的外套，將身體縮在衣領裡，抵擋外面的寒意。「妳也是跟查爾斯一起登山的成員嗎？」其中一個穿著 The North Face 外套的女孩用濃厚的澳洲口音問道。

塞西莉點頭。

「妳真勇敢。我永遠爬不了那些大山，妳不害怕嗎？」

她看了艾莉絲和格蘭特一眼。「我有可以信任的好隊友，但艾莉絲才是最勇敢的，她不打算帶氧氣上山。」

格蘭特哼了一聲：「靠！妳不用氧氣？」

艾莉絲把腳從欄杆上放下，雙腿盤坐。「不用。」

「道格知道嗎？他沒跟我提到這個選項。」

「那你怎麼不問他？」艾莉絲邊說，邊喝著她的茶。

「那妳會帶氧氣嗎？」格蘭特轉向塞西莉，大力地將酒瓶放在欄杆上。

「絕對會。我沒氧氣是不行的，這是我第一次爬這種大山。」

「真假？妳爬過最大的山是哪一座？」

「我去年爬了吉力馬札羅，但是沒登頂就下山了。」

「等等，妳連吉力馬札羅都沒登頂？」格蘭特大笑，「那妳現在來爬八千公尺的山……妳瘋了嗎？」

塞西莉感到臉頰發燙。「是查爾斯邀請我來的。我一直在進行訓練，也做了很多功課。」

「別擔心，道格不會讓沒準備好的人上山。我們每個人的經歷都不一樣。」艾莉絲說。

「我真佩服你們每個人，希望你們都成功登頂。」其中一位健行的女孩說。

「只要卓奧友峰的事不再重演，我們就會成功登頂。」格蘭特說：「一個人出錯，就會導致所有人的失敗。當時有個印度登山客遇上麻煩，結果我們全隊都得跟著撤退。」

「那件事發生的時候你在山上？」艾莉絲問。

「對啊，我們的雪巴嚮導被派去救援，我們其他人只好下山。要不是當時有查爾斯在，事情會更糟。說真的，我唯一的想法就是這會是一部精彩的電影。我來這裡就是為了用鏡頭捕捉查爾斯登山的身影，拍一部登山界的《赤手登峰》，希望最後能拿到奧斯卡。」

「電影感覺會很壯觀！」另一位來健行的女孩附和。她靠向格蘭特說：「我敢說，數以萬計的電影製作人都想得到這個機會。」

「是數以萬計加一。」格蘭特說，拿起酒瓶和女子的啤酒乾杯。「我不過是個幸運的混蛋，找到吸引金童查理注意的方法。」

塞西莉的頭隱隱作痛，這裡的海拔高度讓她的身體吃不消。「我先進去了，各位晚安。」

「怎麼了，今天跌倒還沒恢復嗎？」格蘭特問。

塞西莉一時愣住，她並沒有告訴任何人自己今天在湖泊上方的岩石跌倒。格蘭特去了那裡嗎？他是吹口哨的人嗎？她低頭假裝自己沒聽到，回到庭院。

她沒料到艾莉絲也跟著她離開。「別管他！」艾莉絲說：「我們每個人都得從某個地方開始自己的旅程。我爬了一輩子的山，還是覺得自己像個初學者。」

「妳在開玩笑嗎？妳早就是個傳奇人物了。」塞西莉嘆氣，「我不想拖累整個團隊。」

艾莉絲逗著她說：「妳才不會咧！我不帶氧氣才會讓整個團隊承受風險。總之如果沒登頂成功也沒什麼，反正山永遠都在那裡。讓我學到的不是登頂，而是山本身。」

塞西莉眨了眨眼。「妳說的是我部落格裡面的話嗎？」

艾莉絲微笑。「看吧！我要說的妳也早就已經知道了。」她拍拍塞西莉的肩膀，便走回她們兩人的房間。

塞西莉坐在床上，拿出筆記本。她真希望事情就像艾莉絲說的那樣就好。只是，這次的登頂是錯過就不會再有的機會。嘗試本身根本算不了什麼，她得登頂才行。在山上見到班更是提醒她現實的殘酷，因為她來這裡只有一個原因，就是要得到一篇殺手級的報導。正因如此，她得登上山頂。查爾斯對這點也說得很明白，沒有討論的餘地。

塞西莉在頭頂燈光發出的光線中，盡可能寫下今天和所有人交談的紀錄。艾倫和她在露台上的談話在她腦海中揮之不去。*我只想知道山上到底發生了什麼事，像皮耶這種優秀的登山者絕對不會無緣無故地摔下去。*

她希望艾倫能找到他在追尋的答案，但她也不確定他是否能成功，畢竟山不會輕易吐露隱藏的祕密。

她準備關燈時，艾莉絲已經睡著了。就在這時，她伸手去找水壺，才發現自己把水壺留在餐廳裡了。她很想把水壺丟在那兒就好，但她的喉嚨很乾，這樣下去明天早上一定會很不舒服。

不厭其煩……這句話浮現在她腦海中，提醒她在小事還沒變成大事前趕快處理。這是一位女性登山者曾告訴過她的話，是登山者間相互傳遞的智慧箴言。這句話在漆黑寒冷的夜裡給了她從厚重毛毯中爬出來的力量。

經過庭院中間，她停下腳步，仰頭看著天空。她屏息，不是因為海拔高度使然，而是因為她從未見過如此星辰滿佈的夜空。

佇立在她前方的，正是馬納斯盧。

這座傲視群雄的巨大山峰，身影在閃耀的夜空下有如不祥的黑色龐然大物，從主宰的地平線一路高聳入天，頭頂披帶星辰有如皇冠。

8

陽光灑在塞西莉的枕頭上，讓她醒了過來。艾莉絲正躡手躡腳地走進房間裡拿背包。

「抱歉吵到妳，希望妳已經醒了。」

「我是該醒了。」塞西莉拉下她的睡袋，眨眨眼，注意到艾莉絲臉上嚴肅的神情。「妳還好嗎？」

艾莉絲停頓了一下，搖搖頭。「妳最好出來一下。」

她從窗台上拿下外套，拉上拉鍊，包住身上的發熱衣，然後穿上靴子，跟著艾莉絲走了出去。

中庭裡聚集著一大群人。塞西莉看到道格，他和明瑪、札克站在一起。克里斯多夫癱坐在他們前面的矮牆上，班的手搭著他的肩膀。今天是他們出發上山的日子，應該是旅程中最令人興奮的時刻，但此刻他們卻烏雲罩頂，再明亮的陽光也無法穿透。

「發生什麼事了？」塞西莉問。

艾莉絲嘆了一口氣，「他們在湖邊找到屍體。」

塞西莉的心臟幾乎就快要跳出來。「我的天哪，是誰？」

「他們認為是艾倫。」

「什麼？」塞西莉張大了嘴。「不可能，我昨天才跟他說過話，我們才約好要進行訪談的。我在湖邊看到他，他去游泳……」塞西莉的聲音越來越小。「他們覺得是怎麼一回事？」

「他應該是在岩石上摔了一大跤，聽說是尼泊爾人今早搬物資上基地營的時候發現了他。」艾莉絲說。「我昨天往基地營的方向走了一大段路，從上面看到湖，今天早上又看了一次我拍的照片，裡面都沒有他的蹤影。」

「我昨天離開的時候，他還好好的。」塞西莉覺得口乾舌燥。她是艾倫生前見到的最後一個人嗎？「等一下，我昨天看到一台空拍機往那個方向飛去，聽到有人發出哨音。或許有人在我之後還看到艾倫。」

「我想我們遲早會知道的。這真的好令人難過。」艾莉絲搖頭，然後喝了口水壺裡的水。

塞西莉覺得喉嚨發緊，腦海中想像著艾倫受傷，在湖邊死去的畫面……然後她看著艾莉絲。她眼前的這位年輕女子看起來比她冷靜多了，她似乎已經接受了這個事實，準備就這麼讓它過去。塞西莉知道登山者每天都在和死亡正面交鋒，死亡是登山活動中存在的現實，或許在情感上切割是唯一可以讓他們在理性上繼續下去的方法。

可是塞西莉還沒達到這種境界。「誰會通知他的家人？他太太？」

「我相信克里斯多夫和極限巔峰團隊會處理的。」艾莉絲說。

塞西莉點頭。克里斯多夫似乎驚魂未定，仍低著頭。塞西莉無法想像他的感受。艾倫來這裡是為了紀念在山上過世的朋友，但現在死的卻是他自己。他無法放下那份傷痛，一直想找出真相，之所以去到湖邊就是像她一樣想靜一靜，為前方的旅程做準備。只不過，她回來了，但艾倫卻沒有。

此時有人拍了一下塞西莉的肩膀，她嚇得差點跳起來。她沒意識到自己竟如此不安，她的雙手正在顫抖。道格站在她身後，看起來很嚴肅。「到裡面開團隊會議，我正在召集所有的人。」

「喔，誰死了？」格蘭特從房間裡走出來，一邊用手整理他還未吹乾的頭髮。昨晚其中一個澳洲健行女孩身上緊緊包著他的羽絨外套。

「白癡！」艾莉絲咒罵，一邊把他推開，走向茶館的餐廳。塞西莉挑眉，或許艾莉絲心情也不太好。

「怎麼了？」格蘭特舉起雙手。札克過去向他解釋發生的事情，留塞西莉一人站著。塞西莉有很多問題想問克里斯多夫，但她不想打擾他。明瑪溫柔地碰碰她的手臂，引導她到茶館裡，她只好麻木地走過去。

桌上有一大壺加了糖的紅茶。塞西莉幫自己倒了一杯，用手指緊緊包住瓷杯，直到感覺杯子發燙為止。那是唯一能阻止她發抖的方法。

她上一次上山的時候，有人死了。如今，艾倫也死了。她知道這樣想沒什麼道理，但她覺得只要自己一上山就有人死掉，這是個不好的預兆。

現在看來，這場遠征在開始前就要結束了。道格揉著他的太陽穴，一邊等待所有隊員圍著桌子坐下。「明瑪和我今天早上和基地營聯絡過了。」

「太好了！」格蘭特說：「我們什麼時候出發？」

塞西莉驚訝地看著她的英國同鄉。「有人死了，我們不可能就這麼出發吧？」

格蘭特聳肩。「所以呢？死的又不是我們的隊員。妳可以確信查爾斯不會就這麼作罷的。他抵達以前，我得先在山上完成高度適應。」

「你是認真的嗎？」她環視她的隊友，希望有人支持她的想法，但她發現所有人都在躲避她的目光，連艾莉絲也是。「沒有人知道造成這起意外的原因，我們不是應該至少在調查期間稍微等等嗎？」

「這是場意外，塞西莉。如果有人對繼續行程感到不自在，希望離開，我不會責怪。」道格用冷靜的語調說：「我們會幫忙安排回加德滿都的直升機，不會多說什麼。」

所有人鴉雀無聲。一陣安靜之後，塞西莉輕輕地搖頭。她覺得正確的決定，也就是對艾倫表示尊重的決定，是離開這座山，但她似乎是唯一這樣想的人。她知道自己受到驚嚇，或許這也影響了她的思考。

「好的，我去看看極限巔峰團隊是否需要意外後的支援。我們就照原訂計畫，九點往基地營出發。大家準備好，一小時後外面見。」

塞西莉和艾莉絲回她們的房間打包。

「妳覺得我們做的是對的嗎？」塞西莉坐在床邊問。

艾莉絲正把睡袋塞進背包，進行到一半，她停下來坐到塞西莉身旁。「我相信道格，也相信查爾斯。我已經傳簡訊告訴查爾斯發生了什麼事。他回覆說，他覺得我們應該繼續。」

塞西莉張大了眼，「查爾斯這麼說？」

「發生這種意外總令人難受，是個悲劇。即使不是發生在我們隊上，還是很令人難過，但我們總得繼續下去，艾倫不會希望妳放棄夢想。」

塞西莉挑著棉被上的線頭說：「我不確定這是否真的是我的夢想。」

「妳想登頂，對吧？」

塞西莉點頭。「我是想登頂。如果我要得到這個報導，我就得登頂。」

「那我很高興妳會留下來，我們會一起在山上紀念艾倫。如果就這麼回去，也無法為他做些什麼。」

塞西莉想到艾倫打算在山頂留下紀念向皮耶致敬，或許她也可以做類似的事情。「謝了，艾莉絲。」

她們再次檢查房間裡是否有遺留的手套或充電線。如果有東西忘了，這一趟來回可不容易。塞西莉背著背包回到中庭，現場的氣氛也和先前不同了。此時，揹工正忙著把包包和裝滿工具的桶子放到驢子身上，動物脖子上的鈴鐺叮咚作響。她在餐廳的入口處看著這一切。

「好個多事的早晨啊！」班從庭院的另一頭向她走過來。

她挺起身。「我剛才看到你跟克里斯多夫在一起，他還好嗎？」

班聳聳肩說：「他會留在薩馬崗，確保艾倫的屍體平安返回。我想我們不會在基地營看到他了。很瘋狂吧？幾天前才認識這傢伙，然後他現在死了。」

塞西莉因他的話感到不安，她在班身邊依然覺得不自在，但她不希望讓他看到自己脆弱的一面。「這太可怕了。」

班靠近塞西莉。「我問了一下狀況，聽起來是艾倫走到湖邊預先做高度訓練，然後在那裡的岩石上失足跌倒，是個詭異的意外，有點怪。」

「他是去游泳的，他說那會幫助他沉澱心思準備好爬山。」

「妳也在湖邊？」

她點頭。「我們聊了一下。我離開的時候，他還在水裡。」

「喔，哇！妳在那裡有看到其他人嗎？」

「沒有。我有看到一台空拍機，但沒看到操作的人。」

「這就有趣了……我只有在這裡看到幾個帶空拍機的人，因為許可證很貴。妳在那裡的時候會覺得危險嗎？」

「腳下的石頭不是很穩，但是對艾倫這種登山老手根本不是什麼問題。」塞西莉皺眉。「你問了這麼多問題，是知道什麼內幕嗎？」

「我的確知道一些事情。我和其中一個發現艾倫的村民談過。」班壓低聲音，「艾倫的傷勢很嚴重，他的頭部明顯受到重傷。」

「真的假的？我的天！」她停下來深呼吸。「他們認為他的頭是跌倒時撞傷的嗎？」

「或許吧……他有跟你提過他朋友皮耶．夏朗的事嗎？」

「在聖母峰上失蹤的那個？有啊，那個可憐的男人。聽起來像是一場悲慘的意外。」

「聽著，這件事就妳和我知道。」

塞西莉點頭。儘管不信任班，她還是想知道他的說法。

「我不確定這是不是意外，」他繼續說：「但我覺得很可疑。艾倫來這裡想釐清一些重要的問題，然後他就死了。這看起來不像巧合。」

她心中的疑慮越來越深，忍不住拿出筆記本看了看她和艾倫之間的對話紀錄。

「你真的覺得這不是意外？」

「我只是說，或許事情不像表面上看起來這麼單純。」
「那接下來會發生什麼事？」她問。
「尼泊爾政府正在接手，會進行調查。」
「很好。」她說。「不管這場意外有多悲慘，我都希望調查出的結果不是人為造成的。」
團隊的其他人陸續抵達中庭，所有人都準備好要前往基地營了。班對塞西莉使了個眼色後，和道格握手，進到屋內。
塞西莉的背脊從上往下發涼。班丟下了一個震撼彈，雖然她希望那不是真的，但她在腦海裡反覆思量他的話。她再次抬頭望向馬納斯盧，即使最有經驗的登山者都死在她眼前所注視的這座山上，而這就是她即將要爬的山。
只要一失足，就可能一命嗚呼。
或只要被人輕推一下……
這個想法不請自來地浮現在她的腦海。她嚥下口水，趕緊跟上其他人的腳步。

9

前往馬納斯盧基地營的路上，沿途都是手寫的金屬路牌。他們成一路縱隊前進，道格走在最前面，他雙手插在口袋，肩膀也很放鬆。後面跟著格蘭特和艾莉絲，再來是札克和明瑪，塞西莉則走在最後。她抓著背包的背帶，試著專注於眼前的任務，上到基地營。

離開了村莊，逐漸往上行的路上下著霧濛濛的小雨。途中他們穿過一片森林，裡面開著茂盛的杜鵑，還有表皮剝落的白樺樹和喜馬拉雅喬松。這裡比塞西莉想像中的更綠意盎然。他們越爬越高，腳下的泥濘也越來越重。雨季將近尾聲，路面經過數百位登山者沉重的登山鞋連番踩踏，已變得濕滑。

到了更高海拔之處，樹木也更稀疏，周圍景色開展成明媚的高山草原，粉紅及紫色的花朵花團錦簇，交錯點綴著高大的草叢。塞西莉真希望自己能好好欣賞眼前的美景，但艾倫的事仍在她腦海裡盤旋不去。

札克看了手錶上的海拔高度說：「剛過了四千公尺。」他停下來等塞西莉跟上。

「再過幾百公尺就到了。」塞西莉回答，停下來喝水。她指著札克外表昂貴的手錶，「看起來很不錯喔。」

「這是前進通訊的新機型，我們希望明年春天能對外發表。」

「噢，哇！我沒發現那是你們公司的產品。太厲害了！你一直都在科技業工作嗎？」

「對啊。我讀的是加州理工大學，畢業後就在佩塔盧馬定下來，開了公司，一直到現在。我的使命是把全球頂尖的通訊設備帶到世上最偏遠的地方。我們想為那些承受最大風險的拓荒者提供裝備，給他們安全的衛星電話、GPS設備，還有在最惡劣的氣候、最深的洞穴、最密集叢林裡都能使用的相機。」

「或是在最高的山上？」

「沒錯！前進通訊就像我的孩子。我真心覺得我的工作夥伴是一群頂尖聰明的人，他們都支持我來這裡。」

塞西莉微笑。他聽起來是那麼誠懇和投入，看得出來他是個很能激勵人心的執行長，他的員工感覺像是他的家人。「聽起來是個很有意義的使命。」

「這個使命對我來說意義重大，過去十五年來我一直在努力推動。二〇一〇年，我帶了幾個工程師到雷尼爾峰去測試一些設備，進行交流。雖然那是我人生中做過最困難的事情之一，但我真的愛上了其中的一切：所有的挑戰、風景、登上頂峰的那種強烈感受，和不斷超越自己的努力。後來嚮導在雷尼爾峰基地營的酒吧跟我提到攀登全球七大高峰的事。從那時候開始，我就迷上了登山，像狗咬著骨頭不放。登山和我的使命可以說是相輔相成，就是用科技打破一切限制。當我聽到登頂十四的計畫，還有查爾斯如何努力籌措資金，我就知道我們必須參與其中。我說我們會贊助他任務的最後一部分，交換條件就是他必須帶我上山，讓我測試一些設備。所以現在我人在這裡，和即將成為傳奇的登山家一起登山！」

「你的家人沒意見嗎？」

「嘿，我做這些都是為了他們，希望留給他們除了公司以外的資產，一種真實、個人的東西。妳懂嗎？我希望我兒子喬許和利弗看著我會感到欽佩。我希望讓他們知道，人生並不是只有金錢。那妳呢？妳一直都想當記者嗎？或許妳訪問完查爾斯之後可以來訪問我。」

她聳了聳肩。「我其實算是誤打誤撞進入新聞業的。我在成長過程中曾經想跟我媽和我哥一樣成為醫生。我們是醫生世家。」

「後來怎麼了？搞不定嗎？」

塞西莉喝水差點嗆到，不過她看到札克開玩笑的眼神，也跟著輕鬆了起來。她笑著說：「就像你說的吧，我想我曾經有段時間覺得很迷惘。我大學讀的是英文系，後來在不同的零售業打工，一邊經營生活風格部落格。然後我男友，現在是前男友了，教我如何推廣自己的部落格，幫我介紹編輯那類的，我就這麼成了有收入的自由文字工作者。他是探險旅遊記者，專門報導聖母峰和其他大山。」

「妳在開玩笑嗎？那他一定很嫉妒妳現在在這裡。」

「是啊……所以他變成前男友了。」

「妳不用解釋，我懂。那妳都怎麼訓練的？」

她大笑，「我爬了超——多——樓梯。」

「那還用說！我花了一個月待在低氧室裡鍛鍊，預先做高度適應，連睡覺也待在裡面。低氧室會模擬一萬八千英尺的氧氣含量。」

「真的是高科技耶！」而且也好貴，塞西莉心想。「那有幫助嗎？」

「噢，當然！低氧室跟高海拔帳篷真的為登山產業帶來了新的變革。我試著在每個準備階段都進行革新，讓準備工作盡可能有效率。只可惜妳不是醫生，不然妳就可以幫忙確認我的氧氣數據了。」

塞西莉已經很久沒想到當醫生的事了。中學時，她和哥哥亞歷山大一樣，修足了所有上醫學院需要的科目。亞歷是個好勝心很強的人，他參加過一場又一場的馬拉松，還在西班牙的馬約卡島上完成了鐵人三項（只要跟他在一起超過十五分鐘，你就會從他口中知道這件事）。塞西莉曾經把他當成偶像，直到她意識到必須找尋自己的人生道路，不能只是跟隨哥哥的腳步。亞歷山大臉上失望的表情讓塞西莉感到不快。當她告訴父母自己想選擇不同的道路，在大學主修英文時，父母親臉上也透露著相同的失望。亞歷試著了解她的轉變，但他無法理解，因為他一直很清楚自己的人生方向。塞西莉覺得自己被困住了，在符合家人期望和追求自己對文字的熱情中間拉扯。她渴望探索這個世界更多，但是卻害怕自己一個人獨自追尋夢想。

然後詹姆斯出現了。他在約會軟體上的個人簡介令她驚艷。他是真材實料的探險家。他不只會滑雪，還會山嶽滑雪；不只會騎車，還是在遙遠的喀爾巴阡山脈騎山地自行車。除此之外，他還是專業的登山嚮導和熟練的攀岩者，加上寫作的天賦，讓他成為廣受歡迎的戶外探險記者。如此才氣配上下巴俐落的線條和那雙蜜棕色的雙眼，塞西莉根本不敢相信自己這麼走運。

相較之下，塞西莉的個人簡介根本無聊透頂。她的照片分別是在布萊頓啜飲雞尾酒、在肖迪奇區的壁畫前，以及在瑞秋婚禮的舞池裡。詹姆斯說，他之所以和她配對成功是被她的微笑和她筆下流露的機智及溫暖所吸引，儘管那只是一小篇她為了約會軟體所寫的自介。有些男人會為了吸引女人而謊稱自己很有冒險精神，但詹姆斯絕對是貨真價實。從他們第一次在泰晤士河上跌跌撞撞的划船約會開始，詹姆斯就不斷把她拉出舒適圈外。他鼓勵她把眼光放遠，不要只寫大家都在寫的「奢華」旅遊，他邀請她一起寫一些較鮮為人知的探險祕境。不過他絕對沒想到，他的鼓勵最後會導致塞西莉搶走他最大的新聞，不然他當初也不會這麼努力鞭策她。

他們的生活曾一度處於幸福的假象中，過得很冒險和隨興。她很想念那段時光，甚至覺得心痛，不過她現在終於看清，那一切並不真實。詹姆斯幻想她可以成為他心目中的樣貌，但當他逐漸意識到她並不是他想像中的那個人，她開始感覺到他漸行漸遠。

或許吉力馬札羅就是一切結束的起點。詹姆斯從阿空加瓜山回來之後，提議他們可以一起去挑戰非洲的最高峰。塞西莉其實很擔心，但又不想讓他失望。

所以他們就去了吉力馬札羅。

儘管她從來沒真的登過什麼山，但她也沒認真做太多訓練，連爬三層樓回家她都懶。她心想，每年都有數千旅客爬上吉力馬札羅，所以應該不需要什麼特殊訓練吧。事實上，這次挑戰比她想像中困難得多。每個營地她都是氣喘吁吁爬上去的，還要適應高度和寒冷的氣候。雖然有揹工扛著她的裝備，但她最後還是在離頂點不遠的高地上停了下來，無法朝終點再走任何一步。

詹姆斯在她身邊陪著她。當她在路上吐出登山公司為他們烹煮的山珍海味時，他幫忙把她的頭髮撥到背後。她的嚮導用史瓦希里語說著：「波雷波雷，慢慢來，慢慢來。」但她根本無法再繼續下去，於是詹姆斯也只好跟著放棄。她很感謝他，但也覺得內疚。他把一切歸咎於海拔高度，但她不確定是否真的是高度問題。高度只是表面因素，更深層的原因是她本質上的缺陷，她的基因裡就是缺少了適應能力。

接下來是國家三峰挑戰賽。從雪墩山回家的路上，她覺得自己徹底一敗塗地。寫下〈無功而返〉那篇部落格文章讓她得到了情感的宣洩，但詹姆斯不懂為什麼她要公開發表。他已經在文章裡稱她是英雄了，為什麼她還要把自己定義成失敗者？

英雄和失敗者，勇敢和怯懦，冒險和顧家。她在想，這種雙面性格是否屬於她與生俱來的一部分？她既是中國人又是白人，在兩個世界裡都找不到自己的定位。說她是混血嗎？她倒覺得混亂比較貼切。

「天哪，這就是那座湖嗎？你知道的……就是出事的那個地方？」札克問。

他們現在遠高於樹叢上方，比倫德拉湖出現在下方的視野中。湖面閃耀著藍綠色的光芒，像是寧靜的天堂，只是在它平靜的表面下曾發生了一場悲劇。

「可憐的艾倫。」她說。

札克調整一下頭上前進通訊的品牌棒球帽。「很不真實。竟然有人就這樣跌倒，然後就死了。」他彈了一下響指。

她回想班說的話，「或許他不是跌倒摔死的。」

札克皺眉。「妳的話是什麼意思？」

她吞下口水。「極限巔峰隊的成員班是我家鄉的朋友，也是記者。他說有當地人告訴他，艾倫頭上的傷口很可疑。我想當局正在調查。」

「他被搶劫？」

塞西莉眨了眨眼，她還沒想到這個可能性。「不知道。」

「這裡這麼多遊客和健行客，你永遠不知道身邊到底是什麼人。老天，我真高興我們要到基地營了，現在最不需要的就是還擔心身邊有沒有投機的小偷。憑我身上帶的前進通訊的裝備、格蘭特的所有相機，還有艾莉絲身上的科技產品，我們就足以成為活生生的待宰肥羊。」

「胡扯！」道格面露鄙夷地說。他在等待他們跟上，塞西莉沒意識到他聽到了她和札克的對話。「那是一場可怕的意外，就這麼簡單。這裡沒有小偷。你們已經落後了，最好跟上。」

她嚥下口水。

「或許妳的記者『朋友』是想故意擾亂妳。」札克拱起眉毛說，接著跟上道格的腳步。

塞西莉再喝了一口水壺裡的水，目光停留在柔和而閃耀的湖水與周圍致命的岩石上。

她已經在雪墩山經歷過山上氣候的變幻莫測。她只希望當他們越爬越高，這場意外也會離他們越來越遠。

10

他們在途中一間「茶館」停了下來。這間茶館靠在懸崖邊上，以簡易的棚子搭建而成。當地村民在鐵皮浪板屋頂下生火，燒著一大壺水，用來煮茶和饃饃。這裡的饃饃包的是馬鈴薯，配上辛辣的醬料。塞西莉後來才知道這是廓爾喀地區的特色料理。她狼吞虎嚥地把它們塞進嘴裡，這些小元寶確實是美味的山區小吃。

「冰河的位置以前比現在低很多。」道格說。「冰河幾年前曾經伸入這個山谷。」

「氣候變遷。」札克嘆了一口氣。

塞西莉對札克這一路以來的身體適應，或者說不適應狀況感到驚訝。過去半個小時，他滿頭大汗，一直大口吸氣，看起來和塞西莉疲憊的程度不相上下。或許低氧帳篷並沒有預期的那麼有效。

塞西莉感覺道格的眼睛在觀察著每個人的狀況。他說：「我們現在已經走了一半的路程，大家慢慢來。」

她很高興能休息片刻，然後回想起自己為行前準備在博士山走過的路程。博士山是她在倫敦附近能找到最陡峭的地方，她在那裡上上下下走了很多趟。現在回想起來，真為自己當時走過的每一步感到慶幸。

艾莉絲站在一旁拍照，札克在她身邊的木頭坐了下來。吃完饃饃後，他從口袋裡摸出一台亮眼的迷你黑色機器，只有信用卡一般大小。當他把機器翻過來，塞西莉發現前面有個大大的圓形鏡頭。

「這是相機嗎？」她問道。「我從來沒看過這麼小巧的機型。」

「很精緻吧？這是前進通訊衛星相機的原型，我想在高海拔地區測試。這台相機透過衛星科技把影像直接傳到雲端，這樣我的團隊和家人就可以和我一起體驗這整趟旅程。」

「所以可以在八千公尺高峰上直播？那寫部落格實在是太老套了。」

「妳說得沒錯！現在還在測試階段，但畫質真的很棒。如果產品成功，將會改變整個探險攝影的樣貌，不過我們主要的目標還是要幫助偏遠地帶的社群，尤其是當他們遇上天災需要向外界求援的時候。總之，這是我『打破限制』的使命之一。我原本想給查爾斯一台，但他說他不想帶著原型機爬山。」

「別給他相機，這樣我才能拍他。」格蘭特插話，一邊走向他們。

塞西莉斜眼看他，「那如果他不走主要路徑呢？他進行阿爾卑斯式攀登的時候，你要怎麼拍他？」

「那就是這台寶貝派上用場的時候了。」他拍拍身上的袋子，「高海拔空拍機。我在七千公尺的卓奧友峰上用過這台，希望這次它可以飛得更高。」

「你有空拍機？」塞西莉眼睛張大。

「我當然有啊。」格蘭特聽到她的問題直翻白眼。她正想問他的空拍機是否曾飛過湖面上方，但道格手一揮要他們繼續走，格蘭特就已經飛奔上路了。

「看來我們要繼續往前了！」札克說。「往前，往上！」他把相機固定在外套的拉鍊上，雙手扶著大腿站了起來。

離開茶館後，草地和細瘦的樹木逐漸消失，最後他們終於到了山腳下的岩石，首度踏上荒涼的冰磧，時不時就得讓道給一小隊的駱駝，每隻駱駝背上都掛著兩袋行李。

過了幾個小時，啟程時的那種新鮮感已逐漸褪去。塞西莉不停對自己說，基地營一定就在下個山脊，但它遲遲不出現。現在的海拔高度已經沒有太多景色變化能在視覺上分散他們的注意力，他們被籠罩在厚重的濃霧中，眼前一片朦朧，腳下所剩的只有岩石、泥土和冰。

他們看到第一個明亮的黃色帳篷出現時，就像抵達目的地的信號，讓他們鬆了一口氣。很快地，其他帳篷也從灰暗中一一冒出，像是出現在迷霧裡的珍珠。塞西莉看到這個彩色帳篷組成的塑膠城市實在是太高興了，這代表主要營地應該就在不遠處。經過四個半小時，他們身處近五千公尺高的地方。這裡已經比阿爾卑斯山脈的任何一座山都來得高，然而距離今天的終點還有一小段路。

道格指向一條狹窄的小徑，「我們的營地比較遠。」

塞西莉氣喘吁吁，把手放在膝蓋上，她真的以為他們已經到了。明瑪把手放在她的背上說：「妳要想，這代表當我們再次出發的時候，離一號營地會比較近。」

「我想是吧。」塞西莉回答。儘管覺得自己的腿快斷了，她還是勉強微笑。

基地營的規模很大，一排排帳篷按隊伍劃分成不同區域，隨著地形高低起伏安置在跨越冰河的岩石上。多數帳篷都很小，只能容納一人躺臥，但每個區域也都有幾個比較大的帳篷，用來烹飪、用餐、擺放通訊設備及登山裝備。有些比較大的團隊，甚至在透明的塑膠圓頂帳篷中設置了豪華客廳，看起來就像愛斯基摩人的冰屋一樣。塞西莉曾看到揹工為那些豪奢的客戶扛扶手椅和桌子上山，隨著喜馬拉雅登山產業的商業化發展，客戶要求的住宿條件也越來越優渥。其中最大的公司是極限巔峰，就帳篷的外觀看來，他們也是最豪奢的。

每組帳篷上都掛著印有探險隊名字、贊助商和登山者國籍的旗幟。來自世界各地的男男女女為了這場探險聚集此處，在喜馬拉雅中心地帶形成了一個迷你的國際城市。

他們終於抵達曼尼斯登山隊的基地營，塞西莉的心情也開朗了起來。營地入口立著一面寫著隊伍縮寫MM的旗子，一旁就是查爾斯．麥克維登頂十四任務的旗幟。

她辦到了！

11

基地營入口有十幾張笑臉朝他們迎來，好比婚禮上的列隊迎賓。她和每位基地營的工作人員及所有的雪巴嚮導一一握手。

最後一位和她握手的雪巴嚮導說：「歡迎到家！」這位嚮導的外表非常俊俏，下巴線條俐落，還有古銅色肌膚和誠摯的棕色眼睛。他在塞西莉脖子掛上鮮豔的橘色金盞花環。他和塞西莉一樣高，但身上的肌肉很結實。「我是格爾登，恭喜妳抵達基地營。」

「我是塞西莉，真不敢相信我已經到了！」她回答。過去幾小時內累積的痠痛在此刻一湧而上，她的身體在挪動背上背包時抽痛了一下。

格爾登看到便說：「讓我來吧！」他提起背包的背帶，塞西莉踉蹌地脫了下背包。

她感激地笑著說：「謝謝！」格爾登輕鬆地把背包甩到一邊肩膀上，開始為塞西莉導覽基地營。「來吧，我帶妳到帳篷休息。」他指著營地邊緣最大的帳篷說：「那裡是用餐區，後面那個是廚房，然後兩個小的帳篷是廁所。」

塞西莉見到山上生活的實際面貌，臉色一沉。格爾登指出艾莉絲的帳篷就在離用餐區最近的位置，相隔幾步，格蘭特和札克的帳篷比鄰而居。而她的帳篷最遠，看起來就像亮黃色的帽貝吸附在岩石地表。帳篷後有一堆巨石遮住了背後陡降的山谷，至少這裡晚上不會被人來人往的腳步聲打擾。

「妳的帳篷到了。」格爾登說。她的行李袋已經堆放在帳篷外，「我先讓妳安頓一下。」

她蹲下來，拉開帳篷的拉鍊。看到裡面已經擺設了單人床墊和枕頭，她鬆了一口氣。她鑽進去躺在柔軟的海綿上，難以相信自己真的在這裡，在世界第八高峰的山腳下。

她閉上眼睛，一整天下來她累壞了。她身邊的每個人看起來都那麼堅定、有信心，絲毫不受艾倫的死影響。她想休息，但又擺脫不了那種不對勁的感受。道格已經斷然否定艾倫的死有任何可疑之處，但她的擔心，或者說是恐懼，卻沒那麼容易憑空消失。

那就起來做點事情吧！做點事總能幫助轉換心情。於是她坐起來，把包包拉進帳篷裡的空地。她打開第一個背包，拿出裡面的東西。起初她並沒有想太多，只是想先把重量較輕的睡袋和幾件乾淨的內衣褲、襪子拿出來。結果短短幾分鐘內，整個帳篷就堆滿了琳瑯滿目的東西，她那一長串必要物品清單就這麼活生生地排列在她眼前。

此時門口傳來一陣窸窣聲，有人打開了帳篷的入口。她急忙縮回去，撞上帳篷的另一端，她覺得心臟在狂跳。結果出現的是格爾登的笑臉，「我帶了飲料給妳，迪迪。妳需要保持水分充足。」她為自己驚嚇的舉動感到尷尬，以大笑來掩飾。她根本沒意識到自己多麼緊繃，她很慶幸格爾登一直專心不讓自己手中的茶水濺出，因此沒有注意到她的反應。

「迪迪？噢，可是我的名字是塞西莉。」她回神後，用正常的聲音說道。

「迪迪在我們的語言中是姊姊的意思。妳現在在山上，我們就是一家人了。」

她從他手中接過茶，手指仍在顫抖著。

現在換格爾登皺眉，「妳還好嗎？」

她搖搖頭。「昨天有個我在薩馬崗認識的男人死了，我們今早剛知道這個消息。」她還來不及管住自己的嘴巴，這些話就已經脫口而出。但她抬頭看見格爾登雙唇緊閉，他點點頭，似乎不覺得她反應過度或是疑心太重。

「噢，我聽說了。他是極限巔峰的隊員，是吧？」

「我覺得有點震驚。」

「我了解。但妳現在和我們在這裡，妳安全了。」

塞西莉的喉嚨一緊。「我可能是他生前見到的最後一個人。」

格爾登的眉頭鎖得更深了。他看見塞西莉堆滿帳篷的物品，什麼都沒說，只是伸手拿過她的哈達，就是啟程時明瑪給她的那條橙色圍巾。「把它掛在這裡吧！這個吉祥物可以驅散一切惡運。」他說著，把圍巾掛到帳篷頂端，讓它從入口垂吊下來。「把這杯茶喝了，好好休息，我們晚上六點吃晚餐。在那之前妳會沒事的，對吧？」

「我會沒事的。謝謝你，格爾登！你幫了我一個大忙。」她擠出微笑，這似乎讓他放下心來，但她心裡仍是焦慮不堪。

可以休息是很好，但她還有其他事情得忙。她的手機需要充電，經過長途跋涉，電池早已沒電。她得跟格蘭特聊聊，確認他是否就是在湖邊操作無人機的人。她也想要聯絡班，想知道他是否從當地政府聽到更多的消息。

她也還有部落格文章要寫。她得完成她來這裡的任務，不能讓一個悲慘而且很可能是意外的死亡事件擾亂她來這裡工作的目標。

她必須把事情放下，讓政府當局來處理這件事就好。

格爾登說得沒錯，她在這裡很安全。

她的腦袋是這樣想，身體卻無法跟著腦袋一起放鬆。

馬納斯盧：終極之山

節錄自塞西莉．王的部落格
九月五日
馬納斯盧基地營
四千八百公尺

在梵語中，馬納斯盧的意思是「神靈之山」。這個平和的名字掩飾了前方路上的許多危險。很遺憾地，我們在薩馬崗已經歷了一場悲劇。極限巔峰登山隊的團員艾倫．福婁拜，在冰蝕湖附近的岩石上遭逢致命的意外。我對他在夏慕尼的親友深表哀傷之情。

儘管如此，我們的路途依舊繼續進行，在今天早上抵達了基地營。東峰側翼如鯊魚般的外表遮住了山的真正頂峰，從我們的營地望去，冰川的景色一覽無遺。我正在小帳篷中寫作，若有人在一年前對我說，我會在地處世上最偏遠的冰河上生活一個月，我絕不會相信。但如今，我就在這裡。

最令我感到訝異的是，這裡竟然有這麼多人。據說馬納斯盧峰這一季發放了兩百張許可證，讓這座山真的變得很熱鬧。

這一切讓我不禁想問：為什麼？

人們攀爬聖母峰的原因比較容易理解。之所以攀爬聖母峰，就因為那是世界最高峰，爬了可以獲得立即的名聲、普世的認可。可是為什麼要爬馬納斯盧峰或其他名氣較小的八千公尺高峰呢？純粹是為了累積經驗，為偉大的聖母峰做預備嗎？

況且，馬納斯盧儘管名氣不如聖母峰，也不像K2那麼惡名昭彰，它的危險卻是千真萬確的。事實上，就死亡率來說，馬納斯盧的危險程度在八千公尺高峰中排名第四。那裡是出了名的會雪崩。路徑的不穩定性、山上相對「溫暖」的氣候、日光對山的照射，以及雨季厚重的降雨量，這一切都意味著在那裡不可能找到一個真正「安全」的紮營地。舉例來說，馬納斯盧並不像聖母峰的西谷，能在深廣的山谷護衛下免受雪崩的風險。

馬納斯盧的登山者必須走得快，採取各種防禦措施，並且祈禱。不久前，馬納斯盧還是舉世聞名的「殺人峰」。這座山……似乎不太吉利。

然而，我現在人就在這裡，抬頭望著美麗的東峰。它有一種誘人的氣質，外表看起來實在壯觀。如果天候狀況理想，即使像我這樣的登山新手，東峰會是個雖具挑戰性，但仍可達成的登山任務。

正如道格在薩馬崗向我們簡述的那樣，這次遠征的路途會沿著東北山脊前進。技巧高超的雪巴人團隊會先去「固定」路線，把幾千公尺的繩索架在山上。我們在基地營適應了高度之後，就會隨著他們部署的路徑往上走。通往一號營地的路線相當明確，就是要越過崎嶇的斜坡和寬闊的冰河。

從一號營到二號營的路途最為艱難，因為我們會遇上馬納斯盧冰瀑。冰瀑基本上就是結冰的瀑布，是冰河流動最快、最危險的部分。我們在這裡很可能會遇上最大的冰隙，負責固定路線的團隊會在冰隙上架設一連串的梯子讓我們通過。我們也會遇上這場長征的「決戰點」——一堵巨大的冰牆。據說，攀爬這堵牆所需要的專業登山技術，更甚於聖母峰昆布冰瀑上的任何障礙物。陡峭的牆也意味著我們的爬冰技巧必須派上用場，並且要行動迅速。速度是絕對的關鍵，畢竟沒人想在倒掛的冰峰下逗留。冰柱可能會斷裂，撞上我們的路徑。

過了二號營，攀爬的難度再度趨緩。儘管如此，我們仍必須時時對落下的碎石保持警覺，尤其是來自其他登山者的碎石，或一失足就會輕易引發的雪崩。

三號營地被認為最為凶險，巨大的冰崖環伺帳篷四周。不過，朝向四號營的地形也變得比較容易駕馭，只要沿著穩定的斜坡，進行緩慢的長途跋涉。

過了四號營，就是我們的目標：山頂。馬納斯盧真正的頂峰位置是具有爭議性的。有幾年，由於天氣和雪況的影響，登山者難以靠近山的最高點，因為需要越過一段懸雪厚重、路況不穩的山脊。當山脊被不穩的積雪覆蓋時，負責固定路線的團隊會把傳統經幡立在山頂下方幾公尺處的「前」峰。喜馬拉雅登山資料庫裡，這幾個年份都有星號註記，表示那一季的登山者並沒有到達真正的頂峰，因此每個人都希望今年的雪落得恰到好處，不多不少。至於查爾斯——既然他採取阿爾卑斯式攀登，不需要固定好的路線，因此無論在哪種情況下，他應該都能登上頂峰。

冬季來臨前，趁氣候尚未嚴峻到對旅途產生阻礙，我們還有一個月可以完成這場征途。這段時間應足以讓我們適應高度，在不同營地間輪轉幾次，安全攻頂，然後下山。我們只需要祈求合適的氣候，並求山神讓我們能安全度過。

同時，我將仔細檢查我的登山扣環是否順利地扣上，釘鞋的尖端是否鋒利。我的祈禱或許不一定會蒙應允，但我會竭盡所能地確保禱告實現的時候，我也預備好了。

12

塞西莉從筆電上醒來。一走出帳篷，就覺得頭昏眼花。

「迪迪，過來這裡！」格爾登揮手要她到廚房，塞西莉聽到裡面傳來鍋碗碰撞的聲音，聞到香料烹煮扁豆的香味。她的胃咕嚕咕嚕地叫。自從來到尼泊爾，她已嘗過好多次他們的傳統美食「達八」，但不知為何總是百吃不厭。

她跟著格爾登進到廚房，所有的雪巴嚮導和幫忙運送行李的揹工都聚集在此，埋頭在堆滿食物的碗盤中大快朵頤。

她覺得自己像是得到進入祕密基地的許可，這讓身為登山客的她覺得自己與眾不同。不是因為擁有私人帳篷，享受獨占的奢華，而是被接納成為雪巴大家庭的一份子。

「來，吃吃看。」格爾登用金屬湯匙從最近的鍋子裡舀了一口，遞給塞西莉。

她都還沒把湯匙放進嘴裡，就已經感受到辣椒和醋強勁的味道。「我的天哪，好辣！」她驚呼。

「太多了嗎？」格爾登擔心地皺眉。

「不，味道很香！」塞西莉接著說，此時麻辣的香料已在她口中四溢。

「迪迪，很高興妳喜歡。這是我們山區的傳統美食。」

「我覺得很好吃。」

「這是我們的廚師，達瓦。」格爾登指著一位男士。他轉向塞西莉，將一手放在胸前向她鞠躬。

她也低頭回禮。「很高興認識你，我等不及想吃更多你煮的菜了。」她接著說。

「還有我們的雪巴兄弟：藤新和芬巴，妳稍早也見過他們了。」塞西莉對他們兩人微笑，很高興有機會能多認識他們。抵達營地時，她實在太慌亂和焦慮，無法一一記住所有的名字和面孔。

藤新是他們之中看起來最年長的，他有一種平和的氣質，很可能是在山上豐富的經驗累積而來的自信。相較之下，芬巴和格爾登年齡似乎和艾莉絲較為相近。塞西莉記得艾莉絲提過芬巴是她最喜歡的人之一，她現在也了解原因了。芬巴用尼泊爾語和廚房員工開玩笑時，露出的笑容是那麼開懷，他的笑聲是那麼有感染力。格爾登和他比起來倒是顯得挺嚴肅。

「迪迪，現在該到隔壁去了。你們很快就要吃晚飯了。」

「謝謝你，格爾登。」

到了用餐的帳篷，塞西莉在艾莉絲旁邊的位置坐下，對面是格蘭特。她原本心想可以趁這時問他空拍機的事，但道格從帳篷的塑膠前廳大步走進來，數了一下人數，肯定地點了頭說：「好，開飯吧！」

達瓦就像是在等待他下達指令，端著一大鍋蔬菜湯走了進來。他為所有人各舀了一大勺，塞西莉把整碗湯都喝下了。

接下來的披薩是用自製的麵皮做成的，上面加了烤雞和蔬菜。塞西莉原本預期第二道菜會是達八，因此頗為驚訝。

艾莉絲伸手拿了一塊披薩。「這比布羅德峰上的伙食好多了。」

「怎麼說？」塞西莉問。她其實在社群軟體上已經讀過艾莉絲分享那次登山的經歷，但聽本人親口訴說還是不太一樣。「那是妳第二次去布羅德峰的時候，對吧？」

「對啊。第一次上布羅德峰是我在死亡地帶裡的無氧初體驗。」她呼了一口氣，「我不知道會這麼難，根本無從準備。一到了八千公尺，就像砰一聲撞到牆！」她一掌拍到桌面上，「我頭昏腦脹的，還告訴芬巴我好像看到有外星人朝我們走過來！結果那只是另一支隊伍……我登山這麼久，從來沒經歷過這種事，渾身無力，雙腿動彈不得，還看到根本不存在的東西。芬巴看我已經不行了，就帶我掉頭往回走。我一點都不想撤退，那是我這輩子做過最困難的決定，所以我很高興今年夏天能再回來重新登頂。這次我刻意把速度放慢，最後也登頂成功。」很難想像身軀嬌小的艾莉絲站在喀喇崑崙山脈那座遙遠高峰上的樣子，但艾莉絲的相片和故事足以證明她確實曾經登上山頂。

「所以當初為什麼不用氧氣？」札克問。「這樣妳早就可以去攻下另一座山頂，而不是重爬同一座山啊！」

「我覺得這不只是為了累積登頂紀錄而已，我想看看自己能達到什麼樣的極限，所以能無氧登上山頂對我而言很重要。這次不成功，那我下回就再試一次。」她把肩膀上的頭髮撥開，「拿馬納斯盧和卓奧友峰來說好了，大家都說布羅德峰算是比較『簡單』的，但看看多傑吧！他因為雪橋崩塌而死……」艾莉絲的聲音逐漸低沉下來。

塞西莉感到脖子背後的肌膚發麻，她開始漸漸明白，這些登山者如果不忘記身邊的死者，他們在山裡絕對待不下去。

「卓奧友很簡單。」格蘭特咕噥著，沒注意到塞西莉的不自在。「但有個白癡不肯聽別人要他下山的指令，還繼續往前。」他打開可樂的瓶蓋，大口喝了起來。

「發生了什麼事？」札克問。

「我那時候在二號營地幫客戶拍一些超讚的無人機鏡頭，聽到無線電傳來消息，說有一大隊印度人在我們前方，全隊大概有二十人吧。他們大部分都已經登頂成功，但有個傢伙沒回到營地。幸運的是，查爾斯那時候就在山上，我們全都擠在無線電旁聽他跟我們報告搜尋進度。我一聽到他就在我們所在的山脊上方，就拿出我的無人機，看是否能找到他們。」

「哇，結果有找到嗎？」艾莉絲問。

格蘭特誇張地對她眨眼，「寶貝，妳得等到影片出來的時候才能知道喔！」

艾莉絲對他擺了個臉色。

「那位登山者後來怎麼了？」塞西莉問。

「查爾斯在冰隙中找到他，用普魯士繩結下到那裡去，把他拖了上來。那真的不是一般人能辦到的事。相信我，你絕不會希望是查爾斯以外的人來做這件事。」

塞西莉從夾克的口袋裡拿出一本小小的線圈筆記本，寫下「普魯士繩結」，並圈起這個字，打算晚點再去查。她現在可沒有心情在別人面前顯露自己的無知。

格蘭特繼續說：「總之，要不是有查爾斯在，那傢伙早就死定了。他們從冰隙裡出來的時候，我們這一隊的雪巴嚮導全都過去幫忙，把那傢伙帶回基地營。我的登頂之路也因此終結。其實幾小時前就有人叫那傢伙回頭了，但他不聽。有些人就是不知道自己的極限。」

「好扯。」札克說。

「那還用說！」格蘭特憤怒地說。「但是當查爾斯撥雲見日，走進營地裡，手裡還抱著那個印度登山者——那一幕真是超級英勇，就像登山界的復仇者聯盟。還好我當時有把握機會在事件發生當下拍下查爾斯的身影。」他把手伸向外套，拉出一個厚重的硬碟。硬碟裝在堅硬的橘色塑膠殼裡，格蘭特小心地拍拍它。「就是這顆硬碟裡的影像讓查爾斯深信，我是拍攝他最後一次登山任務的最佳人選。」

「你沒備份在雲端嗎？」札克問。

「你見識過加德滿都的上傳速度嗎？大概要幾年的時間才能上傳完畢吧！不必了，反正這東西很堅固耐用，我把它當寶，隨身帶著。」

「格蘭特，所以空拍機……」塞西莉才開口問，達瓦就端著一盤巨型海綿蛋糕走進來，上面塗滿厚厚的奶油，還寫著「歡迎到山上」。塞西莉實在不曉得他在山上是怎麼烤出這樣一個大蛋糕的。

他們每個人都吃了一塊。道格在這時雙手合在一起，把身體往前靠。

所有人的目光都轉向他。他原本放鬆的肩膀此時往後挺起，這讓他看起來比在加德滿都或是薩馬崗更高了。「夥伴們，歡迎來到你們的新家。接下來一個月，我們都會待在這裡，所以請各位盡力維護環境的整潔。發電機晚上運轉的時候，你們可以充電。我們每晚六點整會在這裡用餐，並簡報第二天的行程，因此請勿遲到。」

「我們明天會休息一天，因為這裡的氧氣不到正常含氧量的一半，和你們平常習慣的不同。你們的身體會需要時間適應。」他把一台小型儀器丟到桌上。「這是脈衝式血氧機。把它夾到食指上，幾秒後就會出現結果。每晚同一時間測量，血氧量應該要每天逐漸增加，如果你發現數字瞬間減少，或到了下週仍不足百分之八十，務必讓我知道。」

塞西莉把機器夾到手指上，一看到介面顯示她的血氧只有百分之六十八，她皺起了眉頭。如果是在醫院裡，她現在應該需要立即補氧，不過以他們一天內往上移動超過一千公尺的距離而言，這樣的血氧量在這個海拔高度是在預期之內。此外，她的心跳也異常地超過每分鐘八十下，比她的正常安靜心率要高得多。

她在筆記本上記錄下自己的血氧，把機器傳給札克。

「補充水分是讓自己在這裡不生病的關鍵。在這裡的頭幾天，你們必須放輕鬆。我是說真的。等我們準備開始進行高度適應的例行訓練時，你們的身體必須是健康的，不然所有的旅費就都白花了。而這也代表接下來幾天不能洗澡，任何會衝擊到身體，或是讓身體在目前的氣候條件下無法恢復狀態的事物，都需要禁止。」

塞西莉臉色一沉，她並沒有期待在這裡還能好好地享受熱水澡，但親耳聽到自己不能洗澡還是不太好受。她已經把頭髮紮成緊緊的辮子，讓自己保持清爽。

道格繼續說：「我們得到消息，架繩隊已經在山上的二號營地了。他們進展得很順利，因此我們應該可以按計畫在幾天後開始進行不同營地間的輪轉。我們會先上到一號營地，把一些較重的裝備放下，繼續往上爬，然後在那裡過夜。你們會共用帳篷，塞西莉和艾莉絲一組，格蘭特和札克一組。如果每個人的狀況都良好，我們會繼續前往二號營地。等每個人都在三號營地至少度過一晚，並順利回到基地營後，我們就會等待適合登頂的氣候。最重要的是，要有耐心。」

塞西莉在詹姆斯到阿空加瓜山之前從來不懂高度適應的重點。適應高度的關鍵就是要在不同營地間輪轉，儘管這代表在真正登頂前，他們必須在同一條路徑上下來回好幾趟。

在登山活動所有的風險中，塞西莉最感到害怕的就是高度。高度對身體帶來的影響既難以預估，也難以治療。唯一能改善的方式就是降低海拔高度。即使你先前曾到過高海拔地區，也無法預測你的身體在同樣的海拔高度會出現什麼樣的狀況。

身體不適的反應會從頭痛開始，然後是鼻塞，可能帶一點鼻血，再來是疲倦。這些症狀在所難免，但透過時間的累積、補充水分和止痛藥可以得到妥善控制。如果發展成急性高山病，可能會失去食慾，出現反胃、暈眩、低血氧濃度等症狀……這時就需要更強的藥物。塞西莉的包包裡就備有專門對抗高山症的藥物。儘管藥物能減緩症狀，但身體的實際狀況也可能因此被掩蓋，讓人無法察覺。因此最好的方式還是讓身體自然適應高度。病情再進一步發展下去時，身體將會急速惡化，下一階段就是高海拔肺水腫和高海拔腦水腫。

此時會出現劇烈咳嗽、呼吸急促、幻覺、意識錯亂，水分會滲入肺、滲入腦。

在這種狀況下，已經不再可能登頂，唯一的選項就是撤回低海拔地區。

繼續下去只會導致死亡，而且在幾分鐘內就可能會喪生。

「記住，」道格的語氣很嚴肅，「你們需要特別注意一些小細節：確保水壺總是裝滿水，經常補擦防曬油，準備好另一雙備用手套。不要期待團隊裡會有人背你上山，這不是雪巴嚮導的任務。唯一能讓你抵達山上的只有你自己。」

此時一片鴉雀無聲。眼前的任務是如此巨大，只要一個小小的閃失，就會讓一切付諸東流。經驗會有助於減低風險，但經驗就是塞西莉唯一沒有的東西。

「不厭其煩。」塞西莉低聲說。

道格明顯被嚇了一跳。「什麼？」他問。

塞西莉甩了甩頭。「噢，那是一位登山者曾告訴我的話。不厭其煩。就像是一種登山格言。」

「好。」他的目光往下，下巴繃緊。

「我想，我打算無氧上山。」札克說。過了一會兒道格依舊面無表情。

艾莉絲在桌子的另一端，忍著不笑出來。「是啊，我也不想用氧氣。」格蘭特接著說。

塞西莉一一看著他們，不敢相信自己剛才聽到的話。

「不。」道格說。他的下巴抽動，怒氣從鼻孔噴出。這突如其來的轉變沒有任何暴風雨前的寧靜，只要說錯一句話就可能讓道格的表情瞬間因怒火而沸騰。他只是為了專業形象，勉強將憤怒掩蓋在文明的外表之下。「你們知道自己會讓我們陷入什麼險境嗎？我們每回帶你們上山，都是把自己的性命交在你們手裡。不想帶維生用品上山是吧？別指望我會同意！」

「可是艾莉絲……」塞西莉對札克竟然還繼續表示抗議感到訝異。

「艾莉絲無庸置疑已經證明了自己的能力，這不需要我再對你多說什麼。就算你以前爬過幾座山，在八千公尺高的地方那些經驗根本算不了什麼。你他媽的根本什麼都不知道，什麼都不懂。」

他怒氣沖沖地走出了帳篷，留下帳篷入口的拉鍊在他身後騰空擺動著。

「所以他的意思應該是不准吧！」札克不安地笑了笑。

「那我們現在可以慶祝了嗎？我帶了我平常喝的飲料。」格蘭特像個頑皮的小學生露出得意的笑容，把手伸到桌子下，拿出一瓶半空的摩根船長蘭姆酒，碰一聲放到桌上。

艾莉絲翻了個大白眼，塞西莉忍住大笑的衝動。她因為頭骨上的刺痛而蜷縮著身體，不敢相信格蘭特在這種海拔高度還有心情喝酒。

更令她訝異的是，札克竟然搓搓雙手，跟著說：「好啊！」

「夥伴，乾杯！」格蘭特說著，便往自己的咖啡杯裡倒了一大杯，也為札克倒了一杯，然後拿著酒瓶對其他人晃了晃。塞西莉搖頭，她身邊的艾莉絲和其他雪巴嚮導也都禮貌性地咳嗽婉拒。

「大家不喝，那我就可以喝更多了。」格蘭特說，快速地喝下杯子裡的飲料。

塞西莉的頭陣陣抽痛，痛到視線幾乎模糊。她喝了一大口水。

「是海拔高度造成的。」艾莉絲拍拍她的腿說。「妳有藥嗎？」

「在我帳篷裡。」

艾莉絲從隨身腰包裡掏出一包止痛藥，「拿著。」

「妳真是我的救星。我想我得回去睡了。」塞西莉說。她起身時感到一陣暈眩，靠桌子撐著。她把眼睛緊緊閉上，捏著鼻樑。

「把妳的水壺給我。」艾莉絲從她手裡接過水壺，裝滿罐子裡的熱水。「把這個一起放到睡袋裡，天氣冷的時候能幫助睡眠，這樣妳也有足夠的水，不必再跑出來倒了。」

塞西莉把水壺抱在胸前，身體立刻感受到水壺散發出的溫度。「謝謝妳。」她只能微弱地說出這句話。

「不客氣。」艾莉絲微笑著說。

塞西莉匆匆走出用餐帳篷，走入寒冷的夜空。回到自己的帳篷，她打開入口的拉鍊，把溫暖的水壺丟進睡袋裡，然後爬進去，幾乎沒力氣脫掉靴子。

這個情況讓她深受打擊。她至少還有三個星期得睡在冰雪上，遠離家裡溫暖的床。從各種角度來說，她認識的所有人都離她千里遠。她想到艾倫，想到他的屍體被裝進袋子，在寒風裡不知得等多久才會被送到直升機上載回家。他的隊友們並沒有因此停下旅途，他們把他拋在腦後，繼續追求自己的目標。

她也想到皮耶，他真的就這麼不見了，人間蒸發。

任何事都可能發生在她身上，到時又有誰會在乎呢？

13

塞西莉半夜醒來，劇烈的頭痛讓她感覺腦袋像是要裂成兩半。她在帳篷內的置物袋裡摸索著手電筒。她需要吃藥，現在就要。

這個節骨眼上，如果帳篷裡很整齊就好了，但她稍早之前把東西從行李拿出來的時候就不夠有條理，才弄得現在一團亂。錶面上的亮光，此時顯得太刺眼。現在是十一點零三分。難道從她鑽進被窩到現在只過了幾小時？她肯定是一閉上眼就睡死了。

在手電筒的燈光下，她找到了紅色急救箱，從裡面翻出止痛藥，拿了兩顆藥丸之後才想到要找水壺。還好水仍是溫的，正好適合吞下藥丸。

她繼續坐著，閉眼深呼吸。今天一路走到基地營，讓她腳上的肌肉緊繃僵硬。她露出痛苦的表情，腦中一如往常地設想著最糟的情況：她的身體狀況太差，無法繼續，道格決定在上路前就結束她的旅程。她勉強再喝下一口水。

此時，外頭傳來的聲音讓她的心跳幾乎停止。

有塊石頭在她的帳篷邊緣嘎吱作響。她告訴自己，那應該是被風吹的。

正當她放下心來，又聽見帳篷外傳來另一個聲音，是口哨聲——低、低、高、低。接著是腳步聲，緩緩前進，慢慢地靠過來。

她的心跳加速。

她用手蓋住手錶，不想讓錶面的光暴露出她在帳篷裡的情況。儘管如此，不管外面的那個人是誰，其實也早知道她就在裡面，清醒著。她突然意識到，隔在她和外面那個陌生人中間的不過是一層薄薄的尼龍布。

相同的哨音再次出現，就是她在湖畔聽到的哨音。

在艾倫被謀殺前。

她在此先前還沒有真的想過謀殺這兩個字，但現在獨自在這裡讓她感到極度不安，不停往壞處想。一定是有人傷了艾倫，那不是意外。那些人現在也要來找她了。

外面的腳步聲繼續逼近，她聽到另一顆石頭掠過帳篷入口的聲音。這不會只是有人散步路過吧？沒理由大老遠走來她的帳篷啊？她的帳篷後面根本沒路。不管外面是誰，那人絕不是碰巧出現在這。

低，低，高，低。

放過我吧！她緊閉雙眼，在心裡無聲吶喊，希望她消失在覆蓋自己的睡袋裡，假裝這裡沒人。

哨音在夜色中悄然消逝，然而塞西莉的恐懼卻久久不散，一丁點聲音都讓她渾身顫抖。最後她精疲力竭地睡著了，就像兔子蜷縮在黑暗的洞穴裡，不知外面是否有狐狸等著突襲。

❖　❖　❖

第二天早晨，天空晴朗。在如此靜謐的藍天下，塞西莉昨夜的恐懼漸漸消失。她試著不去想那哨音，只把它當成自己的想像。一定是因為頭太痛，腦袋才會將單純的聲音扭曲成可怕的事物。

她伸伸懶腰，望著山。有一團形狀詭異的莢狀雲籠罩在山頂，是由山岳波造成的，這顯示風正極其猛烈地往上吹。從她所在的位置望去，東峰的頂端看來遙不可及。一想到自己再過不久就將登上更高之處，她便覺得不可思議。

此時她的頭痛已逐漸褪去，保險起見，她還是吃了止痛藥和普拿疼。她環視睡袋周圍的一團混亂，穿上靴子，決心在別人看見這場景並對她品頭論足之前，要把這裡好好整理一番。她快速地上完廁所，回來用水壺裡剩下的水刷牙。就在她把水吐在石頭上時，她在帳篷入口泥濘的地面上看見了一雙靴子的腳印。

這個腳印比她的腳大很多。
昨晚**真的**有人在帳篷外。
她聽見的哨音是真的。

14

塞西莉衝向用餐帳篷。

札克是唯一在裡面的人。他正喝著早晨的咖啡，塞西莉一進來，札克把就杯子放下。

「噢！發生了什麼事？」

「昨晚有人在我帳篷外鬼鬼祟祟。我本來沒那麼肯定的，但今天帳篷外的泥土上有個靴子的腳印……」

「等等，妳先深呼吸。」他把手放在塞西莉肩膀上，帶她坐到椅子上。「聽我說，可能是有人迷路之類的，別想太多。我敢說那個人一定是在找廁所，在這些石堆裡面走路很容易迷路的。」

札克溫暖的手讓塞西莉放下心來，她感覺體內的腎上腺素升起又降下。她搖搖頭，雖然無法解釋，但她知道有事情不對勁。札克覺得她在胡言亂語，但她內心的警鈴大作。

「嘿，妳不是說有另一個記者也在山上嗎？」札克接著問：「他是妳的競爭對手嗎？」

「你是說班？」

「對，就是他。妳覺得有沒有可能是他想嚇唬妳？故意告訴妳那個死掉的傢伙的事？」

塞西莉皺眉。她想起班得知她在這裡的重大任務時，眼中閃過的光芒。他說他不是來這裡工作的，但卻在村民中四處打聽，調查艾倫的死因。「他確實是告訴過我，頭部的傷口很可疑……」

「我覺得他是故意擾亂妳的思緒。就算有人真的在妳帳篷周圍遊蕩好了，這裡這麼多雪巴人身上都帶著冰斧，他們真的敢做什麼嗎？」札克啪一聲果斷地合起雙手，像是能因此改變氣氛似的。「我幫妳泡杯咖啡。」

塞西莉深吸一口氣。她確實是因為班的話才開始思考艾倫的死可能不是單純的意外。班有可能會為了嚇唬她而這麼做嗎？這麼說實在有點牽強，不過也讓她想起詹姆斯曾說過他們互搶獨家新聞的事。

*這次的訪談可能會改變她一生，她這麼提醒自己。或許班也覺得會改變他的一生。*與其自己整天瞎猜，她現在最需要的就是和班談談，或許他會有更多關於艾倫死因的消息。就算班真的只是想嚇唬她，塞西莉也會讓他知道這招沒用。

早餐時，這些沉重的思緒一路糾纏著她。達瓦為他們端上一碗碗豐盛的粥，裡面加了尼泊爾蜂蜜。她吃得心不在焉。道格走進帳篷，塞西莉抬頭試著和他四目相交，想問他怎麼去極限巔峰的基地營，但道格並沒有注意到她。

他把手放在桌前一張椅背上，傾身向前。「好的，夥伴們，我們今天的計畫是這樣的。我知道昨天說過今天會休息，但既然今天的天氣比預期中的好，我們將會進行訓練。」

塞西莉的心一沉，她的計畫泡湯了。她原本想知道怎麼上網把文章寄給蜜雪兒，她根本沒有要爬山的心理準備。

「我們半小時後在這裡見。穿好裝備，準備出發。」

道格一離開，格蘭特就對廚師說：「達瓦大哥，能來點煎蛋嗎？我餓扁了。」

塞西莉吃完剩下的粥，走回帳篷。她在路上責備自己，她來這裡可不是要調查艾倫的死，也不是要擔心神祕的靴子腳印，她來這裡是為了要登上頂峰，為世界上最令人興奮的探險家撰寫獨家深度報導。如果不想被班捷足先登，那她真的得好好接受訓練。

她穿上安全吊帶，再次檢查包包裡帶了所有的必須用品。她用綁帶把冰斧綁在背包上，然後走到帳篷外，準備出發。

道格過來查看她的裝備。他摸著自己灰白的堅硬下巴。「妳的刀子呢？」

儘管她很清楚自己的安全吊帶上沒有刀，她還是看了看，回答說：「我沒有刀子，清單上沒寫。」道格憤怒地從他的安全吊帶拿下一把摺疊刀，用登山扣掛在她的安全吊帶上。「清單上寫的是『裝備齊全』的安全吊帶。用我的備用刀吧，這能救妳一命。」

「道格，等等……還有一件事……」她緩了緩，看道格會不會讓她繼續說下去。道格沒有反應，於是她拋出問題：「如果我想去極限巔峰隊那裡，應該怎麼走？」

兩人之間出現了一陣沉默，道格接著說：「妳問這個做什麼？」塞西莉不想提到班，因為她已經知道道格認為班對艾倫的看法是無稽之談。「嗯，我想跟他們的嚮導達里歐．崔佛斯聊聊。艾倫過世的當天早上曾經跟我提到他，艾倫跟我說了他朋友皮耶今年在聖母峰上的可怕遭遇，達里歐是那次行程的嚮導，我想問他幾個問題。」

道格深色的雙眼審視著塞西莉的臉。「他不會跟妳多說什麼的，我那天也在聖母峰上。皮耶摔下去了，那是一場意外，就跟艾倫一樣。我不會花時間去調查這件事。」

「為什麼不？」塞西莉的心跳加速，指尖發麻。「班說……」看見道格開始搖頭，塞西莉的聲音逐漸變小。

「塞西莉，聽著。我知道艾倫的死讓妳大受打擊，但如果妳想成功登頂並安全歸來，妳還有很多東西要學。我需要妳保持專注，完全跟上我的步調，而不是忙著調查妳覺得可疑的死亡事件。山本身就已經夠危險了，別再製造麻煩。」他說完就走了。

塞西莉覺得自己不該把道格搞得如此暴躁，能夠採訪道格將會對她的文章至關重要。他是查爾斯在登山任務中最親近的夥伴，查爾斯每次登頂、每次營救，查爾斯所走的每一步，道格都在場。道格是那個唯一能幫助她了解查爾斯想法的人，她得拉攏他才行。

明瑪揮手要她趕上，她跟著明瑪走到基地營外。他們穿過冰磧石，走了一小時，離開原本通往一號營地的路徑，然後在一道冰雪覆蓋的陡坡上停了下來。芬巴從坡頂向她揮手，他和其他雪巴嚮導顯然從早就開始忙著架繩，把這裡佈置成他們在高山上會面臨的真實環境。

「我們選擇這座峭壁來進行訓練是因為它比你們在路上會遇到的任何坡道都來得陡。」道格一邊說，一邊把他的背包放到繩子邊。「艾莉絲，對妳來說也是。妳在這裡可以重新複習一下登山技巧。」

「我看倒是滿簡單的。」札克說。他手插著腰，後仰著身體審視著這堵牆。「跟我們在德納利山遇到的相比不算什麼。」

「那就上去讓我們看看你的能耐。格爾登，你看著格蘭特和札克。艾莉絲、塞西莉，妳們跟我來，我們要訓練用冰爪走路和使用冰斧。」

當天的氣溫適中，塞西莉的手在厚厚的手套下開始流汗。她用牙齒把手套拉開，然後把冰爪上繁瑣的綁帶繫到靴子上，最重要的是冰爪和靴子間必須緊密貼合。沒多久，她就看見道格陰沉的影子出現在前方的地面上。她一抬頭就看見他眉頭深鎖的表情。

塞西莉心想，*饒了我吧！*她檢查了自己的冰爪，對努力成果感到相當滿意。她的冰爪都綁在對的腳上，扁平寬大的綁帶都牢靠地繫在靴子的前後跟，綁帶的尾端也都有整齊地收好。她並沒有發現任何愚蠢的錯誤，於是聳聳肩，心想道格臉上不認同的表情或許只是她多想了。

「我在山上絕對不會這麼做的。」道格在她站起來的時候說。

「不會哪樣？」她彎下腰來，把背包甩到肩上。

「把手套丟在路邊。」

他的話一針見血。她的確犯了一個天大的錯誤。詹姆斯在吉力馬札羅山教她的頭幾件事情就是**不要把東西丟在一旁**。如果現在是在更高的山上，一陣風就會把她的手套吹走，然後她後半生將不再有手指，而更有可能的是她會一命嗚呼。

她趕緊撿起地上的手套捧在胸前。

這就是登山運動的與眾不同之處，它會在你腦袋缺氧的地方考驗你的每種反應力。這也是為什麼登山時，需要將所有的行動化為按部就班的程式，進行一連串的檢查，讓每個環節萬無一失，好讓登山者在腦袋變笨的時候也不至於出錯。

不厭其煩。

手套緊不離身。塞西莉把手套上的帶子緊繞在手腕上，這讓她覺得自己好像蹣跚學步的孩子，他們的連指手套中間總是有繫繩穿過外套的袖子，以防止手套弄丟。這個步驟必須簡單到小孩都能做到。

持續做好防曬。她拿出有防曬功能護唇膏，不只在嘴巴塗上厚厚一層，鼻子和臉頰露出來的部分也是。

持續補充水分。她接著從水瓶裡再喝了一口。

謝謝妳，卡莉。她低聲說。

她跟著道格和艾莉絲上了山坡。

他們訓練了半小時，練習在陡峭的地面上行走，在斜坡上側身而行，用力把冰爪踩入地面，等到確保一切安全後，才繼續走下一步。她刻意把步伐跨得很大，以免被自己的腳絆倒，或是讓冰爪卡到靴子的高腳綁腿。這種事一旦發生，將會造成重大的危險。

他們抵達中途時，塞西莉停下來休息一會兒。她幾乎無法挺起腰，於是把手掌放在膝蓋上喘息。

道格搖搖頭，但是她不懂自己現在又做錯了什麼？休息一下應該不是什麼壞事吧？

「在山上有很多時候會被迫停下，」道格開口說，「例如排隊等梯子的時候。這時你們或許會覺得休息是好事，但必須用正確的方法休息。不要低估身上這些裝備、背上的背包和腳上靴子重量對身體產生的壓力。即使只是站著不動，也必須為關節減輕壓力。試著讓其中一腳站直，固定膝蓋，然後把另一隻腳的重量放開，微微順著山的坡度休息。人的骨頭比肌肉更有力，雖然會感覺有點怪，但這樣做確實很有效。」

塞西莉花了點時間練習才熟悉這個動作，不過一上手，就感覺到腿上的重量輕了許多。

「還有，如果停下來休息一段時間，有個動作我希望你們持續。猜得到是什麼嗎？」

他停頓了一會兒。

「呼吸。」艾莉絲說。

道格點頭。「沒錯，就是呼吸。」他深吸了一口氣，胸膛和腹部隨之鼓起，然後閉口憋氣一兩秒，再呼出深長而緩慢的氣息。「讓氧氣進到紅血球裡。當你們專心前進時，呼吸不會像習以為常的那樣自然。刻意呼吸在各方面都有好處，能幫助你保持警覺、消除肌肉疲勞、適應高度、維持血氧濃度。所以別忘了呼吸。」

塞西莉跟從指示，把山裡新鮮的空氣深吸到肺裡。道格說得沒錯，她立刻覺得好多了。

他們回到繩索邊。札克已經爬到懸崖頂上，吊掛在芬巴身旁。他的臉頰因為使力而漲紅，不過他還是興高采烈地伸手和芬巴擊掌。

格蘭特幾乎快完成垂降的動作，艾莉絲和塞西莉馬上可以接著上去。艾莉絲不一會兒就將扣環扣上繩索，迅速地上到懸崖頂端。

然後輪到塞西莉了。

她試著克制自己飛快的心跳，不知其他人是否看得出這是她第一次在山上使用上升器？當然，她先前是練習過的，在布羅克韋爾公園的一道小斜坡，兩棵樹中間架設的一條繩子上，但是她當時並未穿戴完整的配備。那時感覺很容易，不過現在抬頭望著這座懸崖峭壁，看起來倒是一點都不簡單。

「迪迪，準備好了嗎？」格爾登問。塞西莉點頭，把上升器從她的安全吊帶上解開。這個工具運作的方式是將繩子夾進來，順著往上推。用手拉住上升器時，裡面的金屬倒齒會咬住繩子，防止登山者往下掉。理論上是這樣沒錯。她摸索著上升器上精細的夾門，試著將繩子夾入內側，最後終於順利將上升器安裝到繩子上。她才準備踏出第一步就被格爾登用一手攔下。他用另一手解開塞西莉安全吊帶上的一段繩子，夾在上升器上方，並輕拍她的肩膀說：「這是妳的安全備用繩。」她完全忘了要準備這件事。格爾登並沒有責備塞西莉，他退後一步，讓她慢慢踏出往上的第一步。

上升器是一種很不可思議的工具。塞西莉把上升器沿著繩索往上推，但並沒有推得太高，好讓她在腳步不穩的時候能伸手搆到。一旦上面的倒齒咬住了繩子，她就能穩當地踩著步伐往上，不用擔心會往繩子下滑。累的時候，她也可以向後靠著，讓倒齒更深咬進繩子，停留在原地。即使在陡峭的山坡上，她也可以因此稍作休息。

她一路到山頂都需要使用這種架設好的繩索。

水從她靴子旁的懸崖上緩緩流下，泥土和冰塊融合成灰色的砂礫在冰面上鑿出溝渠。只要再幾步，她就到達頂端的峭壁邊緣了。

「塞西莉，做得好！」芬巴在頂端對她說。他抓住她的手臂，幫忙解開上升器，把安全備用繩固定到錨上。塞西莉高舉勝利的雙手，欣喜若狂。她成功登上第一座懸崖頂端，原先各種可怕的想像也隨之消逝，就像她腳下的冰水。

「好了，現在是往下垂降的時候了。妳有信心能辦到嗎？」芬巴問。

「你可以再示範一次怎麼把下降器安裝到繩子上嗎？」

「當然。」他說。

她把掛在安全吊帶上的另一個裝置拆下來交給芬巴，那是一個小小的八字型橘色金屬環。他將繩子對摺穿過八字環較大的那一圈，接著拉出來，鉤住上面較小的那一圈。如此一來，繩子就可以靈活地繞著金屬圈活動。當她將繩子往身體這邊拉扯，繩索就會卡住。這就是煞車繩。

芬巴把繩子拆開讓塞西莉練習。她試了幾次，終於讓繩子就定位。她往後一靠，繩子就在金屬圈上收緊，她感受到繩子承接住身體的重量。確定安全無虞後，塞西莉開始沿著懸崖往下幾步。繩子從她穿戴著手套的手中滑過，摩擦時產生的熱度很強，她慶幸手套上有皮墊保護著她的手掌。金屬圈上的亮橘色在摩擦的熱度下立刻褪去，露出光亮的銀色。她用右手控制煞車，右手離身體越遠，下降的速度就越快。接著她把繩子往身體後方一拉，她便在半空中停住了。她試著控制身體，保持平穩的步伐。

她稍微闔上雙眼，腦海裡立刻浮現雪墩山上的紅刃山脊，那個被困住的場景。進退維谷。她聽過他們這麼說，但是一直到雪墩山，她才知道那是什麼意思。她當時被恐懼癱瘓得動彈不得，無法往上或往下。她穿著濕透的運動鞋和輕薄的披風，渾身顫抖地看著腳下兩百公尺的高度，心想摔下去必死無疑。

然後她聽見一個女人在呼喚她，是一位同行的登山者。她做的準備齊全多了，她有安全吊帶和繩子，也穿了合適的靴子和防水的裝備。這個女人拯救了她。

不，她現在不能想這件事。她試著把注意力拉回這道冰牆，拉回冰川，拉回馬納斯盧。但來不及了。

她的身體已不聽使喚，同樣的恐懼再次降臨，滲入她的肌肉，讓她整個人僵硬得像鉛一樣。她身體踉蹌，冰爪卡住褲管的布料，接著傳來可怕的撕裂聲。她往下一看，腳步失去平衡，她趕緊抓住繩子，肩膀跟著撞上懸崖邊緣，嘴巴也塞了滿口的雪。

她頭暈目眩，手指在顫抖，但仍試著抓住繩子。因為如果她鬆手，就會墜落。

「塞西莉！」她聽見格爾登從地面上大叫。

她沒有看向他。當她停止旋轉之後，深吸了一口氣。她把冰爪踩進雪裡。她再次讓繩子滑過她的手掌，往地面下降。

15

「好了，大夥們，今天的訓練就到此為止。我們收拾一下東西。」當塞西莉第三次順利地降落懸崖底部，道格開口這麼說。

她拿下安全帽，額頭上黏著沾滿汗水的髮絲。她用手套擦臉，把所有東西放進背包。扛起背包時，肩膀發出的疼痛像是在抗議。儘管如此，她還是咬緊牙根，小跑步追上已經起身返回基地營的艾莉絲和道格。

塞西莉的靴子將冰雪踩得嘎吱作響，艾莉絲回過頭來對她說：「我知道妳沒有什麼攀冰的經驗，不過妳今天表現得很好！」

「謝謝。結尾的時候我覺得還不錯……只是開頭滑倒有點危險。妳等我一下。道格！」

他早在她們前頭闊步向前，頭也不回，假裝沒聽到塞西莉的呼喚。塞西莉皺起眉。

「他心情不好。」艾莉絲說。

塞西莉尷尬地有些侷促。「我想我昨天惹到他了。」

青春洋溢的艾莉絲聳聳肩說：「他是山上出了名的暴躁老人，隨時都在注意危險，隨時都在保持警覺，也隨時都擺張臭臉。」

「妳經常和他一起爬山嗎？」

「不算是。只不過我在其他基地營的時候，他剛好也在山上。像幾個月前，我在布羅德峰的極限巔峰基地營，道格和查爾斯正好也在那裡。查爾斯向我提起他正在為最後一次登山任務組隊。我很驚訝。我原本沒有規劃要在這個季節爬另一座八千公尺高峰的，不過既然他來問我，我就想：有何不可？」

塞西莉拉拉自己的辮子尾端。「噢，我不知道妳和極限巔峰爬過山，所以妳認識達里歐．崔佛斯嗎？」

艾莉絲眼神銳利地看著她。「怎麼了？」

「我希望能找機會採訪達里歐，他的名字在我蒐集資料的時候不斷出現。」

艾莉絲停頓了一會，接著點點頭。「我認識他，他是布羅德峰的登山隊隊長。我可以幫妳介紹。」

「那真是太好了！」塞西莉看著道格疾速遠離她們的背影，「他脾氣這麼暴躁，卻從事登山嚮導的工作，這真是有點怪。」

艾莉絲沉默片刻，從胸前的口袋裡拿出一小條口紅，用手機殼上貼的一片小鏡子在嘴唇補上鮮豔的大紅色。這就是艾莉絲的ＩＧ上最令塞西莉欣賞的一點：艾莉絲不覺得有必要為了讓人認真看待而改變自己，她不覺得有必要為了在這個男性主導的空間裡贏得尊重而貶損或淡化自己的女性特質。她以自己原本的樣貌出現在這裡，身上的化妝品、飾品一樣都不少。她的成就說明了一切。在高海拔地區，她的耐力、體力和肺活量都大過那些比她身材大過一倍的男性運動員。她選擇不使用隨身氧氣瓶登山，這讓她贏得了眾人的尊重。而她還是繼續塗著口紅、梳著完美的辮子，這就是艾莉絲與眾不同的地方。

在扭轉人們對登山家先入為主的看法上，艾莉絲算是先驅。她代表的是新的一代，將自己和自己的身體推向極限年輕女性。

塞西莉也屬於一群新時代的登山者，這個群體的人數甚至更廣。他們是根本和高山互不相干的一群人，是想體驗八千公尺稀薄空氣的登山新手，是死亡地帶裡的遊客，靠著雪巴人的幫助才上得了山。這聽起來或許還是沒那麼容易，但現今有更好的裝備和更嚴格的安全規範，因此攀登大山的困難度已大幅降低。既然大家都上得了山，這項運動的門票憑什麼只保留給運動菁英呢？

「擔任嚮導是少數可以在山裡維生的工作之一。就我所知，撇開人際互動，道格是一位非常好的嚮導。我不太確定他為什麼會離開極限巔峰。」艾莉絲說。「一切都很……神祕，但是當查爾斯宣布聘用道格的新公司來支援他的登山任務時，我想很多人都很驚訝。」

塞西莉在心裡記下了艾莉絲提到「神祕」這兩個字時不尋常的表情，看來這件事背後絕對有內情。「因為查爾斯沒有選擇有名的大公司嗎？」

「沒錯！但我覺得查爾斯人很好，他僱用道格來處理所有任務中的後勤。如此一來，道格可以持續工作，但在他準備好之前，又可以不用太擔心如何服務客戶。自從他老婆離開之後，他的生活就只剩下山了。」

「他結過婚？」

「對啊，我記得他有一個小孩，但現在應該沒聯絡了。這就是典型的山林人士，喜歡待在山上勝過待在家裡。我不想批評別人，不過他真的是這裡最好的嚮導之一。」她們行經靠近基地營的巨石區時，太陽終於從烏雲中露臉。艾莉絲停下來，綁好靴子上鬆掉的鞋帶。俯身向前時，項鍊的墜飾從她外套的領口掉了出來。

「哇，好漂亮的墜子。」塞西莉說。

「妳說這個嗎？」她把墜子拿起來讓塞西莉看。那是一塊復古相機造型的琉璃珠寶，背後裝飾著一排星星。「這是我爸爸送我的禮物，他特別訂做的。正面是一台相機，代表我的事業，背面是排成山形的星星。」她對塞西莉眨了眨眼，把墜子塞回外套裡。她把馬尾鬆開，甩了甩頭髮。「說到相機，妳可以幫我拍張照片嗎？」艾莉絲遞給她一片輕薄的黑色長方形物體。

「這是前進通訊的相機嗎？」它的造型和光滑的黑色機身就像她先前看到札克手上的那

一台。

「是啊！札克問我願不願意幫他公司測試。看起來滿酷的！」她三兩步就躍上一塊巨石，像爬樓梯那麼簡單。她在石頭頂端擺好姿勢，背景是她們剛才進行訓練的那座懸崖。塞西莉不停按下快門，從不同角度拍了很多張相片。

艾莉絲跳回平地。「謝啦！妳知道的，這是我社群帳號要用的。」

「希望我拍的照片妳能用上。」

「妳拍的照片我一定會用的。我會標記妳！」艾莉絲說。

「我不太擅長社交媒體。」塞西莉微笑著說：「我覺得妳能建立那麼大的粉絲群真的很了不起。看到有女生在登山界這麼活躍真是太棒了，我很希望能採訪妳。如果妳願意的話，或許我們回到基地營的時候可以進行？」

艾莉絲用法語回答：「當然好啊！」她把相機夾在拉鍊上，兩人繼續沿著小路向營地走去。

艾莉絲．高堤耶專訪

節錄自塞西莉的筆記

九月六日

艾莉絲．高堤耶在山上調製她喜歡的飲料：麥芽牛奶加上熱巧克力粉、咖啡和幾茶匙的糖。她為成品拍了張照片。蒸氣騰騰的熱飲，對照背後模糊的山景，顯得格外清晰。

身為登山界最時尚的網紅，艾莉絲分享的高海拔生活紀錄吸引了將近二十五萬人點閱。她的社群媒體帳號獲得許多大牌廠商贊助，讓她得以到世界偏遠的角落進行長期探險。

然而，艾莉絲並非只是徒有虛名，她的登山資歷極為出色。年僅十七歲時，她已是加拿大獨自攀登艾格峰北面最年輕的女性。二十二歲時，她已成為世上頂尖的女性登山家。今年夏天，她二度攀爬布羅德峰，並以無氧方式首次成功登頂。如今，她將在馬納斯盧二度嘗試無氧登頂。

她背對著山，腳踝交叉，穩穩地站在岩石上，看起來就像在自己家一樣自然。她鬆開辮子，放下及腰的波浪捲髮，用一條印有幾何圖案的螢光運動頭巾將頭髮往後固定，露出臉頰。她有登山者典型的棕色肌膚，墨鏡遮住的地方在她眼睛周圍留下完美的白色印記。

塞西莉：第一個問題，妳怎麼開始接觸登山的？

艾莉絲：我還小的時候，父母就會帶我到山上。我爸在聖索沃爾當滑雪教練，那是洛朗蒂德山脈的一個滑雪聖地，所以我還不會走路時就先學會了滑雪。我跟著他去過歐洲各地，到過阿爾卑斯山、白朗峰、馬特洪峰和艾格峰的各個知名路線。

塞西莉：妳是加拿大攀爬艾格峰北面最年輕的女性。十七歲面對這種挑戰是什麼感覺？

艾莉絲：或許有段時間大家都是這樣形容我的，不過老實說……「第一」或「最年輕」的稱號對我來說並不重要。艾格峰的確是我爬過最具有挑戰性的山，也是我最喜歡的山，需要很多技巧，也充滿樂趣。

塞西莉：妳現在在馬納斯盧，是什麼原因把妳吸引到喜馬拉雅山？

艾莉絲：我第一次到尼泊爾是兩年前，跟我當時的男朋友。我去爬了阿瑪達布拉姆峰。那時候站在山頂放眼望著聖母峰、洛子峰和馬卡魯峰，我便決定要無氧爬上這些山。我知道那需要花好幾年的時間才能達成，但這就是我心中的夢想。

塞西莉：為什麼要冒這麼大的險，不攜帶隨身氧氣爬山？

艾莉絲：我想有幾個原因，其中一個聽起來很無趣。我不像某些登山者那麼有錢，所以必須尋找贊助人來完成目標，而無氧攀登讓我和其他登山者有所區隔。我還是需要把車賣掉，把公寓轉租出去、進行大量的企業募款來完成任務，沒有這些贊助的款項，我就永遠沒辦法來爬這樣的山。另外一個原因是，每個人的標準都不同，山上也存在許多政治，例如：哪些人使用氧氣、哪些人使用架繩、哪些人開了新的路線等等……對我來說，這完全是個人的選擇，我想知道自己身體可以達到的極限在哪裡。妳知道嗎？使用氧氣就像是在環法自行車賽騎電動腳踏車。但總而言之，只要秉持誠信，我百分之百贊成每個人按照自己偏好的方式來爬山。

塞西莉：所以說，妳認為有些登山者並沒有誠信？

艾莉絲：當然，就像其他運動也有人走捷徑、說謊、作弊。登山是……該怎麼說呢……一種自律的運動。我們相信某個人說他們成功登頂、沒有使用氧氣，或是沒有在危險的過程中使用繩索往上。現在有那麼多壓力，有這麼多人的關注，再加上新的科技能記錄登山過程，作弊可能比以前困難了。但是說真的，在這種大家都野心勃勃的地方，這些事情發生也很正常……不過如果吹牛的人只是在炫耀，而不是真的宣稱自己首登或破世界紀錄之類的，那就與我無關了。

塞西莉：我想查爾斯把團隊帶到這裡的原因，就是讓我們能夠在過程中監督他，見證他的成就，證實他的誠信。說說看妳是怎麼認識查爾斯的？

艾莉絲：我想是兩年前在加德滿都吧。對，應該是在那裡。那是在塔吉克的雪崩之後。妳聽過那場雪崩吧？查爾斯在列寧峰上失去了兩位隊友，但他毫髮無傷地活了下來，真的很不可思議。人一旦遇上這種事就會走到十字路口，不是選擇完全放棄，就是繼續下去。而他選擇繼續下去。或許是為了死去的戰友，他需要做更遠大的事。當時他對「登頂十四」的想法還沒完全成形，他告訴我的時候，我覺得這是不可能的任務。但我想這就是重點吧！

塞西莉：是因為他不使用架繩，所以讓妳覺得這整件事是不可能的任務嗎？

艾莉絲：沒錯！阿爾卑斯式攀登是最純粹的登山方式。如果你想這樣爬山，沒人能說什麼。我並沒有這樣的經驗或技巧，或許我有一天會嘗試，但我不確定自己適不適合承擔這麼巨大的風險。我不想成為傳奇人物，只希望能夠在山裡度過每一天，這就是我的熱情所在。

塞西莉：真是個崇高的理想！談到查爾斯，我很好奇……妳對登山界運作的方式顯然有深刻的見解，那麼妳會怎麼解釋查爾斯進行「登頂十四」的動機？

艾莉絲：這個嘛，大家總是有壓力要做更多、製造更多新聞、挑戰登山的極限，妳懂嗎？查爾斯是那種想要讓大家知道他最強的那種人。他想要獲得眾人的認可，而他也配得到這種認可。他大概是我在山上看過最強的登山者了。我今年夏天和達里歐在布羅德峰，當然在那裡也遇到了查爾斯。那是一趟艱難的路程，有很多挑戰。

塞西莉：是的，我記得妳提到有一位雪巴嚮導過世了。他叫什麼名字？

艾莉絲：多傑。多傑．諾布．雪巴。是的，他的遭遇非常不幸……查爾斯、道格、達里歐和其他人都盡了全力，但還是無法拯救他。後來我聽説查爾斯在組馬納斯盧的隊伍，便告訴他我有興趣。不久後，我接到他的電話，邀請我參加。這是個很棒的機會，讓我能再次和他一起上山，一邊觀察他，一邊從中學習。如果我沒有學習，就不會進步。如果原地踏步，那還有什麼意義呢？

16

塞西莉一直注視著艾莉絲身後從薩馬崗山谷騰騰上升的烏雲。不久後，天空果然開始下起傾盆大雨，她們不得不躲進用餐帳篷。格蘭特和札克已經在裡面，忙著維護他們帶來的各種儀器設備。塞西莉對於採訪的中斷感到懊惱，畢竟她才問了幾個關於查爾斯的問題，而且艾莉絲的登山經歷也還有更多值得探詢，但大雨打在帳篷上的聲音讓對話難以持續下去。

艾莉絲也已經戴上耳機，準備開始縫補羊毛衣袖子上的裂縫。對照她剛才提到籌備資金的困難，塞西莉很能理解，因為每一分錢都要花在刀口上。

塞西莉趁著記憶猶新，把筆記打到電腦裡。艾莉絲說的某些事情讓她反覆思量。她提到山上是個充滿個人野心的地方，以及這如何導致作弊……塞西莉倒轉訪談的錄音，再次聆聽，覺得可惜沒有錄下訪談的影片。艾莉絲當時眼神中有一絲閃爍，她鮮紅的嘴唇抽動了一下，語調也跟著轉折。是的，她再聽了一次，覺得自己聽到艾莉絲口中語氣的轉變，變得稍微強硬了一些。

另外，艾莉絲也再次提到了達里歐・崔佛斯的名字。塞西莉提醒自己得去極限巔峰的營地一趟，除了找班談艾倫的死因之外，達里歐聽起來也是個不錯的訪談人選，能幫助她了解查爾斯。當然，道格還是她訪談清單的第一順位，接下來是明瑪和其他雪巴嚮導：格爾登、芬巴和藤新。格蘭特和札克都不曾和查爾斯爬過山，所以他們在她的訪談順位上排在更後面的位置。

格蘭特把所有攝影儀器在餐桌上排開，檢查不同的鏡頭，為電池充電，霸占了所有插座。

「你怎麼解決低溫的問題？」札克問。

「說真的，夥伴，這是場惡夢。」格蘭特回答。「這是我在卓奧友峰上遇到的最大問題。我把所有電池都塞在衣服裡，但還是得不斷備份。不過這台無人機很神！」他從桌子底下拿出一個黑色箱子，打開後，出現一台外型如蜘蛛的小型設備。

塞西莉一看見，就想起了比倫德拉湖。她可能是艾倫生前最後一個見到的人，但她在湖邊看到的無人機或許也曾拍攝到艾倫的身影？在她還來不及過度思考或有人打亂她思緒之前，便脫口說出：「那台無人機，你在艾倫死的那一天曾經飛過嗎？」

格蘭特靠在椅背上，「我想我在薩馬崗試飛過一次吧，但我不記得了。」

塞西莉感到指尖發麻，她可沒那麼容易被打發。「怎麼可能記不得？不過是幾天前的事。你有飛過湖面嗎？你看到了什麼嗎？」

格蘭特雙手朝空中舉起。「喲！妳是白羅探長嗎？這麼嚴厲盤問？」

「還在想艾倫的事是不是意外嗎？」札克問。

塞西莉點頭。「我不排除任何可能，或許你的影片拍到了什麼……」

格蘭特揚起眉毛，「如果妳想的話，可以看看我所有影片。我是飛過了村子上空，有可能拍到湖泊邊緣。」

「如果可以的話，我想看看影片。」她回答。

他的手指向筆電，「請便。」

塞西莉把椅子挪到格蘭特旁邊。他也跟著移動，他的腿碰上了塞西莉的腿。當他把手放下，塞西莉感覺到他的手輕輕劃過她的下背。她假裝地面不平需要調整椅子，慢慢挪開。

「我看看……噢，就不點這個資料夾了，都是我的私人影片。妳知道的，只能在深夜的帳篷裡獨自觀賞。」他意有所指地笑著，塞西莉翻了個白眼。「在這裡，兩天前的影片。」他在檔名上點了兩下，螢幕上出現了格蘭特的臉，是他調整相機時出現的臉部特寫，接著無人機飛越村落上空。這一定是在茶館上的露台拍攝的，她認得那塗了油漆的欄杆。

薩馬崗在畫面中展開在他們眼前，但這台無人機的航程似乎沒辦法從茶館飛到湖邊，拍攝的畫面也不是那麼順暢。在格蘭特的遙控之下，無人機不停晃動、旋轉。塞西莉感覺格蘭特對機器的操作並不嫻熟，不過或許很多後製工作都能靠編輯軟體完成。

塞西莉指向鍵盤，「可以讓我操作嗎？」

「請便。」格蘭特說。

她把影片快轉，但仍然沒看到任何湖邊的影像，於是她跳出了這部影片。

她在清單上的下部影片上點了兩下。

碧藍色的湖水出現在畫面中，她驚呼：「你在那裡！」

他往後靠著椅子，「應該是吧。」

她目不轉睛地看著影片，審視每個畫面。湖水一片平靜，湖邊也杳無人跡，但她不知道這是在她到湖邊之前還是之後拍的。她試著從陽光的角度判斷，但影片突然終止，並沒有任何人出現。

「滿意了嗎？」格蘭特問。「沒有艾倫，沒有任何可疑的事物。」

她嘆了一口氣，覺得很失望。讓她感到疑惑的是湖邊的影片顯然比清單上其他影片都來得短。這些影片是否已經被剪輯過了？格蘭特又為什麼要這麼做？

「反正那傢伙是瘋子。」他嘀咕道。

「你是什麼意思？」塞西莉問。「我不曉得你認識他。」

「我不認識，只是聽過他。我有關注 Reddit 的登山板，那裡有篇文章提到有人死在聖母峰，然後艾倫留言寫下一堆瘋狂的陰謀論。雖然 Reddit 本來就會有一些怪人留言，但他把那件事講得跟真的一樣。他感覺情緒不太穩定，會發生意外也不奇怪。他可能瘋了。」

塞西莉一把抓起手機開始搜尋格蘭特說的文章，但網路無法連線。她覺得很挫折，只好在筆記本上寫下紀錄，提醒自己稍後再查。

「你還記得其他的嗎？別人對他的說法有什麼反應？」

格蘭特不屑地揮了揮手，「當然都是在胡扯。我該把東西拿回帳篷了。」他收好器材，大搖大擺地走出了用餐帳篷。

塞西莉咬了咬嘴唇，她並沒有得到更多關於艾倫的線索，一切都只是猜測罷了，不是嗎？她想起道格嚴厲告誡她把注意力放在山上，不過班認為，艾倫是因為追尋答案引來殺機……而格蘭特顯然在來這裡之前就已經知道艾倫是誰。還有影片的長度也很可疑，那支片子看起來像是被剪短了。她不敢再想下去，她把椅子移到桌子另一邊。她得好好盯著格蘭特才行。

「有人知道何時會有網路嗎？」札克把電話舉高，像是想接上隱形訊號。

札克問到一半，道格剛好進到帳篷。

他回答：「晚點才會有。」

「你知道要等多久嗎？」塞西莉問。她除了有一堆事情要查證，還急著要把新的部落格文章寄給蜜雪兒。

「如果過幾天還是沒訊號，那我們可以回薩馬崗。」道格說。

札克把手機丟在桌上。「幾天？等等，夥伴，查爾斯說基地營會有網路的。這樣我要怎麼跟我的工程師連線？還有我的家人？我也不是唯一需要網路的人吧！艾莉絲和她的社群帳號怎麼辦？塞西莉的工作怎麼辦？」

道格怒眼瞪他，「這裡是喜馬拉雅山，不是希爾頓，艾莉絲懂這個差別。有網路算你走運。」

明瑪在這時進到帳篷，緩和了緊張的氣氛。格蘭特跟在他身後，明瑪對大家揮了揮無線電，眉開眼笑地說：「好消息，架繩隊已經到達三號營地了。」

「對，所以如果天氣好轉，我們過幾天就可以開始在營地間輪轉。」道格點了點手機螢幕，拉出天氣應用程式的截圖。「這是我今天早上看到的預報，今明兩天會繼續下雨，但之後天氣看起來很不錯。不過，」他指著帳篷門口，「山區氣候的最佳指標就是探出頭到外面看看。」

他滑動螢幕，展示出更長期的天氣預報。「這種長期天氣預報通常不太準確，所以參考就好。不過一切狀況都很好，我們下週結束前會有一波不錯的天氣。如果我們在那之前完成輪轉，通往山頂的繩子也架好了，到時可能就會是適合登頂的時機。」

札克放下手機。「太棒了！這比預期的時間還早。我們在德納利山幾乎等了幾個星期才等到上山的時機，那真的是整趟旅程中最糟的部分。」

「我們過不久就會在頂峰了！」艾莉絲高興地說。

「那查爾斯呢？」塞西莉問。「他會及時趕到嗎？」

「不用擔心。雖然下雨可能讓他在加德滿都待得比計畫更久，但我們這裡天氣狀況若是良好，就代表他坐直升機上來也沒問題。」

「噢，好的！」她說。道格讓她覺得自己問的問題很無知，可是她無法停止為自己的訪談擔心。她不希望這一路耗費的所有憂慮、恐懼和心力都付諸流水。

「還有一件重要的事，我們明天要舉行Puja。」

「那是什麼？」塞西莉問。

「那是一種祈福儀式。會有兩位薩馬崗寺院的喇嘛到這裡向山祈求允許我們攀登，祝福我們的設備，保佑我們平安。」

「基地營其他人也會加入。」道格說。「會有一場派對。」他補充道。

「太好了！」格蘭特說，艾莉絲也在空中彈了個響指。

所以會有其他人進到曼尼斯登山公司的營地？這念頭讓塞西莉不由自主地感到恐懼。這樣的恐懼或許也可以理解，畢竟她還不確定艾倫是否是意外身亡，山上很可能存在一個危險人物。

而現在整座山的人都將踏入他們的營地。

17

道格離開用餐帳篷，塞西莉眼見機會來了，跟著溜出去，尾隨他進到通訊帳篷。這裡是他睡覺的地方，道格收拾整齊的睡袋旁，放著一本瓊・蒂蒂安的書，書脊已經損壞，還有一本皮革封面的日記。道格並沒有發現塞西莉也在帳篷裡，他閉起眼睛，扭動肩膀，吐出緩慢而深長的氣息。塞西莉意識到自己在打擾他休息的時刻，她試著不動聲色地離開，但大腿不小心撞上了桌子，桌上堆積如山的設備跟著咿咿呀呀作響。

道格轉過身來，一瞥見塞西莉的身影，表情立刻凝重起來。塞西莉嚥下口水。道格對她的敵意似乎不單是因為她先前的失誤，或許也因為身為記者的她總是不斷發問、追根究底，就算被告知該停手也不肯放棄。不過他也知道她在山上的原因，她是為了工作來的。

她感到喉嚨一陣沙啞。「現在方便簡短地採訪你嗎？」她開口問。

「妳要寫的是查爾斯的故事，我看不出有採訪我的必要。」他移動桌上的文件。

她靠上前去，「能問幾個問題就好嗎？你比任何人都更了解查爾斯，你一路都在他身邊安排登山的後勤工作……讓一切順利進行。我想，他沒有你是無法完成任務的。」

道格停頓片刻，盯著一張有著複雜圖表的紙。「好吧，就幾個問題。」

「太好了！」塞西莉拿起手機，但看到電量快用完，她的臉色一沉，只好依賴古早的記錄方法了。道格在一張摺疊椅坐下，塞西莉找不到其他位置，就在附近的桌子上坐下。她準備好紙筆，蓄勢待發。「你是怎麼認識查爾斯的？」

「我們在蘇格蘭認識的，在格蘭摩爾山莊。他那時候不過是我冬季登山課程裡的一個年輕小子。」

「有人說，如果能熬過蘇格蘭的冬天，就能熬過任何事。」塞西莉側著頭說。這讓道格微微一笑。「說得沒錯。」他嘆了口氣，搔了搔下巴上的灰色鬍渣。

塞西莉往前傾，問：「查爾斯那時候幾歲？」

「喔，大概七歲吧！」

塞西莉揚起眉毛，「他七歲父母就准許他到蘇格蘭的荒郊野外？」

「那是我當時負責的一個活動，針對那些……家庭有困難的孩子。即使在那個年紀，他就已經展現過人的天份。他很快就掌握技巧，也比其他人有勇氣和耐心。我從來沒有看過任何人在山上過得這麼自在，他比較像山羊，不是人類。而且他也有一種少見的求知欲，往後的每一年，他都會回來參加營隊。他後來也自己讀了登山史，讓我印象深刻。有一年秋天，我要去爬阿瑪達布拉姆峰，他當時剛滿十八歲，我便邀請他參加極限巔峰的探險隊。」

「對他來說是很難得的機會。」
「他當時沒什麼錢，所以在探險隊裡幫忙以換取旅費的折扣。」
「這種事是常態嗎？你似乎對他很慷慨。」
道格聳聳肩。「登山運動能蓬勃發展靠的就是師徒關係，回饋給他人也是我的責任。」
塞西莉看著他談話時的神情，當他談到查爾斯小時候，眼神流露出一種溫柔的回憶，他顯然非常關心查爾斯。「聽起來，你比較像是查爾斯的父親。」
「或許吧。」道格回答。
「所以你們之後經常一起爬山嗎？」
道格搖搖頭。「他後來自己出去闖蕩，攻下了世界各地的大山，而我繼續當嚮導，帶客戶上山。他練就了一身本領，也變得越來越獨立。他登上聖母峰的時候，我非常引以為傲。我們一直都有聯繫。」
塞西莉用筆端敲打著紙張。「能說說他是何時開始破世界紀錄，為自己打開知名度嗎？」
道格沉默片刻。「這原本不是他爬山的目的。但是雪崩發生之後，有些事情改變了。」
「你是說列寧峰上的雪崩嗎？」
「對。」

又是列寧峰，艾莉絲也提過這個地方。除了奧地利的新聞網站上幾行翻譯的文字之外，網路上並沒有太多關於這次雪崩的消息。她只知道查爾斯的兩位隊友來自薩爾茲堡。「發生了什麼事？」

「攻頂的時候，他們的腳步引發了雪崩。三個人都被埋在雪裡，但只有查爾斯成功把雪挖開逃脫。他花了一整晚搜尋隊友，他回到基地營的時候，身上幾乎沒有半點損傷，那是個奇蹟。」

塞西莉盡可能快速地寫下筆記，但墨水在高海拔地區經常凝固，最後她不得不放棄。「為什麼這件事沒有媒體大幅報導？這聽起來是個可怕的災難。」

「山上的每一起死亡固然都是悲劇，可惜這種事是家常便飯，不會吸引媒體太多關注，尤其是在那些較小的山上。況且查爾斯當時對鎂光燈也沒那麼大興趣。」

「幸好他現在是媒體寵兒了，或許我可以為那座山上發生的事帶來一些關注。」

道格的眉頭鎖得更深了，他用一種幾乎難以察覺的方式搖了搖頭。塞西莉必須趁著他們之間培養出的微弱連結還沒消失之前，把道格拉回對話中。她追問：「所以那次的經驗改變了查爾斯？」

接下來是很長的停頓，塞西莉忖度著不知沉默何時會結束。當道格再次開口，她才鬆了一口氣。「那件事發生之後，他不再只滿足於登山了，他想要獲得更多認可和讚許。他帶著

『登頂十四』的計畫來找我的時候，老實說，我笑了。」
「是嗎？」她無法想像道格笑的樣子。
「這個計畫理論上很荒謬。十四座八千公尺的高山，不帶氧氣、不用架繩，而且還要在一年內爬完？可是當我意識到他是認真的，我也認真了起來。我們開始規劃，而妳也看到他的成果了……他攻下了一座座山峰，如今我們已經到了馬納斯盧。」
「說起來好像很簡單。」
道格發出低沉的嗓音，或許他是在笑？「就這麼說吧，這是我這輩子最短也最長的八個月。我過去對查爾斯的指導也從中得到非常多的回饋。」
塞西莉的目光掃過帳篷內所有通訊設備，擺在桌上的有糾纏的電線、一塊塊的黑色電池組、正在充電的衛星電話，一個無線電接收器和幾台外殼堅固的筆電。角落裡有一個小型發電機，這台發電機和團隊的充電點分開供電。這些儀器讓道格能分析天氣預報，並和外界的世界聯繫。「你的家人怎麼看待這些登山活動？」
他停了一下，「我以為這是關於查爾斯的採訪。」
「是沒錯，可是——」
「我只回答跟查爾斯有關的問題。」
塞西莉點頭。「在你幫忙支援的這幾次任務中有個相同的地方，就是查爾斯似乎好幾次在山上大膽救人。收到求救訊息時，你腦袋裡有什麼想法？」

「在山上，大家都在同一條船上。如果有人遇上了麻煩，而我們有能力幫忙，我認為我們就有義務試著拯救對方。任何一個不這樣想的人，對我來說都算不上真正的登山者。」

「這是相當高尚的情操。有沒有哪次的救援令你特別難忘？」

「難忘？我們拯救的每條性命都值得紀念！」

道格的反應讓她嚇了一跳。「應該這麼說，有沒有讓你印象特別深刻的救援？」

「我們先前其實談過這件事。今年聖母峰上的情況很讓人難過，上山的人實在太多了，我們從來沒接到那麼多求救訊息，登頂期間幾乎每小時就有一通電話。有些人狀況還不錯，但其他的就不太好。一年死十五個人實在是太多了。太多準備不足的人來登山就是會發生這種事。我想自己應該不會再回那個地方了，給我再多錢都不想。」

塞西莉把筆放在嘴唇上。「我想皮耶正是其中一位死者。」道格的話讓她驚恐又好奇，光在一座山上一年內就死了**十五個人**。她覺得反胃。如果不是自己即將面臨和聖母峰類似的挑戰，她不知道自己是否會對這番話這麼有感。

「是的，那真的非常不幸。」

道格的語氣引起了塞西莉的好奇心。她抬頭問：「你的意思是？」

「我當時以為查爾斯找到他了，但我們之間的溝通有誤，不過這也時常發生。他在路上遇到其他求救者，當他處理完畢時，已經找不到皮耶的蹤影了。皮耶是最後一個登頂的人，他一定是掉下山谷了。」

「所以當時沒有人在皮耶後面登頂？沒有人跟著他下來嗎？」

道格搖頭。「沒有，其他人都已經下來了。」

「那他的雪巴嚮導呢？」

「他和我們在四號營地，妳得問他們的登山隊長才知道為什麼。」

道格的說法可信度很高，因為他人就在那裡。看來皮耶打電話給艾倫的時候，很有可能已經出現了幻覺，這是腦水腫的症狀。

塞西莉咬了咬下唇，「那道拉吉里峰呢？他對兩位義大利登山者的救援聽起來很勇敢，可惜其中一位無法活下來。你當時也在那裡……」

道格嘆了口氣，揉揉額頭，塞西莉的聲音漸漸減弱。他把手放下來的時候，眼神無光。

塞西莉已經失去了道格的注意力。

「明天的祈福儀式還有一些要規劃的東西，妳不介意先停在這吧？」他的聲音很輕，很疲倦。

塞西莉點頭。

塞西莉的筆記一團亂，墨水寫到一半就乾了，但她得到的資訊比預期的還多。道格的臉看起來緊繃而疲倦，他一輩子都在世界上最偏僻、危險的地方逃避人群，不習慣有人一次丟那麼多問題給他。

「沒問題，謝謝你花時間讓我採訪，我很期待祈福儀式。」她翻了翻筆記本，從桌上跳了下來。

「塞西莉？」道格在她即將離開帳篷時突然開口，她轉過身來。「準備是成功的關鍵。妳先前提到的……不厭其煩，是值得謹記在心的一句話。格爾登跟我提過妳的帳篷。」

「我會整理好的。」她回答，然後迅速地離開了帳篷。塞西莉想起把這句智慧箴言傳給她的女人，眼中泛淚。她不想讓道格看見，因為她在他面前早已暴露了太多弱點。

18

那晚，塞西莉做了一個栩栩如生的夢，她深感不安。

她回到了湖邊。更準確地說，是回到湖裡。冰冷的湖水拍打著她的脖子，她看見艾倫走近岸邊，她大叫要他回頭，卻喊不出聲。鮮血從艾倫的太陽穴滴了下來，緩緩流向他的嘴邊。他向塞西莉伸手，一邊噘起嘴。

從他嘴唇傳出的是一陣口哨聲，正是那組不和諧的音符所組成的曲調。

她張開雙眼，真的聽見了哨音。這不是做夢，那哨音再次從她帳篷外傳來。

有人在這裡。

她這次可不打算癱在帳篷裡，她要找出那個人是誰。她穿上羽絨外套，盡可能小聲地拉開帳篷的拉鍊，悄悄溜進了暗夜。

過了一會兒，她的眼睛才適應了黑暗。她看見一個身材高大壯碩的男子，他的臉被籠罩在黑暗中。

那個吹哨人。

那是格蘭特嗎？他的身材很接近。

她皺眉。那男人站在離她帳篷有一段距離的落石上，往外望著山。他的身體在蒼白的月光下只是個黑影，他的臉背對著她。

他移動身體，看起來像是要轉身，塞西莉趕緊蹲下。不管那是誰，她都不想讓對方發現她在深夜裡偷看著他。

但他並沒有回頭，而是往下移動，就這麼消失在巨石邊緣和深谷中。

塞西莉用手摀住嘴巴，差點沒大叫出來。那裡並沒有任何帳篷，沒有理由朝那個方向走。如果那是格蘭特，那他到底在幹嘛？

她試著壓下不斷升起的恐懼以及瞬間希望詹姆斯出現的渴望。詹姆斯會知道該怎麼做的，他會大步走過去，當面質問對方，夜深人靜的時候在那裡做什麼。可是詹姆斯不在這裡，這裡只有她自己。

她的想像力編造出各種可能性，但知道事實總比縮起來害怕好，於是她深吸一口氣憋住，迅速地跑到石堆那裡，然後再把這口氣緩緩呼出。她現在已經踏出了第一步。接著，她挺身放眼望去，看見石堆旁有一條小徑，看起來很陡峭。在沒有頭燈的情況下，實在難以判斷距離到底有多高。不過，既然那個人能下得去……她不給自己時間多想，跟著走了下去。

她雙腳掙扎著在岩壁上穩住腳步，手指也無法持續撐住自己的重量。她滑倒了，幸好這裡離地面不太遠。她沿路摸索，一手摸著石壁，試圖保持平衡。

如果現在在下雨，這裡感覺就會像……

不，現在不要想這個。

她繞過轉角，石堆成了小小的平原，她因此鬆了一口氣。然後她蹲下，躲在一塊大石頭後面窺探，再度看到那個男人的身影。

他的頭燈現在亮著，背對著塞西莉。她還是無法看見男人的臉，但是能看到他面前有些什麼。

他前方有個帳篷，比曼尼斯登山公司使用的帳篷小得多，顏色也不同。他的帳篷是紅色的，點綴著深藍色，不像他們睡的帳篷是亮黃色的。在男人的頭燈短暫掃射過的光芒中，她注意到帳篷上有部分塑膠外皮，是用大力膠帶以X形固定住的，而帳篷外滿是垃圾。

持續蹲伏的姿勢讓塞西莉的雙腿累得發抖，使她腳邊有塊小石頭跟著滾動，滑向神祕的吹哨人。

那人猛然起身查看。塞西莉躲在岩石後，把頭往後靠，像是要把自己埋進黑影般。對方的頭燈發出的光線照亮了塞西莉面前的石堆。

她七上八下地等了幾秒，接下來並沒有聽見踩踏在岩石上的腳步聲。相反地，光線落下，她聽見帳篷拉鍊拉起的銳利聲響。

她呼吸了幾口氣，再冒險偷看一眼。那個男人在帳篷裡，他頭燈的光穿透帳篷的塑膠薄膜。塞西莉把握機會沿著小徑往回飛奔，不再像之前那麼小心翼翼地摸索著每一步。她現在只想回到自己的帳篷，回到曼尼斯登山公司的營地。他們如果聽見她大叫，就會跑出來找她。誰會在外面獨自紮營呢？他和艾倫的死有任何關係嗎？

她想到她帳篷外的靴子印。那腳印靠帳篷這麼的近，不可能是意外經過。

她也想起她聽見的哨音。那個男人肯定想讓她知道他就在她身旁。

如果是這樣，那麼他想從塞西莉身上得到什麼？他為什麼要這樣做？

19

返回營地後，塞西莉輾轉難眠。她拿出更多止痛藥，配著水壺裡的溫水吞下。隔天醒來，她仍然覺得胃裡糾結。

她得把這件事告訴道格，他們的隊長需要知道有人在營地附近藏匿，於是她走到通訊帳篷。這時候還很早，大家都還沒醒來，但塞西莉確定道格一定醒了。她在帳篷的塑膠門廊前呼叫：「道格？」

過了幾分鐘，道格出現在門口，困惑地揚起眉毛。

塞西莉嚥下口水。一看到道格的表情，她就開始懷疑自己是否又在小題大作，但她這次不打算輕易放棄。她抬起頭說：「我知道這聽起來很怪，可是有人在我的帳篷後方紮營。」

「是另一個登山隊嗎？」

塞西莉搖搖頭。「不是……那裡只有一個帳篷，只有一個人。」

道格雙臂交叉，兩手埋在腋下。「是不太尋常，不過有些獨行的登山者是不需要登山隊的。」

塞西莉扯了扯辮子的尾端，她得找時間重新梳理，夜裡在床上翻來覆去，辮子早已凌亂鬆垮。「我不喜歡不認識的人在晚上經過我的帳篷……你介意和我一起去看看那個人是誰嗎？」

道格嘆了口氣，「妳確定嗎？」

塞西莉並沒有回答。道格早已習慣在偏僻的地方露營，可能從來沒擔心過有人在附近潛伏。或許那對他來說並沒有什麼危險，但塞西莉覺得這位不明人士已經侵入她的安全範圍。

讓塞西莉鬆了一口氣的是，道格最後站起來說：「好吧，我們走。」

他跟著塞西莉經過她的帳篷，走到營地邊緣。塞西莉發覺在冷冽的日光下看來，昨夜冒險進入落石區的舉動似乎不太理智。那裡的地勢在日光中顯得更為險峻，昨夜她看見的那條小徑，現在看來不過是雜亂的石堆，根本無法通行。

「妳確定那裡有帳篷嗎？我覺得看起來不太安全。」道格伸長脖子望去。

「我昨晚經過這裡，看到一個帳篷。」她爬上石頭，往下攀爬，她聽見道格的腳步在她身後跟著。塞西莉在迷宮般的石堆中找路，希望昨晚那片平原能再度出現，不然她真的會看起來很蠢。

石頭在她腳下晃動，道格說：「注意腳步。」一面抓住她的手臂。接下來，塞西莉終於認出了那塊大石頭，她昨夜就躲在這塊石頭後面。

「就在那裡。」她說。他們繼續往前，那片平原也如她意料中的出現在她眼前。

但那裡空空如也，不見任何帳篷的蹤影。

她踩著碎石，連走帶滑地走向那片平原。「帳篷昨晚在這兒的，我發誓，就在這裡。」可是放眼望去，面對她的就只有一塊冷酷的石頭，和一片灰白而空曠的景象。

道格嘆了口氣，「我還有很多事要做。」

「那個帳篷是紅色的，點綴著深藍色。至少我在那個人頭燈的光裡看到的是這兩個顏色，但也有可能是黑色或深綠色的。那個帳篷看起來已經用了很久。」

道格停下腳步，差點在碎石上滑倒。他面無表情地看著地面。「有時候，人們在高海拔地區會有栩栩如生的夢境。」

「我不是在做夢……」

「嗯，可是這裡沒有任何人。並沒有人經過妳的帳篷，妳在我們的營地裡是安全的。」

塞西莉皺眉，踢著地上一塊石頭。道格清了清嗓子：「塞西莉，我很擔心。不論是妳在我們訓練時的狀況，或是對艾倫死因的懷疑，還有札克也跟我提到靴子腳印的事……」

「你知道這件事？」她問。

「札克是因為關心妳才告訴我這件事。要爬這種大山，妳必須有正面的態度，必須尊重這座山和妳身旁的人。我們的隊伍很小，只要稍微有負面的態度出現，就會影響到每一個人。如果妳無法控制妳的偏執……或許不要繼續這趟旅程會比較明智。」

塞西莉往後踉蹌，像是被人打了一巴掌。「道格——有人死了，我難道不能對這件事有一點顧慮嗎？」

「我給妳的建議還是一樣。如果妳無法百分之百地專注，就不要上山。」他說完，便大步走回基地營去了。

塞西莉緊握拳頭，直到指甲刺入掌心。她在地面上尋找線索，她記得帳篷外滿是垃圾。在平原遠方的盡頭，她看見石頭下有東西在閃爍。她跪了下來。

那是個瓶蓋，瓶蓋的鋸齒邊緣朝上。她把瓶蓋撿起。雖然這無法直接證明什麼，但她知道她昨晚看到的是真的。

有人在這裡。

20

當塞西莉回到曼尼斯登山隊的營地時，營地已經到處是她不認識的人。

今天就是舉辦祈福法會的日子。她按摩自己緊繃的肩膀，試著擺脫昨晚發生的事，想要全神貫注在這個活動中。畢竟在艾倫的死引發她過度焦慮前，她可是滿心期待著這一刻，而且她也需要寄給蜜雪兒更多文章。雖然登山過程的報導只會讓她得到一點象徵性的酬勞，但在她目前的處境裡，每一分錢都很重要，而祈福法會是很好的部落格主題。她得把注意力拉回來，把神祕的帳篷和山上潛在的危險人物都暫時忘掉。

要是被道格踢出隊伍就無法再繼續調查了，塞西莉這麼告訴自己。雖然她的腦袋裡正在進行各種盤算，但至少得讓自己看起來頭腦冷靜才行。

此時道格早已躲進通訊帳篷裡，避免和所有新來的訪客有任何眼神接觸，而明瑪則微笑著迎接每個人。接著來了一群身著相同T恤的人，明瑪給了他們的隊長一個大擁抱，互相拍了拍對方的背。

「兄弟，真高興看到你！」

「我也是。」這位男子說話時帶著濃濃的俄文口音，他和其他塞西莉見過的登山嚮導不太一樣。他身材矮壯，微突的啤酒肚讓身上的T恤看起來有點緊繃。他髮量稀疏的頭上戴了一條頭巾，上面寫著斯拉夫文的軟性飲料廣告。他和明瑪擁抱時注意到了塞西莉，然後他放開明瑪，往後退一步，仔細端詳她。塞西莉心想，這個人在她身上看見了什麼？一個胸有成竹的登山者嗎？

在對方目不轉睛的注視下，塞西莉開始覺得不自在。她開口自我介紹：「我是塞西莉・王。」

「我是安德列，厄爾布魯士菁英隊的嚮導。」他握住她伸出的手，「第一次來爬大山嗎？」

「是的，這是我第一次爬八千公尺的高峰。」

他點頭，面露不自然的微笑。

「安德列，你在騷擾這位小姐嗎？」一位大約年近四十的女性走到他身旁，用手拍拍他的肩膀。這位女士金髮及肩、皮膚曬得黝黑，嘴角露出微笑靠向塞西莉，「請原諒他，他在山上沒看過太多女人。」

安德列嘴裡咕噥了幾句塞西莉聽不懂的話，似乎欣然接受對方的嘲弄，幽默地瞇起了眼睛。格蘭特也上前自我介紹，安德列的注意力轉向了他。

「我是伊莉娜。」女子開口，並靠過來在塞西莉的雙頰上各吻了一下。「妳說妳叫做塞西莉，對嗎？很高興認識妳！查爾斯在這裡嗎？我們都好期待見到這位英國登山界的傳奇人物！」

塞西莉搖搖頭。「他還在加德滿都，但應該很快就會到這裡了。」她回答，並希望一切會如她所說的發生。

「那就希望下回能見到他了！」女人接著轉向格蘭特。她看著這位高大、瀟灑的英國男子，眼神為之一亮，格蘭特臉上也浮出笑意。塞西莉心想這兩個人應該是互有好感。

「他們這個隊伍超有錢。」札克耳語，他的聲音小到只有塞西莉能聽見。塞西莉根本沒注意到他何時過來站在她身旁。「伊莉娜是前俄羅斯小姐。」

「你在開玩笑嗎？」

札克搖頭，「我沒開玩笑，格爾登跟我說的。他曾經和伊莉娜爬過馬卡魯峰，伊莉娜現在在想爬更多大山。」

「哇，真不可思議！」

「人越來越多了，這會是一場大派對！」

塞西莉掃視著這些人的臉孔，想著達里歐・崔佛斯是否也在人群當中。同時間，她也在搜尋班的身影，但並沒有看到他。

正當她準備上前向新來的隊伍自我介紹時，耳邊傳來了一陣奇特的聲響。是一陣鼓聲。一開始低沉，後來逐漸高昂起來。她轉身朝著聲音走去。有一對僧侶坐在他們營地上方的一小堆石頭上，芬巴和藤新在他們身旁忙著生火。煙霧帶著淡淡的清香飄向營地。

祈福法會就要開始了。

格爾登經過他們身旁，手裡拿著一捆松樹枝。他輕觸塞西莉的前臂，「迪迪，妳該拿東西出來讓喇嘛幫妳祈福。」

「你有什麼建議嗎？」

「大部分人會選擇會碰觸到山的物品，像是靴子、登山杖，或其他類似的東西。」

塞西莉點點頭，然後和札克繞回各自的帳篷。她正想著該拿什麼裝備去祈福，就注意到了冰斧。冰斧是很重要的工具，如果她在山上跌倒下滑，用冰斧鑿入山壁就能止滑，救自己一命，很適合拿來祈福。

她沿著石堆往上，走到祭壇，艾莉絲正在她身後對著相機說話，準備向粉絲現場直播。艾莉絲手裡拿的是登山杖，她們兩人一起把東西放到火堆旁。

兩位喇嘛盤坐在充氣床墊上，周圍還有許多泡棉墊圍成半圓形。塞西莉在其中一位喇嘛的正後方找到位置。她從喇嘛的肩膀後，看見他們正在念誦的長長經卷佈滿了美麗而繁複的文字。誦經聲讓人感到催眠和放鬆，鼓聲持續敲響，伴隨著偶爾點綴的敲鈸聲。

她閉上眼，立即回到了祖母家的客廳裡。她盯著角落裡的小神龕。那個堆滿灰塵的架子上，白色的佛像總是保持純淨無瑕的外表，兩邊的小金碗裡供奉著給佛祖的祭品。她曾經被抓到偷拿供碗裡的水果糖，因而在手腕上挨了打。

她已經很久沒有想到那個神龕了。宗教在她成年後的生活無足輕重，但如今站在世界最高山的影子下，她感覺自己的心靈得到昇華，腦袋也清醒了過來。

喇嘛們送出祈禱，雲層逐漸裂開，馬納斯盧崎嶇的東峰在湛藍的天空中露了臉。當香火和松樹枝的氣息從祭祀的火堆中撲向塞西莉，她感覺自己也隨著煙霧被帶上了山頂。他們祈求的對象是山，而非向上帝。他們請求山允許他們攀上她的身體，在她的肩頭爬行幾週。他們爬行的一點時間和山古老的存在相比，不過是轉瞬即逝。

馬納斯盧看起來雖然祥和，但鯊魚峰卻提醒著他們危險的存在。塞西莉想起沒能走上這趟旅程的艾倫，在心中希望逝者安息。

各種感受湧上她的心頭：恐懼、焦慮，最後是平靜地接受。她想起自己在這裡的原因，自己來這裡真正的原因。當查爾斯邀請她進入團隊，她受他的信念和強烈的信心鼓舞，相信自己在他的團隊中能完成任務，因此才同意參與，而且她也想克服雪墩山的創傷。被詹姆斯甩了之後，她想向對方證明自己的能耐。但是在邁向山頂的每個過程中，從博士山上的訓練、前往加德滿都的飛行，到爬上基地營、在冰牆上的訓練，她的怨氣早已經一步步隨之消逝了。

而今天的祈福儀式帶走了她最後一絲的怨氣。

她為能夠放下這一切心存感恩，把這份感恩作為給山的獻禮。塞西，要靠自己站起來。這是祖母給她的教訓，她知道自己應該謹記在心。這代表了她需要放下她所依賴的一切。

從現在開始，她所走的每一步都屬於她自己，她要為自己而走，向自己證明，她不是個廢物。她所經歷過的一切都將成為她登上山頂的助力，過去的一切會為她開出一條道路，把她從懷疑的深淵裡拉出來。

在道格的指示下，塞西莉靜靜地走上前，從祭壇旁拿起她的冰斧。斧頭旁還有艾莉絲的登山杖、札克的靴子和格蘭特的相機。希望喇嘛們的祝禱能為他們在山上帶來另一層保護。

她確實需要這層保護。

過了不久，格爾登和芬巴在火堆上豎起一根桿子。桿子上掛滿了長長的祈禱經幡。鮮豔的藍色代表天空，白色的代表空氣，紅色是火，綠色代表水，黃色代表大地。經幡隨風揚起，為濃烈的祈禱再增添旗子振翅而飛的響聲。

接下來，法會的氣氛從祥和轉為歡樂。雪巴們拿起原本放在祭壇前的一小把糌粑粉塗在對方的額頭上，然後一一塗在登山者額頭上。

格爾登在塞西莉臉上輕輕抹上幾道白粉。

「這是做什麼用的？」塞西莉問他。

「祝妳活到鬍子變白！」他笑著說。

「那最好也灑一點在我頭髮上。」塞西莉邊說，邊低下頭，格爾登照做。

其中一位喇嘛把亮黃色的細繩綁在塞西莉的手腕上。這是一條桑迪，一條守護繩。明瑪遞給她一碗米，她抓了一把灑向天空。氣氛很愉快，大家都感受到即將上山的興奮，沒多久就喝起了威士忌。有那麼一刻，塞西莉對在高海拔飲酒感到擔心，但她在還沒想太多之前把濃烈的酒精倒入杯中。她來這裡是要寫下登山冒險的過程，所以她得親身體驗其中的一切。

派對從法會移師回營地，廚房也端出更多的酒來。芬巴從他的帳篷裡拿出活動式的大型擴音器，尼泊爾音樂在冰磧上跟著大聲響起。芬巴第一個開始跳舞，艾莉絲也加入了他，他們一起拍手舞動。塞西莉和其他人圍著他們，跟著節奏搖擺。

格爾登拉著她的手到中間，教她和艾莉絲一些配合歌曲的舞步。這首歌是尼泊爾的熱門電影主題曲，故事是一段得不到回報的單戀。動聽好記的節奏和活潑的舞蹈動作讓她想起了寶萊塢音樂，就連最年長的雪巴人藤新也把手舉高跟著跳舞。不時也傳來西方流行音樂，都是一些節奏朗朗上口的歌曲。威士忌通過塞西莉的血管，因海拔高度在她血液中緩緩流動，隨著四肢逐漸放鬆下來，她也漸漸展開笑容。在祈福法會時，塞西莉覺得自己已經達到一種超然的境界，而現在經歷的是另一種層次的釋放。

達瓦從廚房裡端出源源不絕的食物，有饃饃、炸小香腸、方形小肉乾和起司塊、一包包薯片和巧克力棒，全是高碳水化合物、高熱量，正是他們未來幾週所需要的美食燃料。

札克和塞西莉共舞，他特地擺出傻氣的老人舞步，讓塞西莉幫忙錄給他的家人看。塞西莉舉起雙手，隨著音樂搖曳擺動，臉上出現了難得的燦爛笑容。

「看來有人找到新朋友了。」札克說，把頭轉向格蘭特。塞西莉移動位置，邊跳舞邊看向他。格蘭特正摟著伊莉娜。他動作可真快。

札克靠近她說：「看來他比較想跟別人而不是跟我睡同一個帳篷。」

她笑了笑。

塞西莉沒想到這趟旅程中也會有這種玩樂的時刻。她原以為他們會到結束後才慶祝任務完成，但那會是一種和這裡截然不同的場景。這裡所有人都知道他們即將踏上一場可能致命的冒險，大家需要釋放壓抑的焦慮和恐懼。

接著她注意到道格的目光。他正盯著塞西莉，但很快就把視線移開了。這難道是她的幻想？還是酒精讓她視線變得模糊？但她沒有看錯，道格的確在看著她。如果派對是讓大家拉近關係好機會，那她可要趁機好好跟團隊裡最重要的人物，也就是他們的隊長，拉近距離。

「來吧，道格。你不再喝一杯嗎？」塞西莉溜到他身邊問。

他搖搖頭。「不了，我喝得夠多了。而且我們計劃明天上山。」他看了看人群，大家似乎不打算停止熱舞。「或許後天再上山吧。」

「今天的法會……很觸動人心，是個很棒的經驗。如果每次登山前都有這樣的儀式，我想會對我很有幫助。」

「我已經參加過太多次，都忘了第一次參加是什麼感受。妳覺得如何？」

「我覺得……準備好了。」

「很好。」

「我猜我是不可能慫恿你去跳舞的吧？」

「不可能。」此時道格的目光忽然看向塞西莉身後，「該死！他在這裡幹嘛？」

塞西莉不曾聽過道格如此咒罵。她順著他的目光看過去，而道格怒氣沖沖地往反方向離開。她很納悶到底發生了什麼事。有個男人穿著極限巔峰的羽絨外套，臉上有一道邪惡的疤痕。艾莉絲和他想必早已認識，她熟悉地在對方的雙頰上各吻一下，歡迎他。

酒精讓塞西莉膽子大了起來，她走過去問：「這位是？」

「我正準備要過來找妳呢！」艾莉絲說，「這位是達里歐，妳不是想找他談談嗎？」

「對！我知道你是誰！」塞西莉還來不及多想就脫口而出。

「噢？我不知道我那麼有名。」他回答。

艾莉絲把手放在塞西莉的肩膀上。「這位是塞西莉．王，她也在查爾斯的團隊裡。她是頂級探險雜誌的超級王牌記者，對吧？」

塞西莉稍微移動了身體。「嗯，我在幫《野生戶外》雜誌寫文章。」

達里歐把他的運動型墨鏡往上推，露出了淡綠色的眼睛。「記者啊，真有意思。我們隊上的班也是。」

塞西莉再次掃視人群。「那他人呢？」

達里歐喝了一大口啤酒。「他已經不再是我們的團隊成員了。」

「什麼？」

「這就是付不出旅費的後果。」

「噢，那真是太可惜了！」塞西莉說，手撫摸著後頸，雖然班和詹姆斯很親近，但她從來沒那麼喜歡班。儘管如此，她知道班就這樣離開一定會覺得很扼腕，她能感同身受班的經濟困難，畢竟她自己也是在刀口上度日，不過她同時覺得鬆了一口氣，至少不必再擔心有人來搶她的新聞，或是跟她前男友報告她的進度。她清了清喉嚨說：「達里歐，如果你有空的話，我想和你聊聊。」

「現在嗎？」

「有何不可？」

他還來不及回答，道格就打斷了他們。他緊握拳頭，「你在這裡幹嘛？」

「嘿，沒必要這麼不客氣，道格。我是來向偉大的查爾斯．麥克維致敬的。」他舉高雙手，言不由衷。

「他不在這裡。」

「我看得出來。那他為什麼不在這裡呢？難道從布羅德峰之後就在躲我嗎？」

「夠了，達里歐。」道格的聲音讓怒氣聽起來一觸即發。

達里歐眼睛周圍的皮膚繃緊了起來。「不用架繩根本是個笑話，我們知道他用了我們架好的繩子！」

塞西莉懷疑自己是否聽錯了？達里歐認為查爾斯在布羅德峰上作弊？她來回望著這兩個人，想開口澄清她的疑惑，卻覺得口乾舌燥。達里歐高大、細瘦，肌肉結實，手插著腰。相較之下，道格矮小、頭髮灰白、身材乾癟，但他也一點都不讓步。一旁的艾莉絲把身體的重心從這一腳換到那一腳，塞西莉試著引起她的注意，但她的眼睛緊盯著達里歐。

「你有證據嗎？」道格問。他對達里歐的問題似乎不意外，這讓塞西莉覺得這不是第一次有人提出質疑。她現在更加理解道格的敵意了。

達里歐沒有回答。

道格雙手交叉在胸前。「你的指控太超過了！不但惡毒，而且毫無根據。我的營地不歡迎你，離開！」

「噢，拜託……」

道格指示明瑪請達里歐離開。「好，我走，我走。」達里歐說。

塞西莉看著達里歐離開，終於開口問艾莉絲：「剛才那是怎麼一回事？」但艾莉絲轉身走開。

塞西莉喝下酒壯膽，偷偷離開派對，沿著小路走向極限巔峰的營地。

21

極限巔峰隊的營地出奇安靜，尤其和她才剛離開的那場派對相比更是如此。這裡的帳篷比他們團隊的帳篷還要多，帳篷與帳篷之間整齊劃一的距離就像軍隊紮營一般。

他們的圓頂帳篷甚至比她想像的更為奢華。她經過其中一個帳篷，探頭進去看，很驚訝那裡真的有沙發、投影機和咖啡機。道格曾戲謔地對格蘭特說基地營不是希爾頓，不過這裡還真他媽的像希爾頓。

「想跳槽到其他隊伍嗎？」

達里歐就在她身後，她嚇得跳了起來。「我的天，你不該在這種高海拔嚇人！」

「或許妳不該在別人的營地裡偷偷摸摸。」

不在人群中的達里歐更引人注目了。他臉上有一道突起的粉紅色傷疤，劃過他的臉頰，見證他在荒野的生活經歷。

「我其實是來這裡找你的。」塞西莉說。

「真是受寵若驚，有什麼可以幫忙的嗎？」

「我希望能和你聊聊。如果你不介意的話，我想問幾個問題。」

「妳就是不肯放棄，對吧？」他停下來，觀察她的表情，然後示意要她進到圓頂帳篷。他盤腿坐在沙發上，塞西莉在對面挑了一張露營椅坐下。她摸摸夾克上的口袋，很高興自己還記得在裡面塞了一小本筆記本和一支筆。達里歐將手圈在膝蓋上問：「妳想知道什麼？」

「嗯，首先，你跟道格說查爾斯在布羅德峰有使用架繩，這是什麼意思？」

「真是開門見山，好。嗯……妳應該知道『登頂十四』的任務是什麼吧？」他特別用手指打了引號。

「我知道。」

「沒錯，查爾斯的說法相當明確，阿爾卑斯式攀登代表在山上不使用任何架設的繩索。我不相信他，我認為他有使用繩索。」

「為什麼你會這樣認為？」

「我們團隊有人看到。」

「所以你沒看到。」

「我忙著照顧團隊成員。」

塞西莉保持中立，希望能從達里歐的角度聽見事情的全貌，但他的說法不太有說服力。她想知道，如果查爾斯在這裡為自己辯護，達里歐的指控是否還會這麼直白？「好……那你的團員有拍下照片嗎？或是錄影？」

「如果我手上有證據會讓妳知道的。」他惱怒地說。

塞西莉咬著筆尾。「所以，如果你沒看到，你的客戶也沒有證據，那為什麼你會這麼深信不疑？」

「我有說是客戶嗎？我說的是一位團隊成員，是一個我非常信任的人。」

「我可以和他們談談嗎？」

達里歐搖頭。「我只能告訴妳，他們不是第一個這樣說的人，聖母峰上也有人看到。」

「為什麼我從來沒有聽過這些指控？我幾乎讀遍了網路上所有和查爾斯相關的文章，但從來沒有人暗示過這種可能性。你提出的指控相當嚴厲。」

達里歐舉高雙手。「妳看看查爾斯！媒體全都為之瘋狂，他人長得帥，有魅力又迷人，顯然就是個天賦異稟的登山家……當然不會有人懷疑這種英雄人物。但我重視的是我們這項運動的誠信，所以我不會就這樣罷休。」

「我可以和那個在聖母峰上看到他的人談談嗎？」

達里歐嘆氣。「那個人也沒辦法提供什麼證明，因為他死了，死在從山頂下來的路上。」

「等等，你說的該不是皮耶．夏朗吧？」塞西莉眨了眨眼，「他認為查爾斯有使用架繩？」

「妳怎麼會知道他？」

「我跟艾倫聊過，就是死在薩馬崗的那位登山者。他告訴我，他來馬納斯盧是為了紀念他最好的朋友皮耶，他也想當面問你聖母峰上到底發生了什麼事。」

達里歐嘆氣，說：「該死！上一季真的很辛苦，死了很多人。我覺得死太多人了。我對發生在艾倫和皮耶身上的事很遺憾，尤其是皮耶，我真的很希望當初能做更多努力來救他。」

「艾倫告訴我，他在皮耶跌落山谷前曾接到他的電話。皮耶覺得後面有人在跟蹤他。」

「不可能，那時他後面已經沒人了。」

「道格也這麼說。」

「這一點我和道格的看法一致。」

塞西莉點頭，「所以你不覺得皮耶的死有任何可疑之處。」

「對。是一起很不幸的事件，但並不可疑。」

「這就帶出了我下一個問題。關於艾倫死因的調查是否有任何新進展？」

「什麼調查？沒有調查。他跌了一跤，撞到石頭，導致頭骨碎裂。」

「噢！可是班……」

「班是個騙子！他沒有足夠的資金，卻讓我們浪費時間和資源把他帶來這裡。我不會相信他的話。」

塞西莉感覺達里歐想結束對話了，因此把話題導向另一個方向。「你登山的時間已經很久了嗎？」

「服完兵役之後，我就知道自己想在山裡過活。奧地利有很多很棒的山。」

「那極限巔峰呢？你從什麼時候開始在這裡當嚮導？」

達里歐呼出長長的一口氣，說：「噢，到現在應該有十五年了吧。」

「這是一家很棒的公司。你覺得像你們這樣的公司有促成登山運動的普及化嗎？是不是也提高了查爾斯和其他著名登山家的能見度？」

達里歐把頭歪向一邊，「妳說得大概沒錯吧，不過我們依然非常重視每個人的安全。」他站起來，「妳該回你們的法會去跟大家一起慶祝了。查爾斯如果發現妳跟我聊過，他真的會不太高興，道格也是。妳不會想成為道格的敵人的，不過我想妳也已經見識過他這一面了。他那出名的壞脾氣可沒辦法藏太久。」

「這就是我想問你的最後一個問題。想必你和道格曾經密切合作過，你對他有什麼看法？你知道他為什麼離開極限巔峰嗎？」塞西莉問，她的手指在發抖。

「我只能說道格是我見過最謹慎的人之一，或許有點謹慎過頭了。至於他離開極限巔峰的原因，就讓他自己跟妳說吧。」

塞西莉知道他們的對話已經結束了，她把筆記本塞回口袋。當她站起來的時候，達里歐綠色的眼睛打量著她。她微微抬起頭。

達里歐微笑。「我想查爾斯找錯人來做他的專訪了，他得到的結果可能會比他預料的還多。」

「你是什麼意思？」塞西莉問。她的呼吸梗在喉嚨，不確定達里歐這番話到底是褒還是貶。

她很生氣達里歐並沒有回答，他只是聳聳肩，告訴她回曼尼斯營地的方向。依然在進行中的派對聲音一路迴盪到這裡，塞西莉根本不需達里歐幫忙指路。

她一路小心翼翼地穿過石子路返回營地，途中想著達里歐說的話。

查爾斯選她來做專訪的原因是什麼？真的是因為賞識她的作品嗎？還是他覺得她的能力不足，所以不會提出關鍵問題？或是因為她會被登山的挑戰壓得喘不過氣，所以不會深入調查那些爭議和指控？

她來這裡之前甚至根本對這些爭議一無所知，她對查爾斯做過的調查和媒體的所有報導幾乎都是一面倒的正面。大家都認為查爾斯是登山界的金童。

不過，金童或許並非真金打造。

草稿二

冠軍或騙子？登頂十四——查爾斯．麥克維的故事

作者：塞西莉．王

在八千公尺的高山上架設繩索需要幾乎長達五公里的繩子、五百支冰斧、兩百支螺旋冰釘，還有一組雪巴人團隊熟練地規劃出適合的路線。雪巴人是冰瀑專家，他們能避開冰隙，確定冰峰的位置，在及腰的深雪中開路。對絕大多數的登山者來說，不管是否攜帶隨身氧氣，這些架好的繩索都是名符其實的生命線。

而查爾斯．麥克維這樣的登山者之所以與眾不同，就是因為他選擇以阿爾卑斯式攀登，不使用繩索上達頂峰。

連碰一下都不行。

在必要時刻抓一把繩索，可能會救他自己一命，但這也代表他的任務沒有成功。

登山運動是一種沒有監管機構的運動。即使是最全面登錄八千公尺登頂記錄的喜馬拉雅資料庫，也表示他們的服務是以「信任」為基礎。贊助、媒體關注以及好萊塢的一通電話都能為登山活動挹注大筆的金錢，而登山運動中的金錢利益如今已經高過以往任何時刻。隨著利益升高，懷疑和批評的聲浪也隨之而來。

我問查爾斯，是否覺得有人隨時在背後盯著他。

〔插入查爾斯對謠言的回應〕

22

第二天的早餐之前，塞西莉坐在睡袋裡重讀她寫的新稿子。昨晚回到營地後，她到處都找不到道格。他不在通訊帳篷裡。塞西莉在派對上又待了一會，看著持續進行的慶典，才回到帳篷裡倒頭昏睡。經過漫長的一天，她的腦袋和身體都很疲憊。

達里歐的話困擾著她。她從來沒想過查爾斯在任務中造假的可能性。他的名聲是如此無可挑剔，他是如此強壯、有天賦的登山者，沒有人會懷疑他進行阿爾卑斯式攀登的能力。但如果繩子就在路上，而他也認為沒人看得到……那他會抓起那條繩子嗎？

生命垂危之際，任何人不是都會想握住那條繩子嗎？查爾斯當然也會。

這是運動誠信和生死之間的天人交戰。如果《野生戶外》想要抓住所有人目光的故事，那絕對非此莫屬，這甚至比查爾斯破的紀錄更吸引人。

她走出帳篷時，營地很安靜，和昨夜的歡慶形成巨大對比。她的隊友已經起床活動。札克在營地周圍四處走動，高舉手機，試圖想接收到訊號。格蘭特在帳篷外伏地挺身。塞西莉很驚訝，他在這種高海拔地區竟然這麼精力旺盛。一繞過轉角，她便立刻明白了這是怎麼一回事，因為伊莉娜正坐在格蘭特帳篷前的摺疊椅上喝咖啡。

她應該是在那裡過了夜。

道格和明瑪走出通訊帳篷，道格前臂上擺著一台筆電，他一看到格蘭特在運動就皺起了眉頭。明瑪對他耳語了幾句，道格肯定地點頭，然後進到廚房帳篷裡。

「格蘭特，兄弟——拜託，你得休息。」明瑪說。

「我只是想保持身體強壯，為上路做好準備。」格蘭特繼續伏地挺身。

「我想他是在命令，並不是請求。」伊莉娜說，接著站起來伸展。「我該回我的營地了，很高興認識各位。」

「好了。」格蘭特說，跳著站了起來，因為運動而滿臉通紅。「伊莉娜，山上見囉？」

「那當然。」她回答。當她走出曼尼斯登山公司的營地時，格爾登正好走進來，與她擦肩而過。

他手插著腰，站在營地邊問：「有誰在找無線網路？」

「我！」札克說。事實上，他們所有人都想上網。格蘭特拍拍手，艾莉絲把頭伸出帳篷。格爾登應該早就知道他們所有人都需要網路，他們像一群機警的狐獴，隨時留意著網路連線的機會。

「跟我來。」

塞西莉飛奔回帳篷拿著筆電，完全忘了早餐的事。格爾登帶著他們穿過極限巔峰的營地，來到一處突出的裸岩，岩石最高點架著三角天線。已經有人在那裡坐在摺疊椅上，目不轉睛地盯著螢幕。

「我們把這裡叫做 Wi-Fi 山。」格爾登笑著說。曼尼斯登山隊的成員一哄而上，格爾登把密碼發下。塞西莉飛快地輸入密碼，手機終於連上線時，她放心地大呼一口氣，手機也跟著載入一連串的訊息。

她打開筆電上的瀏覽器，在搜尋框裡輸入皮耶．夏朗。她急著找出格蘭特提到的 Reddit 文章。她先前不知道艾倫會如此直言不諱地論及整件事背後的陰謀，加上現在又得知皮耶可能與查爾斯作弊的謠言有關，她覺得這中間實在有太多巧合。

螢幕上出現了一則標題為〈聖母峰上失蹤〉的 Reddit 登山板文章連結。她點開，文章裡沒有隻字片語提到查爾斯的名字，也難怪她先前從來沒搜尋到這篇文章。文章的內容是複製貼上的，來源是一則詳細報導皮耶失蹤的新聞。文中並沒有提到任何人為致死的可能，並且推測皮耶是從山上墜落而死。

接著她看到格蘭特提到的留言。這篇留言得到大量負評，留言者看來正是艾倫，使用者名稱是 AFlaubertChamx。他寫了一篇長文，提到皮耶那通詭異的來電。他的發文並不像在露台上對塞西莉說話時那般保留，而是直接寫出他認為皮耶在山上被人殺死，凶手將屍體推下山崖，避免被人發現。

他的留言得到幾百人的回覆。有些人認為皮耶是因缺氧產生幻覺才說出那些話，其他人則指出聖母峰上許多登山者的陳述。他們都表示皮耶是最後一個登頂的人，他後面不可能有人在跟蹤他。塞西莉覺得奇特的是，即使 Reddit 上有這麼多陰謀論擁護者，他們卻也都相信皮耶是死於意外。這點倒是和達里歐及道格的說法一致。

這代表艾倫並不是因為找尋真相而遭到殺害，因為皮耶的死因並不神祕，艾倫再怎麼找也不會找到其他答案。皮耶的死的確很不幸、不必要、也無法想像，但他並非死於謀殺。她讓自己被班的言論、神祕的吹哨者和整起意外事件分散了注意力。這一切確實讓人感到不安，但道格說得沒錯，她需要專注。

塞西莉瀏覽網站時，電子郵件的通知從螢幕上方跳出。一封來自蜜雪兒的訊息引起了她的注意，她瞬間緊張了起來。

蜜雪兒在信上用粗體字寫著**打給我**，並將信件標為緊急。塞西莉不確定這裡的訊號是否通暢到能打電話，不過她還是戴上耳機開始撥打。響了幾聲後，蜜雪兒接了起來。

「嗨，我在基地營了！」塞西莉試著保持輕快的語調。

「塞西莉！謝天謝地，妳到哪兒去了？好久沒收到妳的郵件！」

「抱歉，蜜雪兒，我們到基地營之後馬上開始訓練了一整天，然後又有祈福法會，一直到現在才有網路訊號。」

「我希望妳的下一篇部落格已經寫好了，我們都急著讓讀者知道最新消息，尤其是有人死了？你認識那個人嗎？」

「是啊，我認識，我在部落格裡面有提到他。等等，妳怎麼會知道？」

「我想妳還沒看到詹姆斯的文章吧？」

塞西莉的心一沉。「沒有……」

「他在山上有消息來源。」蜜雪兒的聲音裡帶著無聲的憤怒。

塞西莉嘆了口氣。「我的老天，一定是班！」

「班．丹佛斯？他在那裡？所以就是他提供消息給詹姆斯讓他寫《國家地理》的文章！他們不只知道你們探險隊的最新情況，詹姆斯還發表了一篇相當尖銳的文章，揭發你們領隊道格．曼尼斯的背景。大家都知道他被上一個公司解僱，而你們這支隊伍是他的頭一個客戶？」

蜜雪兒一邊說，塞西莉一邊急著找詹姆斯的文章。她的手指在手機上飛舞，「我知道，我昨晚才聽到這個故事，我打算再多問幾個問題……」

「現在有點晚了，不是嗎？妳到底在山上幹嘛？上山的人不是妳嗎？為什麼詹姆斯人在倫敦都能發現比妳更重大的消息？拜託，塞西莉，妳得加加油！妳還有什麼要告訴我的嗎？」

「你不用擔心班，他交不出團費，被踢出隊伍了。」

「好吧，這消息還真重要。不過整件事聽起來就是妳沒看見正在妳眼皮下發生的事。」

她想起她新寫的稿子，但不想透露太多，至少要先等查爾斯到這裡，給他機會回應那些謠言。她先賣了個關子說：「我是有一些消息，關於查爾斯的另外一面，但還需要更多研究。我現在先寄給妳一篇部落格，另外我也正對我的隊友進行一系列的專訪……」

「妳最好——」

訊號中斷了。

札克沮喪地咆哮：「該死的！我還沒講完！我才正要跟公司開會而已，都還沒跟孩子視訊到！」

塞西莉也很火大。她這下沒辦法寄出要給編輯的部落格文章了，詹姆斯那篇文章的頁面也才下載到一半，她只能看到標題和副標。

曼尼斯的惡行

作者：詹姆斯．克里弗

現年五十四歲的道格．曼尼斯是曼尼斯登山公司的創始人。他曾是極限巔峰最受歡迎的登山嚮導之一，直到他火爆的脾氣造成登山行程被取消，並導致重大訴訟。

登山嚮導的第一條法則：不可以揍客戶……

詹姆斯還真的一點都不拐彎抹角。媽的！她實在太後知後覺了。達里歐提到道格眾所皆知的脾氣，但她還沒來得及找出他的脾氣在艾倫的死和針對查爾斯的指控之間有何關聯。

「夥伴們，營地見囉！」艾莉絲說。她把手機放回口袋，然後鑽到附近一個極限巔峰隊的帳篷裡，大概是去拜訪其他山上的朋友了。

「唉，我哪也不去。我要在這裡等網路出現。」札克在天線周圍走動，盯著它看，像是他能用念力讓訊號起死回生。「這太怪了，連我的衛星設備都連不上線，這不太正常。我的團隊發了一條訊息給我。讓我看看他們有沒有辦法從他們那端解決，天哪！」

「你們兩個真的得學著放鬆。」格蘭特說。他把背靠在椅子上，往頭頂伸長他的手臂。「看看我們在哪，好好欣賞一下！」

塞西莉看著他們倆。「或許在等待的同時，你們可以幫我個忙……能為我的報導回答幾個問題嗎？」她問。

「可以呀，當然。」札克說。

「但妳只能寫我的好話。」格蘭特說。

格蘭特．邁爾斯．彼得森及札克．米契爾專訪

節錄自塞西莉的筆記

九月八日

徵人啟事：危險的旅程、低廉的工資、酷寒的天氣……危機四伏。〔筆記：發布文章前上網查詢精確的用字。〕

探險家恩斯特．薛克頓或許不會為他的南極洲探險之旅在《泰晤士報》上刊登這樣一則徵人啟事，但願意接受探險挑戰的人確實需要某種人格特質。整整一個月都要跟一群幾乎不認識的人混在一起，而且大多待在世上最與世隔絕之處，還要面對險峻的地勢和無法預測的氣候。參與者必須能與他人團隊合作，但最終也必須負責讓自己安全下山，必須夠合群，也必須夠能幹。

每位加入馬納斯盧探險隊的團員都是受查爾斯親自邀請，一同參與登頂十四的最後一次登山任務。我們在這裡用各自的方式支援他，不論是透過贊助、社群媒體、電影或新聞報導。

我與隊友札克．米契爾（四十二歲）及格蘭特．邁爾斯．彼得森（二十九歲）的專訪是

在其他隊伍的基地營上進行的，我們所在的這個高地被稱作「Wi-Fi山」，儘管訊號斷斷續續，但這裡似乎是此處唯一能收到網路訊號的地方。強風大雨不但使直升機無法飛行，導致查爾斯行程延後，天候也同樣影響著網路訊號的穩定。

塞西莉：謝謝你們兩位願意接受訪談。我想了解你們是怎麼加入這個探險隊的？

札克：前進通訊是登頂十四的主要贊助者，而我身為執行長當然想實地參與查爾斯的任務。主要是因為我們的使命和查爾斯的目標很契合：我們的使命是用科技打破極限，而查爾斯的雄心壯志也同樣沒有極限。

格蘭特：札克負責錢，我負責攝影。我在聖母峰看過查理金童，但那時候我只是在基地營幫客戶拍攝影片。後來我去爬卓奧友峰，幫一個沙烏地的傢伙拍攝他的登頂紀錄。查爾斯那時候也在山上，我很想認識他。一堆電影製作人都在爭取這個機會，因為每個人都想拍登頂十四的電影。我自己是希望能把片子賣給 Netflix，但很多平台都等不及想要了，競爭很激烈。大概跟妳的報導差不多，對吧，塞西莉？

塞西莉：嗯，這可是個難能可貴的機會。

格蘭特：為了得到這個機會，要我做什麼都可以。在卓奧友峰那一次，我只是剛好在對的時間、對的地點說服了查爾斯。

塞西莉：你在攝影方面一定經驗豐富，你是怎麼進入這一行的？

格蘭特：我是從YouTube起家的，拍特技和惡搞那類的東西，不過現在已經不做這些不成熟的主題了。我現在到世界各地工作，希望留下好的作品。

塞西莉：那你呢？札克，你是怎麼遇見查爾斯的？

札克：我之前去舊金山參加一個募款活動，本來以為會很無聊。我最討厭的工作內容大概就是這個了。妳知道嗎？要找到符合前進通訊使命和精神的專案實在他媽的難。很多人給我們的提案根本毫不相干，大部分都完全離題，浪費彼此時間。

但這傢伙一上台就主宰全場。真的，我從來沒看過哪個人像他這麼會掌握觀眾的注意力。他演講的時候放了一張K2的照片，然後開始說明他打算在登頂十四的任務中做什麼。那聽起來是完全不可能的任務，但是我心想，就是他了。如果世界上有人能代表我們公司的品牌，我希望是他。他完全體現了前進通訊所倡導的無限心態。之後我跟保險公司大戰好幾回……你不知道我花多少力氣才爭取到保險。

塞西莉：查爾斯的確知道如何讓人留下深刻的印象。

札克：我想，大概是因為我自己也有攀登世界七大高峰的夢想，然後又在募款活動遇到查爾斯……就像命中注定。我馬上就知道自己想跟他一起爬山，跟最優秀的人學習。事業和個人的目標結合一致，這是夢想成真。對我來說，值得冒險一試。這是在創造登山歷史。沒有查爾斯——

就在這時，一陣雷聲響起，大地發出轟隆聲響。札克從位子上彈起來，椅子跟著翻倒。

「那是什麼鬼？」

格爾登站在岩壁邊緣，看著山。

「很不可思議吧？」他說。

「那是地震嗎？」塞西莉問。她抓住椅子邊緣，隨時準備逃命。

「不用擔心，只是雪崩而已。」格爾登說。

這時又傳來另一陣聲響，像是槍聲。札克看見附近懸崖上的冰雪滾落，他跟著大叫。

「媽的，我的相機呢？」格蘭特掃視周圍地面，從地上一把抓起他的數位單眼相機。他站在格爾登身旁，拍攝紛飛細雪在石縫中堆積的景象，嘀咕著早該把鏡頭換掉。

他們肩並肩站在那裡，看著這場雪崩逐漸平息。眼前這一幕讓塞西莉深受震撼，她待在那裡，直到最後才轉身。

「真是太驚人了！」塞西莉對格爾登說。等到確定雪崩殘骸不會危害他們的安全後，塞西莉問他：「我能為我的報導訪問你嗎？我想知道你為什麼會來爬山，還有你是怎麼認識查爾斯的。」

格爾登點點頭。「好啊，當然可以，但我想我們得先回基地營了，天氣看起來馬上會變糟。」他指著地平線上在薩馬崗集結的烏雲。

塞西莉再次檢查網路訊號，不過還是一樣什麼都沒有。蜜雪兒得再等一會兒了。塞西莉知道詹姆斯不管在《國家地理》寫了什麼，最後的大獎一樣都是查爾斯的專訪。如果不想讓人抱走這個大獎，她就得專注。

另一大塊冰雪從冰川上斷裂，聲音在谷中迴盪，札克跟著大叫：「哇靠！」經過昨天的祈福法會，這感覺像是山在向他們發出警告，或許他們的祈求已被回絕。

格爾登看出塞西莉的心思。「別擔心，雪崩是好事。希望不穩的冰雪都先落下。」

「為什麼？」

「因為明天我們會在雪地上行走。」

23

無線網路訊號一直都沒恢復，衛星連線也無法運作，塞西莉根本無法把文章寄給蜜雪兒。原本擔心的事就夠多了，現在她又得煩惱網路的事。除此之外，她還在思考那個令人毛骨悚然的吹哨人到底是誰？該如何挖掘作弊的指控？加上道格難以預料的脾氣所導致的糾紛也有待調查……

當然，山本身就已經夠令人擔心了。

晚餐時，明瑪宣布他們即將開始進行高度適應訓練。第二天早上醒來，塞西莉把六十公升的背包收拾好，準備前往一號營地。

許多隊伍都在進行同樣的訓練。塞西莉看著登山者成一列經過他們的營地，在群山的環抱下攀上岩石。小瀑布從懸崖傾瀉，拍打著石頭往下。

「塞西莉，我幫妳留了一包好吃的。」她聽到自己的名字便回頭，札克朝她丟來一包冷凍乾糧。「來這裡之前我什麼都試過了，能吃的只有茄汁肉醬義大利麵。」

她有點害怕地打開已經快滿出來的背包，把義大利麵塞在最上面。舉起背包時，她的身體晃了一下。

「來，我幫妳。」格爾登撐住背包的重量，把夾在她背包外龐大笨重的睡袋拿了下來。

「格爾登，沒關係，我背得動。」她反抗著說。

他搖搖頭。「別擔心，迪迪，讓我拿吧。」

格爾登跪在壓縮袋上，把睡袋壓到最小。背上塞西莉的睡袋之後，格爾登的背包變得異常巨大，束帶綳得緊緊的，讓他整個人看起來比平常高了一半。明瑪在上面蓋了一層塑膠布，以免背包被雨淋濕。

「謝謝！」塞西莉把手放在胸前說。格爾登露出一個頑皮的微笑。

「當女生還真不錯。」格蘭特在塞西莉身後抱怨。他的背包也非常巨大，但主要是因為他打包的方式很怪異。他的背包從中間隆起，看起來很不對稱。裡面裝的可能都是他的攝影器材，塞西莉看到他的橘色硬碟已經塞到外套裡去了。

札克穿著量身訂做的夾克，閃閃發亮，特別顯眼。他那身昂貴的裝備是塞西莉只能在夢中妄想的。

即使拿下了睡袋，塞西莉還是覺得背包的重量在拉扯著她的脖子。不過也沒時間抱怨了，道格已經帶頭出發，他的手插在口袋裡，經過祈福儀式的會場，朝著山走過去。

天空下著綿綿陰雨，塞西莉把外套的帽子拉到頭上。他們經過淌水的岩板時特別小心，這條小小的溪流將流向比倫德拉湖。

他們穿著八千公尺專用的登山靴，沿途跋涉，經過一個半小時的行走和攀爬巨石，他們遇見另一組登山隊。那群人正坐在地上大口吃點心。周圍的岩石四處放著有防水封口的亮藍色桶子，後方廣大的雪地朝著冰瀑節節上升，他們此時已經抵達冰河。

「好的，這裡就是雪線了。大家休息一下。」道格說：「吃點東西，把冰爪穿上，接下來的行程會在雪上行走。」

當道格非常認真扮演嚮導的角色時，他的冷靜、沉著和效率都可以說是領導者的典範，從他的外表完全看不出任何積壓在表面下的憤怒。塞西莉知道自己該向道格詢問達里歐對查爾斯的指控，畢竟他是查爾斯在任務中最親近的夥伴。不過，道格如果正如詹姆斯和達里歐所言那麼易怒，那麼塞西莉這麼做不只會冒險激怒道格，他也可能不會吐露實情。如果道格被解僱的事情眾所皆知，而自立門戶是他剩下的唯一出路，那麼或許他真的欠查爾斯一個人情，艾莉絲在他們上次訓練走回營地時也曾經暗示過這一點。

塞西莉一屁股跌坐在離她最近的一塊大石頭上，很慶幸這時能從痠痛的肩膀上脫下背包的背帶，讓不停打轉的頭腦停下來休息片刻。

「要吃點甜的嗎？」一位戴著時尚運動墨鏡的女子遞給她一袋酸味糖，她漂過的金髮用彈性髮帶往後紮起。

「噢！伊莉娜！」塞西莉微笑，感謝地拿了一顆，「昨天的法會之後妳有好好休息嗎？」

「那真是場好玩的派對。」伊莉娜的外表幹練，被太陽曬過的肌膚緊貼著臉骨。雖然她是俄國隊的成員，但說話時帶有一絲倫敦腔調。

「妳住在英國嗎？」塞西莉問。

「對啊，倫敦市中心。我現在在時尚界工作，其實很無聊，但那裡的收入能讓我到喜馬拉雅爬山！」她笑著說。「妳聽過一號營地上面的事嗎？一堆人排隊等著爬過最難的那一段。今年應該不容易，不過不會有問題，不會有問題的。」她重複說著，像是在說服自己。塞西莉本來想多問一些細節，但厄爾布魯士菁英隊已經開始移動，伊莉娜也一屁股跟著站起來。「這包就留給妳吧！」

「不用了，謝謝……」塞西莉答道，但伊莉娜把那一袋糖果放到她手裡就走了，走之前還不忘向格蘭特傳了個飛吻。

塞西莉把糖果塞進背包側邊的口袋，綁好她的冰爪。道格呼叫他們注意：「大家準備好了嗎？繼續上路。」

他們穿過一片被冰雪覆蓋的寧靜平原，剛開始的坡度很平緩，塞西莉就這樣正式踏上了馬納斯盧。短暫的休息和進食讓她感到精力充沛，她覺得很興奮，留心著這裡的每一刻，聽著腳踩在雪地的沙沙聲，吸進山上清新的冷空氣。

格爾登經過她身旁說：「上面就是一號營了。」塞西莉順著格爾登手臂和手指的線條看過去，不太清楚他指的是哪裡。遠方的高處似乎看得見一丁點橘色和黃色。那是帳篷嗎？如果一號營地就在他們視線之內，那表示距離應該不會太遠。她抱持著這個想法，告訴自己一定能做到。

在雪地上走了幾步之後，他們就遇到山上的第一條架繩。繩子像藍色的蛇一樣蜿蜒在白色的雪地上。

「各位，扣上扣環。」道格說。「這條路看起來可能不難，你們可能會覺得每隔幾步就得扣上和解開扣環是很單調乏味的工作，但這條冰河上有很深的冰隙，現在的動作是很好的練習。我們在這裡養成習慣，之後就會變成反射動作。」

他們一致點頭，不過才經過幾個錨點，格蘭特就不耐煩了起來。這條路很平坦暢通，已經有很多人走過，因此在這裡不停扣上、解開扣環，的確顯得有點無意義。

塞西莉不敢掉以輕心。她的安全吊帶上掛著兩個登山扣環，都是用和手臂一樣長的繩索打了結連到確保環上。這兩個扣環得同時扣在繩索上。每當她經過錨點，需要解開其中一個扣環換到下一段繩索時，至少還有其中一個扣環會扣在繩子上。兩個扣環同時扣上繩索是最好的情況。山上的黃金法則，就是永遠不要脫離架繩。

接下來幾個小時的路途都很單調，他們每走幾步就會遇到錨點，把扣環扣到新的繩子上，再把另一個扣環從舊繩上解開，然後繼續走下去。她每次都得確認扣環的開口是否有鎖好。即使她的手套並不厚，手指還是得摸索一番才能完成動作。她試著維持速度，但這並不容易。每次只要出一點小差錯，她身後就會塞住一整排登山者。其中幾次後面的人想越過她，她也只能咬牙吞下挫敗感，讓他們從身旁繞過。這種時候她很慶幸有高領圍巾蓋住她的顴骨，遮住了她尷尬的表情。

他們走了很久之後，塞西莉開始恍神，可是一號營地卻還沒出現。他們以閃電形的路徑越過冰河，緩慢地往上。塞西莉隨著扣環上扣和解開的節奏聲往前：走路、彎腰、扣上、解開、走路。格蘭特早已完全放棄扣環了。

道格在前方手臂交叉站著，等待他們跟上。他直盯著格蘭特。「我不是才說過繩子的事？」那語氣讓塞西莉為之顫抖。

「喔，拜託，大哥！我們腳下的雪地很堅固，卓奧友峰也是這樣，沒發生什麼事啊。」

「你是這樣想的嗎？」

道格在格蘭特面前用力往地上踩了一腳，聲音聽起來很空洞。

他靴子下的地面立刻塌陷。他抓住繩子，刻意往後退了一步。

一個深不見底的冰隙在他腳下裂開。

格蘭特這時候如果繼續往前走，他的其中一隻腳就會直接陷落其中。這個冰隙或許還沒有大到能吞滅他整個人，但下一個很可能就會。

「幹！」格蘭特嘀咕了一聲，開始摸索著他的安全吊帶，找到扣環後扣上繩索。

「雪橋，」道格開口，「是山上最可怕的危險之一。你無法預料到它們何時會出現。扣上扣環！」

塞西莉倒抽了一口氣。道格跨了一大步越過那個冰隙，格蘭特跟著，接著是艾莉絲、札克，最後輪到塞西莉。

她往下一看，只見一片黑暗。她深呼吸，一躍而過。另一邊的地面很結實，她一手揮拳悄悄地慶祝自己順利通過。

之後冰隙出現得越來越頻繁，大部分都可以步行跨過，架好的繩索也會盡可能避開這些冰隙。正因如此，他們的路徑才顯得如此迂迴。接下來，他們抵達了山上的第一個鋁梯。

這是一個令人既期待又害怕的場景，正是任何聖母峰紀錄片或電影都會出現的壯闊鏡頭——人們在輕薄的梯子上橫越深不見底的冰隙，梯子兩端看似只靠薄薄的一層冰架支撐，隨時都有可能坍塌。如果從梯子上跌落，你會懸在半空中，整個身體只能仰賴繩索把你抓住。你是否會跌落谷底，完全取決於繩索是否牢靠地釘在雪地裡。

這種風險非常大、非常戲劇化，是登山者返家後會向人一再陳述的那種經歷……前提是，陳述的人有活下來的話。

道格在大家面前說：「塞西莉，到前面來。」格爾登這時已在對岸，跪在地上，扶住梯子遙遠的另一端，讓梯子穩住。明瑪牽著她的手，引導她慢慢走出第一步。為什麼她會被叫到前面呢？或許道格是想確保她安全通過，也讓其他人看到，如果塞西莉做得到，大家都做得到。

塞西莉把扣環扣上，戴著手套握住細長的繩索。她試著把梯子的橫樑踩在鞋子前端和尾端的冰爪之間。她一步一步地往前，慢慢把腳舉起，再小心地放下。每當冰爪碰到橫樑，梯子跟著晃動，她的心臟也會隨之一跳，卡在喉嚨裡。

她的冰爪一度卡在橫樑之間。她原本想往下看看自己的靴子和梯子，卻只看見深不見底的冰隙。那像是雪裡的一道傷痕，在無盡的白色中劃出一道深藍，消失在大地深處，看不見底部。

如果跌進去，就再也出不來。

24

曼尼斯登山公司的旗幟在風中揮舞，一號營終於到了。塞西莉精疲力竭，淚水沾濕了她的臉頰，她覺得自己快被打敗了。過去一小時的路程中，她的腦袋轉個不停，不知道自己的雙腿還能再撐多久。

她跌跌撞撞地走進營地最大的帳篷，裡面有股汽油味，但是因為生了火，感覺很溫暖。道格站在裡面，他的頭對著電話，背朝著她。塞西莉心想應該給道格機會說明他上次帶隊的時候，發生了什麼事。不過明瑪在此時把頭探進帳篷裡，「啊！塞西莉，妳到了。要我帶妳去妳睡的帳篷嗎？」

她偷瞄了道格一眼，他已經走到帳篷更裡面的地方和芬巴討論事情。她皺了皺鼻子，原本想和道格說話的機會就這樣泡湯了，讓她覺得很沮喪，但她還是向明瑪點點頭。「好的，請帶我過去吧。」

她跟著明瑪回到雪地裡，那時是下午四點，這代表他們花了六小時才走到一號營。濃密的雲層繞著營地四圍，遮蔽了他們的視線，她向伊莉娜揮手。伊莉娜正坐在她的帳篷外，和厄爾布魯士菁英隊的成員喝茶。他們的營地離曼尼斯營地所在之處只有幾公尺遠，再過去一點就可以看到極限巔峰隊的旗幟。她伸長了脖子尋找達里歐的身影，但沒看到他。
「這就是妳的帳篷，艾莉絲已經在裡面整理行李了，但空間應該夠容納妳們兩個。」
「謝謝你，明瑪。」她彎進帳篷裡。

❖ ❖ ❖

這是她正式在馬納斯盧山上度過的第一晚。吃完炒飯之後，她又喝了很多茶。他們第二天要很早起床，塞西莉這時已疲憊不堪，就算神祕的吹哨人出現也無法阻止她入睡了。
醒來後，塞西莉覺得鼻塞，腦袋也昏昏沉沉的，全身肌肉都在抽痛。她咬著牙，勉強吃下止痛藥，希望能緩和全身的疼痛。她一點都不覺得自己這樣的狀態能夠面對山上最難的那個「決戰點」，也就是她已聽聞過的那道可怕冰牆。
她看了艾莉絲一眼。艾莉絲正在為接下來的攀爬做準備，興高采烈得有點不太自然。身為登山網紅，即使在六千公尺的高山上，她的口紅還是塗得那麼專業，打包的速度也比塞西莉快一倍。他們兩個之間的差別很明顯：艾莉絲身經百戰，而她是零經驗的登山小白。
塞西莉走出帳篷的時候，看到札克也已經準備好了，他的安全吊帶、靴子和冰爪都已穿好。他和格蘭特同睡一個帳篷，但他看起來不太高興。

「那傢伙把東西丟得到處都是。」札克經過她身邊時嘀咕道。「沒想到竟然有人可以占用那麼多空間，我根本沒怎麼睡。」

塞西莉露出同情的表情，「真是可憐你了，山上真的不好睡。」

「我實在是不想說他還會打呼……」

札克搖著頭向廁所走去，可以聽見他在裡面繼續喃喃抱怨，塞西莉這時快速地離開。格爾登幫她把水壺裝滿熱水，她在裡面加了幾片發泡錠，聽著起泡的聲音，接著把水壺放進保溫袋，塞進背包裡。她仔細檢查冰爪上的綁帶，以及冰爪是否和鞋子貼合、腳是否舒適，並確保腿環也平貼著大腿。為了跨越那道艱難的冰牆，一切都必須沒有差錯。

「妳有看到上面那裡嗎？那就是我們要走的路。」

她順著格爾登的手勢，看見幾位極限巔峰的隊員正走向二號營。

道格慢慢走向格蘭特和札克的帳篷，經過她身邊時問道：「準備好了嗎？要走了。」

塞西莉對格爾登挑眉。「他又怎麼啦？」

「他討厭遲到，但格蘭特到現在還沒出現。」

「哇！」札克上完廁所回來，看到塞西莉背後的景象張大了眼。「大哥，你需要幫忙嗎？」

藤新背上扛著一座巨大的鋁梯。他把梯子橫在身上保持平衡，幾乎半彎著腰。

「我的天，你怎麼會扛著這個東西？」塞西莉問。

「上面有個梯子被落下的冰峰打壞了，所以我又拿了一個過來。」他停下來檢查手臂上的繩索是否綁穩，接著便繼續往前。他走得很順，好像身上背的不過是普通背包。

塞西莉從來沒想過這些梯子是怎麼出現在山上的。她敬畏地看著藤新。藤新並非「架繩隊」的主要成員，但為了維護他們登山的路徑，所有的雪巴人在團隊中都負責了不同的任務，只可惜他們所做的許多事情都被人視為理所當然。她壓根沒想過梯子是有人拿上來架好的，如今在海拔六千公尺上看見有人背上扛著梯子，跨越冰隙，爬上陡峭的懸崖，她這下再也不會抱怨自己的背包有多重了。

接下來的路徑和昨天的路走起來非常不同。今天的路更為陡峭，塞西莉需要運用所有訓練過的技巧。首先，要把上升器夾到架好的繩子上。這一路需要大量的毅力和專注力，不但要用到大腦，也要有足夠的體能。不過她覺得這樣挺好的，因為她就不會有時間胡思亂想，或是一直計算著還得走多少路。

「發生什麼事了？」札克在塞西莉身後說。他們倆整個早上都走在一起，塞西莉轉頭，札克用冰斧指著前方。

塞西莉一路盯著地上和繩子，都沒注意到前面發生了什麼事。她這時才看見前面擠著一大群人，或許有十五個，他們都在排隊等著拉上繩索，因為前面立著一道陡峭的冰牆，在他們頭頂上聳入天空。

這就是馬納斯盧的決戰點。

她在網路上讀過，這道冰牆有「沙漏」之稱。現在站在牆底下，她也看出為何有此稱呼。牆在兩條架繩垂掛之處變得較為狹窄。這兩條架繩，一條用來攀升，一條用來垂降。這道牆陡得嚇人，比他們訓練過的陡坡來得更有挑戰性。

塞西莉嚥下口水，緩緩往前移動，直到在前方隊伍的尾端和格爾登碰頭。

「為什麼隊伍這麼長？」札克問。

「因為牆上一次只能有一個人。」格爾登回答。「而且有些隊伍的成員已經要下山，他們用的是第二條繩索。空間不夠，所以要等很久。」

「天哪，我們不會在這等上幾個小時吧！一路上去都要這樣排隊嗎？」札克問。

「不知道。」格爾登聳肩說。

「現在終於知道聖母峰上大排長龍的那些人在抱怨什麼了！根本和舊金山灣區塞車沒什麼兩樣。」

「跟聖誕前夕超市收銀台前的人龍一樣。」塞西莉笑著說。

「不要只是站在那發牢騷。」道格說。塞西莉沒注意到他已走到他們身後。「想想現在還有什麼可以做的事？有沒有缺少什麼？需要什麼？」他從背包側面拿出水壺，像是在示範給他們看一樣。
道格說的完全沒錯，這不只是休息的好時機，也可以用來呼吸、補充水分和能量。只是他沒必要這麼暴躁。
每隔幾分鐘，隊伍就會往前移動一點。塞西莉覺得看著大家在那道牆上掙扎實在不太舒服，於是坐在背包上，盡可能保留體力。
直到下一個就輪到她的時候，她才抬頭認真看。牆面上可以看到經過大量攀爬的痕跡。在無數冰爪用力踩踏之下，壁面已滿是腳印粗暴的鑿痕。
走到冰牆底部前，塞西莉需要再跨過一道冰隙。藤新搬來的梯子剛架上去，冰隙深處可以看到被冰峰打落的那座梯子。這代表冰層不斷在變化，就像河水一樣會流動。今日架設好的路線，明日可能就會被掩埋消失。
塞西莉聽見前面的人大叫已經抵達下一個錨點，看到前面的繩子被鬆開，她就把上升器固定到繩子上，慢慢地往牆上出發。
「塞西莉，走開！」道格此時忽然大叫。她幾乎沒時間反應，就往旁邊跨了一大步，跌進雪地，膝蓋狠狠撞上堅硬的冰塊。
一道風掃過她後腦勺，接著她聽到另一聲喊叫。回頭一看，一團亮橘色的影子落地，然後消失，直接掉進冰隙裡。

25

在下方的冰層之中，有個男人躺在那裡，臉部朝上，手腳在空中揮舞著。他垂降下來的時候，直接掉進了冰隙。因為背包太寬才被卡在冰牆中間，沒有再往下掉。格爾登和道格如機械般動作。道格從他身上拿起一捆繩索，解開一段，丟給那個男人。男子用顫抖的手指把繩子扣上他的安全吊帶。他們試著把他拉出冰隙，但背包被卡住了。原本因為太寬而拯救男人的背包，現在開始威脅他的生命安全，最後他不得不把背包放下。

讓事情更加棘手的是這位男士並不懂英文。塞西莉看見他外套上的徽章，發現他是中國隊的成員，但他們身邊並沒有人懂中文。塞西莉只好用她有限的中文詞彙，結巴地詢問男子是否安好。除此之外，她也無法再和對方多說什麼。

這個小小的舉動似乎對這位男子相當有幫助。塞西莉和他說話之後，他開始正常地呼吸。道格看了塞西莉一眼，讚許地點點頭。但在這位男士脫險之前，塞西莉無法盡情享受道格的讚許。

男子從背包的背帶上掙脫手臂，試圖用手抓住背包的帶子，希望能挽救他的裝備。但背包的重心不穩，他手掌一滑，背包便消失在冰隙深處。

失去裝備，代表他無法再繼續上山了。他上來後垂著頭，明瑪讓他喝了點水，減緩他的驚嚇。不論如何，至少他還活著。

「塞西莉，輪到妳了！」道格對著她大喊：「爬上去！」腎上腺素在塞西莉血管中奔騰，她得好好利用這樣的身體優勢來應付這堵牆。她深長脖子，這堵牆現在看來更高了。

她把上升器盡可能地卡在頭頂上方，然後開始往上爬。每走一步，她都把冰爪尖端深深踩入冰牆，確認腳步穩固。然而，即使有上升器和冰爪的支撐，爬上去還是比想像中困難。上升器無法承受她在一面垂直冰牆上的全部重量，因此上頭的齒輪一直打滑，無法在繩子上完全咬合。

冰雪的碎片隨著她前面的攀登者移動而掉落，雪和大塊的冰打在塞西莉身上。她爬到冰牆上的一小塊支撐點上，停下來稍作休息。

「繼續爬！」道格大叫。他說得可真輕鬆。

這面牆上有些台階比從下方看起來還高。她把其中一隻腳抬高，膝蓋靠近胸前，準備跨出下一步。但是要把整個身體跟著拉高，感覺不太可能。她緊抓著繩子把身體往上移，但腳滑掉了。

上升器的齒輪此時確實咬進了繩子，在她往下滑的時候抓住了她，但她失去控制，在繩子上打轉。她用手掙扎著要抓住牆面，覺得呼吸困難。身體一穩下來，她就依序移動四肢，還好沒有受傷。

唯一傷到的是她的自尊。

她不敢去注意底下那些盯著她看的人，不敢看他們評斷的表情。她的冰斧無用地綁在背包上，她沒辦法把它拿來當作另一個在冰牆上的支撐，只能用她的雙手、上升器和她的冰爪努力往上爬。她閉眼深呼吸。牆面如此靠近，她的鼻子幾乎可以碰到牆上的冰雪，寒風也搔著她的喉嚨。

「幹！」她咒罵著。

她現在的處境幾乎就和雪墩山那次一樣，進退不得。她當時就是站在一個小小的岩架上，上不去也下不來。一眨眼，她又回到了紅刃山脊。

我的名字叫卡莉．哈洛朗。妳叫什麼名字？

那位救命者的聲音至今仍是如此清晰。卡莉是如此冷靜和自信，讓深陷驚恐的塞西莉也跟著平靜下來。塞西莉還記得那個女人臉部的細節，她鼻子上有一抹雀斑，綠褐色眼睛裡閃耀著金色的光芒，幾縷暗紅色的頭髮從防水外套的連身帽探出。注視著這些細節，讓塞西莉奔騰的心臟緩和了下來。

塞……塞西莉。

別擔心，塞西莉。有人和妳一起來嗎？

我和我男友一起來的，但他現在應該已經到山頂了。抱歉，我動不了。

眼淚從她臉上流下。她試圖移動手臂、移動腿，希望能找到能自行離開山脊的方法，不要叫直升機。但她的肌肉顫抖著，她無法控制。

我明白。我會打電話找人來幫忙，妳不需要移動或是說話。沒關係的，妳可以聽我說話就好。

沒有訊號，我已經試過了。

我會發一封緊急訊息，陪妳在這裡等。

那個女人從背包裡掏出備用的防水外套，傳給塞西莉。塞西莉感激地把外套披在她那輕薄的超市披肩上。她們等待的時候，女人開始訴說她在威爾斯北部的生活。她在安格爾西島的海灘上慢跑，在雪墩山露營，為「威爾斯三千」挑戰賽預備。在挑戰賽中，參加者必須在穿越鄉村的小路上躲避到處奔跑的羊群。她每週都會來雪墩國家公園，攀爬不同的山脊線，在各種地形和天氣中挑戰自己。

妳怎麼有辦法一直這樣呢？塞西莉牙齒顫抖著問。一直怎樣？爬山嗎？

塞西莉點頭。

我天生就喜歡爬山。說真的，我熱愛挑戰。這樣的環境會讓人面臨各種挑戰，考驗每種反應能力。這麼多年來，我不只學到如何在這種環境中生存，更學到如何在這種環境中成長茁壯。這讓我覺得很有力量。

那妳是怎麼辦到的呢？塞西莉問。

保持警覺，控制風險。我爸老是一再對我說：不厭其煩。這就是我的登山格言——不厭其煩。不厭其煩地檢查裝備，不厭其煩地把護唇膏放在同一個口袋，這樣每次要用的時候都找得到在哪裡。鞋帶鬆了，就不厭其煩地重新綁好。心理或是身體上的疲憊經常會讓妳開始輕忽這些小事，但這些小事到山上很快就會變成威脅性命的大事。開始輕忽這些小事的時候，就是妳失去登山能力的時候。

塞西莉的外套被雨水淋濕，狂風也吹打著她的背，但卡莉的話讓她不再聚焦她們身處的可怕情境。

塞西莉現在身處冰牆小小的支撐點上，上下都有人看著，但沒人在旁邊鼓勵她。掉進她外套領子裡的碎冰讓她忍不住打寒顫。

她試著專注在下一步。

這次她必須做到，她告訴自己：為了卡莉。

她用牙齒把厚重的防護手套咬下，手套有一條繫繩連著她的手腕，懸在她的袖子下。脫去外面的手套後，裡面還有一層用來保暖的美麗諾羊毛手套。她把這層薄薄的羊毛手套也脫掉，塞進口袋。她現在需要光著手，讓手指保持靈活和敏捷。只有這樣，她才能往上爬。

她一手抓住上升器。冷冽的金屬一碰到手掌，她就露出了痛苦的表情。她再次把上升器盡可能地往上推，用另一隻手在冰上支撐，然後再次把腳抬高，用力踩進冰爪。她的肌肉發抖，肺部因為用力而發燙。就這一次了，她要盡全力讓這一切成功。

她想要能告訴別人，她登上了山頂。

她想要得到查爾斯的獨家專訪。

她不容許自己還沒到二號營地就失敗。

她放手一搏，不成則敗。

抱著這樣的心志，塞西莉用盡全身力量把身體往上推，祈求腳上的冰爪能穩住。她的腳雖然再次打滑，但她持續把上升器往上移，奮力推高，奮力讓齒輪咬住繩子。她把指甲插入冰裡，祈求冰雪不會在她手中崩塌。

她的策略成功了。其中一隻腳開始滑動前，她抬起了另外一隻腳的膝蓋，把腳往上移，然後撐在那裡喘氣。她做到了。

儘管她的腿還在發抖，但想到下方還有一群人在排隊，她不得不稍微喘息之後就趕緊繼續往上。

她努力地再爬了幾步，最後終於到了冰牆的頂端。

她通過馬納斯盧的決戰點了。

26

在頂端迎接她的是一群和她一樣疲憊不堪的登山者。伊莉娜也在。她懶懶地坐在一堆雪上，大口咬著燕麥棒。伊莉娜一看到塞西莉就舉手和她擊掌。塞西莉太累了，擊掌後直接跪倒在地，一屁股癱坐在地上。

伊莉娜把她扶起來。塞西莉一陣喘息後，終於有力氣甩開背包，掏出一些自己的零食。

「剛才那一段真的好難。」伊莉娜說。「比其他山都難多了，妳做得很好！」塞西莉現在看起來好多了，終於有辦法開口回應。

「喔！很高興妳這麼說，我覺得自己蠢斃了！」

這話讓伊莉娜大笑。「不，別這樣說。真的很難爬，雪巴人幫這個地方取了外號……他們叫這裡『斷頭台』。」

塞西莉不禁顫抖了一下，「我以為這個地方叫『沙漏』。」

「是沒錯。」伊莉娜點頭。「但不管叫什麼，一想到過幾天還要再來爬一次，我就覺得好焦慮。我不確定自己能不能辦到，不過高度適應最難的就是這一點，對吧？明明知道路途有多難，還是得在同一條路上下來回。」

塞西莉聽見這話，張大了眼。她還沒想到這一點：她每次上山都得再次爬上那道冰牆。

「我可能只會做一次輪轉。」伊莉娜說：「我們計劃明天就上三號營，你們呢？」

「我們也是。」

「你們有人要無氧攀登嗎？」

「除了查爾斯之外嗎？只有艾莉絲一個人。」

「真是太了不起了。我是絕對不行的，不過很高興看到有女性願意挑戰身體極限。」

「說真的，跟她同一個帳篷，感覺就像在上登山大師班。我很期待查爾斯來這裡，到時就可以看到他徒手攀登。」

沒想到伊莉娜聽見這話皺起了鼻子。

塞西莉皺眉。「妳不欣賞查爾斯的做法嗎？」

「喔，不是的！他的做法當然令人欽佩，不過這裡到處都是滿滿的男性自尊。當然了，以前只有男人在爬山的時候，使用架繩、僱請雪巴協作，攜帶氧氣，這些都沒有問題，結果女性涉足登山後，忽然間以前那些爬山方式就都變得不夠好了。大家都得進行『阿爾卑斯式攀登』才稱得上是真正的登山者。去你的！我們和他們一樣有權待在這裡。」

塞西莉眨了眨眼。「我喜歡妳的觀點。」她微微一笑，用水壺和伊莉娜乾了杯，喝下一大口水。

她把頭往後仰，忽然看見一座冰峰懸在他們的路途中。一股寒意從她的脊椎尾端蔓延開來，光是看到這樣的景象就已經讓她感到不安。那座巨大的冰雕確實很美，就像一隻正在跳舞的大熊，雙腳站立，一手朝天舉高。而大熊後面的另外一座冰峰，則讓人聯想到女巫彎曲的高帽頂端。這感覺就像看著天上雲朵，對著它們的形狀聯想。不過和天上的雲不同的是，冰峰上的冰塊經常毫無預警就直接落下。

忽然間，塞西莉不想再等下去了。他們隊上除了藤新早就走在她前頭之外，其他人都還沒爬過那道冰牆。或許這樣也好，她不想每次都最後才抵達營地。

「我想我要先走了。」她對伊莉娜說。「到二號營還有好長的路，但是我走的很慢，跟烏龜一樣。妳可以告訴他們我先出發了嗎？」

「沒問題。慢慢走，這樣就對了。別讓任何人影響妳，讓妳覺得自己不屬於這裡。」

塞西莉對伊莉娜的建議點頭表示贊同，然後就出發了。她以穩定的節奏前進，雖然路上又遇到幾次需要使用上升器的陡峭斜坡，但那些都比不上先前的斷頭台。她覺得斷頭台這個名稱還真是貼切。

抵達二號營的步行時間比一號營短，塞西莉只用了四個小時就走到了。靠近遍佈黃色帳篷的營地時，她加快腳下的步伐。下午剩下的時間她都能用來休息。

她是第一個抵達營地的隊員。她幫忙藤新準備午餐，鏟了一大袋乾淨的雪用來燒茶和煮飯。她很高興自己能幫上忙，也很高興有時間欣賞這裡綿延千里的景色。他們此時的高度已超過雲層，下方白如軟糖的雲朵像是綿綿地毯，蓋住了地表。山脈的頂峰從遠處拔地而起，塞西莉不敢相信自己很快就會站在群山之上俯瞰下方。想到這一路上克服的種種困難，塞西莉不禁沉醉其中，覺得自己……所向無敵。難怪詹姆斯、班和查爾斯會對登山如此欲罷不能。

在二號營地上，不同登山隊的位置比在一號營地更加分散。曼尼斯隊的帳篷坐落在一個狹長的平地上，寬度幾乎不到兩個帳篷，俄羅斯隊是他們附近唯一的隊伍。

下一位抵達營地的人是伊莉娜，塞西莉趕忙過去迎接她，但伊莉娜似乎已無力回應塞西莉的招呼。她跌跌撞撞地走進一個厄爾布魯士菁英隊的帳篷，然後就倒在裡面了。

塞西莉在帳篷外徘徊，伊莉娜疲憊的外表讓她很擔心。她隔著帳篷的塑膠布問道：「我可以幫妳倒點茶嗎？」

她聽見伊莉娜咕噥了一聲，但不確定她到底回答了什麼。不論如何，塞西莉還是端來熱氣騰騰的金屬杯，希望伊莉娜沒事。安德列抵達後，前去查看伊莉娜的狀況，塞西莉才放下心來。

下一個出現在營地轉角的人是艾莉絲，她那身鮮豔的運動服讓人很容易認出她來。而明瑪就在她身後不遠處。

「如果妳想喝茶，我已經燒好水囉！」塞西莉說。

艾莉絲露出了笑容，「謝謝妳，親愛的，真希望妳以後都能當我的登山夥伴。」

艾莉絲的讚美對塞西莉來說意義重大。她和艾莉絲悠閒地坐在藤新的帳篷外，喝茶、吃巧克力。明亮的藍天在她們頭上敞開，她們沐浴在溫暖的陽光裡，有說有笑。塞西莉在挑戰身體極限的同時，對神祕吹哨人的恐懼也被遺留在基地營了。他們現在身處如此高遠、與世隔絕之處，似乎沒有什麼事情可以來打擾他們。

接下來抵達的是札克，然後是道格和其他雪巴隊員，格蘭特最後才到。道格臉上的表情像是雷公要打雷了，塞西莉挺起身子，想知道發生了什麼事。

道格大步走向明瑪，塞西莉跟著起身假裝去找廁所，但她悄悄靠過去偷聽他們的對話。

「這傢伙真他媽的厚臉皮，我以為格爾登會把他推下山崖。格爾登都已經背那麼多東西了，他竟然要格爾登背他的背包。太過分了！」

明瑪倒抽了一口氣。連他這個山上最冷靜、最有分寸的人都感到震驚。「他這樣要求格爾登？」

「他最好給我滾！我不可能讓他這樣搞。我跟他說：『如果你沒辦法扛自己的背包上山，就沒資格待在這裡。』」

塞西莉還是聽不出他們說的是誰，但不管是哪個人提出這樣的要求，道格的憤怒都情有可原。塞西莉想到她對自己有多麼嚴苛，她因為自己在斷頭台上表現不佳而自責，但至少她從來不曾要格爾登幫她背她的背包。

「這是格蘭特最後一次機會了。一開始是氧氣的事，現在又搞這種飛機，反正我從來就沒想要他來這裡，都是他媽的查爾斯……」

「塞西莉？哪個是我們的帳篷？」艾莉絲的聲音響起。道格和明瑪意識到塞西莉就在他們附近，立刻停止了談話。塞西莉急忙跑回她的帳篷，心臟都快跳出來了。她對格蘭特要別人幫他背後背包感到驚訝，畢竟他老愛吹噓自己多厲害。自從來這裡之後，他一直表現得好像是這座山上的大爺，因此格蘭特會這樣對待雪巴人，塞西莉並不意外。

格爾登送來了塞西莉的晚餐，是一袋已經煮好的食物。她得為這頓飯好好感謝札克才行。札克說得沒錯，冷凍茄汁肉醬義大利麵真的很好吃。她慢慢地吃下每一口。在這麼高的海拔地區，她的胃很脆弱，很難消化所有的東西。

不過看到艾莉絲吃東西的樣子，她就不再那麼小心翼翼了。艾莉絲狼吞虎嚥地吞下食物袋裡的東西，然後還吃了一堆垃圾食物：薯片、巧克力、軟糖。「三號營地會需要很多力氣。」她邊說，邊給塞西莉一把鹹花生。

她們一邊吃零食，一邊做自己的事。為了部落格的文章，塞西莉試著在筆記本上寫下今天的所有細節，艾莉絲則在手機上處理一些她拍的照片。她的技術一流，塞西莉絕對跟不上她手指在螢幕上飛舞的速度。她迅速地裁剪、打亮、調整圖片的飽和度和對比，讓影像更符合社交媒體的需求。只要一有網路訊號，處理好的相片就可以直接發布。

艾莉絲臉上的表情專注且嚴肅，她的舌頭輕輕探出一邊的嘴角。有些人可能會嘲諷網紅，但艾莉絲為了社群平台的成功所付出的努力確實令人感到敬佩。

夜幕降臨時，塞西莉躺在睡袋裡，準備入睡。她在想，遍佈山上的點點帳篷裡，不知是否每個人都和她經歷同樣的事？他們是否都有吃東西的困難？他們是否都覺得精疲力竭？他們是否都一樣會鼻塞和持續頭痛？在她身旁的艾莉絲吸了吸鼻子。

此時，塞西莉才意識到，原來對吃飯、睡覺、呼吸這類瑣事的擔憂已經占據了她的思考。她擔心的不再是神祕的吹哨人或山上未知的危險人物，她擔心的也不再是她的事業、等待她的龐大債務，或是她回國之後根本還沒有地方住。

這裡的優先考量，是如何生存。

或許這就是查爾斯希望她到這裡親身體驗爬山的原因。

她再次想起那座斷頭台。如果她滑倒的時候沒有上升器撐住，她很可能會身受重傷。她實在無法想像在沒有任何安全架繩的情況下爬山，雖然她現在不過只爬到二號營而已。這讓她思索著查爾斯不使用繩索爬山的決定。

她提醒自己：重點是查爾斯必須忠於他所宣稱的那樣，完全不使用繩索。

她在一片黑暗中睜開眼，數位手錶的錶面亮著，顯示現在凌晨兩點。

她盯著帳篷的塑膠頂，看著自己呼出的氣息，接著把睡袋拉到鼻子上，實在太冷了。

艾莉絲的呼吸平靜而緩和，她睡得很熟。塞西莉之所以醒過來是因為一陣哨音，就是她先前聽到的哨音。

恐懼開始在她腹部蔓延。

她顫抖著，肌肉因戒備狀態感到僵硬，她的心跳極速狂奔。她害怕再聽到那哨音，那一連串不和諧的音符。但此時四處寂靜。

醒過來後，她開始覺得想上廁所。這是她無法視而不見的生理需求，於是她不情願地從厚重的羽絨睡袋裡鑽出來。原本想迅速地穿上外套，但她動作太慢，冷空氣瞬間環繞她的身體，讓她倒抽了一口氣。

艾莉絲發出一陣咕噥，但是並沒有醒來。

塞西莉套上靴子，溜進黑暗中。她摸索著頭燈上的按鈕，抱怨自己在睡眠中發麻和凍僵的手指變得如此遲鈍。

接著她聽見有人在說話。

「走開！」那是個女人的聲音。

「妳那天晚上倒是不太在意，來嘛……」男人說。

「我們那時候喝醉了。我是喜歡你沒錯，但這裡不行。」

「不會有人知道的。」

塞西莉蹲下，往聲音的來源移動。他們其中一人拿著手電筒，但他們的手擋住了大部分的光。不過這已足以讓她認出說話的人是誰。那女人是伊莉娜，而那男人又是誰呢？

格蘭特。她這次很肯定。

「你沒搞懂嗎？我們現在在山上，我需要專注。別纏著我，不然我就大叫，讓所有人知道你是什麼死豬哥。呼嚕叫的死豬哥。」她仰頭大笑。

格蘭特退後。他現在只要一轉身，就會看到塞西莉。塞西莉可不想在格蘭特被狠狠拒絕的時候出現在他面前。伊莉娜在黑暗中不斷發笑，停不下來。塞西莉聽見格蘭特的聲音：「妳瘋了。」在手電筒忽明忽暗的光線中，塞西莉不得不同意，伊莉娜看起來的確像是發瘋了。可是話說回來，今天如果格蘭特想強行進入她的帳篷，她也不會讓他好看的。

待一切沉寂下來後，塞西莉悄悄走到廁所，然後回到舒適的被窩裡。就在這時，她覺得似乎又聽到摔東西的聲音和另一陣大笑，但她並沒有多想。

伊莉娜能保護她自己的。

27

塞西莉的鬧鐘響起時，艾莉絲已收拾好東西，準備出發。

「我們要上三號營嗎？」塞西莉問。經過昨天半夜的驚擾，她還睡眼惺忪。

艾莉絲搖搖頭。「我聽明瑪說天氣變壞了，我們有可能會被困在山上。沒有足夠的氧氣和食物會有麻煩的。」

塞西莉回答：「那很高興我們要回基地營了。」

「我只希望我的高度適應已經做足了。」艾莉絲咬著她的指甲邊緣，塞西莉意識到，這是她第一次看到艾莉絲緊張。她可以理解，畢竟艾莉絲計劃無氧攀登，高度適應對她來說格外重要。

「道格會確保妳準備好才出發的。」塞西莉伸手過來握住艾莉絲的手。

她們走出帳篷後，塞西莉驚訝地看見其他隊伍正往山上移動。其中一位登山者回頭向她們揮手，是安德列。伊莉娜想必也在那一群衣服包得密不透風的登山者之中，只是塞西莉認不出是哪一位。

「那他們呢？」塞西莉問艾莉絲。

「喔，每個隊伍必須自行決定。我信任道格和明瑪，他們和我分享了天氣預報，而我認同他們的看法。是很可惜沒錯，不過我覺得下山是最好的決定。」

塞西莉站在帳篷外，看著俄羅斯隊往上，直到他們消失在上方的冰瀑中。

道格在她們後頭說：「妳們兩個如果想走，可以先出發。」但一陣咆哮聲隨即分散了他們的注意力。

格蘭特衝出帳篷，大吼大叫，雙手在兩側握緊了拳頭。他的鼻子和臉頰都有嚴重曬傷的痕跡，缺乏睡眠也讓他留下了黑眼圈。但塞西莉對他的黑眼圈並不意外。

「格蘭特，你還好嗎？」艾莉絲手插著腰問。

他的回應是一聲大吼，直接掠過艾莉絲，衝向道格。他抓著他的亮橘色硬碟，硬碟中間有道巨大的裂痕。「你們看發生了什麼事！」他吼著說。

艾莉絲蹲下來往他帳篷裡看。「呃，看起來像是被炸彈炸過。」她揚起一邊眉毛對塞西莉說。

塞西莉認真往裡面一看。格蘭特的睡袋從壓縮袋裡爆開，空的食物袋和用過的紙巾被亂丟在角落裡。他的攝影器材散落在登山裝備上，丟得帳篷裡一地都是，有些器材也已經壞掉或破損。塞西莉想起昨夜的口角，看來伊莉娜的拒絕還真的傷了格蘭特的心。

「你昨天在冰上摔了一大跤。」道格說。

「所以**所有的東西**都摔壞了嗎？不，這是有人蓄意破壞。」

「來吧，塞西莉。」艾莉絲碰了碰她的手肘，「讓男生們吵他們的吧，我想在下午前回到基地營……我在這裡無時無刻都在想達瓦煮的食物。」艾莉絲說著，把太陽眼睛滑到臉上。

塞西莉猶豫著，有點掙扎。她一方面對格蘭特和道格的對話感到好奇，另一方面又很想快回基地營。但她一看見格蘭特氣得用腳踹摺疊椅，就意識到自己不想蹚這渾水，便跟著艾莉絲走向架繩。「我以後一定會好好珍惜鮪魚披薩和蔬菜湯的。」

「那還用說。」

艾莉絲雖然是比較有經驗的登山者，塞西莉還是跟上了她的腳步。艾莉絲教她如何把架繩繞在袖子上，用「繞臂」的方式下山，這樣會比手握繩子安全，速度也更快。

塞西莉現在的確和艾莉絲比較親近了，共用一個帳篷讓她們建立了緊密的連結，但塞西莉也在想，促成她們關係緊密的是否還有其他因素。

登山是一種危險的運動，對女性而言，這樣的危險還有另一層額外的含意。她在凌晨撞見的場面已足以說明這一點。登山探險有種原始性，人會不斷在生死間行走，回到大自然，在邊緣的狀態中生活。腎上腺素經過身體、血管和肌肉，所有的感受在這裡都會被放大。她見過其他隊伍的男性看她的眼神，那就像是在評估誰可以將她據為己有。她花了很多時間為登山鍛鍊自己的身體，但卻完全沒想過如何在高海拔地區防止不必要的騷擾。沒有任何一本登山手冊寫到這點。

因為登山手冊都是男人寫的，也是寫給男人讀的。

正當她們在路上持續單調的動作，把扣環扣上、打開時，塞西莉開口：「昨晚倒是很有意思……我看到伊莉娜和格蘭特在吵架。那傢伙真是個混蛋。」

艾莉絲大笑，「哈，妳不太喜歡他，對吧？」

「我覺得他就是那種私立學校的紈褲子弟，有點討人厭。從我們遇到的第一天起，我就很受不了他。」

「男人在山上就是這樣。相信我，我不意外。」

「妳不覺得很麻煩嗎？」

「如果我覺得不舒服就會告訴他們：這種生活完全不適合交男朋友。我知道怎麼在男人面前堅持立場。」

塞西莉挑起眉，「我不認為妳會交不到男朋友。」

「找男朋友是沒問題，維持感情才是困難的事！我的時間都花在爬山，老是在不同的地方移動，在家的時間很少。男人都覺得自己喜歡這樣，以為自己想找個有冒險精神的女孩，不過他們最終還是希望探險歸來的時候，有人在那裡等著聽他們的探險經歷。」

「真假？就算他們自己是登山者也會這樣嗎？」

「我跟幾個登山者交往過，或許有一段時間很快樂，或許他們也支持我的夢想，不過最後彼此的方向不同，也就分開了。」艾莉絲再次聳肩，「就是這樣吧！我還是比較愛山，這就是我的最愛。我的最愛！」她重複著，對著冰峰大喊。

塞西莉大笑。艾莉絲的活力感染了她，讓她振奮了起來。艾莉絲很年輕，塞西莉在回基地營的路上，對自己能跟上她的腳步感到很驕傲，信心的種子也在她裡面開始萌芽。

如果詹姆斯能看到她現在的模樣就好了。

「妳在英國有男朋友等妳回家嗎？」艾莉絲問。

塞西莉搖頭。「有才怪。」塞西莉嘀咕，口氣比她想像的還酸。

艾莉絲張大了眼。「案情聽起來不單純喔……」

「有趣的是，我前男友有點像妳說的那樣。他永遠都是那個比較有冒險精神的人，永遠都有很多精彩的故事可以說給我聽。他也是記者，他為《野生戶外》工作的時間比我久。我並沒有預期自己能得到這次的機會，他才是那個預期自己能得到這次採訪機會的人。」

她回想起那晚在皇家地理學會，第一次見到查爾斯本人的情景。她還很清楚記得查爾斯說的話，詹姆斯差點因此被香檳嗆到。妳受到邀請絕非巧合。當然，妳是「雪墩山的英雄」，但我也讀過〈無功而返〉，對妳印象非常深刻。

她紅著臉，和查爾斯握手。喔，是這樣嗎？跟你的成就比起來，我的文章有點尷尬。

查爾斯露出燦爛的笑容，一點也不。

塞西莉把整個故事告訴艾莉絲，故事的結局是查爾斯選她當獨家報導的唯一記者。艾莉絲往後仰頭大笑。「我敢說妳前男友一定很不爽。」

「豈止不爽，我們幾天後就分手了。」塞西莉原本預期提起這件事，她的悲傷和痛苦會隨之而來，但在艾莉絲身旁，她突然看出整件事情的荒謬。她當然還是會難過，但她意外發現自己露出了微笑。

「我剛才不是才跟妳說過？男人啊……就是受不了女人比他們有冒險精神。」

「說真的，我沒有想到自己會答應查爾斯的邀請。詹姆斯大概被嚇到了吧。」

「不不不，妳不要為他找藉口。但是告訴我……到底是為什麼？」

「什麼為什麼？」

「妳告訴我妳來這裡的原因，但妳為什麼會答應呢？」

塞西莉笑著說：「妳真的比我還會當記者，我該跟妳學學的。為什麼呢……妳覺得為什麼大家會來爬山呢？」

艾莉絲停頓了一會。「因為，怎麼能不來呢？」她張開雙臂，伸向眼前的風景。這一刻的景色恰到好處，久久不散的雲層終於出現了裂口，露出深藍色的天空。從她們所在的位置，能看到下方的山谷和遠方的薩馬崗。再往遠處看去，有更多高山拔地而起，它們的頂峰聳入天際。

「很有意思，查爾斯在皇家地理學會的演講中也說過類似的話。他說，他最常被問到的問題就是：『你為什麼要爬山？』妳知道的，大家想知道他是不是和馬洛里一樣，爬聖母峰就是『因為山在那裡』。而他對這個問題的答覆是：『因為我可以。』」

她們又默默地往前走了幾步。「我想查爾斯的能耐不僅於此。」

「什麼意思？」

艾莉絲走到斷頭台頂端，停了下來。「在這裡，山能決定誰生誰死，也能決定誰登頂誰撤退。有些人會尊重山的決定，也有人會把這當成挑戰，一種需要征服或克服的挑戰。」

「那妳怎麼看？」

「我在山上結交了很多好朋友，有些人甚至是世界頂尖的登山家，但他們沒活著回來，所以我知道在山上沒有什麼是百分之百說得準的。」艾莉絲跪下來，檢查繩子的錨點。有兩條繩子從那裡垂下，她分別拉了拉這兩條繩子。「啊，我被妳耍了！妳根本還沒回答我的問題！」

正當塞西莉準備回答的時候，她看見艾莉絲的表情。她問：「怎麼了？」

「垂降的繩子卡住了。」艾莉絲說：「哈囉？」她把身體貼在懸崖邊，往下大喊：「有人在繩子上嗎？」她用力地搖晃繩子，讓下面的人知道，上面有人在等。

「我們該怎麼辦？」塞西莉問。

「就坐下來等吧。」

「好吧。」塞西莉把背包卸在雪地上，坐在上面休息。她拿出點心和水，她們倆靜靜地坐在一起補充能量。

過了幾分鐘後，艾莉絲再度檢查繩索。繩索還是一樣繃得緊緊的。她皺眉，「也許繩子被卡住了？有時候會發生這種事。」她再次對著下方大喊，但還是沒有任何人回應。她聳聳肩，「我想應該是沒人。」

塞西莉看見艾莉絲背後，道格和明瑪正在朝他們走過來，再幾分鐘就會趕上他們了。塞西莉覺得他們應該不會有耐心在這裡等。

「這裡還有另一條垂降繩索。」艾莉絲說：「我先拉著這條繩子下去，妳待會就跟上。」

「等等，艾莉絲。」塞西莉咬著下唇，伸手拍艾莉絲的肩膀，「我可以先下去嗎？妳可不可以幫忙檢查我的綁法是否正確？我不想問道格……」

艾莉絲點頭。「當然可以。」

塞西莉拉起繩子，艾莉絲盯著她把繩子穿過八字型下降器。經過幾次嘗試，最後艾莉絲終於對她豎起了大拇指。

冰牆的這一面並不像上來的那一面那麼支離破碎。相反地，這裡的坡度平滑、陡峭地往地面垂落，中間還有個突出的平台。

繩子滑順地穿過下降器，像是蛇繞著金屬環爬行，看起來幾乎帶有魔性。

塞西莉毫無意外地順利垂降到中間點。在她下方可以看見那個中國人曾經跌落的巨大冰隙。她特意抓緊繩子，在突出的平台上往後一靠。就在此時，她發現了另外一條繩子卡住的原因。

她無法控制地尖叫。

「塞西莉，天哪！妳還好嗎？」艾莉絲從上面大叫。塞西莉因為耳鳴幾乎聽不見任何聲音，她也無法回答。繩子從她右手中滑開，她向後方跌落。她掙扎著勉強把自己撐住，但雙腳卻已經無力。此時距離地面只剩一小段距離。她一落地就翻身趴在地上，朝著冰隙裡嘔吐。

她跪在那裡發抖，不想轉過身來，因為她知道她剛才看到了什麼。

但她不得不這麼做，她往上一看。

冰牆上掛著一具屍體。

長長的金色馬尾遮住了女人的臉，繩子繞過她的脖子，勒緊她的皮膚。她戴著手套的雙手下垂，沒有生氣地動也不動，她的肩膀以一種詭異的角度突出。塞西莉認出了屍體的臉孔，震驚和恐懼掐住了她的喉嚨。她只希望自己看錯了。她竭盡所能地大叫。

「救命，有人在繩子上，遇到麻煩了。」

這時，塞西莉剛才使用的垂降繩開始抖動，顯然有人要下來了。

道格低沉的嗓音傳來：「塞西莉，小心！我們現在要丟下另一條繩子，下去看看發生什麼事。」

塞西莉在錨點允許的範圍內盡量躲遠，蹲伏在一個小雪堆後方。她身後就是冰隙，但她並不打算在無人幫助的情況下跨越鋁梯，除非她的雙腿停止顫抖。另一條繩子從上面甩下來後，道格和明瑪接著出現在冰牆上方。

首先抵達女人身邊的是道格。他的雙唇緊閉成一直線。道格把她前傾的身體拉向自己，但繩子實在太緊了。在明瑪的幫助下，道格把女人固定到他的安全吊帶上，然後用刀切斷女人身上的繩子，明瑪撐住她一半的重量。

他們慢慢地往下，一抵達塞西莉身旁的地面，他們就開始急救。他們解開女人身上的繩子，清理她的呼吸道，試著把她救活。明瑪用無線電聯絡基地營和一號營，請求幫助。

道格把女人臉上的頭髮往後撥開，塞西莉倒抽了一口氣。

「我的天哪，是伊莉娜。」

28

他們回到基地營時，那裡的氣氛非常陰沉。俄國隊在基地營的工作人員迅速地趕來幫忙。艾莉絲把塞西莉帶離現場，不讓她看到伊莉娜的遺體被包在袋子裡，像一袋垃圾一樣。

塞西莉在走下來的一路上都很恍惚，即使她們已經回到用餐帳篷，她還是無法正常思考。艾莉絲鼓勵她吃一點達瓦為他們準備的豐盛美食，這原本是他們的慶祝大餐，為了慶賀他們完成第一回合的輪轉而準備的。

不過塞西莉一看到食物就覺得想吐。她試著至少喝一口含糖紅茶，但她的手抖個不停，剛才經歷的實在太恐怖了。

「我的天，那個可憐的女人。」這是她們離開那道冰牆後，塞西莉第一次開口說話。她一開口，艾莉絲就把手放在她背後來回安撫她。「很抱歉讓妳看到那一幕。」

塞西莉顫抖著吸氣。「是我說讓我先走的，我們怎麼可能知道會發生這種事？我真不敢相信，我以為她和他們其他隊員上三號營了。」

「真是一場悲劇。」

塞西莉覺得口乾舌燥。她無法理解自己看到的事，很希望比她更有山林經驗的人能夠對她解釋。「妳覺得發生了什麼事？」

艾莉絲把玩著項鍊。「我不知道，我從冰牆上往下沒辦法看得太清楚，但她應該是腳滑了，後來被垂降繩纏住。也有可能是太累或迷糊了……或許是因為高山症的反應，所以她才要下山。」

「等等！喔，我的天哪！」塞西莉的手迅速地摀住嘴。

「怎麼了？」艾莉絲皺眉。

「格蘭特和伊莉娜的爭執。」

「他們在吵什麼？」

「他想進她的帳篷。」

艾莉絲皺起鼻子。「妳不是認真的吧？他想在二號營上床？」

「伊莉娜拒絕了。她還蠻狠的，很不留情面……妳覺得格蘭特會跟發生的事有關嗎？」

「該死！」艾莉絲說。她在白色桌布邊緣敲著她塗上指甲油的指甲，「不，格蘭特今天早上和我們在營地裡。我看他昨天爬山的樣子是不可能下到斷頭台那裡的。」艾莉絲表情一變，「在深夜下到斷頭台再回到營地，不可能。妳沒看到他昨天跌倒的樣子，真的很慘。他或許很惹人厭，但還不至於做出什麼壞事。伊莉娜聽起來似乎人不太舒服？有時候的確會這樣。海拔高度會讓人改變行為，做出瘋狂舉動。聽起來或許是高山腦水腫。」

「但是她下來不就覺得好多了嗎？而且為什麼她會自己一個人？」不安的情緒仍在塞西莉的胃裡糾結。

艾莉絲聳肩。她們有太多疑問，但道格回來之前也不會有答案。

幾小時之後，札克和格蘭特垂著頭進到用餐帳篷裡。格蘭特一進來就開始吃，札克則癱坐在椅子上，用手指揉著眉頭。「剛才實在太緊繃了。」札克說。「我們在冰牆那裡大塞車，等了超久。妳們知道發生了什麼事嗎？」

艾莉絲瞄了塞西莉一眼後，「有個女人在垂降下來的時候死了。」

「靠！妳說真的？」

「而且是我們認識的人。」塞西莉說。她抬頭望著她的英國隊友，看他會有什麼反應。「格蘭特，是伊莉娜。」

「伊莉娜死了？」格蘭特吃到一半的三明治掉到盤子上，他看起來真的很震驚。塞西莉瞇眼盯著他，他臉上幾乎沒浮現一絲悲傷的神情，反倒像是惱怒。「妳他媽的是在開什麼玩笑？怎麼會這樣？我還有事得跟她談……」

道格進到帳篷，他深沉的雙眼直直看向塞西莉。「妳還好嗎？」

她把手指縮進拳頭裡，防止自己的手發抖。「老實說，一點都不好。我從來沒看過任何人這樣。」

道格點頭，手放在椅背上。「確實是很震驚。我派格爾登到山上通知安德列，因為無線電聯絡不到他。格爾登帶回來的消息是，伊莉娜在二號營出現了高山症反應，於是決定下山。他們的隊伍是一位雪巴人負責帶兩個客戶，所以伊莉娜才會自己一個人。」

「老天，那他們覺得發生了什麼事？」

「急性高山症和疲倦導致她的確保器發生問題。我們認為她把八字金屬環鎖在登山扣上，而她垂降時登山扣打開了。她失去控制，撞上了突起的平台，所以被繩子纏住。很不幸地，這就是塞西莉發現她時的模樣。山上大多數的死亡是肇因於登山者的失誤。厄爾布魯士菁英隊的基地營經理正在通知她的家人，天氣一好轉，就會安排直升機運送屍體回去。」

「他們其他的隊員知道了嗎？」塞西莉問。

「這要看安德列是否決定告訴他們。他們現在在三號營進行高度適應，可能會因為接下來的天氣狀況留在那裡過夜。」

「他們也會跟著回家嗎？」

艾莉絲在桌子下捏了捏塞西莉的手。

道格咳嗽。「伊莉娜的死的確是很悲哀，但她也是有經驗的登山者，她應該不會希望其他隊員因為她而放棄自己的夢想。高山就是這樣，總有意外會發生。」

塞西莉全身發冷，頭腦一片空白。

「我去檢查我的相機。」格蘭特說。「我需要確認損壞的狀況。」

「我真不懂你怎麼能這麼冷靜，你大概是伊莉娜生前最後一個和她見面的人。」塞西莉嚴厲地說。

道格濃密的眉毛皺在一起。「她在說什麼？」他問格蘭特。

「我不知道。」格蘭特回答，但他不敢直視任何人的眼睛。他粗糙的臉又紅又腫，鼻子已經開始脫皮。

塞西莉站起來，「我昨晚看到你想闖進伊莉娜的帳篷。」

「太荒謬了，我整晚都在自己的帳篷裡。」

「札克，你沒注意到他離開嗎？」塞西莉問。

札克高舉雙手，「別看我，在一號營失眠後，我就要求單獨睡一個帳篷了。」

塞西莉眨了眨眼，「所以你們兩昨晚沒睡同一個帳篷？」

「沒。」

「那不重要。」格蘭特說。「對，我是跟伊莉娜說過話，但那是在我去廁所的路上。回來之後，我的東西就被毀了。道格，你記得我今天早上說過的話嗎？她根本瘋了。我的影片檔案如果毀了，她會害我損失一大筆錢。你們看看我硬碟現在是什麼樣子。」他把硬碟從外套胸前的口袋裡拿出來，看起來比塞西莉在二號營看到的還慘。硬碟中央被敲得四分五裂，像是被槌子砸過。

或是被冰斧搥過。

塞西莉的臉頰發燙，怒火中燒。「你還在怪她？拜託！」

「夠了。」道格開口。「格蘭特，我們說過了。你的硬碟是昨天在冰牆上跌倒的時候受到撞擊。塞西莉，我們隊上沒人跟這件事有關。」

「除了是我發現她之外。」塞西莉嘀咕著。她突然覺得頭暈，疲憊感朝她襲來。「我得離開這裡。」

「明瑪會陪著妳。」

「不用了，沒關係。我只是想回我的帳篷休息，我想要自己一個人。」她穿過用餐帳篷的門簾，走進午後逐漸消逝的日光中。離開的時候，她感覺所有人的眼睛都在盯著她的背。

鋒面已經逼近，天上降下厚重的雪花。塞西莉站著，往山的方向望去。眼前灰濛濛的一片，她什麼都看不到。寒氣滲進她的羽絨外套，她想起伊莉娜，打了個哆嗦。

這已經是第二起死亡了。

來這種地方是把自己的生命置於險境，沒有轉圜的餘地。不論多有經驗，只要一個錯誤的動作，一個疏忽，就死定了。

山本身的殺傷力，沒有任何人能夠比擬。
她走回自己的帳篷，每一步都走得小心翼翼。
就在這時候，她看到有張紙條釘在她帳篷外的門簾上，靠近底部的位置。
她跪下，撕下紙條。

山上有個殺人凶手，快逃！

29

塞西莉一頭鑽進她的帳篷，把東西丟到包包裡。她實在受夠了……真不知道自己該怎麼繼續在山上待下去。

她扯下帳篷前的哈達，想把它塞進行李，但哈達竟然卡在帳篷頂端。「別鬧了！」她吼叫，這時恐懼和挫折在她心中沸騰。哈達最後掉到她腿上，她用手扭著那塊橙色布料。

看來哈達這個吉祥物的用處不大。現在已經死了兩個人，兩個都是她認識、交談過的人，她可能是最後一個見到他們活著的人。在雪墩山的惡運竟然一路尾隨她到這裡，或許她就是問題的來源。

她閉上眼，撫摸著那塊絲質布料，讓自己的呼吸平靜下來。

那張紙條。*那是有人留給她的。有人想讓她不得安寧。到底是誰？*她張開眼睛，急忙爬出帳篷，尋找她掉在地上的那張小紙片。她看見了。隨著雪水滲進紙張背面，紙上的字跡也跟著生出毛邊。她撿起了紙條，拿到帳篷裡面。

山上有個殺人凶手，快逃！

她強迫自己保持理性思考。

寫下這張紙條的人並沒有留下姓名。

所以寫的人想要保持匿名，或許這代表對方並沒有百分之百的把握。除非其他人也收到相同的字條，否則這代表這個警告只針對她。那麼為什麼要針對她？這到底是警告……還是威脅？

「塞西莉？」她聽到帳篷外有人在叫她。

她把紙條抓到胸前。「札克，怎麼了？」

札克蹲下來把門簾拉開，探進頭來。

「你也收到了紙條嗎？」塞西莉問他。

他皺眉。「什麼紙條？沒有。妳最好出來一下，達里歐那傢伙有事要宣布，好像很嚴重。」

「好。」她跟著到帳篷外，把紙條塞進口袋。厚重的雪花落在她的外套上。

札克把手放在塞西莉肩膀上，「妳臉色好蒼白，看到伊莉娜那樣，妳一定嚇壞了。」

「那真的很可怕。可是，你覺得那會不會不是意外？」她在用餐帳篷外停了下來。

「妳是說跟艾倫的事一樣嗎？」

她瞄一下四周，確認沒有人聽得到他們說話。「山上或許有個危險人物？」

「妳是認真的嗎？我想班那傢伙真的影響妳太深了。這說法是有點牽強，就算這裡真的有危險人物好了，但我們是團隊，對吧？沒有人會單獨行動，像伊莉娜那樣。伊莉娜死的時候，我們隊上的每個人都還在睡夢中。妳和大家在一起很安全的。」

「只有格蘭特那時候不是在睡覺。」她嘀咕道。

「妳知道我也沒那麼喜歡他。他就是個年輕人，也有點白目，但說他危險嘛……我倒不那麼認為。他絕對沒有能力做到妳想像的那種事。來吧，小妹。」札克用手臂搭著她，把她拉近。「進去吧！」札克拉開用餐帳篷的塑膠前廊。

達里歐在帳篷內沿著後方踱步，看到平常自信的達里歐如此不安，讓人緊張了起來。塞西莉感到脖子後一陣刺痛，她很肯定這跟紙條的事情有關。

艾莉絲接著進來，道格跟在她身後。「你在這裡做什麼？」道格問達里歐。

達里歐咬牙切齒地說：「我們在山上高度訓練的時候，營地糟了小偷。有人翻遍了我們的行李，偷走所有隊員的錢。」

「你是在開玩笑吧……」艾莉絲張大了眼說。

「我真希望這是個玩笑。一開始是俄國隊死了人，如果我真的聽說過什麼可疑的死因，那非這個人莫屬了；而現在我客戶身上又有幾千美金不翼而飛，我們有些人的設備也被偷了。這不是一座小山，每個待在這裡的人都必須能互相信任。難不成，我下次得讓隊上的雪巴全副武裝上山嗎？」

「冷靜下來，你確定沒放在其他地方嗎？」道格說。

「別傻了，你是說我的客戶在說謊嗎？」他對道格擺出開戰的架勢，氣氛瞬間緊張了起來。達里歐現在是在道格的地盤，塞西莉注意到明瑪和格爾登也站起來了。達里歐打量了他們，退後一步。

「你們的隊員比我們早回來，不是嗎？他們都在嗎？」達里歐說。

「我想你該離開了。」道格雖然輕聲地說，但他的語氣卻很堅定。

「我只是問一下而已。」達里歐把雙手舉高，「我並不是說你們的團員是小偷，但如果罪魁禍首不在你們隊上，那就是基地營裡的其他人。如果我們聯合起來，會比較有機會逮到嫌犯。」

「等等，每個人都檢查過自己的錢還在嗎？」札克問。

「請大家回去檢查你們帶上山的現金或任何貴重物品有沒有不見。」道格說。

靠近帳篷的時候，塞西莉有種陰沉的感覺。她看見帳篷後那片巨石，忽然想起她在平原上看見那個孤伶伶的帳篷。神祕吹哨人的地盤就在那兒。不管躲在那裡的是誰，都有可能趁著隊員上山時偷襲他們的帳篷。嫌犯只是在等待下手的時機。

這樣的想法讓塞西莉更加確定自己要離開。她的行李堆在入口處，行李的拉鍊因為她把東西亂塞而繃得很緊。她把用來支付雪巴的小費收在一個普通的棕色信封袋，壓在最大行李袋的底部。她並沒有刻意藏好信封，就隨興地塞在沒用到的那些東西下面，像是乾糧、書本和備用筆記本。

看到信封還在，她鬆了一口氣。但手一摸到扁平鬆垮的信封，她的心一沉。打開後，她的懷疑得到了證實：信封是空的。

基地營或許不一定有殺人犯。

但肯定有個小偷。

30

「我們現在該怎麼處理這個問題？」所有人回到用餐帳篷後，達里歐問道格。

「去他媽的！先是我的攝影器材被破壞，然後現在小費的錢也被偷了！」格蘭特說。他用力地捶了桌子，「這真是個他媽的笑話。」

「達瓦有看到什麼嗎？」道格問明瑪，他們交頭接耳。札克垂著頭握著咖啡杯，艾莉絲已經快哭出來，塞西莉覺得很想吐。那些錢是她在世界上剩下的唯一財產，原本要用來支付小費的。這筆錢沒了，代表她即使想逃離這個地方，也無法支付到加德滿都的直升機費用。

這件事不只是錢不見而已，塞西莉覺得自己被侵犯了。有人到她的帳篷裡，翻看過她的私人物品。如果不是達里歐告知，她也不會知道這件事。

明瑪回答：「達瓦說他沒看見什麼，但我們在二號營地的時候，他跑去七峰隊找朋友。」

塞西莉看到道格的嘴唇在抽動，他很火大。他們的營地就這麼被丟下，無人看守。

「我們應該把其他隊的隊長也找過來，看他們是不是也遭遇同樣的事情。」達里歐說。

「同意。」道格回答。他捏了捏鼻樑，停了好一陣子才說：「明天一早，我們就召集所有人。這件事絕不該在山上發生。把薩馬崗的員警也叫來，他肯定不想上來的，但在事情失去控制之前，我們得這麼做。」

兩位隊長離開後，塞西莉盯著其他隊員，不敢相信發生的事情。

艾莉絲心煩意亂。「雪巴人該拿到錢的，不然我就不上山了。就是這麼簡單。」

「妳不是認真的吧？」札克吃驚地說。

「對我來說沒那麼容易！我不是口袋裡隨時都可以掏出幾千美金的人。」她彈了個指頭，接著說：「我也不像妳有成功的事業。」她對塞西莉做了個手勢。她的嘴唇發抖，手摸著她的項鍊，好像念珠那樣搓著。

「回加德滿都後，我們會想出辦法的。」塞西莉說。「別擔心，妳不會獨自面對這一切，我會盡力幫助妳。我們是個團隊。」塞西莉不敢承認，她其實也自身難保。

艾莉絲點頭，「我想回帳篷了。我想再檢查有沒有其他東西遺失。」她走到用餐帳篷的門廊前，回過頭說：「我知道我年紀很輕，但我在世界各地爬山已經很多年了，從來沒見過這種事發生。我真的不懂，有哪門子的登山者會從幫助我們的人身上偷錢？」

塞西莉癱坐到椅子上，雙腿在發抖。小偷、艾倫的死、伊莉娜的死……這整趟行程就像是受到咒詛一般。

「這最好不要影響我們的登頂計畫。」札克說。「我可是付了一大筆錢來這裡。」

「查爾斯不會容許這種事發生的。」格蘭特說。「他到的時候，我們就會上山，我保證。」

塞西莉聽到他們還在討論登頂計畫，覺得真是窒息。那麼多錢不見了，這兩個人完全無動於衷。她得離開這裡。

回到帳篷後，塞西莉深吸了一口氣。瘋狂地尋找放錢的信封袋之後，她再度集中精神收拾行李。

此時，帳篷外傳來一陣劇烈的咳嗽聲。道格出現在帳篷的門廊，他蹲下來問：「還有其他東西不見嗎？」

塞西莉盤腿坐在床墊上，雙手放在大腿呼了一口氣。「我剛才很快檢查過，沒發現什麼不見。我們上山的時候，我把大部分電子儀器都帶在身上。你知道是誰偷了錢嗎？」

道格搖頭。「還不知道。員警明天會過來，但不要期待太高，我先為這件事道歉。」

「至少不是有人死了……」她沉默地坐著，想到伊莉娜、艾倫和那張紙條。她很想告訴道格，但從他之前對她的反應看來，說出來應該不會有什麼好的結果。此外，有另一件事也加深她的疑慮。艾莉絲和札克都說過，格蘭特沒有足夠的體能在殺死伊莉娜之後還及時趕回營地。

他們團隊中唯一具有足夠體力和能力，能殺死伊莉娜，並在深夜及時趕回營地的人，非道格莫屬。

「這就是我在這裡的原因。」道格移動身體，往帳篷裡更進一步。「我想私下問妳……伊莉娜的事情之後，妳的狀況如何？」

塞西莉眨眨眼，沒料到道格的問題和他語氣中的善意，她不確定自己是否能信任他。

「老實說，我還不太確定自己狀況如何。」

道格點點頭。「從那件事到現在遭小偷，妳肯定很煩躁不安。不過達里歐和我正在處理這件事。」

「你有辦法和他合作嗎？」

「為什麼不行呢？」

「我只是想，畢竟你和極限巔峰之前曾經……」

道格嘆了一口氣，用手撥過他灰白的頭髮。「身為嚮導，我們對優先次序的看法有分歧。他們想要討好客戶。而我呢？我看重的是山和客戶的安全，這不是錢能改變的。」

「即使你得因此出手修理客戶也是如此嗎？」

道格的雙眼在濃密的眉毛下盯著塞西莉，「妳聽說了。」

「我相信你這麼做有你的理由。」

「不，我沒有理由，我失控了。不會再發生這種事。我從來就不希望有人在我帶隊的時候受傷，我會盡全力阻止這樣的事發生。不惜一切。」他的聲音平靜，但很有說服力。

一陣憤怒的喊叫引起了他們的注意，而另一個更加低沉的聲音則發出怒吼。是罵人的聲音嗎？

道格拍了他的膝蓋說：「媽呀，現在又發生了什麼事？」

「我跟你去。」塞西莉把身體轉向門廊，爬出帳篷。天已經黑了，但看得見人們的頭燈所發出的點點亮光正在移動。

札克從用餐帳篷走出來，塞西莉追上了他。道格早已消失在人群裡。

「發生什麼事了？」她問札克。

「我想他們找到小偷了。雪巴們都很火大，畢竟對方偷的是他們要養家活口的錢。你絕對不想遇到被惹火的雪巴。」

塞西莉把身上的外套拉緊，抱住自己的身體。「你覺得接下來會發生什麼事？」

「我不知道，可是我看到有人拿著冰斧走過去，好像是格爾登吧？他們可能準備伸張雪巴人的正義。」

「我的天啊！這不是真的吧？那員警呢？」

札克聳聳肩，「我們不能待在這裡，得過去看看發生了什麼事。」他朝著騷動傳來的方向跑過去。

塞西莉不想跟過去，但她得知道小偷是誰。或許越多人在場，越能阻止群眾做出不可挽回的傻事。

一連串移動的頭燈把路都照亮了。一大群人正走向基地營的入口，而那裡又聚集了另一團燈光。

他們走近時，塞西莉注意到有個男人跪在地上，手腳被厚重的登山繩索綁住。他身旁圍繞著雪巴，而達里歐氣憤地緊咬著牙，俯看著他。

那個在人群中間跪在地上的人，是班。

而他面前，堆了一大疊鈔票。

31

「我的天哪，班！發生了什麼事？」塞西莉擠過人群，跪在他身旁。班用力想掙脫手上的繩子，塞西莉往後退了一步。

「我沒有偷錢！」他大叫，「我是被陷害的。」

「說謊！我們逮到你帶著錢偷溜。」達里歐說。他往地上一踢，石頭和泥土跟著揚起，朝班飛過去。

塞西莉看著班用手擋頭，覺得於心不忍。她可以感覺人群中的緊張氣氛正逐步升高，可能很快會失去控制。她轉向達里歐說：「求求你，讓我們先聽聽他怎麼說吧！我們在英國就認識了，他一定可以解釋的。」

待騷動平息下來，班說：「錢是我的。我太太從英國打給我，說我女兒生病了，我需要回家。我查了天氣，明天會轉晴，我得馬上下山，這是我唯一的機會。」

「他在說謊！」群眾中有人大吼。

「我真的要殺了他！」達里歐握緊拳頭，來回踱步。「這混蛋被我們踢出隊伍，費用都還沒跟我結清。看來他不但沒離開，還偷了大家的錢，在這裡繼續鬼混。」達里歐的眼神狂暴，可以感覺到他真的想把班狠狠揍一頓。或許班曾經試圖挖她的新聞，放消息給她前男友，甚至現在可能也偷了她的錢，但塞西莉還是不忍心看到班被人傷害。

「我沒有！」班抗議。

「我知道怎麼判斷他說的是真是假。」札克站到人群中間說。「我在鈔票上做了記號。如果鈔票其中一面有條紅色斜線，那就是我的。」

「你在鈔票上做記號？」塞西莉問他。

「當然，以防遇到這種事。」

「你不介意我們看一下鈔票吧，班？」達里歐咬牙切齒地叫著他的名字。班垂著頭，除了配合之外也別無選擇。

此時，所有人都看著達里歐的助手雪巴跪在雪地上點鈔。每個人的頭燈都照在他身上，燈火通明有如白晝。到目前為止，還沒看到有紅色斜線的鈔票出現。然而，當每個人都在注視鈔票時，塞西莉的眼光停留在班的臉上。

早在第一張標記紅色斜線的鈔票出現之前，塞西莉就已經從班的表情裡看見了真相。班的下巴很緊繃，眼神中帶著抗拒。他確實偷了錢，而且他也知道自己即將被揭發。

「班，為什麼？」她問。

斜線。

其他人轉過來看塞西莉。達里歐接著大叫。他伸手抓起一張美元鈔票，上面有一道紅色

班把頭轉開，努力想掙脫手上的繩索，但徒勞無功。馬納斯盧全基地營的人都盯著他，現在他想逃也逃不了。

達里歐走上前，班連忙躲開。「好啦！」他說，「我不得不拿走這些錢，我得立刻離開這座山。」

「唉，別再找藉口了！」達里歐舉高手說。

塞西莉移動位置，試著擠到他們兩人之間緩頰。「他應該是為了回到女兒身邊，情急之下才一時沒想清楚。對嗎，班？」

令塞西莉錯愕的是，班竟然搖頭。「我要離開是因為那個死掉的女人。」班張著佈滿血絲的雙眼，他的皮膚蠟黃，臉頰瘦削，像是很久沒吃東西。他看起來生病了，即使在基地營的海拔高度也還是有可能出現腦水腫症狀。「她的死不是意外，有人殺了她。」

「太荒謬了！」道格喃喃自語。

「不是！是我親眼看見的！」

「你看到了什麼？」塞西莉問，她的心跳加速。

「天色太暗了，我沒辦法看清楚那個人的臉。每個人穿登山裝看起來都一樣，但是我看

到他推了那女人一把。山上有殺人凶手，我要趕快在我成為下個目標之前離開。」

「這根本胡扯！把他抓起來！」極限巔峰的一位隊員大喊。此時一位雪巴舉著拳頭衝向前，格爾登就在他旁邊。

「不！」塞西莉大喊。不管班偷錢的動機是什麼，但她知道班不該被人打到血肉模糊，或是在群眾的憤怒下遭到更可怕的對待。

她和格爾登的眼神交會，幸好格爾登在同伴造成傷害之前就阻止他進一步行動。

道格從頭上拉下針織帽，擦了擦額頭。「你回薩馬崗吧！那裡的管轄機關會處理你的。」

「這些人會跟來打死我的！」班指著雪巴人和達里歐反抗道。

道格的眼掃過眾人，說：「藤新，你跟他下去吧！」

塞西莉鬆了口氣，慶幸道格選擇了個性溫和、備受尊敬的藤新送班離開。在藤新的看守下，沒有人敢出手攻擊班。

這位年長的雪巴解開腰帶上的刀，割斷了班手腕上的繩索。達里歐把錢收起來，憤怒的群眾也開始散去。達里歐現在多了一項不怎麼令人羨慕的工作，他得把錢發還給客戶。至於怎麼發還，就是嚮導們要操心的事了。塞西莉的心在腎上腺素之下狂奔，渾身發抖。她一動也不動地站在原地，看著藤新和班消失在黑暗裡。

「來吧！」道格說，「我們該回去睡了！」

塞西莉跟著隊伍默默返回，覺得肩頭沉重無比。

班說的話在她腦海中久久盤旋，無法散去。

山上有個殺人凶手！

和紙條上寫的一模一樣。

32

第二天一早，塞西莉仔細檢查了她需要的東西：食物、水、相機、筆電、手機和所有充電器。她也帶了護照和錢包。

如果她現在出發，就有可能在班被直升機送回加德滿都前抵達薩馬崗。

「格爾登？」她在雪巴人的帳篷外用只有格爾登能聽到的音量喊著。

帳篷裡傳來一陣窸窣聲，接著他出現在門口。「迪迪，你需要什麼嗎？」

「我想跟你說，我要回薩馬崗上網。我得回信給我的編輯，不然她會——」

「那我跟妳去。」格爾登毫不猶豫地說。

塞西莉搖搖頭。「沒關係，這條路很好走。我不會待太久的。」

「我應該問一下道格。」

「我昨晚問過他了。」塞西莉對她撒的謊感到良心不安，尤其是格爾登一直那麼照顧她。但她有充分的理由撒謊，因為她知道道格不會同意她這麼做的。他先前已經警告過塞西莉，如果他覺得塞西莉無法控制她的偏執，就會請她離開團隊。

然而，塞西莉的確越來越神經質了。

「他不介意我離開。」塞西莉繼續說：「我本來要告訴他我要出發了，但找不到他，所以先跟你說。」她不想和格爾登繼續聊下去，否則他可能會找到理由要她等一下。於是她出發了，暗自祈禱格爾登不會跟上來。

她小心翼翼從佈滿石頭的冰磧往下，沿著標示路徑的小旗幟，走向通往村落的路徑。有些石頭被雨水淋得濕滑，在冰冷的地面上結成了冰。由於時間還早，基地營四處都很安靜。當她走上通往村落的路徑時，路上只有她一個人。

她開始感到懊惱，覺得自己應該接受格爾登的建議，讓他一起跟著來的。

即使現在位處海拔較低的位置，她還是能感覺到四周潛伏的危機。除了腳下鬆動的石頭之外，不小心滑倒或摔跤都能讓人受傷。山會讓人改變，它會考驗你每一種反應能力，艱困的環境和身體的不適也會暴露出你的種種情緒。班昨晚的模樣讓她深感震驚，他和塞西莉在英國認識的那個班判若兩人，她幾乎認不出來。

她此時突如其來的不安還有另一個原因。

她聽見一陣噪音，她的心跳跟著加速。她本能地蹲下，靠在一塊大石頭邊。仰起頭的瞬間，她看見一架無人機正從她頭上高高飛過。

她心想，拍攝者是否正在尋找戲劇性的鏡頭？或這台無人機是專門來找她的？

無人機在她頭頂上盤旋，像大黃蜂一樣嗡嗡作響。塞西莉真希望手一揮就能把它趕走。她不能待在那裡，任由那台機器癱瘓她。她用手摀住耳朵，加快腳步走下冰磧。而那台無人機留在原地，盤旋著。

❖ ❖ ❖

塞西莉一抵達村子，就朝著他們曾經住過的茶館走去。莎希正在餐廳裡收拾早餐遺留下的碗盤。少了成群的登山者，茶館裡的氣氛很不同，變得更為沉靜。塞西莉走進去的時候，莎希停下了手邊的動作。

「噢，不！妳受傷了嗎？」

塞西莉搖搖頭。「我很好。我在想，不知道妳能不能幫我？我在找藤新。他昨天應該帶了一位登山者下來……」

莎希的臉立刻蒙上一層陰影，起初熱情的問候也如茶館的爐火般瞬間熄滅。「真糟糕啊，那傢伙。」

「我知道，但是我真的得和他談談……」

「他們到停機坪那裡等直升機了。」

「謝謝！」塞西莉說。

「妳想喝杯茶嗎？」莎希還沒說完，塞西莉就已經衝到茶館外。她開始奔跑，很害怕班在她抵達之前就被直升機載下山。

她一抵達降落區就看到了班。他坐在停機坪邊緣的地上，雙手抱著頭。藤新站在幾公尺之外看著他，每個人都刻意和他保持距離。

在白晝明亮的日光下，班看起來比昨夜更糟。自從他們上週在薩馬崗見面以來，他看起來不知道瘦了幾公斤。班的臉嚴重曬傷和脫皮，眼神看起來失魂落魄。

她咬著唇，心想自己或許不該來這。班的樣子看起來很絕望，而絕望的人會說謊。她正要轉身離去時，班抬起頭，看見了塞西莉。塞西莉心一橫，朝著班走過去。

「塞西莉？」

藤新聽見班說話的聲音，抬起頭來。「嗨，藤新。」塞西莉說。「我可以和班說幾句話嗎？我保證我不是來這裡傷害他的，我只是想問他幾個問題。他是我在家鄉認識的朋友。」

藤新用深邃的雙眼看著她，然後點頭。他似乎不怎麼在意塞西莉想做什麼，畢竟他的任務是把班送上直升機，而不是擋住愛管閒事的記者。

塞西莉為此非常感激。她蹲下來問：「班，你還好嗎？」

聞到班身上的氣味，塞西莉忍住不讓自己露出怪異的表情。班的嘴巴上有一層黃垢，很可能是脫水造成的。他的眼睛周圍浮腫，身上還散發著好幾天的汗臭。「謝天謝地！妳在這裡。能看到妳真是太好了。我很害怕，我得離開山上。」

「別擔心，直升機就要來了。」

「很抱歉我拿了錢……」

「班，你真的做了一件蠢事。」塞西莉輕聲地說。「但我不是來和你談這件事的。」她吞了吞口水，接著問：「伊莉娜到底發生了什麼事？」

班摳著指縫裡的泥巴。「有人殺了她。」

再次聽到班這麼清楚地說出這句話，塞西莉的胃因恐懼而翻騰。「從頭開始告訴我。」她勉強自己鎮定下來。「你為什麼還留在山上？達里歐不是把你趕出登山隊了嗎？」

班的身體晃了晃。「對，我被趕出極限巔峰隊了。我的經濟狀況不是很穩定，來不及湊到錢，但都這麼大老遠來了，我還是不想放棄爬山。所以我躲在山上，等大家開始進行高度適應。我想說如果我夠早出發，趁天還黑著，我就可以在人多起來之前爬過斷頭台，抵達二號營。沒有人會知道我在那裡。我可以自己完成高度適應，再下山回基地營，一邊等薪水入帳。這樣我或許能拜託他們讓我重新加入登山隊……」

所以班一直躲在山上。那麼她在營地邊緣看到的那個人會是班嗎？塞西莉思考著班說的話，一邊遞水給他。班喝了一口，塞西莉接著問：「然後發生了什麼事？」

「老實說，一切都很順利。我大約凌晨四點抵達斷頭台，休息了一下，試著思考怎麼上去最好。就在這時候我看到冰牆上亮起一盞頭燈，有人正要拉繩子下來，至少我認為他們是打算這麼做。我很驚訝，因為四周一片漆黑，我沒想到有其他人會在這時候行動。接著來了第二盞頭燈。他們的行為很詭異，動作看起來好像……好像在跳舞。過一會兒，其中一盞燈熄滅了，接著我就看到有東西從牆上飛下來。我打開手電筒，看到了她。但距離太遠，我救不了她。」

班的身體看起來像是隨著記憶中的畫面在移動。他伸出腿，模仿他所看到的景象。塞西莉露出怪異的表情，但仍繼續聽他說。

「我慌了。我知道我得離開那裡，離那堵牆越遠越好。」

「為什麼？你怎麼不發出警報？」

「因為另一盞燈，那是在冰牆頂端的另一個人。他往下看著那個女人。他們原本毫無動靜，結果他們開始移動，燈光直接照到我身上。我馬上飛快跑走。」

「那是誰？」

「我不知道，實在太暗了。我唯一看得到的就是他們的頭燈。不管那是誰，我知道他們絕對看到我了，所以我得逃走。」

塞西莉嚥下口水。有第二盞燈出現。這可能是真的，也可能只是班混亂的想像。他們這趟旅程已經發生了兩起致命的事故：伊莉娜和艾倫。塞西莉無法忽視事件背後有個危險人物存在的可能，連達里歐也說，伊莉娜的死看起來很可疑……

直升機飛近時，降低了他們周圍的壓力，塞西莉的腹部能感覺到螺旋槳在低空震動。直升機在他們上方旋轉，降落在停機坪。她彎下身把手放在頭上，保護自己不被降落時隨風飛舞的塵土打到。

「班的飛機來了！」藤新大聲說。

一位穿著制服的警官跳下飛機，朝著班走過來，拉著他的手臂離開。塞西莉小跑步跟著他們。

「跟我走吧！」班喊著。「妳也不該繼續留在這裡。別相信山上的任何人，回到加德滿都就安全了。」

「你覺得凶手是誰？」

「那重要嗎？只要待在這裡就有危險。」

班說的對。任何人都可能是凶手，這意味著沒有地方是安全的。塞西莉一腳踏在直升機起落架上，她可以就此飛離山區，甚至飛回倫敦。

「沒有報導值得妳付出性命。」班說。

她站起來，抓住直升機艙門內側的手把。

「我們走吧！」班伸手拉她進來。塞西莉凝視班的臉，她看見了自己失敗的影子。如果現在和班走了，那就是放棄。她為了這次專訪所付出的一切也都將付諸流水。還有那張紙條。如果那張紙條不是威脅，而是有人在警告她，那麼她必須留下來找出伊莉娜到底發生了什麼事。

「不，班。我不能走，我得留下來。」她掙脫了班的手，跌撞地後退。

班的身體飛快地靠向塞西莉，動作快到超出她的意料。他抓住她的上臂，把她拉過來。一聞到班呼出的口臭，塞西莉踉蹌地退後。「小心點，妳可能會是下一個。」

警官用力地把班抓回來，幫他繫上安全帶。飛行員大聲喊著要塞西莉離開。她一走到安全距離之外，他們就起飛了。班被帶回加德滿都，面對他該面對的事。塞西莉的心在胸口怦怦跳。

「妳該不是想放棄了吧？」

她轉過身，發現查爾斯．麥克維就在她眼前。

33

直升機在他們頭上繞了山谷一圈，往尼泊爾首都飛去。塞西莉看著這一幕，嚥下口水。她的口很乾，但是水壺已經給了班，現在水壺和班都在直升機上。「查爾斯，你到了！」

「今天早上剛到。我正要去茶館和道格見面，就在這看見了妳。剛才那是怎麼一回事？」查爾斯指著直升機說。

「嗯，被帶走的那個人，班・丹佛斯……我們在英國就認識了。他偷了大家的小費，我想給他一個解釋的機會。」

查爾斯瞇眼看著直升機，好奇了起來。「妳在開玩笑吧？」

塞西莉搖頭，「是藤新把他帶下來的。山上發生了很多不好的事。查爾斯，那些事真的很糟。我很高興你來了。」她雙手摀著臉，哭了出來。她剛才已經一腳踏上直升機，差那麼一點就決定要打道回府。但她留下來了，她仍然得面對山上的事。

查爾斯拍拍她的肩膀。「告訴我怎麼回事。」

塞西莉深吸了一口氣。「昨天有個女人死了，在二號營下方，是我發現她的。」

「塞西莉，太可怕了。」查爾斯搖頭，「發生了什麼事？」

「道格說她被垂降繩纏住了，是一場意外，但班覺得不是這麼一回事。」

查爾斯瞇起雙眼。「什麼？」

「他認為有人殺了那個女人。他說他看見她掉下來，當時那個女人身邊還有其他人，她是被人推下去的。班怕自己會被盯上，所以逃走了。」她從口袋裡拿出帳篷外那張紙條，「我想或許是他留了這張紙條來警告我。」

查爾斯繃緊下巴，盯著那張紙條。「或許他是對的。」查爾斯輕聲說。

塞西莉瞪大了眼。「什麼意思？你該不會認為……」

「嗯，對一個殺手來說，還有比所謂的死亡地帶更好的藏身地嗎？」

塞西莉停下了腳步。查爾斯怎麼知道這些？他才剛到，但是他已經在證實她最恐懼的事……

查爾斯發現塞西莉沒跟上，於是轉向她，然後望向山頂。馬納斯盧高高地聳立在他們的頭頂，像哨兵一樣靜靜地站在那裡。

「塞西莉，我在山上見過人們的心智被扭曲。那些最理性、最有邏輯的人，那些體態強壯，幾乎可媲美奧運選手的人，即使他們曾在地表最艱難的環境裡鍛鍊出生存技巧，但是一旦遇上了高山，他們就都不是對手。他們會失敗、會做出可怕的決定、會看到不存在的東西。是的，我在山上見過殺手，殺手就在我們所有人當中，他就在這裡。」查爾斯用手指拍了拍太陽穴。「這個殺手帶走了那女人，他也帶走了班，但是他帶不走我們的。因為我們是個團隊，我們會彼此互相照應。」

塞西莉嚥下口水。聽懂查爾斯的話之後，她的呼吸也緩和下來。所以他說的是高山症反應。但這個想法並不能安撫她，因為這代表每個人——任何一個人，都有可能成為危險人物。「如果團隊中有人因為高山症病倒怎麼辦？」

「妳還有我。我面對殺手很多次，早已戰勝他了。如果出了什麼問題，我會救妳的。」

塞西莉把目光從山移開，轉向眼前這個強壯如山的男子。他的話讓她全身鬆懈了下來，「真希望我有你千分之一的信心就好……」

「我可是身經百戰。」他微笑，塞西莉也報以微笑。他用手搭著她的肩，「我們該去找道格了。他在高山上失去過很多人，但他還是一直回到山裡。妳很快就會了解這是種什麼樣的感受。雖然山裡潛伏著許多危險，但山的美麗也超乎想像。我試過在其他地方找尋這種美，但從來沒成功過。這是很值得的體驗。」

他們慢慢走回茶館，沿途因為一群孩子而延誤了一點時間。孩子們一看見查爾斯經過就從教室裡衝出來，扯著他的袖子，要他簽名拍照。塞西莉把他們集合到附近的一面牆，幫他們照了一張大合照。查爾斯在最中間。他們抵達茶館的時候，道格和明瑪已經在茶館外和藤新一起等著。

「你們看，我走來的路上遇到了誰！」查爾斯指著塞西莉說。

道格皺眉。「妳在這裡做什麼？」

塞西莉臉色一變，準備接招，不過查爾斯的到來讓她更有膽量了。「我來和班說話。」

道格繃緊了嘴唇，「然後呢？」

塞西莉瞄了查爾斯一眼，「他看起來真的很糟，他正在飛回加德滿都的路上。」

「先忘了這些事吧！」查爾斯拍拍道格的背，「我們現在需要專注接下來的任務。山上的情況如何？」

塞西莉發現自己再次對查爾斯的風采讚嘆不已。他的身高和修長的四肢讓他看起來架勢十足、氣宇非凡，但臉上輕鬆的笑容和閃亮的藍色眼珠卻又巧妙地平衡了他的氣勢。她忍不住被吸進他的宇宙中，無法將目光離開。查爾斯站著的時候，雙腿分開，雙臂交叉，背部直挺挺，就像軍人一樣。他身上正直的氣息讓塞西莉無法相信他會和任何低劣、醜陋的謊言沾上邊，例如在山上偷用繩索卻撒謊。任何一個提出這種指控的人絕對是出於嫉妒，其實這也不難理解，因為查爾斯實在是太傑出了。

道格搔了搔太陽穴。「有個適合登頂的時機就要來了。山頂的繩子也已經架好，過幾天應該就可以出發。」

塞西莉扯著辮子的尾巴，沒想到他們這麼快就要攻頂了。

「太棒了！看來我來得正是時候，妳不覺得嗎？」查爾斯對她眨眨眼，她遲疑地微笑。

「我想趕快趕上其他隊員的進度，所以我們快走吧。」他做了個手勢要塞西莉先出發。

「等等——我想先寄幾封電子郵件。」

查爾斯拉了拉他的棒球帽。「我們在山下已經浪費夠多時間了。來吧！就快準備攻頂了，少點分心的事對妳有好處的。」

「少了薪水，對我真的沒有什麼好處。」

「塞西莉，妳真的需要專注。如果妳還在擔心編輯在想什麼、想妳的家人、朋友……妳就無法處於對的狀態。我們保持專注，好嗎？」查爾斯看塞西莉還是猶豫不決，他嘆了口氣。「這樣想吧！妳的編輯是比較想要幾篇小小的部落格文章，還是我之後的大採訪？」

「你的採訪。」塞西莉說。

「那我們就走吧！」

查爾斯說完便離開，不再接受任何討價還價，塞西莉也就不再堅持了。

「你在加德滿都把許可證和行政手續都處理好了嗎？」前往基地營的路上，塞西莉問。

忽然間，這條路感覺不再那麼困難了。塞西莉不確定這是因為她變強壯了，還是因為在查爾斯身邊增強了她的自信心。

「處理好了。我所有登頂紀錄都得到認證了，這當然不是說我的登頂有任何可疑之處，不過還是很高興能得到正式的認可。我把所有的定位紀錄和照片寄過去，證明我確實完成了登頂，而且沒有使用任何繩索。」

「要處理的行政關卡還真多。」

「我不希望給人任何懷疑的理由。」

「那是當然……」塞西莉思考是否該提出達里歐對這件事的看法，但現在似乎不是個好時機。他們當下的氣氛很輕鬆，嚴肅的問題可以留待合適的時機。「所以只要完成馬納斯盧的登頂，你就完成十四座山的紀錄了！」

查爾斯大笑。「沒錯，但現在別說了！免得壞了運氣。」

和登山嚮導們同行讓塞西莉學到很多。道格沉思著，和藤新走在前面。雖然他走路時顯然有些心不在焉，但他腳下的每一步都經過思考，沒有一點不確定。就算矇著眼爬山，道格大概也能一路領先塞西莉到山頂。

明瑪則以輕巧、優雅的步伐在路上快速移動。他身上背著比他身體重一倍的行李，但路面幾乎看不出他走過的痕跡。

相較之下，查爾斯反而像野生動物。他每走一步，地面似乎都被他的腳步震撼，像是山在向他臣服。他比較像是來自另一個時代的人，像那些早期的探險家，身上裹著層層毛皮，皮靴裡塞滿稻草，橫越地表最寒冷、艱困的角落。

基地營的第一個帳篷出現時，天上正不斷落下陣陣雪花。天氣很濕冷，查爾斯抵達的消息很快就傳遍了全營。登山者們紛紛出來和他握手，塞西莉頓時覺得自己像是大明星的小跟班，而不是登山隊員。不過她還是抬頭挺胸，畢竟她是查爾斯邀請來的。

「查爾斯！希夏邦馬和卓奧友這一季的狀況如何？」一個身穿亮綠色羽絨衣的男人問道。

「他們都說希夏邦馬比較容易爬，但當時雪深及腰，我在雪裡開路，不確定自己能不能成功。至於卓奧友，你們大家都知道發生了什麼事。」

「到目前為止，最難爬的是哪座山？」

「我原本以為自己會覺得Ｋ２或是安娜普納峰最難，但你們知道嗎？道拉吉里峰今年糟糕的天氣真的把我整慘了。這座山是我排在前面爬的其中之一，但也是最難爬的一座。」

「至少馬納斯盧會輕而易舉。」

「小看這座山可不是個明智的做法，這座山到目前為止似乎變化莫測。」

查爾斯和每個過來的人交談。他們當中有多少人是出於專業上的好奇心而來？又有多少人是出於嫉妒？塞西莉注意到達里歐並沒有出現。這也難怪，畢竟他是唯一指控查爾斯使用架繩的人。塞西莉一定會給查爾斯機會為自己辯護的，但達里歐沒有出現在這裡對查爾斯提出瘋狂的控訴，這讓塞西莉開始懷疑他的說法是否真實。

不論走到哪裡，塞西莉都可以感覺到男人的眼光在她身上停留。她把脖子縮進外套裡。曼尼斯登山隊的營地一直是她的安全區域，那裡有艾莉絲與她相伴。她此時再次意識到，山上的女性面孔真的很少見。

「查爾斯大哥，如果要趕上午餐，我們最好繼續往前。」明瑪說。

查爾斯點頭。「我好餓，不能繼續待下去了。我們先走吧！」

曼尼斯登山隊的旗幟最後終於從濃霧中出現。塞西莉很高興地發現自己不再像一週前那麼氣喘吁吁，高度適應確實發揮了作用。

不過抵達基地營時，她並不覺得雀躍。儘管查爾斯向她保證班和伊莉娜是因為缺氧才行為異常，但她心中的猜疑隨著縈繞山間的霧氣再度升起。

就像迷霧般籠罩了一切。

登山者一個個跟著他們到用餐帳篷。塞西莉心裡想著：*伊莉娜死的時候，你們人都在哪兒呢？*

她的目光對準查爾斯，這位即將成為傳奇的登山人物。如果他說錯了呢？如果真的有危險人物在山上呢？

如果凶手就在他們隊上呢？

塞西莉很肯定艾莉絲那天整晚都和她在帳篷裡。札克雖然獨自一人，但他公司的名字在這趟旅途中隨處可見，塞西莉無法想像他會損害自己公司的名譽。

難道會是其中一位雪巴嗎？當然不可能，這是他們的維生方式。她看到雪巴的錢被班偷走時有多生氣，殺害客戶不會是什麼好主意。

至於道格，他有情緒控管的問題，是個可疑的對象。身為強壯的登山者，他顯然有足夠能力能辦到這一切。然而塞西莉看見的，卻是他一再堅持自己的價值觀：尊重山、尊重登山者的安全，他對這些信念的堅持就像帽貝吸附在岩石上那般牢靠。

那麼就剩下格蘭特了，犯案的動機和機會他都有。儘管艾莉絲的看法不同，但塞西莉認為他有能力犯下這樣的罪行，他很可能只是假裝自己沒那麼強壯。

不過格蘭特不可能笨到在查爾斯在的時候犯案。當然，沒有人會這麼笨。

34

他們的用餐帳篷裡塞了滿滿的人。道格把手交叉夾在腋下，只能在周圍繞來繞去，根本無法和隊員交談。人多到所有的位置都被占滿，塞西莉只能坐到一張摺疊椅上。

達里歐還是一樣沒現身。

查爾斯今天從早到晚都被人包圍著。他坐在餐桌主位上，主導了全場。「我們在深度及腰的雪地裡跋涉。」他邊說，邊指著褲子上的皮帶。「當下覺得我們快不行了，這輩子從來沒這麼疲憊過。雪實在太大了，我基本上直接跳過了兩個營地。」查爾斯重複著他在希夏邦馬山上的故事。

「但你最後還是做到了？」

「是，我做到了。大家都說，那個刀鋒般的山脊就像騎在馬背上。我越過了那個山脊，最後爬到了真正的頂峰。不是每次登頂都那麼光鮮亮麗！總而言之，我很高興能及時回到這裡，和我的隊友們準備攻頂。這是登頂十四計畫的最後一座山。」

「最後的衝刺了！」札克說。

查爾斯微笑，雙手交叉放在腦後。「不到最後，誰也不知結果會如何，但我有信心。」

「告訴我們道拉吉里峰上的救援事件吧！」厄爾布魯士菁英隊的一位男士說。

查爾斯把手舉高。「噢，我想大家應該都已經聽過那個故事了！」

「不，說給我們聽！」塞西莉提高音量，蓋過其他人。「我很好奇到底發生了什麼事。」查爾斯的救援事蹟早就被媒體一再傳誦，但她還是想聽聽他在同行的登山者面前會如何講述這個事件。

他在椅子上動了動，低頭盯著自己的手。這是塞西莉第一次看到查爾斯態度有所保留。全場奇異地跟著靜默了下來，每個人都屏氣凝神地聆聽。「你們都知道我是獨自攀登的，我試著輕巧而快速地抵達山頂。那天傍晚我離開基地營，爬了一整夜的山，大約在中午抵達頂峰，覺得很有成就感。下山的路上，我遇到兩位狀況不好的登山者。他們在途中癱坐在雪堆上，看起來缺氧、困惑。我一看就知道他們情況不妙。其中一位，李奧納多，他的腿受傷了。他們試著用夾板固定他的腿，但他沒辦法自己走路。」

「該死！」札克說。

塞西莉把目光轉離查爾斯，環顧四周，看見整座帳篷裡的人都目不轉睛地盯著這位大膽的冒險家。不，並不是每個人都盯著他。道格正低著頭，看著自己交疊在大腿上的手。

「他們需要更多氧氣，但我身上並沒有帶任何氧氣。我用無線電請人拿氧氣上來，可是沒有得到任何回覆。」他傾身向前，靠著手臂。「他們兩個都需要下山。李奧已無法走路，但馬可還直挺挺地坐著。我盡可能和他們一起等待救援，不過在沒有氧氣的狀態下，我如果繼續陪他們等下去，自己也會跟著喪命。」他身體靠回背後的椅子，雙手交叉，然後揉揉眉心。「他們當中只有一人有足夠的體力，是馬可。這是我做過最艱難的決定，但馬可的眼神告訴我，他想活下去。而他的兄弟……眼神已經告訴我他被打敗了。」

「我們當時遠在八千公尺之上。我把馬可的手臂拉到我脖子上，讓他站起來。在無氧的狀況下，我的體力在疾速下降，但是我背著他，盡力把他帶到三號營地。」

「我的天哪！」札克說。「這個故事我早就聽你說過了，但每次聽到都還是覺得不可思議。你那時候一定累壞了。」

查爾斯用冰冷的眼神盯著札克。「我在山上非常專注，不會注意到疲倦、恐懼或疼痛。我把自己調整到一種時時警戒的進擊狀態，不論如何都要完成任務。遇上困難的人，對我來說就像是開啟了一種緊急開關。有人需要我，我就在那裡，這時候我會打開身體為緊急時刻存留的儲備力量。一到了三號營，我們終於有辦法帶他下基地營，用直升機送他離開。接著我幫道格組了一支救援隊。當我抵達基地營的時候，已經有一組人馬可以動員，但是他們還需要我告訴他們確切的位置。對吧，道格？」

道格哼了一聲作為回應。

「光是告訴他們地點還不夠，我拿了氧氣罩和氧氣瓶，吃了點食物，灌了一瓶可樂，然後就和救援隊出發了。我們直接回到當初我不得不放下李奧納多的地點。不幸的是，當我們回到他身邊時，他已經死了。」

「我的天哪，太可怕了。」塞西莉說。

「在死亡地帶裡，沒有人能夠久活。」查爾斯說。「我很希望能夠救回他們兩個人。」死亡在山上本來就是司空見慣，塞西莉光是想到這點就感到驚恐。若不是有查爾斯的援助，今年的死亡人數恐怕更多。

他們在用餐帳篷繼續聊著，塞西莉起身去倒水，回來時椅子已經被搶走了。她原本想要回她的位置，但她一直覺得自己在人群中有點幽閉恐懼症。反正再過不久，她就能在沒有其他聽眾的情況下一對一地向查爾斯提問。聽查爾斯在人群中說故事很棒，但塞西莉想在他單獨一人時進行更深入的對談，引導他透露能讓文章與眾不同的獨家細節。塞西莉縮進外套裡，溜到帳篷外。雪還是下得很大。

廚房帳篷溫暖的燈光和笑聲引起了她的注意，於是她走了過去。

「進來吧，迪迪！妳餓了嗎？」格爾登一看到她進來便站了起來，從堆疊的碗盤中拿出一個金屬盤子。

「謝謝你，格爾登，我很好。」格爾登的關心讓塞西莉倍感窩心和感激。「用餐帳篷裡實在太多人了。」

「每個人都想跟查爾斯先生說話。」他說。

「嗯，我倒是比較想跟你聊天。」她笑著說，「我真高興在這裡碰到你……」

格爾登的動作突然停住，他打斷塞西莉的話，「等一下，迪迪。我想先為我昨晚的行為道歉，但對方的作為真的讓我很憤怒。對我們來說，山就像神一樣。我們必須伸張正義。」

她眨了眨眼。「你說班嗎？噢，我知道他做的事是完全錯誤的，但我不希望他受到傷害……他現在被交給政府了，你們的正義會得到伸張的。」

格爾登點點頭。

塞西莉伸手拍拍他手臂，「我可以為我的文章問你幾個問題嗎？你願意嗎？」

「當然，迪迪，我當然願意。」格爾登從桌子後幫她拿了一張摺疊椅。達瓦端上一碗煮熟的馬鈴薯和一小碟胡椒鹽，熱飲也送到塞西莉手中。一切就緒，他們開始進行採訪。

格爾登・索南・雪巴專訪

節錄自塞西莉的筆記

九月十二日

若沒有雪巴人，尼泊爾的登山產業也不會存在，這是無庸置疑的事實。在登山歷史中，雪巴人曾被貶抑為次要的配角，然而，這群世界最強的登山者如今正成為眾人矚目的焦點。

「雪巴」一詞嚴格說來，原本是指喜馬拉雅山區索盧坤布谷的一支特定民族，但如今「雪巴」已成為高山嚮導的簡稱。查爾斯隊上的所有雪巴都來自索盧坤布谷。他們和這次探險隊的自費成員一樣，都經過隊長精心挑選、親自邀請而進入團隊。我們隊伍中共有四位雪巴：明瑪・拉克帕・雪巴，他是道格的生意夥伴和主要嚮導，其他三位則是藤新・卡桑・雪巴、芬巴・天吉・雪巴和格爾登・索南・雪巴。根據雪巴人的文化傳統，他們的名字取自佛教經文，或是以一週的日子命名。

在高海拔山區的卓越體能讓雪巴人享譽世界，不過他們承擔的風險也極其巨大，經歷的悲劇更是不計其數。每年都有數百個雪巴家庭因主要經濟支柱死於山上的工作，因而失去經濟來源。儘管如此，在為期兩個月的聖母峰登山旺季間，他們所能賺得的薪水足以為生活帶來改變，這使得雪巴人仍舊不斷回到山上工作。

來自湯坡崎村的格爾登現年二十四歲。他小時候總在薩加瑪塔，亦即聖母峰的山影下，走路到學校上學。打從旅程的一開始，他就稱呼我為「姊姊」，也總是確保我在路上有熱飲可以喝，因此他成為這趟探險中與我最親近的嚮導。他的性格雖然冷靜、沉穩，但也擁有強烈的榮譽感和正義感。

只要有他和我一起爬山，我就能確定自己是安全的。

塞西莉：我想知道你當初是怎麼開始爬山的？

格爾登：我很幸運，我叔叔是登山嚮導，很小的時候他就帶我進入了這個產業。我爬的第一座山是羅布崎峰東峰，然後十八歲的時候爬了聖母峰。只要登上聖母峰頂，你就可以說自己是個真正的高山嚮導。藤新也和我叔叔一起工作，他對我來說就像叔叔一樣，是山上強壯的勇者。

塞西莉：所以這真的是家族企業！

格爾登：我和我父親、兄弟，我們登頂聖母峰的次數加起來已經超過四十次，其他八千公尺的高峰更多。

塞西莉：真是太不可思議了！每次上山都伴隨著很大的風險，你不會想找其他工作來維生嗎？

格爾登：這是能為家裡賺錢最好的方式。雖然現在登大山是越來越受歡迎的活動，需求量也很大，但對年輕人來說，也相對不像以前那麼容易了。現在有太多人自稱「雪巴」，卻沒有任何登山經驗。對我們來說，保留尼泊爾登山嚮導的聲譽很重要。雪巴必須是最安全、最好的嚮導。

塞西莉：能說說你對那些和你一起登山的人有什麼看法嗎？就是那些花了很多錢，大老遠跑來登山的人。

格爾登：有些人成為了我的家人，就像妳，迪迪。

塞西莉：是我的榮幸，格爾登。不過應該不是所有人都這樣……

格爾登：如果沒人來爬山，那我們也不會有工作。沒有工作，我就沒辦法養我太太。而且這也有助於我們國家的發展，所以我很感謝來爬山的每個人，我們也盡最大努力來保護你們的安全。

塞西莉：格爾登，你非常會說話。不過你經常得冒著生命危險，這應該不容易吧？

格爾登：這是我的選擇。

塞西莉：但是……？

格爾登：有時候，有些來山上的人並不了解登山的風險。在這種情況下，他們會把我們的性命置於險境，這會讓我很不高興。不過道格並不允許這種事發生，這就是為什麼我會在他手下工作。

塞西莉：你這麼說讓我感到很放心。你剛才提到太太？她叫什麼名字？

格爾登：尼瑪．多瑪。我們的孩子快要出生了。

塞西莉：哦，我的天哪！恭喜你！

格爾登：這個時候不能待在她們身邊很令人難受。但爬完這座山，登山季就暫時結束了。我就可以回家看我的兒子或女兒。

塞西莉：真是太令人興奮了！你覺得你的孩子以後也會來爬山嗎？

格爾登：我真心希望他們不要做我做的工作，真的太危險了。我希望他們能得到好的教育，以後不需要爬山。

塞西莉：我的朋友，我也希望如此。那你對查爾斯的任務和他的登山紀錄有什麼看法？你會不會覺得世界關注的焦點應該要放在雪巴人身上？

格爾登：我們很為查爾斯大哥高興，他是個偉大的登山者。為他人感到高興是我們佛教文化的一部分。我最小的弟弟正在受訓成為一位僧侶，我們村子裡有一座很美的寺院，在湯坡崎。希望改天能帶妳去那裡看看。

塞西莉：我很樂意！我奶奶也是佛教徒。

格爾登：她會為妳感到驕傲的，塞西莉，妳是個強壯的登山者，山會保護妳，這也是我們所祈求的。

一陣粗獷的歡呼聲從用餐帳篷裡傳來，打斷了他們的談話。塞西莉滿肚子都是馬鈴薯和熱茶，她打了個哈欠。今天來回薩馬崗的路程、被班激起的恐懼，和查爾斯抵達的興奮，這一切都讓她累壞了。

「我陪妳回帳篷吧！」格爾登說。

「謝謝！」塞西莉的確覺得有些頭暈和疲倦。

她穿上外套，再拿了一杯茶回帳篷。她和格爾登默默地穿過輕輕飄落的雪花。「我可以再問你一個問題嗎？」

「當然，迪迪，妳想問什麼都行。」

「為什麼道格會離開極限巔峰？你當時也在他的團隊裡，對嗎？我只知道事情的一部分，他打了人。」

格爾登又默默地走了幾步。「事情發生在我們秋季的聖母峰登山隊上，有位非常有錢有勢的客人讓道格非常生氣。當時有座不穩的冰峰可能會倒在我們的登山路線上，所以道格說他不會帶我們通過坤布冰瀑。我們所有人，所有雪巴都同意他的決定。二〇一四年冰峰倒塌的時候，我們失去了很多人，大家絕不想再冒一次這樣的險。但這個男人企圖強迫我們通過坤布冰瀑，而道格拒絕。他們兩個就打起來了。」

「我的天哪！」

「然後極限巔峰就開除了他。」

「道格這樣的反應是正常的嗎？」

「我從來沒看過他這樣。但是那天他接到一通來自英國的電話，對他影響很大。我想是他家裡出了事，不過他從來沒跟我們說是什麼事。查爾斯和道格已經合作了一段時間。我聽到查爾斯要組隊上馬納斯盧的時候覺得很高興，因為我又可以和道格一起工作了。」

塞西莉點頭。「所以你很尊敬他。」

「是的，當然。沒有比道格．曼尼斯更好的登山嚮導了，他對山懷有最崇高的敬意。」

35

塞西莉整晚翻來覆去。她的身體被寒氣包圍，但頭卻熱得發燙。她覺得全身緊繃，肌肉痠痛，想吐的感覺梗在喉嚨裡。她的夢境被黑暗籠罩，不斷睡睡醒醒。每次醒來都看見手錶在提醒她，距離日出還有好幾小時。

她在黑暗裡聽見繃緊的繩子吱吱作響，看見伊莉娜的身體輕輕地在那道冰牆上扭動，背景音樂總是那不和諧的口哨聲。

她真的醒過來的時候，覺得自己像是被困在子宮裡，四周的聲音一片朦朧。雖然她很確定太陽已經出來，但照進黃色帳篷屋頂的光線卻很黯淡。空氣感覺更加沉重了，像是有件羽絨被蓋住了全世界，而她被包裹在柔軟的棉花裡。於是她打開帳篷的拉鍊。

基地營的景象讓她嘆為觀止。

落下的積雪已深達半公尺，像柔軟的白色地毯覆蓋大地，耀眼的藍色天空則和地面形成對比。這是自他們抵達以來，天空最晴朗的一次。

她看見格爾登和明瑪在附近接力抖落每個帳篷頂上的積雪。這就是為什麼她會覺得帳篷裡格外溫暖，因為帳篷上那一層厚厚的積雪，等同為她加了另一道保溫層。

積雪厚重到有些帳篷嚴重被壓垮，景象令人驚恐。塞西莉看到其他人也帶著惺忪的睡意從帳篷裡冒出來。

「你們在做什麼？」塞西莉問明瑪。他們剛好清理完札克的帳篷。

「帳篷頂上的雪可能會變得很重，昨晚的積雪量很大。達瓦……他差點就出事了，妳知道嗎？」

塞西莉歪著頭問：「發生什麼事了？」

「他的帳篷全垮了。」

塞西莉張大了嘴。「我的天啊！太可怕了！他還好嗎？」

「我們及時把他救出來，但差點就來不及了。」

「謝天謝地！哇，我沒想過會發生這種事。」

明瑪點點頭，往下個帳篷移動。

塞西莉驚訝地發現，這場雪景改變了基地營的氛圍。這裡現在全然是冬季的景色，白雪明亮地刺眼。她伸手戴上太陽眼鏡，從羽絨外套裡拿出相機。眼前的白雪純淨無瑕，尚未被人類的腳印破壞。

她大膽地跑到廚房，觀察損害情形有多嚴重。正如明瑪所說的，廚師的帳篷已經倒塌。

其中一根桿子斷成兩半，金屬的那一端往空中翹起。她看到廚師在幾公尺外抽菸，便問他：「達瓦，你還好嗎？」

「妳看看大雪做了什麼！他們把我挖了出來。」

「你有受傷嗎？我是說，除了……」她指著達瓦的額頭，那裡有片膠布蓋住了一個小傷口。他的眉毛上仍有乾去的血漬。「我的工具包裡面有一些醫療用品，如果你需要好一點的繃帶，我可以拿來給你。」

達瓦用手摀著傷口。「不用，不用，我很好。妳想喝點熱水嗎？」

現在輪到塞西莉搖頭。「我可能會回帳篷多休息一會兒。」她看著達瓦的帳篷剩下的殘骸，想到這可能發生在他們任何人身上，便感到一陣寒意。不管是被埋在冰雪堆積的洞穴，或是在睡夢中被折斷的帳篷桿刺穿，聽起來都不是很吸引人。

沒想到在山上的死法比她想像的還更多。

回到帳篷後，塞西莉無法入睡，躺在睡袋下瑟瑟發抖。但她還是休息了一會兒，等到時間終於漸漸接近八點，她的胃也開始咕咕叫。

「好瘋狂的天氣，對吧？」札克說。他和塞西莉同一時間從帳篷出來，伸展著身體說：「我們去吃早餐吧！」

塞西莉點點頭。「我需要咖啡，很多咖啡。」

此時，他們頭上出現一陣嗡嗡巨響，格蘭特的無人機從他們上方飛過，正在空拍營地。這次塞西莉能看見操作者是格蘭特，因此空拍機的出現並沒有激起她的恐懼。她甚至能想像這樣的畫面會相當壯觀，對格蘭特的電影來說，絕對相當具有戲劇性。

格蘭特裸著上身在操作遙控器。他的上衣綁在腰部，露出結實的胸肌。他穿著八千公尺登山靴，褲管塞在綁腿裡，鞋帶鬆開，鞋舌鬆垮地探出來。塞西莉忍住翻白眼的衝動，躲進了用餐帳篷。

昨夜的臨時派對留下的碗盤早已被清理乾淨。艾莉絲坐在桌旁，雙手托著下巴，和查爾斯一起注視著山上的地圖。他指出他規劃的登山路線。他的路線緊鄰著他們的架繩，但是並沒有重疊。

塞西莉直接走向即溶咖啡區。當她正要把大勺的奶粉和糖在杯子裡攪勻的時候，道格走了進來，神情很嚴肅。

「大家都在這裡嗎？」

「格蘭特不在，他在攝影。」艾莉絲說。

「好的，我有新消息告訴大家。今早的天空或許很晴朗，但高山上的壞天氣看來會持續下去。」他把手機上的天氣預報給大家看。預報上除了下雪，還是下雪。「我們會被多困在這裡幾天。」

札克發出哀嚎，但事實證明道格的天氣預報很準確。他們吃早餐時，天空再度下起了雪，並且整天持續不斷下著。

這也毀滅了塞西莉對無線網路的任何期待。她有兩篇寫好的部落格文章和多篇專訪等著寄出，但在沒有網路連線的情況下，這些文章一文不值。

札克不停拍打他的電子儀器，從平板拍到手機，再拍到筆電。「衛星訊號也出問題了嗎？我已經很久都無法上傳相機裡的影像了。」

「一直斷斷續續的……」

「道格，解決這個問題吧！這些人需要網路連線。」查爾斯打斷了札克。他伸展著雙手，把手指關節弄得喀喀作響。「妳剛才說格蘭特在外面嗎？」他問艾莉絲。艾莉絲點頭，查爾斯便走出了帳篷，道格沒多久也跟了出去。

「老天，我真高興查爾斯在這裡。」札克說。「或許這裡的情況會開始好轉。」

塞西莉歪著頭問：「你在這裡不開心嗎？」

「妳在開玩笑嗎？這裡沒網路，我們看起來也沒有要攻頂的打算，基地營還遭小偷！道格的管理很差勁。妳知道的，我可是花了大把銀子來這裡。」

艾莉絲把地圖收起來，拿出撲克牌，開始洗牌。「你們會玩大富翁嗎？」

塞西莉不會，但是這遊戲很容易學。這是個等級制度和機會主導的遊戲，對輸的人很不利，輸家必須把最好的兩張牌讓給贏家。這個遊戲正適合被困在基地營的一天。

明瑪和格爾登也加入了遊戲。不過在玩家超過十人，並且札克不斷贏牌之後，他們開始覺得無聊。於是格爾登教塞西莉摺紙鶴，他是跟他姪女學的。

「你會是個很棒的爸爸，格爾登。」塞西莉說。

「謝謝妳，迪迪！」

「我不能一直在這裡坐下去！」札克說，「我要去 Wi-Fi 山看看有沒有網路訊號。有人要一起來嗎？」

「我！」塞西莉說。雖然那裡不一定有網路連線，但她需要舒展一下筋骨。經過昨日的長途跋涉，她的肌肉覺得很疲憊。

他們沿著往下的路徑，走向極限巔峰的營地。

札克在走路的時候，輕輕點了塞西莉的手臂。「嘿，我在想，我在二號營的時候拍了一些照片，都是超高畫質。它們應該會比妳數位相機的解析度高很多。我很想讓妳的編輯在部落格中放上幾張我的照片，如果妳可以標註我和前進通訊的話。」

「我的編輯絕對會喜歡這個點子的！那我該怎麼讓她看你的照片呢？」

「我會寄給妳連結，密碼就是我最喜歡的山：雷尼爾峰。我很樂意給妳一台我們的相機，但我只帶了兩台，其中一台已經給了艾莉絲。」

「別擔心，我不會嫉妒的！我不像她那麼有攝影師的眼光。」

「但妳有記者的嗅覺，能嗅出好故事。」

她輕哼了一聲。「我想是吧！」

「妳已經有好多可以寫的東西。」

「這麼明顯嗎？」

「真想知道那些喇嘛在祈福法會時到底跟山說了什麼。」札克繼續說：「他們大概說了『拜託讓這些混蛋回家，不要讓他們登頂』之類的話。道格給他們的錢可能不夠多，所以他們才沒幫我們說好話。」

塞西莉打了個寒顫，把夾克的帽子往脖子拉緊。

「這場雪下得真大，不是嗎？」他繼續說：「不知道對我們的登山計畫會有什麼影響。」

「這是往極限巔峰營地的正確方向嗎？」塞西莉問。

雪在他們周圍越下越大，幾乎成了暴風雪。恐懼的種子深深埋進塞西莉心裡。他們從營地出發後，已經走了很久，她往四周一看，早已認不出他們是從哪個方向過來。札克看起來很淡定地專心在走路，不過塞西莉認為他其實也不知道怎麼走。他們的腳印消失得很快，沒多久就被新雪覆蓋，周圍的雲層也緊緊地籠罩他們，把他們和外在世界隔絕。

塞西莉靠到札克身邊，抓著他外套的袖子。札克挺起胸來，他的眼光四處探尋著，想找出正確的方向。「往這裡。」他說。他們試探性地走了幾步，塞西莉的腳馬上在石頭上滑了一下。

此時，他們身後傳來一陣嘎嘎作響的腳步聲。她和札克繞著對方打轉，他們的視線無法穿透雲霧，看不見是誰。「是誰在那裡？」札克大叫。

沒有人回應。

腳步聲持續前進。從他們所站的位置可以感覺到周圍的石頭在對方的腳下撼動。塞西莉脖子上的寒毛直豎，她努力聽著每一個發出的聲音，但就是無法分辨腳步聲從何而來。

她全身的肌肉都繃緊了，口乾舌燥，隨時準備逃跑。

接著雲霧散去，極限巔峰的嚮導出現在他們眼前。

塞西莉看見了熟悉的臉孔，放鬆地大喘一口氣。

但是不安的感覺並沒有跟著消失。

「你們兩個在這裡做什麼？」達里歐問。

「我們本來是想要來找無線網路……但目前的情況看來，應該是找不成了。」塞西莉從高度戒備的狀態中逐漸鬆懈下來，緊張地笑了笑。

達里歐搖搖頭。「沒辦法，訊號斷了。我們有找人來修過，但他們都找不到原因。你們兩個有點迷路了，過來喝杯茶吧！等天氣變好再走。」

達里歐開始往他們的營地前進。塞西莉和札克互看一眼，札克聳聳肩，便跟上這位極限巔峰的嚮導。塞西莉在後面小跑步追上他們。

「你有看到有任何人動過天線嗎？」札克問。達里歐搖頭，札克繼續說：「我一直在想這件事，我認為唯一的可能性就是受到訊號干擾器的影響。現在網路上三十美元就能買到一台。」

達里歐咂了咂舌，「訊號干擾器長什麼樣子？」

「看狀況，但通常是一個小小的黑盒子，上面有很多天線冒出來。」

「我們沒看過這種東西，但我會繼續留意。不過山上每個人都需要對外聯繫，為什麼會有人要用這種機器？我實在不懂。」

「真希望能讓我員工到這裡來，他們一定會馬上解決這個問題。搞不好是班那傢伙裝了干擾器？故意不讓你打電話給員警。說不定是這樣。」

達里歐一聽到班的名字，肩膀就繃緊了。

塞西莉加快腳步，走到達里歐身旁。「我可以問你一件事嗎？我知道你覺得班是騙子，但你們都對伊莉娜的死提出了疑問。你當時說伊莉娜的死看起來很可疑，那是什麼意思？」

達里歐停下腳步，看著塞西莉的臉。「伊莉娜是非常有經驗的登山者。經驗老到的登山者不可能在降繩的時候讓繩子纏到脖子上，就算滑了腳、跌倒都不可能。」

「等等，什麼？」札克說。「我以為伊莉娜的死是個瘋狂的意外。」

「達里歐，所以你覺得發生了什麼事？」塞西莉繼續追問。

達里歐走進極限巔峰的用餐帳篷，忙著泡茶，把成堆的糖灑進他的杯子裡。「我不確定到底發生了什麼事。我們的隊員抵達斷頭台的時候，地上已經有很多腳印……很難說到底發生了什麼，或當時伊莉娜身邊是不是還有其他人在。我問了俄國隊的一位廚師。他說那天清晨，他只看到一個人從山上下來，但他看不出是哪一個登山隊的隊員。」

「那個人一定是班。」

「妳怎麼知道？」

塞西莉嚥下口水，她覺得口很乾。「我昨天去找他談過，在他起飛前。他說他一直在山上野營。大約一個星期前，我在我們的營地後面看到一個單人帳篷。那看起來不屬於山上任何一個登山隊，道格也不知道那到底是誰。」

「天哪，塞西莉！妳怎麼沒跟我們說？」札克說。

「道格有看到那個帳篷嗎？」達里歐問。

「沒有，我們第二天早上回到那裡時，帳篷已經消失。」

「那個帳篷長什麼樣子？」

「是紅色的……有一些深色的裝飾。帳篷很小，比我們基地營的帳篷要小得多。」

「該死！」達里歐咬牙切齒地說。「我敢肯定那是我們的帳篷，或曾經是我們的帳篷。我們上次清點的時候發現少了一個高海拔帳篷，我的基地營經理多傑還以為可能是我們數錯了，不過一定是被班偷走了！」

「真是個惡夢！」札克說。

「這個壞天氣把我的團員弄得坐立不安，看來我們可能幾個星期都無法上山了，或許會更久……今年搞不好根本無法登頂。」

「真的假的？」塞西莉的心臟怦怦跳。「為什麼？我們不能一直等到合適的時機再上山嗎？」

「到了十月會變得很冷，天氣會很不穩定，那時候帶客人上山很不安全。」

「這麼快？那查爾斯的任務呢？」

「他想待多久都行，或許這樣最好。相信我，我認為查爾斯一個人待在山上比較好。」

「你這樣說是什麼意思？」塞西莉問。

達里歐嘆了口氣。「有人傲慢，有人自負，也有人就像查爾斯．麥克維。」

塞西莉打了個寒顫。她沒想到會有人干擾他們的通信訊號，這對她來說是從未經歷過的恐怖事件。達里歐看起來倒是沒那麼驚訝。每次和他說話，感覺他都想見縫插針，引起她對查爾斯的疑心。

「我得去找我的隊員了。」達里歐繼續說：「留下來把茶喝完吧。你們知道怎麼回自己的營地嗎？」

「當然。」札克說。

塞西莉盯著達里歐。他放下茶杯，把手指縮成拳頭，看起來似乎全身都很緊繃。

他穿越帳篷門口時，口中傳來一陣讓塞西莉骨頭發顫的聲音。一串口哨聲。

登頂十四後續

節錄自塞西莉・王的部落格
九月十八日
馬納斯盧基地營
四千八百公尺

連日的烏雲密佈和大雪紛飛，讓人感覺時間像是過了幾個星期，但實際上只過了五天。今早起床，燦爛的陽光和藍天為我們帶來了驚喜。天氣終於放晴了！我起床走到帳篷外，發現所有人都似乎起得特別早，就是為了觀看眼前的景色。

「藍天」這個詞很難正確傳達我們所看見的天空。在山上，空氣更加稀薄，也更為透明，我們能看到背後更多的黑暗空間，因此這裡的天空呈現的是群青色的藍。這種藍，比海平面上看到的顏色更深沉、更豐富，也更強烈。這種現象有個專有名詞叫作瑞利散射。

這一切美到難以用言語形容。

天氣的好轉對登山者來說也是好消息，這代表我們很快就可以開始攻頂。

我的腦袋渾渾噩噩。雖然身體已經適應了高度，也因為妥善休息而覺得比先前更加強壯，但我的心理狀態卻不甚理想。前方任務所隱藏的危機在我腦海裡盤旋著。這座山在藍天的襯托下，看起來很寧靜，但我知道的災難故事太多，因此無法放鬆。馬納斯盧不像其他山峰，上面沒有一處可以讓人安然入睡。

我不斷回想起二〇一二年，馬納斯盧死傷最慘重的那一年。當時有座巨大的冰峰從三號營上方的冰瀑倒下，造成了一場雪崩。在帳篷裡沉睡的登山者遭到雪崩襲擊，導致十一人死亡。這類的意外使馬納斯盧的死亡率在所有高峰中居高不下。

不幸的是，上週發生的事故正說明了這一點。有位登山者在我們進行高度適應的路途中死去，而這已是我們旅途中的第二起悲劇。死者的名字是伊莉娜・帕波娃，她是厄爾布魯士菁英隊的成員。我向她在尼泊爾、倫敦、俄羅斯和其他地方的親友表達哀悼。

願她安息。

寫下這些，不是為了要嚇唬自己，或讓家人和朋友擔心，又或是找藉口。隨著在山上度過的每一週，我發現自己越來越常思考：我們登上高峰的目的究竟是什麼？只是為了登頂的成就感嗎？登頂是我們這趟旅程裡唯一有價值的事嗎？我的答案是：當然不是。一定會有讀者心想：「才怪，她如果沒成功登頂，一定會很失望。」或許在我還沒來這裡之前，會和你有相同的想法。但這個地方會改變你。在山上停留的每一分鐘，我所踏出的每一步，都讓我感覺像是勝利。一場很大的勝利。這裡的每一天都在挑戰我的極限——身體、心理和情緒上的極限。而我仍然在前進。

事實上，我是團隊成員裡實際經驗最少的一位。我走的每一步，花費的時間都比別人久。儘管如此，我還是一次次地繼續跨步向前。所以，即使我沒有登頂成功，大家也不需要為我難過，因為我所完成的，早已超出我自己所能想像的了。

36

塞西莉闔上筆電，把身體往後靠。她閉眼片刻，享受著臉上溫暖的日光。在部落格寫下自己的想法對她來說很療癒，但她希望自己真的有在讀者面前展現的那麼樂觀和輕鬆。懷疑和恐懼在她體內翻騰，但她盡量不讓這些情緒滲透到文字中。幾天前在極限巔峰營地發生的事依然讓她感到惶恐。她當時原本想仔細聆聽達里歐吹出的口哨，但札克早就開始喋喋不休，吞沒了他的哨音。

她也依然無法寄給蜜雪兒任何文章。她知道自己麻煩大了，現在她得確保自己最後的文章值得一切等待才行。

「夥伴們，到用餐帳篷集合。」道格呼叫。塞西莉緊張了起來，她很確定道格要宣布重要消息，他們所有人都在等待的重要消息。

札克跌撞地走進用餐帳篷。他在陽光下打了個盹，整個人昏昏沉沉。他不是唯一如此的人，好天氣似乎讓所有人都顯得很慵懶。

雪巴們已聚集在帳篷，靠牆站著。

「所以大家覺得有什麼消息要宣布了呢？」格蘭特問。他把腳跨在桌上，喝了一口金屬杯裡的飲料。自從伊莉娜死亡和他的攝影器材遭到破壞，他的心情就變了。連日的大雪讓他無法鍛鍊身體，他越來越少加入大夥的遊戲或對話，表情也更顯陰鬱。查爾斯的到來讓他稍微振作了一點，一有機會就出去拍攝基地營附近的景象。但其他時候，他的狀況並不好。

艾莉絲隨後走進帳篷，跟著耳機裡的音樂搖頭晃腦，似乎絲毫不受登山計畫延遲影響。道格和查爾斯最後一起走進來。道格把手撐在椅背上，查爾斯則站在一旁，雙臂交叉。

道格咳了咳，說：「登頂的時機終於到了。最新的預報顯示，這樣的天氣將持續兩天，之後會再變壞。所以我們明天就開始攻頂。」

帳篷裡響起了如雷的歡呼。查爾斯笑了，這是塞西莉看到他最開心的一次，雪巴們也在他們背後鼓掌。但道格的表情依舊很嚴肅。

塞西莉也是。

這些登山愛好者的人生目的就是登頂，他們期盼自己所有的訓練和等待能得到回報。接下來幾天，他們做過的所有規劃和準備都將在山上被實際檢驗。不是成功，就是失敗。

但塞西莉依然忘不了伊莉娜掛在冰牆上的屍體，危險的感覺是如此真實。

接著明瑪開口：「你們每人都會由一位雪巴陪伴，一起爬山。他們會背著你們的氧氣。當然，除了妳——艾莉絲以外。我們所有的雪巴都是強壯的登山者，經驗豐富，爬過很多八千公尺的大山，所以你們會得到妥善的照顧。我們已經準備好山上的食物，請大家仔細檢查，確認你們帶了足夠的食物，至少三頓早餐、三頓午餐和三頓晚餐。札克，你和藤新一組，艾莉絲和芬巴一組。格蘭特，你和我一組。塞西莉，妳和格爾登一組。」

她和格爾登相視而笑，很高興他們同一組。格爾登年輕且強壯，比芬巴嚴肅，比藤新更青春、有活力，但又不像明瑪背負著領導的重責大任。此外，他們兩個也已經建立了很好的關係。

格蘭特往椅背靠，盯著裝滿冷凍乾糧的袋子，準備動手。但道格雙手示意他等一下。

「稍等，我們還有話沒說完。出發前請練習使用氧氣罩，讓自己習慣配戴。記住，山上最重要的規矩是——我說的話就是法律。如果我叫你下山，你就得下山，沒有商量的餘地，不管你在三號營，或是只差一步就登頂都一樣，懂嗎？」

她和艾莉絲小聲地表示贊成。道格將銳利的眼光轉向另外兩位毫無反應的隊員。塞西莉用手肘推了一下札克的胸口。他瞪她一眼，然後吐出：「懂了，懂了！」

「你呢，格蘭特？你有聽懂嗎？這不是玩笑。」

「反正你不會有機會叫我下山，所以也無所謂。」

正當道格要再次開口斥喝他時，格蘭特揮手說：「我懂了。」

「很好。僅次於我的就是指派與你們同行的雪巴，你們必須聽從他們的指示。登頂是一項偉大的成就，但不管成功與否，山永遠都在，活著下山才是最重要的。」

「輪到我說話了。」查爾斯走到桌子的主位前，所有人的目光都跟著他移動。他一一看著每個人的眼睛。他看向塞西莉時，她在座位上挺起胸，查爾斯向她點頭微笑。「夥伴們，時候到了，我們要一起爬到山頂，這就是你們一直在等待的時刻。不要弄錯了，爬山不是把一腳放到另一腳前的動作而已，你們必須相信自己可以做到更多。」他稍作停頓。

「我從來沒有跟任何人說過，我第一次上聖母峰的時候差點放棄。一切都比我想像的還困難。我說的困難不是技術上的困難，我經歷過很多比這更難的挑戰，但是在心智上呢？攀登八千公尺的高山是與眾不同的挑戰。回想起來，一切像是昨天才發生。我當時在現在已經消失的希拉蕊台階下方倒下了。那時候天色很暗，太陽還沒出來。身邊不斷有人經過我，拉著繩子往上。說真的，我覺得他們應該認為我已經死了，如果我自己不移動身體，顯然不會有人來救我。我沒有僱請雪巴協作，也沒有買保險，這並不是說在八千公尺山上，保險真能救你一命。」

「我從來沒有過這種感受。那種空虛、毫不在意自己是否活著的感受。就在我覺得一切都要結束的時候，太陽從地平面上升起，陽光打在我臉上，我的手指開始暖和起來，視線也變得清晰。然後我意識到，還有好多事值得我活下去。我一輩子都在看山，想著上面會有什麼。如果只要再走幾步就能知道自己已經抵達最高點，前面再也無路可走、再也不用走下去的感覺是什麼，那能在地球最高點站立片刻，會是多偉大的榮耀！」

「所以我振作起來，最後終於爬上山頂。那一刻，我知道了自己是誰——是這座山造就了我。」

「這就是八千公尺高峰如此特別的原因。它們是地表上的巔峰，而登上它們是對你們的考驗。這樣的考驗是要你成為最好版本的自己，所以請把你所有的一切獻給這個機會、這個時刻、這座山，因為如果你這麼做……相信我，你所付出的一切會得到最難以想像的回報，這份回報是沒有人能從你身上奪走的禮物——你會認識你自己，知道自己真正是誰。請珍惜這個機會。」

「和世界上最英勇的人們一起，在歷史上留下你們的位置。」

37

晚餐後，其他人都離開用餐帳篷回去準備行李。塞西莉知道自己也該這麼做，但她還是繼續閒晃，在餐廳裡喝著她的熱檸檬茶。

查爾斯的一席話讓她受到激勵，但也感到恐懼。她看得出來為什麼查爾斯是正在創造歷史的傳奇人物，他的意志力幾乎帶有某種超自然的力量，她真希望自己能從他身上吸取這種力量。

可是她不認識真正的自己，不知道自己是否有那樣的能力。她的偏執仍然讓她心神不寧，而且無能為力。焦慮像頭野獸在她肚子裡肆虐，她不想讓這頭野獸露齒咆哮，否則她會因恐懼屈服，只能在原地瑟瑟發抖，動彈不得，就像在雪墩山一樣。她目前把這頭野獸控制得很好，但她依然能感覺到牠在角落裡潛伏著。

「親愛的，妳還好嗎？」艾莉絲回到用餐帳篷，她敞開了雙臂。塞西莉走進她的懷抱，讓她用雙手環抱住自己的背，感受她身上的力量。

「我……我不確定自己是不是準備好了。」塞西莉回答。如果她這時開始提到謀殺和陰謀論，艾莉絲一定會認為她瘋了。

「妳已經盡了人事，剩下的就讓山來決定吧。」

「到目前為止，這座山似乎不太歡迎我們。一路上發生了那麼多事，出了那麼多問題。」

「別想這些。只要接下來幾天順利，我們回到加德滿都的時候，就可以去SPA好好享受一下按摩！」

「妳說真的嗎？」

「我是認真的呀！我很高興遇見了妳，塞西莉。妳是一個很棒的人，也是很棒的朋友。」

「我也好高興遇見了妳，妳真是我在這座山上的精神支柱。」

她們再次擁抱。塞西莉嘆了口氣，她得振作起來才行。她終於鼓起勇氣走出帳篷，沒想到迎接她的是晴朗而開闊的天空，上面還掛著滿天星斗。

她刻意多走幾步，遠離他們平常刷牙用的大水缸，找到一個遠離光害、能真正看見夜空的地方。在現實生活中，她幾乎從未祈禱。但在現實生活中，她也不曾真的身處險境。在接下來的旅程中，她即將把自己的生命交給山、交給自己的雙腳，因此她向每位可能存在的神明，每位可能在路上向她伸出援手的神靈、祖先或流星發出祈禱。

請讓我登頂。
請讓我平安歸來。

幾週以來，她在寺院裡曾經歷的那種複雜感受不斷將她拉扯成兩半。她在焦慮和下決心、恐懼和勇敢、留下和離開之間擺盪。但現在她終於定下心了。她是這個團隊的一份子，她留在這裡是為了紀念艾倫和伊莉娜。如果他們真的是慘死於意外，他們並不會希望她因此放棄爬山。但如果他們並非死於意外，而是被某個危險人物奪走性命，那她就更不能離開，因為她可能是山上唯一決心要找到答案的人。

她必須承認她有野心，她也感覺到這份野心在驅使著她。她的野心不僅止於登頂，雖然她能想像自己若沒成功會多麼失望。但若成功了，她也想像得到自己將多麼欣喜、多麼為自己的成就感到驕傲。對於最終的報導，她也是野心勃勃，她希望能寫出山上真正發生的故事，雖然她還不了解故事的全貌，但她感覺自己正在揭開故事的最後一層面紗。

她往上一看，發現獵戶座幾乎就在山頂正上方。她當下明白了自己要去的地方在哪裡。這條路，艾倫和伊莉娜都不再有機會踏上了，她必須為他們前行。

風圍繞著她吹拂，從脖子露出的肌膚和夾克領子間的縫隙灌進了她的身體，繞著她的手腕往上，又吹到了她的腰部下方。一陣寒意沿著她的脊椎往下襲來，她把雙手深深埋進口袋，匆匆回到她的帳篷裡。即使她試著說服自己，這裡很安全，但恐懼依然緊隨著她。

她開始收拾第二天的裝備，然後把自己埋進睡袋。下次回到這裡過夜就會是登頂過後了，她應該趁著還有機會，好好珍惜這一夜——如果她真有辦法樂在其中的話。

馬納斯盧，我要來了。

草稿三

高山上的可疑死亡事件

作者：塞西莉．王

二〇一二年，馬納斯盧發生了一場毀滅性的雪崩，奪走十一條性命。當時有五十多位登山者決定留在山上，繼續向山頂進攻。他們當中有許多人最終抵達了頂峰。死亡在登山運動中是眾所周知的風險，這種風險甚至可以說非常之高。而面對這樣的風險，登山者傾向「保持冷靜，繼續前進」。然而，這樣的態度是應該的嗎？

伊莉娜．帕波娃在舞台上或許是魅力四射的俄羅斯小姐，但只有山上才是讓她感覺最自在的地方。她在三十歲生日之前完成了雪豹挑戰賽，登上前蘇聯境內五座七千公尺的高峰。二〇一四年，她首次登上了她的第一座八千公尺高峰——馬卡魯峰。她在山上總帶著一包包的軟糖，準備送給任何一位疲憊的登山者。

艾倫．福妻拜來自登山高手雲集的夏慕尼。他在家鄉是一位備受尊敬的嚮導，他喜歡追尋冒險，曾在偏遠的喀喇崑崙山上進行多次首登。他也熱愛野外游泳，擁抱與大自然合為一體的生活。他的夢想是在馬納斯盧頂峰留下一面旗幟，紀念他在聖母峰上過世的一位朋友。

這兩位登山者都有足夠的經驗能面對馬納斯盧的挑戰，但他們兩人卻都死於山上較低海拔的位置。由於死亡的風險在登山運動裡是如此廣泛地被人接受，相關的問題便因此遭到忽視。他們的死因被歸咎於困難的地形，但並沒有證據提出，也無人進行調查。

接受故有的風險是否意味著一場謀殺可能在人們視而不見的狀況下發生？畢竟無人監管的山區是一片荒郊野地，是否也剛好會是個完美的殺戮之地？

38

塞西莉緊閉雙眼，停止打字。她沒注意到現在很晚了，她需要睡覺。這些文字在腦中不斷糾纏、啃噬著她，直到把它們寫下，她才看見這些話有多麼荒謬。完美的殺戮之地？她又沒有任何證據。

她有的只是一個被高山症控制的傢伙告訴她的話，還有她內心深處的直覺，以及梗在喉嚨裡的不對勁，和伊莉娜在繩子上扭曲的畫面。

不過，要是她的直覺正確，那麼登頂下山後，她一定會好好調查這件事。現在，她需要先把注意力集中在前方的任務上。

低、低、高、低。

不。

那淒厲的口哨聲再次出現，還伴隨著沉重的腳步。這個人不可能是班，他已經回到加德滿都了。那會是達里歐嗎？或是格蘭特？或是某個她還沒想到，還沒開始懷疑的人？

吹哨人在她帳篷周圍緩緩移動，繞了一圈。

她抓著睡袋邊緣，緊緊地塞到下巴下。她脖子後冷汗直冒，她把手肘緊靠身體，在睡袋裡蜷縮著。

哨音漸漸飄散，離她越來越遠，但她的肩膀依然無法放鬆。

接著，一道陰影打在帳篷入口處，讓帳篷內顯得更加陰暗。

塞西莉再也無法忍受，於是她把筆電推到角落，穿上靴子，從帳篷的置物袋裡一把抓出頭燈。

「別來煩我！」她把帳篷入口的擋板往後一甩，走到外面的黑暗裡大吼。

她的帳篷外站了個男人，他駝著背。

然後他開口：「這不是我的帳篷嗎？」

是格蘭特。他跌跌撞撞地走向塞西莉。

「你弄錯了。」她側身躲開他。「你的帳篷在那裡。」

「裡面還有位置嗎？」他口齒不清地說著，塞西莉被他口中的臭氣熏得連忙倒退。

「你喝醉了……」塞西莉心想或許格蘭特目前防衛心降低，她可以把握機會問他一些問題。

「格蘭特，伊莉娜死的那個早晨，你人在那裡？」

他在頭上擺了擺手，「我在我的帳篷裡……」

「不過你也有可能在天亮前輕易地跟著她下去，然後再回到營地。我聽見她對你說的話，說你是豬哥。那一定很傷人吧！」

他的眼神激動起來，下巴繃緊。「那個賤人活該！她根本瘋了。」

塞西莉的心在胸口怦怦跳，但她必須肯定他說的是什麼意思。「還有在湖邊。你看到艾倫了，對吧？」

「他是個瘋子，拿石頭丟我的無人機……」

「我的天哪。」是格蘭特做的，他就是山上的殺人凶手。塞西莉驚嚇地張大了嘴，突然意識到她現在的處境很不利。她得離開，她得去找道格。

她找到一個能繞開格蘭特的縫隙，於是把握機會，趕快逃開。格蘭特上前阻擋，伸出手往前衝。塞西莉大聲尖叫。格蘭特衝過頭，被一條在雪地裡固定帳篷的繩子絆倒，側身倒在塞西莉的帳篷上，同時把繩子從錨上扯了出來。

「發生什麼事了？」札克從幾公尺外的帳篷立刻衝了出來，第一個抵達。道格也很快地跑了過來。

「沒什麼！我迷路了。我不知道哪個是我的帳篷。」格蘭特從塞西莉的帳篷上滾下來，用力地站了起來。

「你夜夜在我的帳篷外鬼鬼祟祟，」塞西莉說，「我聽見你的聲音了。道格，這就是我一直在說的事。」

「我不過是在登頂前找點樂子，沒什麼大不了的。」

道格盯著他們兩個。

「我不想跟這傢伙共處一個團隊。」她說。「他很危險！他有殺死伊莉娜和艾倫的動機……」

所有人聽見這話都驚呆了，把眼睛轉向格蘭特。他翻了個白眼，用比先前清醒的語氣說：「噢，去你的！不，我才沒有殺人的動機。我是說她活該，但我他媽的沒殺她。妳聽起來就跟伊莉娜一樣瘋了。我一點都不意外，妳根本不是上山的料。如果這裡有危險人物，那個人應該是妳。妳很弱，塞西莉。」他說話的時候，用眼睛掃過塞西莉的身體。她忍不住發顫。他的眼神並不銳利，但塞西莉覺得他一眼就看穿了她。

「夠了，我們走！」道格用頭示意格蘭特離開。

他憤怒地跺腳離去，看也不看塞西莉一眼。

「真是個混蛋！」札克走向前說：「別聽他的。妳還好嗎？」

「我還好。」她用手臂環繞自己的身體。

「妳該不會真的認為——」

格蘭特帳篷裡又傳來一陣口角。道格大吼：「搞什麼鬼？」他從裡面拖出一個袋子，裡面的瓶子叮咚作響。「我們說過了，祈福法會後不准喝酒。」

「我只是喝了幾杯啤酒。攻頂前放鬆一下，沒什麼大不了。」

「沒什麼大不了。」道格重複他的話，從袋子裡拿出一瓶接著一瓶的威士忌酒瓶。

格蘭特的臉色瞬間蒼白。「那些不是我的。」

道格搖頭。「格蘭特，收拾行李，明天一早你就下山。」

塞西莉聽見她背後所有人倒抽一口氣。曼尼斯營地每個人都看著格蘭特和道格，艾莉絲和雪巴們也都在場。

就連查爾斯也走出了帳篷，看著他們兩個。

「什麼？你在開玩笑吧！不過是喝了幾杯就得下山？我說過了，那些酒瓶不是我的，我不可能自己喝那麼多。這太誇張了。查爾斯？告訴他，他不能把我踢出隊伍。」

「你不用看他，看我。」道格說。「我才是隊長，查爾斯不是。明瑪，明天早上，確定讓格蘭特離開我們的營地。」

「好的，道格。」

「那我們的電影怎麼辦？」格蘭特怒視，把他所有的問題和情緒都轉向查爾斯。

查爾斯雙手交叉放在胸前，穩穩地站著。「道格怎麼說，就怎麼處理。」聽到他這麼說，塞西莉鬆了一口氣。

「不，」格蘭特說，「你很清楚你為什麼需要我在這個團隊裡。」

查爾斯朝著格蘭特走了幾步，格蘭特退後。「我想，我們應該已經解決這個問題了，對吧？在把我逼瘋之前，我建議你先收拾好你自己的東西。」

「你不能這樣對我！」他指著查爾斯，讓聲音大到所有隊員都聽見。「這傢伙是個騙子。那些他引以為傲的救援行動？全都是造假！我用攝影機拍下來了。」格蘭特說，對著查爾斯用力比劃。

「真的嗎？那放給我們看吧！」查爾斯冷冰冰地說。「來啊，我們等你，我沒什麼好隱瞞的。」

格蘭特握緊了拳頭，「我沒辦法，那女人在二號營把我的硬碟毀了。」

道格上前，「你知道嗎？我不打算接受你在這裡散布毫無根據的指控。我認為你不該再多留一晚，你現在就得下薩馬崗，明瑪會帶你下去。」

「別碰我！」格蘭特說，他的手臂甩開明瑪。「這一切都是查爾斯他媽的把戲，對吧！我敢說是你派那女人來摧毀我的檔案。你們全是一夥的！」他指向道格、隊員和雪巴。他拿起包包就離開營地，大步走了。

塞西莉鬆了口氣，但格蘭特的指控卻在她腦海裡盤旋。她試著說服自己，格蘭特是個暴力且情緒不穩的人，他是個酒鬼、騙子，他會把責任推到任何一個他覺得能推的地方，只要能把注意力從他身上轉開就行。

札克給她一個擁抱。「他現在走了，妳不需要再擔心了。」同時，格爾登也幫她把倒塌的帳篷重新搭好。至少她現在可以安穩地睡覺，明天就可以開始攻頂，不用再時時提防格蘭特。

她一打開帳篷的前廊，就驚叫了一聲。

「查爾斯！我的天哪，你嚇死我了。」她忽然意識到他在那裡做什麼。她問：「你在幹嘛？」

他正看著塞西莉的筆電螢幕。「我本來是要拿東西給妳，但……妳寫的這是什麼？」

她蹲下來，想拿走她的筆電，但查爾斯移動了身體，筆電也跟著滑到更遠的地方，她拿不到。她的呼吸急促了起來，耳朵嗡嗡作響。她的文字就是她的全世界，而筆電承載著她世界裡所有的一切。

她從來沒想過要讓任何人讀她寫的東西，至少現在還不是時候。這些是她的草稿，是不加修飾、未經思慮的想法。她口乾舌燥到幾乎說不出話來，「這只是尚未完稿的……」

查爾斯皺眉。「……採訪文章？」

「我的文章。」她說著，一把拿走筆電，查爾斯這次沒有阻止她。她喀嚓一聲闔上筆電。「我只是寫下我看到的東西。」

「『殺戮之地』？」

「你知道我很擔心。身為記者，我有責任記錄我的所見所聞。再說，我也很高興我這麼做。綜觀所有的一切，我認為班說的是實話。他很害怕。他看到殺死伊莉娜的人之後，就開始擔心自己的性命。今晚發生的一切讓我比以往更加確定，那個人就是格蘭特。他從一開始就在營地周圍閒晃，我實在不懂他怎麼這麼有自信。我那晚聽到伊莉娜拒絕了他的要求，而且艾倫死的時候，他也在湖邊。今晚，他找上我了。」她停頓了一會兒，腦子裡閃過各種可能性，「我不知道他幫你拍片的動機是什麼，但他絕對心懷不軌。他今晚說了什麼了……你的救援是假造的？」

「他根本不知道自己在說什麼。他顯然認為自己手上有我的把柄，但我看不出來他怎麼會這樣以為。」

「他說的當然不是真的，所以艾倫和伊莉娜……」

查爾斯歎了口氣，把頭往後仰，他的頭燈也跟著照亮帳篷頂。「我擔心的就是這個。」

塞西莉停下她一連串的思緒，「這是什麼意思？」

「我擔心的是妳。道格告訴我，妳有高山症妄想的跡象。」

「什麼？不！才不是那樣。」

「我們談過這件事了。」他指著她緊抱在胸口的筆電，「發生在那些人身上的是意外事件。我同意，格蘭特不是什麼好人，但妳寫的這些太瘋狂了。」

她吞下了口水，看著查爾斯坐在她的睡袋上，周圍滿是她的物品，帳篷裡面完全被他占領了。「為什麼你在我帳篷裡，查爾斯？」她用平靜的語氣再次問他。

他舉起一本用皮繩綁住的筆記本。「我原本想把這個留給妳的。這是我之前登山探險的筆記，我想或許能對妳的文章有所幫助……我很抱歉，塞西莉，或許這一切對妳來說負擔太大了。」他的語氣很溫和，接著把筆記本放回外套的口袋。「外在的事件、人物、衝突和陰謀都會使人分心，這些事會讓人在這種地方失敗。如果要在高海拔地區完成任務，妳必須有更高層次的心態，要完全專注。妳必須要抵擋每天生活中的瑣事，因為山上的事總會比這些瑣事更大，也更迫切。山上的事攸關生死，還有比這更重要的嗎？」

塞西莉搖頭。「我關心的也是攸關生死的事。如果伊莉娜死了，而她的死並非意外，那這就是重要的故事，不是芝麻瑣碎的小事。」

「那麼妳就不是我以為適合寫我專訪的那個人了。」他爬出帳篷，在入口停了下來。查爾斯看塞西莉的眼神讓她的心一沉，那感覺像是……遺憾、失望。她似乎讓他期待落空了。

「如果我登頂了，你還是會讓我採訪，對吧？」

他眨眨眼。他頭燈直射塞西莉的眼，但塞西莉仍看出查爾斯臉上柔和的表情。「當然，如果妳登頂的話，我會讓妳採訪。不過給妳一個建議：放下這一切，不然妳不會成功的。」

39

當塞西莉醒來的時候，營地裡還是一片安靜。當她收拾好電子設備前往 Wi-Fi 山時，太陽高高掛在天空上。塞西莉希望最終能成功把部落格文章寄給蜜雪兒，也讓她知道接下來幾天她會在攻頂的路上，無法聯絡。另外，她還需要發個簡訊給瑞秋。

內疚吞噬了她，她原本答應要保持聯絡，但是卻一直被基地營的各種事件纏住，以至於完全沒有想起自己最好的朋友。在這座自成宇宙的山上，她很難記起家鄉的生活是什麼模樣。她想像瑞秋在每天上下班的路上，塞在擁擠的地鐵上，拿著外帶咖啡和三明治。塞西莉頓時覺得那樣的生活離她好遠，雖然不到一個月前，她自己就是這樣活著。

Wi-Fi 山空無一人。她坐在一張露營椅上，打開了她的筆電。

「連上線了嗎？」

她抬頭，看見達里歐戴著極限巔峰的毛線帽緩緩走近。塞西莉搖搖頭，在座位上挪動了一下，忽然意識到現在只有她自己和這位嚮導在一起。雖然她很確定格蘭特是凶手，但腦中還是存有一絲懷疑。

「真是太令人沮喪了，好幾天都是這樣。」達里歐喃喃自語。「我從來沒遇過這麼糟的狀況。我今天得下薩馬崗，把天氣預報帶回來，甚至連我的衛星設備也無法正常運作。」

「札克也這麼說。怎麼會這樣？你們有發現干擾器嗎？」

達里歐搖搖頭。「我沒發現他說的那種機器，這個狀況很不尋常。」

「好吧，那我們團隊倒是很幸運。道格手上有天氣預報，所以我們今天要上山。」

塞西莉眼前的這位極限巔峰隊的嚮導瞬間呆住，猛地將頭向後仰。「認真的嗎？你們今天要開始攻頂？不，不會吧。」

「道格和明瑪昨晚宣布的。」塞西莉咬著拇指指甲邊緣，達里歐的反應讓她感到不安。

「而且你們昨晚才發生了那些事……」

「你聽說啦？」

「這地方不大。」他抬頭看著天空，還是不斷搖頭。「我不確定道格的預報是怎麼說的，但我認為我們至少需要再等個幾天，甚至等一週會更好。」

空氣中的壓力似乎升高了，氣氛感覺有些緊張。塞西莉心想，或許她的焦慮感又發作了。「總之，我很高興在這裡遇見你。關於伊莉娜——」

「塞西莉？」

道格在距離他們只有幾步的地方停了下來，他把手掌握成了拳頭。

「記得，妳要時時提防，不要落單。」達里歐輕聲地告訴她這最後幾句話。塞西莉離開座位，走向她的登山隊長。

道格雙手在胸前交叉。「離攻頂的時間很近了，我們不該跟其他隊的人打交道。錯誤消息往往就是這樣散播開來的。」

塞西莉嚥下口水。「我只是想看看家人最近有沒有傳簡訊給我，然後他就出現了……不過現在還是沒有網路訊號。」

「妳必須把團隊擺在第一位。」

「我知道，可是達里歐說他已經一段時間都無法收到天氣預報，他得下薩馬崗去。他不認為現在的天氣適合攻頂。」

道格抿了抿嘴。「妳自己看看。」他把手機遞給塞西莉，螢幕上是天氣預報的截圖，接下來幾天都是陽光普照，風速低，山頂天氣負二十度，看起來就是他們在等待的完美時機。她的臉頰漲紅。「滿意了嗎？還是妳想留在這裡？」

「不，我不是那個意思，只是……」

道格停下了腳步，塞西莉也停住了，她覺得自己像是受責備的孩子。「團隊裡最弱的成員代表了這整個團隊的強度。」

「我懂。我在這裡，我很專注。」

「很好。」

她點頭。儘管在團隊裡，她並不信任每個人，但她知道道格在登山規劃上不可能拖累查爾斯，所以她必須相信道格的天氣預報……只要她和格爾登一組，而且按照達里歐提示的不要落單，那麼這個險值得一冒。

更何況，這篇報導已經進行到一半了，她想要把它完成。

「團員們正在吃早餐。妳應該加入他們，妳需要吃早餐。」

❖ ❖ ❖

塞西莉狼吞虎嚥地吃下培根和蛋，她知道這將是這段時間內最後一次吃到像樣的正餐了。吃飽後，她把背包從帳篷裡拿出來。每個人都在準備出發，空氣中洋溢著興奮的情緒。艾莉絲在跟芬巴聊天，討論安全吊帶的設置和她帶的食物。

札克在用餐帳篷外徘徊，塞西莉過去給了他一個短暫的擁抱。她可以感覺到札克也很緊張，每個人都對攻頂充滿期待。

明瑪用手勢示意他們，如果想要的話可以先出發。他們經過祈福法會現場時，塞西莉聞到一縷松樹枝焚燒後留下的氣息。她停下來，深吸一口氣，然後把手伸進一個小銅碗裡，拾起一把米向空揮灑，最後一次祈求在山上出入平安。經幡在他們頭上隨著微風飄揚。

這個完美的早晨正適合上山。

查爾斯也準備出發，他的背包比身體高出許多。他身上背著在山上獨自生存所需要的一切用品：帳篷、烹飪器具、羽絨衣和繩子，不過他依然行動自如，似乎一點都不受重量影響，看起來輕而易舉。

在如此不利生存的環境裡，查爾斯卻這麼如魚得水，這到底是什麼樣的境界？在生死相隔一線的登山路上，其他人如履薄冰，查爾斯卻大刀闊斧地邁開步伐。塞西莉試著想像自己經歷一場可怕的雪崩，身旁的夥伴皆已喪命，而她成為唯一的倖存者，那會是什麼樣的感受？這些都是她優先想問查爾斯的問題。她想好好了解他，畢竟他是如此異於常人。

異於常人……他完美的不像真人。達里歐質疑他使用架繩，格蘭特說他的救援行動造假……查爾斯為自己創造的神話故事都是真的嗎？還是她已被身邊的人影響而蒙蔽了雙眼？畢竟詹姆斯是如此崇拜這位英雄人物，雪巴們對他似乎也頗為敬重，道格對查爾斯的忠誠更是堅定不移。把她帶來這裡的人雖然是查爾斯，但蜜雪兒才是付錢給她的人（如果她最後交出一篇值得他們花錢的文章），而她有責任讓她的讀者看到真實的故事。

查爾斯令人信服，充滿魅力，但是也複雜、難以相處。她需要和查爾斯對話，了解他背後的動機，深入他的過往，才能徹底掌握她已經開始動筆寫作的每個故事。

她的目標是在事實的基礎上寫出令人信服的報導。她每往上走一步，就更加明白，唯一能找出事實的地方就在這座山上。

40

前往一號營的路上，陽光普照。塞西莉脫下防水外套，把美麗諾羊毛內衣的袖子拉到手肘，在前臂上抹了一點防曬油。

她現在已經適應了海拔高度，走起來比先前輕鬆，身體也感覺強壯許多。她自信地在架繩上重複扣上和打開扣環，自信地跨越小型的冰隙。然而，這一切仍相當耗費心神，她得集中注意力，才能完成當下的任務。

鋁梯的一陣晃動再次提醒她回過神來。

她一不小心就陷了沉思，想著查爾斯若不使用架繩隊設置的梯子要如何跨越冰隙。忽然間，她覺得查爾斯不太可能完全沒作弊。

她稍不留神，腳就踩錯了位置，沒有把鞋子前後的冰爪踩在鋁梯橫樑間，反而踩到鋁梯的邊緣，因此一個不小心重重跪倒在地，導致整個梯子在冰上劇烈晃動。

金屬鏗鏘的聲響傳入她耳裡，她的手指緊握著梯子冰冷的邊緣，咬緊牙根，嘗試慢慢地重新站起來。

直到她安全抵達對岸，她才又開始大口呼吸。

只要一剎那。只要一點小閃失。

就足以讓人致命。

接下來的路程中，她把所有讓她分神的事都推到一旁。

踏上一號營地時，她發現那裡的景觀和上次有如天壤之別。先前整個營地都籠罩在雲霧之中，如今卻是晴空一片，萬里無雲，環繞她四周的全是聳入雲霄的山峰，層巒疊嶂，西藏廣闊的平原在遠處開展。他們在這裡的高度已經能直視其他山峰的頂端，放眼望去，全是參差不齊的世界屋脊。

事實證明，道格的天氣預報是準確的。天氣很穩定，只是他們周圍的登山隊並不多，而且那些隊伍似乎都在往山下走。

她轉向一路跟在她後面的札克問：「你看過這樣的景色嗎？」

但她很驚訝地發現札克低著頭，駝著肩膀，幾乎抬不動他的腳。他們一路上都沒說什麼話，塞西莉以為那是因為他們都集中精力在面對眼前的任務。海拔高度對札克的影響看來比她以為的還大。她抓著札克的手，把他帶到他的帳篷，並倒了一杯茶，讓他恢復精神。他咕噥地說了聲謝謝，就消失在帳篷裡了。

塞西莉把背包丟到她和艾莉絲的帳篷裡，然後從包包裡挖出相機。她帶著相機走到營地邊緣，再次駐足欣賞這片美景。她閉上眼，吸了一口稀薄的空氣，然後再次睜開眼，試著記住眼前畫面。這個畫面將會一輩子存留在她的記憶裡。

然後她拿出了相機。

隨著太陽落下，天空的顏色也開始轉變，明亮的橘色和紅色條紋在她頭上展開，遠方的山頂也多了幾朵雲彩。但這裡的空氣依然清晰，她可以像這樣整天看著天空。

她在營地外圍探索，盡可能從更多不同角度拍下照片，確保她留下的這些鏡頭能呼應札克答應要給她的那些相片。她看見幾個空蕩蕩的帳篷，帳篷的主人是那些決定留在基地營的隊伍。風吹過這些幽靈帳篷的塑膠表面，發出的聲響宛如詭異陰森的交響樂。

她的靴子踩過雪地堅硬的表層沙沙作響，在雪地裡開出了一條道路。偶爾靴子陷進雪裡時，她的心跳會停止片刻，想著：萬一她邁出的下一步踩在不穩的雪簷上，隨時可能崩塌，那會怎麼樣？

她打了個寒顫，刻意避開雪地外圍。

儘管如此，她還是覺得自己以某種微不足道的方式，在山上留下了自己的印記，短暫地假裝自己正在進行阿爾卑斯式攀登。

她爬上一小塊岩石，看著他們明天要走的路徑，試著想像自己像今天一樣堅強地走在那條路上。

接著，她看到的景象將她措手不及地拉回現實。

她看見一座帳篷，深藍色點綴的紅色帳篷。

帳篷在山頭另一邊的一座小高原上，和她所站之處隔著一道深谷。她不可能過去那裡。於是她等著，看帳篷的主人是否會現身。

她顫抖著縮進外套裡。

天色暗得很快，她想起自己沒帶頭燈，因此緊張了起來。她必須趕回去，否則她可能會迷路，墜入死亡之谷，沒有人找得到她。

她不情願地沿著自己的腳印往回走，直到看見曼尼斯登山隊的旗幟，她才放下心來，躲回自己的帳篷。

「啊，妳回來了！我才在擔心妳呢。」艾莉絲靠過來握住她的手。「怎麼了？妳看起來像見到鬼了！」

「我不知道……我剛才看到一座帳篷。那是單獨的一座帳篷，在冰隙的另一邊，和一號營的其他帳篷分開。」

「喔？」

「那很像我在基地營看過的一座帳篷，我一直以為那是班的——」

「妳是說那個偷走大家錢的人嗎？但是他已經回到加德滿都了。」

「對啊，那會是誰的帳篷呢？」

「會不會是查爾斯的？」

「我有想過。但我第一次看到那座帳篷的時候，查爾斯並不在山上。」

艾莉絲聳了聳肩說：「那就一定是其他人的了。」

沒過多久，格爾登在她們帳篷的門簾上「敲門」，手裡拿著一碗蓋著的炒飯。塞西莉打開蓋子，碗裡的飯還熱氣騰騰。

她吃飯的時候，格爾登爬進了她們的帳篷，負責陪伴艾莉絲的芬巴很快也帶著食物進來。道格隨後到了。最後帳篷總共裡擠了五個人

「妳們還好嗎？」道格問。

「很棒！」艾莉絲高興地說。

「很高興聽到妳這麼說。那塞西莉呢？」

「一號營地任務完成，接下來還剩三個。」她回答，一邊勉強自己大笑。但她其實無法擺脫再次看到那座帳篷的不安，不知道那到底誰？

「可惜，我們的計畫又變了。由於適合登頂的氣候無法持續，而且我們不想在山上待太久，所以明天會跳過二號營，不像平常一樣在那裡過夜，而是直接到三號營，在那裡過一夜，然後再上到四號營短暫休息，在午夜開始攻頂，這樣我們就能在三天內回到基地營。妳

們覺得這個計畫如何？」

「我覺得很好，」艾莉絲說，「這樣我就不會在缺氧的狀況下休息不足或走太久。」

塞西莉咬著指甲邊緣，已經開始對明天的路程感到緊張。明天他們會再次回到斷頭台，她還記得那個地方讓她多麼精疲力竭。而伊莉娜的死，讓那裡又籠罩著另一層陰影。

新的計畫代表她得連續多走幾個小時，才能到達三號營地。

三號營一直讓她感到害怕。他們將在深夜疲憊地抵達，到時可能天色很暗。她覺得喉嚨很乾，舔了舔乾裂的嘴唇。「三號營不是很危險嗎？那裡就是……發生過雪崩的地方？」

「我們的營地和雪崩地點不同。」道格說。「我也無法百分之百保證那裡安全，但這就是攀登馬納斯盧需要承受的風險。」

塞西莉遲疑了一下，她似乎也沒有其他選擇。「我相信你。」

接著，她聽到一聲大叫。

她似乎認得這個人的聲音，她感覺血液瞬間凝結了。

「那是什麼聲音？」艾莉絲問。

道格往帳篷入口處移動，「我去看看。」

塞西莉想知道是誰在大叫，她希望自己猜錯了。她放下飯碗，匆忙地穿上靴子。

「塞西莉，迪迪！等等，妳得吃飯！」格爾登試著阻止她，但她無法錯過發生的事。她衝到外面，天空已半黑，她摸索著打開頭燈。

道格站在她前面，擋住了視線。她聽見更多喊叫，心也隨之一沉。最後，道格終於移動位置，她頭燈上的光正好就落在這位引起騷動的主角身上。格蘭特。

他叫得滿臉通紅。看來是他帶著相機在他們營地四周鬼鬼祟祟，被人抓到了。藤新抓著他的手臂，但他用力甩開。

「你以為你自己在幹嘛？」道格的肩膀繃緊，手指抽動。塞西莉心想，道格看到格蘭特似乎也很驚訝。「我告訴過你，離開這座山。」他大吼。

「聽著，夥伴！我在卓奧友峰的影像被毀了，你又把我趕出隊伍，我總得想辦法賺錢。極限巔峰隊還有一個名額，他們就邀請我加入了。我會拍到查爾斯造假的鏡頭的，我敢說很多公司都會對這個故事非常感興趣。」

「你到底為什麼不放過我們？」塞西莉問。

「塞西莉，妳在這裡等著當查爾斯的下一個拯救對象嗎？像妳這種人就是因為這種原因才會被邀請來加入隊伍。」

「達里歐。」道格喊道。塞西莉沒有發現這位登山隊長就站在格蘭特身後。「你給了他一個位置？」

「對啊，我們看到他帶著身上所有裝備經過我們的帳篷，就邀請他進我們的隊伍。」

「你們原訂下週才要攻頂的。」

「是沒錯，但塞西莉告訴我，你們打算今天開始……既然我們收不到網路訊號，我想我們該跟你們一起上來。」

「達里歐——你該把他趕下山的，他很危險。」塞西莉認真地說。「伊莉娜的死可能和他有關。」

「回妳的帳篷去。」道格轉向塞西莉，打斷她的話。「我會處理這件事。」

「可是——」

「我說，回妳的帳篷！還是妳想下山？」

道格的話在山上就是法律。反正這件事她也知道得夠多了，她注意到達里歐臉上表情的變化，心想或許他會聽進她的話，把格蘭特送下山。她跺著腳走回帳篷。

「格蘭特加入了另一個隊伍？」她一進帳篷，艾莉絲就問她。

「極限巔峰隊。天哪！我真的很討厭他在這裡！說真的，我才開始覺得安全，他就出現了。」

艾莉絲握住她的手。「妳跟我們在一起很安全。格蘭特這個人確實無法掌控，但他會待在他的隊伍裡，我們也會待在我們的隊伍裡。一切都會順利的。」

然後她們躺進睡袋裡。明天的起床時間是五點，他們將展開漫長的一天，走向三號營。

塞西莉雖然身體想睡，但腦袋卻停不下來，一直想著在附近紮營的神祕人物，還有格蘭特和她只相隔幾座帳篷……

要睡著可沒那麼簡單。

41

第二天早上，塞西莉盡可能在帳篷裡拖延時間，直到確定格蘭特已經和極限巔峰隊離開，她才出來。

由於天氣更好了，因此前往二號營的路比先前順暢許多。但是隨著他們越來越靠近斷頭台，塞西莉的恐懼感也越來越強烈。她會不會在那裡看見伊莉娜被繩子纏住的身體，還有她發青的臉色和痛苦而猙獰的表情？

格爾登拍拍她的肩膀，指著山上一條小徑。她停下來一看，驚訝得張大了嘴。

那是查爾斯。這是她第一次看見他攀爬。他們走在固定架繩的路線上，大部分時間都看不到查爾斯的身影。她現在才看到查爾斯在冰瀑上開拓自己的道路，大顯身手，破解迂迴的地形。

「他是怎麼辦到的？」塞西莉問。

「什麼意思？」格爾登回答。

塞西莉腦海中閃過幾百萬個疑問。她停下來想了想，決定提出那個她最百思不得其解的困惑。「像是冰隙。他要怎麼在沒有梯子的狀況下跨越？」

格爾登大笑。「沒有梯子非常困難！他通常需要繞路。如果找不到比較容易跨越的路線，登山者經常會被過寬的冰隙擋住去路，他可能要耗費更長的時間。但阿爾卑斯式攀登不代表不能使用任何繩索，只不過他必須自行背負和架設。大多數障礙透過自行架繩都可以解決的。」

查爾斯彷彿是外星生物，擁有絕佳的技能和超自然的山地識讀能力。他在陡得駭人的雪簷上平穩移動，冰斧在手中運用自如，像是他身體的一部分。塞西莉以為查爾斯會霸氣地將這座山踩在腳下，但他的動作卻很優雅。

此外，他移動得很快。當其他人還卡在隊伍裡，等著排隊上山，他已靈巧地在山上自由移動。他的每個動作都穩固地像是在拉著繩子往上，但塞西莉此刻可以清楚地看見，查爾斯手中並無任何架繩。他的身影很快消失在他們的視線裡，沒入大片冰雪之中。

他們靠近斷頭台的時候，塞西莉意外發現自己沒有特別的感覺。那個地方現在看起來不太一樣了。登山者不斷地來回踩踏，使原本陡峭的坡度變得更加和緩，上面的台階看起來更明顯，高度也更容易控制了。伊莉娜死亡的路段已經被封閉，降繩被挪開，懸掛到另外一處。

塞西莉從底下看著這道冰牆，吞了吞口水。她原本預期自己會擔心這裡很難爬，但這種焦慮感並沒有出現。清晰的台階讓她這次更容易把自己的身體往上拉，不過也由於難度降低，讓她的思緒更容易飄向他方。

這就是伊莉娜嚥下最後一口氣的地方嗎？

她當時有多害怕？

她是不是先被人用繩子纏住脖子，然後才被推下去，在驚恐中孤單地死去？

塞西莉把上升器繫到紅黑交錯的架繩上。她注意到繩子上的暗紅，正如血液的顏色。她腦海中的尖叫聲越來越大，她努力地克制自己。這樣的恐懼反而刺激了她的腎上腺素爆發，在塞西莉還沒意識過來之前，就已經爬到了冰牆頂端。這是她第二次通過這座山最難的路段。

過了這裡，路上的威脅就剩下那兩座冰峰：跳舞的大熊和女巫的高帽。他們是山上冰冷的藍色哨兵，站在那裡守護著冰牆。經過時，塞西莉低頭向伊莉娜致意，然後繼續往前，不想多做停留。

他們在二號營停下來午餐，補充水分。艾莉絲站直了身體，雙手插腰。這次她很安靜，臉上沒有任何笑容。她在為更高的海拔保留體力。札克則躺在他的背包上。當道格宣布休息結束時，他沉重地嘆了一口氣。明瑪遞給他一罐可樂。

「他還好嗎？」塞西莉小聲地問格爾登。

「海拔高度的影響。」他聳聳肩回答。

「可是他以前也去過這麼高的地方。除了我們高度適應那次訓練之外，他也去過德納利山……」

「即使有經驗，有時候也還是會遇到。」

塞西莉猶豫自己是否該過去給札克一點鼓勵，但又不想讓他的掙扎成為焦點。札克注意到塞西莉在看他，晃著手向她豎起大拇指，朝她的方向舉起可樂。塞西莉向札克點頭。她稍微放下心，繼續啟程。她確信如果札克真的走不下去，藤新會帶他下山的。

過了二號營後，塞西莉踏上了嶄新的境界。她現在比先前高度適應時爬得更高，飄落的大雪迫使她把防水外衣穿上，天氣此時也明顯變得更冷了。她的羽絨服埋在背包裡，需要等到三號營才能換上，現在唯一的禦寒方法就是繼續移動。

雪下得越來越大，整個隊伍再度分散開來。她發現身旁只剩下格爾登。

她忙著集中精神走路，確保自己一路上都有安全地扣上架繩，因此幾乎沒時間抬頭注意身旁的環境。然而，這種經歷何時還會再有呢？

她停下來休息，利用這個機會環顧周圍的環境。大雪遮蔽了他們的視線，但馬納斯盧處處充滿驚奇。巨大的冰峰像沉睡的巨人，詭異的身影在雪中如魅影般忽明忽暗，若隱若現。

塞西莉走過冰瀑，注意到雪堆上嵌著一塊亮橘色的碎片。那是在先前的雪崩中從營地被沖下、掩埋的帳篷，帳篷桿從冰上突起。這樣的殘骸在塞西莉心裡激起一陣恐懼。

格爾登輕推她一下。「來吧，塞西莉。我們得繼續前進，最好不要停留太久。」

她問，目不轉睛地看著那堆殘骸：「那個帳篷是誰的？」

「我不知道，迪迪。」

「他們死了嗎？」

格爾登沒有回答，但她其實也不想聽到他說出答案，以免影響她的決心。她強迫自己向前看，邁出下一步。

雪花落在她的睫毛上，但天色太暗了，不適合戴太陽眼鏡，而且她的護目鏡也埋在背包下面。她用手套擦了把臉，把注意力集中在當下的任務。眼前的另一堵冰牆雖然沒有斷頭台那麼大，但也令人望之生畏。

她在被雪覆蓋的架繩上，把上升器往上推，向上走幾步。她也把冰斧鑿入頭頂的牆面，用力拉，另一手同時推著上升器。

但接下來發生的事完全在她的預料之外。

她的上升器滑落，導致她失去重心，從斜坡上翻滾下來。

幸好安全線在繩子的錨點抓住了她，但由於力量過猛，因此她鬆開了冰斧。

「塞西莉，妳還好嗎？」

她看見冰斧從牆上掉落，大叫：「格爾登，小心！」並用手臂遮住頭。

一陣風呼嘯過她的臉頰，接著聽到一聲悶響。

42

格爾登呻吟了一聲。

「你還好嗎？」塞西莉問。

他抓著肩膀，塞西莉的冰斧就落在附近幾公尺。「我沒事，手臂被打到了。」

「對不起，格爾登。」

「發生了什麼事？」

「我不知道。我的上升器……」

她穩住重心後，把上升器從繩子上滑下、解開，拿給格爾登。格爾登一把它翻過來，發現裡面完全被冰雪塞住了。

塞西莉伸手去拿冰斧。格爾登拿起他的登山扣，用尾端敲打著上升器，大塊冰雪隨即從金屬倒齒中落下。「妳可能得持續這麼做。記得在攀爬前確保上升器有和繩子咬合，好嗎？我們或許可以先把冰斧收起來，妳應該不需要冰斧就爬得上去。」

塞西莉點頭。她覺得非常愧疚，因為她可能會因此害格爾登嚴重受傷。格爾登用沒傷到的那隻手把冰斧綁到塞西莉背包上，要她再重新挑戰這道牆。這道牆雖然比她今天爬過的幾道都來得小，但她現在比先前累，而且上升器剛才的意外也讓她覺得緊張。

沒有了冰斧，她更需要使用雙手。她真希望自己以前有多在攀岩牆上練習。無論如何，她還是成功地把自己拉上去了。雖然上升器又打滑了幾次，但她現在知道問題在哪，因此沒有把全身的重量放在上升器，所以她能在不對自己或格爾登造成傷害的情況下固定住位置。

儘管如此，整個過程還是相當耗力。到達冰牆頂端的時候，她累到幾乎視線模糊。她回頭看，格爾登行動自如，受傷的手臂似乎沒有造成影響。剛才的意外真是千鈞一髮，只差一步就可能造成更嚴重的後果。這次他們很幸運。

二號營到三號營之間的路途充滿高低起伏。有時他們走在兩道冰牆間的低谷，感覺整座山上只剩下她和格爾登兩人，他們像螞蟻掠過結冰的池塘，只希望表面的薄冰不會裂開。除了安全扣持續開合的聲音之外，其他聲音都被大雪蓋住了。這座山在灰暗的天空下屏息以待。山上有某種巨大的力量正在沉睡，他們希望不要喚醒這份力量。

在這條路上，每走過一個高點都像是經歷了一次小型登頂，但是在登頂過後，下一座山峰又馬上出現。整趟路程感覺單調而無止境。她每往上走一步，空氣中的含氧量就往下降，因此她的呼吸越來越費力，脈搏也越跳越快。

幾個小時後，他們停下來休息。格爾登遞了一片蘋果給她，但是她的胃翻騰不已。

她把頭埋進手裡：「我快不行了。」

「迪迪，妳表現得很好。」他那獨有的雪巴語調溫柔得幾乎讓人抓狂。「我們已經離目的地不遠了。妳很堅強，我們走得很快。」

「我們走得很快嗎？」

他喝了一口茶，然後遞給塞西莉。她揚起下巴，凝望著山。

扭曲的冰柱在他們上方升起，有如希臘神殿的廢墟。他們坐在一座巨型冰峰的正對面，有一小塊碎冰從裂縫深處探出，顏色是典型的冰河藍。那樣的藍色如此誘人，比他們周圍陰暗的灰色明亮許多。塞西莉幾乎想要走進冰塊的縫隙碰觸那個顏色，彷彿可以藉此通往另一個世界。

或許她的腦袋已有點缺氧，因此逐漸失去對現實世界的掌控。他們現在的高度已經遠高於六千公尺，接下來兩天，還會再往上一千多公尺。

格爾登無需開口，只是歪頭示意，塞西莉就知道他們得繼續移動了。她站起來舒展身體。由於氣溫繼續降低，塞西莉穿上羽絨外套，他們兩個都再加上了最後一層外衣。

*目的地不遠了，不遠了。*塞西莉專注在這幾個字帶給她的承諾。她的力氣已消耗殆盡，於是重新開始計算自己的步伐。只要向前走十步，她就能休息一下。走十步，休息。走十步，休息。不遠了，不遠了。不遠，不遠，不遠。重複到最後，這幾個字也失去了意義。

就在她認為自己再也無法走出下一步時，她把視線從自己的腳上挪開，抬頭往上。她看見了一簇黃色的帳篷被半埋在新雪中，但她已疲憊到無法欣賞這令人欣喜的景象。她的嘴唇乾裂，手指也在手套中凍僵了。

格爾登把她帶去她的帳篷，她一頭栽了進去。

這時候，她的每個動作都比平常慢兩三倍。從腦部發出的訊號，四肢接收得非常緩慢。即使她很清楚知道自己現在應該盡快脫下外衣、穿上羽絨服，她還是得把每個步驟都想一遍：拉開羽絨服的拉鍊，移動手臂，然後移動另外一隻手臂。她的身體在每個環節都抗拒著大腦的指令，不想穿上舒服的羽絨服，只想舒適地穿著現在的衣服，然後縮進睡袋裡，一動也不動地躺著。

最後，她終於把所有外衣脫下，只剩保暖衣在身上。她發抖著從束口袋裡拿出全新的亮橘色羽絨服。要是她的腦袋清醒，她就會先把羽絨服拿出來，再開始脫衣服。她的體溫正急速下降，幾乎連拿出羽絨服的力氣都沒有。

把東西準備好了後，她深吸一口氣，讓身體準備好再次移動。

她先套上羽絨套裝的褲管，然後再把衣服往上拉到臀部和肩膀。她再次深呼吸。她的身體在高海拔影響下感到極度不適。

她眨了好幾次眼，然後把羽絨套裝的拉鍊從下往上一路拉到下巴。穿上這套服裝就像被包在羽絨被裡，她完全不想再脫下，也不想再動。接著她聽見外面有個聲音。「哈囉，塞西莉。妳要喝點熱的嗎？」

「我要。格爾登──等等。」她看了手錶一眼，發現自己竟然花了二十分鐘才穿上羽絨服。怎麼會這樣？

她翻了個身，爬到帳篷前，拿起甜辣又帶點胡椒味的香料奶茶。喝下之後，溫暖傳遍她的身體，她覺得自己又恢復正常了。現在終於能走到外面，好好看看周圍的環境。

這裡的景色很壯觀，但也很嚇人。一道佈滿橫紋的冰牆在他們後方不祥地往上攀升，巨大的冰塊掛在上方，好像洞穴裡的蝙蝠。他們前方則是陡峭的斷崖。三號營的帳篷比下面的營地少了很多。

塞西莉很慶幸他們改變了紮營地點，這樣就不會直接睡在前人的葬身之處。在聖母峰，途中行經冰凍的屍體幾乎已成了登山過程的一部分。馬納斯盧雖然不像聖母峰，但塞西莉也已經遇見一具屍體，她只希望那是她在這趟旅途中看到的最後一具屍體。

她吞了吞口水，感覺自己的焦慮再次升起。

她走到更遠的地方拍照。「不要走到超過妳現在位置太遠的地方。」格爾登喊道，警告的語氣很平靜，卻讓塞西莉更加不安。

當她沿著營地側邊走動時，她聽見有人在爭執。她低頭躲到雪堆後，然後看見在說話的那兩個人。

「就別管他了！」

是達里歐和艾莉絲。「妳是說妳現在相信他了？」達里歐問。

「對，我相信他。別再管了！」

「那布羅德峰的事呢？」

「天，我那時候在缺氧狀態。你就是不能接受他是比你更厲害的登山家！」

「妳知道不是這樣的。」他伸手撫摸艾莉絲的臉頰。她倚向他，把頭靠在他的手掌上。這看起來像是情侶間的口角。塞西莉臉一紅，匆忙走回她們的帳篷，假裝什麼都沒聽到。

幾分鐘後，艾莉絲爬進了帳篷。塞西莉轉過身去，讓室友換上亮粉紅色的登頂服時有點隱私。但她瞥見了艾莉絲的臉，從沒見過她如此沮喪的模樣。「艾莉絲，怎麼了？」塞西莉問：「妳還好嗎？」

艾莉絲從臉上抹去一滴滑下的淚水。「沒事。」

塞西莉很想丟出更多問題：她和達里歐在交往嗎？如果是這樣，為什麼她不參加達里歐的隊伍？布羅德峰上發生了什麼事？看來達里歐已跟艾莉絲提過他對查爾斯的懷疑，但艾莉絲和她一樣並不相信。

艾莉絲拿出手機，看著今天拍的照片。她嘆了口氣，然後把身體轉開。塞西莉讀懂了她的暗示，閉上了嘴。

格爾登和芬巴拿著兩碗煮好的雞肉咖哩來到她們的帳篷。塞西莉根本不想看食物一眼，但艾莉絲狼吞虎嚥地吃下了她的那份。塞西莉勉強把食物塞進嘴裡，只感覺舌頭上有一團熱糊糊的東西。她逼自己吞下，然後摀住嘴巴，免得吐出來。她根本吃不下去，乾脆把食物蓋起來，拿出一把堅果和巧克力。或許它們沒有足夠熱量，但至少她吃了不會想吐。

艾莉絲吃完就躺回睡袋，直接睡著了。塞西莉並不意外，想必她累壞了。

但塞西莉卻睡不著。她在腦袋裡快速回想今天發生的事：斷頭台、札克身體疲憊、上升器的故障和格爾登痛苦的呻吟聲。在山上真的很容易出錯，而且一點小錯就可能造成致命後果。此時，她的肺部嘎嘎作響，嚴重的鼻塞讓她必須用嘴巴呼吸，口乾舌燥。最後她乾脆放棄入睡，摸黑尋找她的筆記本和筆。既然什麼事都做不了，不如起來寫點東西。

她打開頭燈，寫下今天的經歷。寫出來之後，她的心也定了下來。無論是誰，要爬上山都只有一種方法，就是一步接著一步向前。如果她能保持積極正面，那就會有所助益。

這就是為什麼她需要寫下來。她寫下格爾登告訴她的話：妳很堅強。她需要看見自己的目標寫成白紙黑字是什麼模樣，她需要看見這些文字在她眼前開展成句，讓她意識到真實的現況。

她將會完成一篇卓越的報導，因為她既是登山家，也是作家。她既勇敢，也很脆弱。這些特質不必然是衝突的兩個極端，它們可以相容並蓄，但又各異其趣。正如左手與右手相互映照，她可以兩者同時兼具。

再過兩晚，他們就登頂了。這個經驗也將畫下句點，她不再需要擔心死亡，無論那是意外或人為，無心或預謀。

只要再兩晚，她可以撐過的。

43

塞西莉的身體因恐懼而僵硬，雖然她也不知道為什麼。狂風不斷呼嘯而過，猛烈襲擊他們的帳篷，聲音大到就像他們在噴射引擎前紮營似的。艾莉絲呻吟了一聲，但風聲幾乎淹沒了她的聲音。

「這到底是怎麼一回事？」塞西莉說。

「大風暴。我們今天哪裡也去不成了。」艾莉絲說。

塞西莉蜷縮在睡袋裡。帳篷桿禁不住風吹，往她們身上傾斜。當帳篷的塑膠布擊中塞西莉的頭時，她尖叫出聲。「天氣預報上沒提到這個吧？我們這樣安全嗎？」

艾莉絲喝了一口水壺的水。「我們是很安全，但還需要食物和水。該死！我的野炊爐呢？」

她們沒有野炊爐。除非有人過來找她們，不然她們現在也什麼都做不了。塞西莉盡可能和室友一樣保持冷靜，但在暴風的吹拂聲中，她全身每塊肌肉都因恐懼而緊繃。

風停下來的那一刻，她們聽見有人在帳篷外。「女孩們！」

艾莉絲身體前傾，從帳篷內拉開拉鍊。「讓出點空間！」外面的人說。塞西莉彎起膝蓋，往帳篷的角落裡移動，把睡袋挪開。

外面站的是查爾斯。道格和札克在他身後排成一列，他們全身都覆蓋著雪。

「查爾斯！一切都還好嗎？」塞西莉問。

「我們什麼都不能做，只能等風停下來。大家擠在一起會溫暖一點。」

「這對你的任務不會有影響嗎？」她問。

「在暴風裡跟隊友在帳篷裡待幾個小時，並不代表我放棄阿爾卑斯式攀登。」他說。「相信我，我絕不會破壞自己名聲的。」

「那就好。」她說。有查爾斯和她們在一起，她覺得安全多了。

「天氣真的很糟嗎？」艾莉絲問道格。

他點頭。「我們的攻頂計畫可能會在這裡劃上句點。」

「什麼？你可沒告訴過我！查爾斯，你沒有要放棄，對吧？」札克問。「如果你沒有要放棄，那我們也不該放棄。」

「這是我的決定。」道格說。

查爾斯坐在帳篷的前庭，像一隻冬眠的大熊，龐大的體積占據了周圍的空間，「我們的天氣預報沒提到這場暴風。」他陰沉地瞥了道格一眼，對方並沒有回應。「我不知道這種愚蠢的錯誤是怎麼發生的。」接著他動了動身體，把帳篷底部的雪掃開。「但一切都會過去的，我很肯定。」

塞西莉嚥下口水。查爾斯雖然是山上的傳奇人物，但不管他意志力有多堅強，天氣也非他所能控制。如果查爾斯沒有登頂，最後她也不會有故事可以寫了。

道格把背包拉到前面，拍掉上面的雪。他從裡面拿出了兩個大保溫瓶，交給艾莉絲，讓她把飲料倒給大家，然後再拿出幾袋煮好的食物。

除了吃、喝和等待，他們現在什麼也不能做。塞西莉被擠在角落，臉貼著帳篷的黃色塑膠，腳卡在道格的背包下，查爾斯則坐在入口。在大家還有力氣說話的時候，話題轉到了格蘭特身上。

「我從來沒喜歡過那傢伙。」札克說。「查爾斯，我真的不懂。你選他應該是因為他是很厲害的電影製作人吧？」

查爾斯手上拿了一把烤堅果，丟進嘴裡，咬得喀嚓作響。「格蘭特向我誇大了他的能耐。不過你們也看到了，我不太會看人，比較會看山。」

暴風不斷擊打著帳篷，接著他們聽到了一陣撞擊。可能是打雷，或是另一座帳篷被摧毀，又或是冰從懸崖上斷裂的聲音。塞西莉嚇得尖叫。狂風在周圍怒吼，帳篷被吹得搖搖欲墜，他們全部都擠在一起。

「外面聽起來真的不太妙。」札克輕描淡寫地說著，然後緊張地笑了笑。

道格拿出手機，「完全不妙。我擔心我們的攻頂計畫要停在這裡了……」

查爾斯伸手把手機從道格手裡一把抓了過來。他生氣地瞪著螢幕，但即使再氣也改變不了什麼。「他媽的，這是螢幕截圖。即時天氣預報在哪？」

「我一直收不到即時預報。」道格平靜地說：「明瑪在帳篷裡也在試著連線。不過你看，過幾天有一個適合上山的時間點。那時候對其他團員來說太遲了，但你可以繼續上山。」

「所以意思是我們要下山了？」札克瞪大眼睛問。

「是的。」道格說。「等風暴一結束，我們就下山。」

塞西莉原本預期她會有某種情緒浮出來，例如解脫、挫折或悲傷。但她只覺得空虛，渾身力氣都被掏空了。她垂下了頭。

艾莉絲伸過手來，捏捏她的膝蓋。「會沒事的，或許妳也可以把這個經歷寫下來？」

「〈無功而返〉的續集。」札克說。

「唉，我不知道……」她回答。她抬眼快速掃過查爾斯的臉，想捕捉他的表情。如果他不改變主意，那麼塞西莉唯一能做的可能就真的是為她爆紅的文章再寫一篇續集了。

查爾斯抿嘴，搓著他的鬍子。他淡藍色的眼睛看著塞西莉。「還有時間，我們看看之後會如何變化。在山上，不到最後，很難知道結果如何。」他的聲音平靜。「不過，有時失敗也不一定是最壞的結果。對吧，塞西莉？何不跟我們說說雪墩山上到底發生了什麼事？」

塞西莉眨眨眼，嚥下口水後才開口：「你是什麼意思？」

「我覺得和大家分享會對妳有幫助。」

「對啊，拜託！塞西莉，跟我們說嘛！妳知道我有多喜歡妳的文章。」艾莉絲說。

道格移動位置，臉色鐵青。札克微笑看著塞西莉，查爾斯則繼續盯著她。塞西莉在查爾斯強烈的注視下越來越無力抵抗，她無處可逃。

「那時候我和我前男友詹姆斯一起參加了國家三峰挑戰賽，這場比賽的參賽者必須在二十四小時內登上蘇格蘭、英格蘭和威爾斯的最高峰。」她特別為札克解釋。「詹姆斯有受過登山訓練，所以他負責當我的嚮導。那個挑戰賽真的很受歡迎。」她說。

「不過是噱頭罷了，嘗試這種活動是件很愚蠢的事。」道格咕噥道。

塞西莉點了點頭。「大家確實低估了這場挑戰賽的難度，至少我是這樣沒錯。那是去年十月。事實上，查爾斯，就是在你宣布登頂十四的任務之後。很難相信那是我第一次聽到你的名字，而現在我卻和你在這裡。」

「一連串幸運事件引發的結果。繼續說吧。」查爾斯說。

「我們抵達雪墩山的時候，我徹底累癱了。那時候已經爬完了本尼維斯山和斯科費爾峰，加上我擠在休旅車後座的椅子上根本無法好好睡覺或吃頓飯。天氣預報顯示雪墩山的天候不佳，但也沒有差到真的很糟糕的地步。畢竟那裡是威爾斯，天氣不好也是正常的。我的靴子在湖區已經濕透了，所以詹姆斯建議我換成運動鞋。我們必須在三小時內登頂才能趕上挑戰賽的終止時間。詹姆斯雖然很累，但他還是充滿信心。他一看到指向紅刃的路標，便決定我們要從那裡上山，他說這會讓我們在比賽中得到更多認可。」

「紅刃？那是什麼？」札克問。

「那是一條行經山脊的登頂路線。」查爾斯解釋。「那裡會有一段路需要攀爬，登山者需要在一道很陡峭的山脊上前進。在正常狀況下不會太難，但天候不佳的時候很可能致命。你應該很了解，對吧，道格？」

塞西莉看了他們的隊長一眼。他緊咬著下巴，脖子上的青筋抽動。她皺起眉，然後繼續說：「對，到達山脊時，我們真的經歷了各種狂風暴雨和冰雹的襲擊。這是我第一次爬這樣的山脊……就如同我剛才說的，我腳上穿的是簡陋的運動鞋，無法防滑。詹姆斯爬得比我快多了，所以我要他繼續往前，但我要先回頭了。我不希望他錯過完成挑戰賽的機會。我盡力沿著原路往回走，但我真的太累了。不知道怎麼回事，我最後走到了一個往上也不是，往下也不是的位置。我就在那裡動彈不得。」

狂風吹打著他們的帳篷，彷彿將她帶回了那座山脊。她閉眼片刻，低頭看著自己的手。

「我凍僵了，被困住了。我的手掌因為緊抓岩石紅腫破皮。我站在一個比我腳掌還小的岩架上，基本上是踮著腳尖在平衡。我身上的每塊肌肉都在發抖，我無法移動，完全被恐懼癱瘓。如果我掉下去，必死無疑。我的手機沒有任何訊號，而且在狂風中也沒有人會聽見我的吶喊。」

「那妳怎麼辦？」札克問。

她停頓了一下。大部分時候，她會模糊地帶過這個故事，直接跳到結局。但此刻在帳篷裡，她身旁環繞著一群真正的登山者，她知道這就是她該說出真相的時候了——全部的真相。「我很幸運，感謝上帝。當時有另一位登山者在山脊上，是一個女人。她發現我在那裡，走過來找我。她看見我被困住，需要幫忙，於是留下來陪我，並發送緊急訊息給山地救援隊。我當時連有緊急救援號碼的存在都不知道，我根本完全準備不足。她把備用的外套借給我，和我一起等待救援。她和我說了幾個小時的話，告訴我關於登山的一切和她在威爾斯北部的生活。她讓我保持冷靜，我從她身上學到很多。」

「但當時天氣越來越糟，天色開始變暗，她也擔心了起來。她環顧四周，找到一個可以讓我離開岩架的方法。她給了我非常清晰、簡單的指示。她移動身體，伸手來幫助我。她要我向右跨出一小步，但我做不到，所以她決定向我這裡移動。當她這麼做的時候……」

塞西莉吸了一口氣，雙手顫抖，各種情緒一一湧現：悲傷、愧疚、遺憾……是的，但她終於能把完整的故事說出來，這也讓她感到如釋重負。她之所以能繼續爬山是因為卡莉。他們現在被困在三號營，她身邊只剩下這些人，她需要在這裡把話說出來，向他們坦承發生了什麼事。

「塞西莉，妳還好嗎？」艾莉絲向她伸出手問道。

塞西莉躲開了，她不想要任何人安慰的撫摸，至少現在不要。「當她這麼做的時候……她腳下的石頭崩塌了。我眼睜睜看著這一切發生，就在我面前幾英尺，但我完全無法幫上忙。」

接著她聽到了尖叫聲。她不斷往下墜，無法阻止。塞西莉一輩子都無法忘記卡莉的身體和地面撞擊的可怕聲響。

她當時要做的不過就是跨出一小步。結果……

「她當場死亡。我嚇壞了，腎上腺素讓我開始有辦法移動身體。我按照她指示的路線往下爬，一切突然變得容易。我其實一開始就可以這麼做的。我在她借給我的外套口袋裡找到了哨子。唯一想到能做的事就是吹響哨子。我一遍又一遍地吹。救援隊透過哨音找到我們的位置。後來詹姆斯寫了一篇報導，在文章裡把我當作英雄，因為我待在她身邊，向有關單位發出警報，讓他們能找到她的屍體。」她羞愧地低下了頭。「他根本不知道，我就是導致那個女人死亡的原因。我……我殺了她。」

塞西莉把臉埋在手中。山上的確有殺人凶手。
就是她。

44

塞西莉又急促地吸了一口氣。「那女人的名字叫卡莉。卡莉．哈洛朗。她才是真正的英雄。如果沒有她，我不知道自己現在會在哪裡。我不會在這裡的，是她激勵了我。」

札克難以置信地搖了搖頭。「天哪，塞西莉！我真不敢相信妳經歷了這種事。」

道格握緊拳頭。「讓我把話說清楚了——」他的聲音像鋼鐵一般冷酷，「妳和妳口中那位嚮導男友決定從最難的路線上雪墩山，你們在惡劣的天氣中疲憊、匆忙，還穿著不適合的鞋子。」

「我知道。我們真的很愚蠢。」

「你們對山一點尊重都沒有！」他的表情因痛苦而扭曲。

道格把他卡在塞西莉腳下的背包扯出來，塞西莉往後倒。當她再次坐正的時候，道格的憤怒已經消失，取而代之的是一種冷漠的疏離。「我得去看看雪巴。」

「道格，等等……」

他跨過人群的速度比她想像的還快，他打開帳篷拉鍊就離開了。

塞西莉用手套擦了擦她的臉。道格對她很生氣。她覺得道格看透了她，他已經看穿她是個多麼糟糕的登山者。她根本不該出現在山上，不論她得到什麼機會或受到什麼人鼓舞，她都不該來這裡。她覺得自己像是在漩渦裡打轉，所有的疑慮都浮上了漩渦的表面，她的手無法控制地發抖。

查爾斯把她的手拉過來放在自己的雙手中。「妳做得很對，坦然地說出發生的事情。卡莉上山的時候，其實就知道自己會面臨什麼樣的風險。這是我們所有人都要學習的功課，只是有些人的功課比較難。不要一直想著這件事，該做的已經做了，更重要的是繼續往前。妳會成功的，塞西莉。我就是因為這樣才選擇妳在登頂後採訪我，因為妳了解登山運動中的高山及低谷。」

她呆呆地看著查爾斯的眼，點了點頭。

查爾斯放開塞西莉的手。「我去看看道格，我會請雪巴帶更多水過來。你們今晚必須持續補充水分。」

他下一秒就離開了，留下他們三人在帳篷裡。

「道格是怎麼了？」札克問。

塞西莉搖搖頭。「不知道。」她覺得麻木。把事情說出來之後，她如釋重負，但道格的反應讓她很困惑。

「很抱歉妳經歷了這一切。」艾莉絲說。她咂舌說道：「但在我看來，妳前男友才是罪魁禍首。妳說他是嚮導？他才不是！在天氣惡劣的狀況下竟然把妳帶到那裡，還穿著運動鞋？」她不禁打了個寒顫。

「不，艾莉絲。是我的錯。」

「那個女人摔下去不是任何人的錯。我呢，倒是很以妳為榮。妳現在在這裡，已經做足了準備，也預備好要面對妳的恐懼。這是很勇敢的事。妳選擇回到山上，不管登頂與否，妳都不是一個失敗者。」

塞西莉感覺淚水在眼中打轉。「妳不知道從妳口中聽到這番話對我來說意義有多重大。我只是……我只是不敢相信我們竟然要下山了。」

艾莉絲聳聳肩。「山永遠都在，妳下次還是可以再來。」

塞西莉真羨慕艾莉絲這麼泰然處之，但事情對她來說可沒那麼簡單。她咬著唇。「如果我沒登頂，查爾斯就不會讓我採訪。這是他的條件。」

艾莉絲嗤之以鼻。「說得好像如果我們因為暴風而無法登頂是妳的錯？如果天氣真的這麼糟，他自己也上不去的。」

「如果他不登頂，我最後也不會有報導可以寫了。」

「那又有什麼關係？」札克說。「這不過是一篇報導而已，反正妳已經是個成功的記者。看看我，所有贊助的經費都這樣白花了！」

「聽著，我不是什麼成功的記者，我從來沒寫過什麼重要的報導。《野生戶外》根本不想讓我來做這篇報導，是查爾斯想。如果這個故事沒了，我的編輯不會再委託給我其他的案子。如果沒有這篇報導，我也不會有酬勞，我會失去工作，甚至會成為無殼蝸牛。為了來這裡，我已經負債累累……」

「妳在開玩笑嗎？妳竟然從來都沒說過這些事。」札克說。他用手搭著塞西莉，捏捏她的肩膀。「妳一定會得到其他機會的，我一點都不懷疑。」

「是啊。」她把睡袋拉到下巴，給了札克一個虛弱的微笑。她真希望自己有札克那樣的自信。

「嗯，嘿！是我的錯覺，還是外面的情況聽起來真的變好了？或許道格就是因為這樣才離開，他可能真的需要找雪巴討論狀況。」他說。

但塞西莉從道格臉上接收到的卻是截然不同的訊息。他流露的痛苦很真實，塞西莉在短時間內無法忘記他那種痛苦的表情。

札克對風暴的感覺很準確，它的確平靜下來了，但是他們卻也因此聽到另外一種聲音：髒話、喊叫和對罵。

「到底是怎麼一回事？」塞西莉說。

「我出去看看。」札克說。

「等等，風還是——」

「我不會走遠的。」

札克穿上靴子，在塞西莉還沒來得及抗議前就已經走出帳篷。塞西莉和艾莉絲交換了眼神，不知道該不該跟著出去。就在這時候，札克的臉又出現在帳篷入口。

他爬回來說：「妳們不會相信的，格蘭特在外面發瘋。他們覺得他高山症的反應很嚴重。他在咒罵每個人，拒絕回到帳篷裡，還脫掉外套，把手套丟到懸崖下。他們想把他帶下山，但目前這樣應該很難，可能得把他綁起來。」

「你不是說真的吧！」艾莉絲說。

明瑪從帳篷擋板探頭進來。

「各位，請保持冷靜。」他平時微笑的臉皺起了眉頭。

「他現在這樣，我們還安全嗎？如果他晚上來找我們怎麼辦？」塞西莉張大眼睛問。

明瑪搖搖頭，雪花隨著他的動作落到塞西莉的睡袋上。「不，別擔心。達里歐會送他回基地營，他不會跟著登頂的。不過，我們認為或許明天我們就能繼續上山了，所以需要做好準備。待會你們的雪巴會把食物帶來給你們，然後你們三個晚上需要好好休息。別擔心格蘭特，他不再是我們的問題了。」

明瑪雖然這麼說，塞西莉還是在他臉上察覺到了一絲擔憂。
離他們這麼近的地方就有一位行為異常的登山者，意味著這對所有人來說都很危險。

45

水氣結成的冰柱在帳篷裡倒掛，他們身體的熱氣和呼出的水分在壁面上結成了冰。塞西莉醒來時，迷你鐘乳石四處落在她的睡袋上，從天花板上將他們吵醒。至少呼嘯的風聲已經平息了。有人打開了他們的帳篷，冷風撲面而來。塞西莉驚恐地說：「怎麼了？」她喃喃自語，覺得頭暈目眩。是格蘭特嗎？是他來找他們了嗎？

她伸手，在周圍摸索她的冰斧，準備出擊。但隨後她看到一張臉，原來是格爾登。

艾莉絲在她身邊坐起。「一切都還好嗎？」她問道。

「已經早上了嗎？」札克用沉沉的聲音問。

格爾登的臉上佈滿擔憂。「我們必須快速行動。」

「我們要下山了嗎？」塞西莉問。但她很害怕聽到答案。

格爾登搖搖頭，「不，我們要到四號營。可是……」他欲言又止，似乎不願再多說什麼。

「來吧，先吃你們的早餐。」他把食物塞到每個人手裡，然後就離開了。

「感覺好怪。」札克說。他狼吞虎嚥地吃下他那碗粥。塞西莉用手掌托著她的蘋果布丁早餐，那坨光滑的爛泥一點都不可口。她用湯匙撈起布丁，看著那坨食物自己滴了下來。她的胃一縮，覺得好想吐。她很快地把布丁丟到一旁，拿出燕麥棒。

當他們穿戴齊全地走到外面時，明瑪已經在等待他們了。道格不知道在哪裡。「我有一些消息要告訴你們。」明瑪說。

札克哀嚎。「我們要下山了嗎？可是天氣看起來變好了。」

他說的沒錯。太陽出來了，空氣清新，原本的狂風也轉變為輕柔的微風，是繼續上山的理想天氣。

明瑪搖搖頭。「我們還是會繼續上山，我要說的是別的事。」他示意要他們靠近一點。「是格蘭特。」

塞西莉心跳幾乎要停了。「發生什麼事了？」

「他失蹤了。昨晚他去上廁所，然後再也沒有回到他的帳篷。他們現在在找他。」

塞西莉往極限巔峰營隊伸長了脖子。「我們在三號營！他會去哪裡？」

「我知道這令人很震驚，但我們必須專注。我告訴你們這件事是要讓你們留意。」

「他下山了嗎？」札克問。

「他肯定是不會自己下山的。」塞西莉說。儘管太陽已經出來，她還是打了個寒顫。格蘭特就在外面的某個地方。

「為什麼沒有人看著他？」札克眼光掃過極限巔峰的營地，像是期待格蘭特會隨時從那裡冒出來。

「我不知道，但他們在找他。我們認為道格應該是去幫忙了，現在我們只能集中精神，注意自己的安全。你們準備好氧氣罩了嗎？我會接上氧氣筒，打開氧氣。」明瑪說

格蘭特到底在哪裡？

氧氣罩的帶子緊貼著塞西莉的臉頰，面罩的橡膠邊緣也緊緊壓住她的鼻樑，令她無法呼吸。她沒辦法繼續戴著面罩，那像是一隻爪子，抓在她的臉上。

她拿下面罩，大口吸進新鮮空氣。雖然氧氣罩能讓她吸到比外面的空氣濃度更高的氧氣，但沒有面罩，她反而覺得更容易呼吸。

她才走了幾步，就跪在地上休息。此時天氣晴朗，陽光普照，初到營地時遮蔽視線的紛飛大雪也早已消失。接著她犯了一個錯：她往上一看，可以從帳篷後方很清楚地看見通往四號營的路線。

那是一段無止境的上坡，根本是不可能的任務。

她把臉轉向帳篷，很想爬回去，在那裡等待其他隊員登頂回來。看到那條路，她的決心立刻潰散、融化，就像在陽光底下的表層冰雪。

有一隻手伸過來搭在她的肩膀上。是格爾登。

他把氧氣罩蓋回她臉上。「深呼吸，塞西莉。」

她搖搖頭。她想告訴他，我做不到。如果帶著面罩還能開口的話，她會說的。

格爾登懂她的意思。

「妳可以的。只要呼吸，慢慢來。」

她的心怦怦地跳，她的胃在翻騰，她以為自己要吐了。查爾斯，這就是你要我寫的東西嗎？這就是你在山中享受的快樂嗎？

到底快樂在哪裡？是因為你在其他人難以生存的地方存活下來了嗎？問題是，她還不算真的存活下來。她還在半路上，朝著山上最危險的地方前進，走向死亡地帶。而且正如查爾斯在班離開時所說的，她的「內在殺手」隨時可能跳出來控制她。

如果她不學著用氧氣罩呼吸，如果她轉錯方向迷了路，如果她忘了扣上安全扣環，如果她沒有足夠的水可以喝，如果她的上升器打滑，如果她的冰爪卡到靴子，如果她的大腦開始腫脹，如果暴風再次來襲把她吹下山，或是如果格蘭特躲在山上某個地方等著攻擊她……這一切的如果都可能造成致命的後果。

陽光落下，在雪地折射出光芒，塞西莉額頭上出現點點汗珠。在他們前面升起的山丘，巨大的斜坡有如山獸的背部。斜坡上有幾位登山者正在往下走，在塞西莉眼中就像螞蟻般渺小。氧氣筒在背包裡將她的肩膀往後拉，她的身體在羽絨服下發熱，她打開了羽絨服側面和腋下的通風口，讓空氣流通。

「來吧，我們走。一步一步來。」格爾登說。

格爾登先走一步，塞西莉注意到他把手臂貼近身體，用一種奇怪的方式保持這樣的姿勢。那是被她的冰斧不小心傷到的手臂。她想問格爾登是否還好，但她戴著面罩，加上格爾登走得比她快，因此她難以開口。

塞西莉繼續走著。這個路段雖然不需要太多攀登技巧，但卻是他們走得最慢的其中一段路。每個人都累了，身體發出的熱氣更是消耗著他們的體力。

艾莉絲在塞西莉後面，她用自拍棒舉起相機，一邊敘述她的上坡之路。她把相機轉過來對著山上的一個小斑點，在他們的左上方。塞西莉瞇起眼，看著那個小點越爬越高。那是查爾斯。他移動得很快，如行雲流水般流暢。

塞西莉很享受觀看查爾斯攀爬。相較之下，其他登山者拉著架繩走出的每一步看起來就吃力多了。她試著把注意力拉回自己身上。她從地上挖了一點雪，放到手腕和脖子後降溫。她熱到快要融化了，即使現在身處將近海拔七千公尺，在覆蓋著厚重積雪的高山上，這裡卻比伊比薩島上的沙灘還熱。她的羽絨服實在太厲害了。她不敢拿下氧氣罩，但她把羽絨服上所有的拉鍊都打開，於是整件衣服就這麼鬆垮垮地掛在她身上，而羽絨服下的黑色美麗諾羊毛發熱衣摸起來幾乎在發燙。每當她把面罩拿下來喝水，她都得擦去嘴唇和鼻子上的大滴汗水。

至少上升器今天沒出問題，她不需要擔心打滑。路途雖然越來越陡，但他們已經離開主要的冰瀑，所以沒有巨大的冰牆需要攀爬。周圍厚重的積雪是現在最大的危險，因此她緊貼著架繩隊開闢的路徑行走。只要一點偏離，都可能導致雪地失衡，引發雪崩。

她和札克大部分時候都走在一起，艾莉絲則落在他們後方。札克穿著他的銀色高檔訂製羽絨服，非常顯眼。與其說他看起來像登山者，不如說更像是太空人。走到坡頂時，他們坐下來休息和補充能量。這裡距離四號營還有幾小時的路程。他們往下看著來時的上坡路，映入眼簾的是一片令人難以置信的景色。他們能看見三號營，甚至是基地營，如今在他們視野中不過是遠方的一個小斑點。此刻無需言語，他們只是靜靜地望著遠方，呼吸著。

休息了一會兒，他們很有默契地繼續上路。攀爬了四個小時之後，天氣開始轉變，太陽消失在烏雲後，氣溫跟著驟降。塞西莉的羽絨服拉鍊此時已全部拉上，羽絨服再次發揮功效。氧氣罩還是讓塞西莉非常不舒服。原本她得不斷擦去上唇的汗珠，現在變成要清除脖子周圍的冰柱。她橘色羽絨服的領口周圍結了霜，蓋上一層白色的外殼。她把脖圍拉高，蓋住面罩周圍露出的皮膚。原本擔心曬傷的部位，現在反而開始擔心凍傷了。各種威脅生命的挑戰接踵而至，塞西莉感到應接不暇。

再繼續走了一小時之後，她看見四號營的黃色帳篷在風中飄搖。他們會在這裡過一夜，然後就是登頂的最後一哩路了。現在是下午三點，他們會在午夜開始行走。如果一切按計畫進行，明天的這個時候，她可能就已經回到基地營了。

札克走在塞西莉前面幾步。他猛地停下，塞西莉差點撞上他的背。

「怎麼了？」她扯下她的面罩問。

「妳有聽見嗎？」他問。

她仔細聽，帳篷裡傳出吼叫聲。是誰會在海拔七千公尺大吼大叫？她立刻想到格蘭特。難道他們找到他了？他又在搗亂了嗎？

「我想那是道格的聲音。」札克說。「至少他在這裡是件好事……」

他們擔心地互看了一眼，然後加快腳步。如果拉著繩索，戴著氧氣罩，腳上穿著冰爪還能跑步的話，他們一定會飛奔過去。

他們從遠處就看見達里歐的手瘋狂地對著道格和明瑪揮舞。靠近帳篷時，他們明白他為什麼這麼生氣了。極限巔峰的帳篷被撕毀，剩下的塑膠布在風中拍打著。他們的帳篷徹底被摧毀了。

46

曼尼斯登山隊的營地僅相隔幾公尺，他們的帳篷安然無恙。塞西莉雖然鬆了一口氣，但也和達里歐的隊員同樣感到震驚。誰會做這種事？是什麼樣的人會做出這種損害全隊的事，將所有人的生命置於嚴重的危險中？

「你毀了我們！」達里歐說，「你真的走投無路到要這樣傷及無辜嗎？」

「達里歐，冷靜點！不是我們做的。」道格回答。

「那怎麼會發生這種事情？」他再度指著帳篷。

「我怎麼知道？這幾天山上風一直很大。」

達里歐高舉雙手。「風？所以風只選擇性地毀了我們的帳篷嗎？你應該知道是誰做的，因為在我們抵達之前，只有你一個人在這裡。」

道格瞇起眼。「別激怒我，達里歐，其他隊伍也來過這裡。」

「不然怎麼樣？你也要揍我嗎？你如果對我動手，那就真的會一手葬送你自己的公司，不管查爾斯怎麼挺你都一樣。」

在達里歐身後，極限巔峰隊員雙手抱頭地坐在地上。塞西莉能體會他們的心情，畢竟他們經過長途跋涉，好不容易才到了四號營，結果登頂計畫卻跟著帳篷一起破爛不堪了。

明瑪插話說：「我們可以幫忙準備你們隊員的食物。」

達里歐往後倒退一步。「發生這種事，你們該不會還想留在這裡吧？這裡顯然有個危險人物。而且沒有衛星連線，你們也無法得到準確的天氣預報。現在登頂是愚蠢的行為！你們得和我們一起回三號營。道格，你是我所認識最有安全意識的人，你知道下山是唯一的選項。」

回三號營？他們歷盡千辛萬苦才來到這裡，根本無法想像要他們現在折返回去。她知道自己沒有力氣再走下去了。

「我理解你們需要下山，達里歐。但我們的帳篷沒事，我們會留下來。」道格說。

達里歐難以置信地看著他。

「謝天謝地。」札克拉下氧氣罩，低聲對塞西莉說：「我以為我們的登頂計畫就要結束了。」

塞西莉透過氧氣罩深深吸了一口氣，試著讓她飛快的心跳平靜下來。達里歐說得沒錯，道格是山上最重視安全的嚮導。他們才剛經歷了一場風暴，現在別隊的帳篷遭到破壞，然後還有一個發瘋的人下落不明，道格卻在這時候要他們留下來。

塞西莉很想登頂，不過她感覺事情不太對勁。

達里歐確認道格和明瑪顯然不打算改變主意之後，便搖著頭大步離開了。

塞西莉緩緩走向道格，想問他有沒有格蘭特的最新消息，但她一走過去，道格馬上從她身邊移開。

天上落下厚重的大雪，強風不斷襲擊，塞西莉在內心祈禱，將他們困在三號營帳篷裡的那場風暴不會再次降臨。

這時，格爾登出現在她身旁，示意要他們跟上。她和札克步履蹣跚地跟在他身後。塞西莉在厚重的手套裡握緊了拳頭，試著讓眼光避開極限巔峰的帳篷，不想加深早已埋藏在心裡的不安。

格爾登把他們帶到他們的帳篷。「就是這裡，進去吧。」札克和塞西莉不發一語地走了進去，直接倒下。格爾登也跟著彎著腰進來，「你們兩個和艾莉絲今晚還是睡同一個帳篷，這樣比較容易保暖。」

塞西莉已經沒力氣說話，只是點點頭。幾分鐘後，他們整理好背包和睡袋，艾莉絲也到了。「我剛才遇見幾個極限巔峰的隊員，他們正要下山，跟我說了帳篷的事。太可怕了！」

「達里歐覺得有人蓄意破壞。」札克說。

「不不不，不會的。」艾莉絲雖然這麼說，但卻藏不住她臉上驚恐的表情。

這時有人打開了他們的帳篷。「艾莉絲？」說話的人帶著濃厚的奧地利口音。

「嗯？你在這裡幹嘛？」

達里歐伸出戴著厚重手套的手。「妳得跟我一起走。」他的眼神充滿恐懼，「拜託妳，我得跟我的隊伍一起下山，但我不能把妳丟在這裡。」達里歐看了塞西莉和札克一眼，然後把眼神轉回這位法裔加拿大女性身上。「這裡不安全。」

艾莉絲往後退，「達里歐，不……」

此時有人把達里歐的肩膀往後拉。「放開她。這是我的隊伍，只有我能決定他們要去哪。」

接下來又是一陣騷動，達里歐再次大喊艾莉絲的名字。他離開後，道格進了帳篷，他深沉的眼神審視著艾莉絲。「我不知道妳和他有關係，妳從來沒透露過。」艾莉絲迴避道格的目光。他接著說：「總之，你們又要換帳篷了。」

「你他媽的在開什麼玩笑！」札克大聲嚷嚷。

「這是最好的做法。我們有足夠的帳篷，你和塞西莉用各自的氧氣瓶，會睡得更好。艾莉絲正在進行無氧攀登，這樣也可以避免任何讓人說閒話的機會。」

艾莉絲看著帳篷的地板，摸著她的項鍊。她看起來被達里歐突如其來的舉動嚇壞了，塞西莉可以理解，因為她也被嚇到了。

艾莉絲的恐懼影響了塞西莉，塞西莉感覺到那份恐懼掐住她的喉嚨。她想起達里歐在基地營說過的話：**不要落單**。可是現在道格卻要他們分開，命令他們進入各自的帳篷，獨自一人暴露在未知裡。但道格是他們的隊長，他也把話說得很清楚：在山上，他的話就是法律。

「札克，走吧。」

「好吧。」札克說。他們都穿著羽絨服，因此沒有什麼需要打包的東西，札克直接爬到帳篷門口。

「我一會兒就回來找妳。」道格直接看著塞西莉說。

她打了個寒顫。

道格和札克離開後，艾莉絲握住塞西莉的手。「妳要小心，或許達里歐是對的，這裡感覺不太不對勁。」

「那妳怎麼不跟他一起走呢？」

「登頂……」

艾莉絲總是豁達地說山永遠都在，但是來自粉絲和贊助商的期待還是讓她肩負巨大的登頂壓力。塞西莉先前沒多想到這點，自己並不是唯一害怕半途而廢，但也害怕繼續走下去的人。艾莉絲壓低聲音說：「我不喜歡道格現在的模樣，妳應該知道他的脾氣吧？還有另一件事，塞西莉，我沒告訴過妳我在這裡的真正原因。」

「妳是什麼意思？妳不是來這裡幫查爾斯提高社交媒體曝光率嗎？」

「表面上是這樣沒錯，但私底下……該死的！」她急促地呼出一口氣，「是我告訴達里歐，我在布羅德峰上看到查爾斯使用架繩。我的 GoPro 壞了，所以沒辦法錄下來，但我覺得我看到他使用架繩了。」

「妳是認真的？所以妳看到了什麼？」

艾莉絲遲疑了一下。「因為我沒有使用氧氣，所以走得很慢，芬巴也遠遠超過我，我根本看不到他的人影。今年的雪下得很大，積雪過重時，發生板狀雪崩的風險就會很大。我不在意芬巴走得快。我把自己綁在錨點上休息，結果我最害怕的事情真的發生了。在我身後，就是我前腳才剛踏過的地方，引發了一場雪崩。我人沒事，但我大叫要後面的人小心。我原本不認為有人在那裡，但接著就看見一個身穿深紅色登山裝的人影。我心想：噢，不！那是查爾斯！可是當雪堆散去後，他還在那裡，平躺在山坡上，安然無恙。看到這景象我鬆了一口氣，然後我看到他手臂上繞著我們的架繩。我當時離他很遠，無法確定自己有沒有看錯。我告訴達里歐我所看到的一切，他非常憤怒。」

「即便那條繩子拯救了查爾斯的性命？」

艾莉絲點頭。「查爾斯明確宣稱自己在任務中不使用氧氣和架繩，所以這的確是很重要的一件事。而且達里歐也已經不是第一次聽到這樣的傳言了……於是我們想出一個蒐集證據的辦法。馬納斯盧是我們最後的機會，達里歐要我加入查爾斯的團隊，找出他作弊的證據。」

塞西莉的眼睛眨個不停，無法在瞬間消化艾莉絲剛才說的話。她知道道格隨時都會回來找她，她得挖掘更多背後的隱情。

「所以妳和達里歐是？」

「他是我男朋友。」

「你們昨天為什麼吵架？」

艾莉絲驚訝地眨了眨眼。「妳看到我們了？」

塞西莉點頭。

艾莉絲嘆了口氣。「我們吵架是因為自從我跟著查爾斯上山以來，並沒看到他犯任何錯誤。我不認為他有作弊，我想一定是我看錯了。而且我覺得達里歐在吃醋，我很擔心他會做什麼事來破壞查爾斯的任務。」她把頭埋在手裡。「現在道格這麼生氣，我很害怕……」

塞西莉摸著她的肩膀說：「妳是什麼意思？」

艾莉絲定睛看著她。「他現在已經知道我在這裡的目的是要破壞查爾斯的任務了。我很害怕，不知道他會做出什麼事。」

「他怎麼會知道？」

「因為我告訴他了。今天早上在三號營，大家都還沒醒來的時候，我告訴他我錯了。我想道歉，但他立刻大步走開，我完全追不上他。結果現在極限巔峰的帳篷被破壞了……」

「妳覺得是道格做的嗎？」

「我找不到其他合理的解釋。」

「天啊！我以為我才是把道格惹火的人。我在雪墩山上的經歷似乎讓他很生氣。」塞西莉停頓。「但查爾斯並不知道妳在這裡的目的吧？」

艾莉絲抿起嘴，然後搖搖頭。她的口紅已經褪去，唇下透出一絲藍色血管。「我希望有其他人知道我在這裡的原因。妳要小心，萬一……」

「輪到妳了。」門口傳來不耐煩的聲音，塞西莉從她的睡袋裡跳起來。大雪覆蓋了所有聲音，她沒發覺到道格已經回來了。「我們走吧。」

塞西莉把所有東西拿在手上，對艾莉絲說：「祝妳好運。」

「妳也是。」艾莉絲手摸著項鍊說，「我相信一切都會沒事的。」

塞西莉跟著道格走進外面的黑夜。天空下著雪，周圍一片漆黑，她只能跟著道格頭燈上的亮光走到正確的帳篷。道格掀開帳篷門口的擋板，塞西莉彎腰走進去。現在除了相信道格，塞西莉還有什麼選擇？她什麼都做不了。

她看著道格在門前的身影。「午夜的時候我會叫醒妳，那時候出發。不必擔心打包睡袋和床墊的事，背包裡只要帶上登頂需要的用品：食物、水、備用手套。輕裝上路就行。」

「到時候格爾登會和我一起嗎？」她問。

道格嘆氣，揉了揉他的眉心。「塞西莉，妳來這裡是很愚蠢的行為。」

「什麼？」

「發生雪墩山的事情之後，妳根本沒資格上山。我要是早知道，就會拒絕讓妳加入。妳毫無準備、輕率魯莽，又缺乏意志力，但既然妳現在在這裡，就是在我的管轄之下。我會確保妳的安全，我手下還沒弄丟過任何一個人。」

塞西莉覺得口乾舌燥，她也無話可反駁。道格開始拉上帳篷的門簾，塞西莉終於開口：「是你做的嗎？」

他停下動作，然後再次打開門簾。「什麼？」他問。

「破壞極限巔峰的帳篷，讓他們無法待在這裡。」

他伸出手，把氧氣面罩拉到塞西莉臉上。「好好休息。」道格輕聲說。

他離開了，留下塞西莉一人獨自在黑暗裡。沒有艾莉絲在身旁，塞西莉覺得很孤單。雖然風已不像前一日那麼強烈，但依然不斷吹襲著帳篷。塞西莉縮進睡袋裡。

這裡是四號營，距離登頂只剩幾小時了。她一路完成了那麼多任務，克服了那麼多困難，終於來到最後階段，但她還是睡不著。

明天就是她一心在等待的日子。她試著在腦中分解接下來的任務，讓事情變得容易處理。首先，她得睡覺，最多只能睡四小時。她已經把鬧鐘設定在午夜。醒來之後，她得穿上靴子和冰爪，把水壺裝滿，吃東西。

再來，她要去找格爾登。一開始，她會在黑暗中走一段路，她需要小心翼翼地跟著架繩走八個小時，然後再沿著狹窄的山脊走上山頂。

她的思緒在腦中奔騰。登頂不是她唯一擔心的事情，她的腦袋裡還冒出許多其他問題——跟格蘭特、達里歐……和道格有關的問題。

脹滿的膀胱也是另一個麻煩。

她不情願地拿下氧氣罩，離開帳篷，很快地繞到後面去，在離營地幾步遠的地方找個地點解放。她得動作快，因為空氣很冷，而且在沒有氧氣罩的情況下，她的肺可以感覺到每口呼吸都是如此短暫而淺薄。她每走幾步就需要休息，雙腳感覺像是沒有生命的沉重包袱。艾莉絲和查爾斯這一路是怎麼做到無氧攀登的，她實在無法理解。

解放完後她站起來。夜空裡已不再有烏雲，雪也停了。道格的天氣預報似乎一路上都很準確。在這樣的天氣下，查爾斯應該能完成他的任務。

此時，有個聲音引起了她的注意。

是那口哨聲。

她又聽見了。這一定是她的幻覺，一定是缺氧造成的。除非，格蘭特就在附近。

「塞西莉？」

聽見有人呼喚她的名字，塞西莉嚇了一跳。黑暗中有個人影若隱若現，站在她的帳篷旁。原來是查爾斯。她很驚訝地看見他正在抽菸。「妳最好休息一下。我們都需要足夠體力才能面對明天的挑戰。」

「那你呢？」她問。

「這是我登頂前的一點小儀式，抽根菸。」他吸了一口，「如果妳想，可以寫進文章裡。」

「你在附近紮營嗎？」她問。在三號營的時候，她還沒看到查爾斯的帳篷，他就已經打包收好了。塞西莉很好奇，阿爾卑斯式攀登的帳篷是否和他們的帳篷有很大不同。她才剛要發問，查爾斯就開口回答。

「就在那裡，山上沒有太多安全的紮營地點。我覺得很奇怪，大家都去哪了？」

「你是什麼意思？」

「達里歐的隊伍、俄國人的隊伍……他們都不在這裡，只有我們。」

「極限巔峰的帳篷被毀了，他們只好回去。厄爾布魯士菁英隊我就不知道了。」

「什麼？」查爾斯猛地轉頭，盯著極限巔峰的帳篷。他從齒縫中呼出一口長長的氣息，然後把菸蒂丟在雪地上，用靴子的鞋尖踩熄。「那妳……妳準備好登頂了嗎？」

「是的，我會在午夜出發。」

查爾斯點點頭。「很好，很好。」

「那你什麼時候出發？」這句話，她說得很慢，因為她需要更多換氣的時間。查爾斯挑起眉毛。他說得沒錯，塞西莉確實需要休息。

「快了，」他說，「大概會比妳早出發，或許我們可以在山頂見面。」

「查爾斯？」她猶豫著是否該說出她懷疑道格破壞帳篷的事情，但不知何故，她並沒有說出來。「晚安。」

「晚安，塞西莉。」

她快跑回她的帳篷，但在進去前停了下來。轉頭一看，查爾斯的頭燈仍然在不遠處發亮。這是她能看到查爾斯帳篷的機會。她蹲下來，把姿勢放低，一手摸著她的帳篷，以免迷路。她小心翼翼地跨過固定帳篷的繩索，繞著周圍移動。

正如查爾斯所言，他的帳篷就在塞西莉的帳篷後方。塞西莉看見帳篷的輪廓。外觀是紅色的，點綴著深藍，角落裡還貼著X形的大力膠帶。

塞西莉倒抽一口氣，立刻關掉她的頭燈。

她的心在胸口狂跳，慌張地跑回帳篷門口，急忙鑽進睡袋裡。她一把抓起氧氣罩戴到頭上，不停深呼吸，直到自己再次平靜下來。

原來她那晚在基地營看到的就是查爾斯的帳篷。

原來查爾斯一直在欺騙他們。

他在山上的時間，比任何人以為的都久。

47

午夜，在四號營。

塞西莉的手錶鬧鐘發出嗶嗶聲。帽子蓋住了她的耳朵，她隱約聽見聲響，跟著醒了過來。

腦海裡浮現的第一個想法是：不，她不想動。在昨夜的驚人發現後，她很訝異自己竟然還是睡著了。她半信半疑，不知道自己昨夜看見的究竟是在海拔高度影響下產生的幻覺，還是一場扭曲的夢境。原來查爾斯一直在欺騙他們——這樣的現實比夢境可怕多了。但是他為什麼要這麼做？

妳是記者，塞西莉。等妳回到基地營，妳就能提出問題，要求對方回答。現在在四號營並不能做什麼。

尤其是現在即將攻頂。

這就是她一直在等待的時刻。

這次和雪墩山不同。她做足了所有辛苦的前置，完成了所有準備和訓練。現在，她即將登上世界其中一座最高的山峰。

都已經走這麼遠了，再多走幾步又算什麼？

她坐起來，突然嚇了一跳。我臉上是什麼東西？

她的嘴巴和下巴被面罩下凝結的水氣濕透了。她拿起睡袋一角，把臉擦乾淨。她的心怦怦地跳，她把所有登頂不會用到的東西從背包裡拿出來，只帶上幾根燕麥棒、兩瓶半公升的水、能量錠、羽絨手套、暖手器、歪歪扭扭的旗子、氧氣瓶、相機、手機和備用電池。其他東西都是多餘的。她爬出帳篷，把冰斧插在地上。

道格緩緩走向她。「很好，妳已經醒了。我們的計畫改變了。」

她拉下氧氣罩。「又、又變了？你是什麼意思？」她覺得頭昏腦脹，結結巴巴地說。

道格沒有馬上回答。「妳需要水，把妳的水壺給我。」他在塞西莉兩個半公升的水壺中倒滿熱水，塞西莉丟了幾片發泡的能量錠進去，把其中一個水壺塞進羽絨服胸前的口袋裡，和她的相機、電話放在一起。這麼一來，就能讓電池保持溫暖。

「格爾登在哪裡？」她希望自己動起來之後，昏沉的腦袋就會開始清醒。她被水壺、面罩和頭痛分散了注意力。她注意到這段期間，道格一直在對她說話。她試著把她的注意力拉回來。

「……會在妳身後。妳最好趕快出發，風暴又要來了。跟著繩子走，妳就會沒事。」

「道格，等等——」她停頓，吸進氧氣，試著呼吸。在這裡說話很費力，但她必須問：

「有任何人發現格蘭特的蹤影嗎？」

他搖頭，「沒有，還沒發現。但妳不用擔心他——」

塞西莉打斷了他的話。她趁著自己還沒想太多，開口問：「你知道查爾斯一開始就在山上了嗎？」

道格的眼睛微微放大。「我當然知道。」他輕輕說。「我會解釋這一切，等我們回到基地營再談。」

她點點頭，重新戴上氧氣罩。格爾登會跟上，她會得到一切的答案。道格把手伸進她的背包，幫她換上新的氧氣筒，調整氧氣的流速。接下來並沒有需要技術性攀登的路段，只要能一步接著一步走下去，她就能成功。

她打開頭燈，道格為她指出架繩的方向。「小心走。」他說。「山下見。」

她戴著面罩無法說話，所以手上戴著巨大的羽絨手套對道格豎起了大拇指。她踩著雪，走向架繩。走到繩子的錨點時，有兩條繩索纏在這裡。一條通往山頂，而另一條則通往三號營。她將安全扣扣上了通往山頂的繩索。

她的手錶顯示，現在是午夜過後半小時。頭燈上的光只能照亮她眼前的下一步，而這條細細的繩索就是她的嚮導，帶領她穩穩地前進。她停下來喝水時，抬頭望著晴朗的夜空，滿天星斗。

獵戶座就掛在路徑上方，她感覺自己像是正走向星星，前往眾神所在的高處。她現在是位處地表最高之處的其中一人，沒有其他團隊正在攀登其他八千公尺的高山。她是現在離天空最近的人。

此時她感覺自己很強壯，比在山上的任何時候都還強壯。她心想，或許是自己走得太快了，所以格爾登才沒跟上來。地平線上還看不見太陽的蹤影，她從來沒有想像過自己會在黑夜的籠罩下正式踏上山頂。

她回頭看搜尋是否有任何搖晃的頭燈朝這裡照過來，那可能會是格爾登或其他隊友。但她什麼都沒看到，路上只有一條細長的繩子引導著她。如果安全扣沒扣好，她可能會輕易失足而死。但恐懼在此時似乎已微不足道，成了墜入她腦海裂隙深處的一個微小斑點。她在理智上雖然知道危險的存在，但所有的情緒都已消逝，她對危險的存在並不在乎。

這種置身事外的態度感覺很詭異，是急性高山病的反應嗎？

塞西莉用這段冗長的路途思索昨夜發生的事。查爾斯為什麼要假裝比他們晚到山上？最簡單的解釋就是他想在沒有隊員的情況下獨自在山上待一段時間。而既然道格也知道這件事，那代表查爾斯可能是需要時間去規劃穿過冰瀑和冰隙的路線。這麼一來，他一現身就可以直攻山頂，讓整個過程看起來毫不費力。

還有那張紙條。艾倫和伊莉娜死了。如果他們正如她所懷疑的並非死於意外，那就代表山上還有個危險人物存在，而失蹤的格蘭特……也可能是個威脅。

一步接著一步走下去吧！塞西莉，別一直想著死亡。

但是死亡是她在這裡唯一能想到的事情。沒有生命能在這裡存活，生命在這裡不會長久。事實上，她能在這裡呼吸是違反自然規律的。

她用手摸摸自己的臉，忘了自己為什麼拿下氧氣罩。噢，對了！因為她需要喝水。她從羽絨衣內側口袋裡摸出她塞進去的水壺。巨大的羽絨手套讓簡單的動作變得困難。溫熱的水順著她乾渴的喉嚨流下，感覺就像一場夢。然後她開始發抖。她把空的水壺放回口袋，再次拉上拉鍊。她剛才竟然傻傻地讓拉鍊開著，以致冷空氣如洪水般灌進她的衣服裡。

她的決策過程開始出現漏洞，她很可能缺氧了。她知道時間越來越少，但是卻感覺不到時間的流逝。她只注意到自己正往前和往上，不斷地走啊走。

周圍的天空已經亮了起來，這裡的日出是她前所未見。金色的光芒灑在層層大雪上，將可怕的地景化為迷人的仙境。

一望無際的景觀環繞著塞西莉，她腳下的雲層就像不透明的氣泡墊。遠方的山峰在初升的日光中閃耀著橘色，細微的雪花停留在她的眼睫毛上。這裡的一切，不是極其廣闊，就是極為細膩，沒有什麼是介於兩者之間的平衡，一切都是如此極端。她確信格爾登正在她身後趕上她，他穩定的步伐、有節奏感的呼吸和能看穿她羽絨衣的深色雙眼，都會鼓勵她再繼續走下去。即使她的大腦缺氧，她也知道，若她停下來太久，會讓格爾登的生命也受到威脅。她如果害死自己，也會害死他。她手中掌握的不只是自己的生命，想到這一點，她找到動力。她讓自己再動起來，舉起在靴子裡被層層包覆的沉重雙腳，繼續走下去。

她舔了舔已經完全乾裂的嘴唇，又開始覺得口乾。怎麼這麼快？她不是才剛停下來喝水嗎？水壺裡的水已經不夠了，還有另一個水壺嗎？或許放在背包裡。她能不厭其煩地拿出水壺嗎？她心想，如果把水壺拿出來，她可能就不會想再把它放回去了。

她調整一下臉上的氧氣罩，再深吸了一口氣。

她往前走。

接著她聽到巨大的爆裂聲，接著是氧氣漏出來的嘶嘶聲。她停下來，把面罩緊緊壓到臉上，然後用另一手摸著輸氣的管子，試著阻止漏氣，好似這麼做會有任何用處。氧氣瓶竟然故障了，簡直是惡夢成真。是她把氧氣瓶弄壞了嗎？但從離開四號營起，她根本沒碰過氧氣瓶或接在上面的管子……

只有一個人碰過氧氣瓶。道格。

「格爾登！」她大叫，但面罩壓住了她的聲音。他一定就在附近，塞西莉需要他幫忙。她期待格爾登令人放心的手會輕輕拍在她的肩膀上，但那隻手一直沒有出現。她周圍的視線很差，被護目鏡和羽絨服的帽緣擋住。她現在必須移動整個身體才能看到後面。

於是她轉身。

但格爾登不在那裡。

山上只有她，獨自一人。

48

氧氣瓶壞了，她該下山了。從這時候開始，她每走一步，身體就會跟著每況愈下。她的細胞正在死亡，大腦和肺部嚴重缺氧，身體會迅速衰竭。可是，山頂已經近在咫尺了。

她看得見頂峰，那裡空無一人，只有五彩的祈禱經幡在風中飄揚，標示出山的最頂端。她原本以為基地營那麼多人，在這裡應該會需要排隊登頂，但是並沒有。

是她的大腦在捉弄她嗎？她繼續往前走一步，再吸了一口氣。只要像這樣再走幾步，她就有可能走到山頂……

通往山頂的路很陡，尖如刀鋒的山脊僅寬如她腳上的靴子，兩邊都是陡峭的懸崖。她以為自己會因此恐慌，但是卻沒有感覺到害怕。她的身體像是超脫了一切，不由自主地往前移動，向山頂靠近。她的雙腿走著，大腦後來才跟上身體的速度。她現在無法停下來了，她扣上下一條架繩，摸著上升器，走完最後幾公尺的陡坡，一步一腳印地往前。

一步接著一步。

最後她真的走到了。她走到了山的頂端，到了那一團標示著山頂的雜亂祈禱經幡前。從英國出發後的第三週，她成功了。從她同意參加登山隊以來，也不過只經過了三個月的時間。

釋放、喜悅和不可置信的感受湧向她。她對眼前的景觀感到驚嘆。她在雲端之上，站在童話故事裡的漂浮城堡俯瞰著世界。她走來的那條路空無一人，不見任何人的蹤影。

塞西莉從羽絨衣關著的口袋裡拿出了手機，很慶幸電池還有電。她調整了一下手臂的角度，希望能拍張好看的自拍照，但她全身被厚重的羽絨包裹，無用的氧氣瓶也重壓著她。在這樣的情況下，要拍張自拍照並不是那麼容易。

她好不容易拍了一張，但臉上巨大的護目鏡根本無法讓人看出那是她。於是她把護目鏡移到額頭上，然後脫下手套，好方便操作手機。她又再照了一張相。

當她把相機放回羽絨服裡，一陣強風差點把她吹倒。這陣風讓她心裡的恐懼死灰復燃，她瞬間意識到自己暴露在危險之中，孤伶伶地站在山頂的高原上。遠處的烏雲隱約可見，或許暴風要回來了。在刺骨的寒氣下，她的手指抽筋。她這才注意到自己拍完照片後，忘了戴上手套。她趕緊把手套戴上，握拳活動手指，讓血液流回來。

塞西莉差點忘了她的登頂紀念物。她從口袋裡摸出那面歪歪扭扭的英國國旗，將旗子覆蓋在其他旗子上，蹲下來把旗子綁好。現在，她成為這山的一部分了。她用手掌撫摸著旗子，閉眼在心中表達感謝。

再度張開眼睛時，她覺得暈頭轉向，不知道自己只是眨了一下眼睛，還是昏迷了片刻？

又或者她其實昏迷了更久？

她聽見一個聲音。

「卡洛琳。」

她把手放在胸前，抓著她的羽絨衣，將身體朝聲音的方向轉過去。道格出現在頂峰小小的高原上。每走一步，他都將冰斧鑿入雪中。

「道格！我不知道你就在附近，我沒看到我後面有任何人。」她這些話是喘著氣說出來的。她在死亡地帶已經待了——嗯，她也不知道自己待了多久，但在沒有氧氣的狀況下，她已經待太久了。她搖搖晃晃地站了起來。「我登上頂峰了！你相信嗎？我做到了。我真的做到了！」

道格的表情相當痛苦，他眉頭深鎖。「妳不該到這裡來的。我告訴過妳要和其他隊員及雪巴們下山。但我發現妳往上爬了，我不得不來找妳。」

「你有叫我下山？」她皺眉。她記不得有這件事。她或許漏聽了道格的指示，但他真的有叫她下山嗎？

「妳來這裡是個巨大的錯誤。」他說。「妳的輕率會讓妳付出代價的。卡洛琳——」

「不，道格，我是塞西莉。」難道他頭昏了嗎？雖然他也沒戴氧氣罩，但他的眼神卻如此清晰和銳利。

「沒錯，妳是塞西莉，但卡洛琳死了，都是因為妳。」

道格大步向她逼近，她向後退了一步，頂峰的高原在塞西莉腳下越來越窄。

「卡洛琳是我的女兒。」他說著，越來越靠近塞西莉。

「道格，我不認識她，我想你搞錯了。」她無法將目光從他身上移開。

「妳不認識她，但是妳殺了她。」

道格的話如颶風般撲向她。「什麼？」

他眼中噙滿淚水，塞西莉的背緊貼著堆滿旗子的小丘，她握拳緊抓著那些旗子，死命地抱住山頂。

「妳在雪墩山上發生的事，妳魯莽、愚蠢的決定。那個試圖幫妳的女人……」

卡莉。

卡洛琳。

不可能。

「不——」塞西莉結巴地說：「她的姓是……是哈洛朗。」

「那是我妻子婚前的姓。」

塞西莉心跳漏了一拍。她想起那個女人令人安心的微笑，還有她們幾個小時的交談，以及她在山上奉為圭臬的格言——不厭其煩。然後她想起了卡莉的尖叫聲，和那個只要她移動一步就可以避免的意外。

妳發出求救訊號，塞西莉。妳是個英雄。詹姆斯的聲音是如此肯定，但是她仍舊背負著罪惡和羞恥感。而現在她竟然得知卡莉就是道格的女兒？

去年十月，道格崩潰，捱了極限巔峰的客人。當時他家裡傳來的壞消息……原來就是他女兒的死訊。

「道格，我很抱歉。她摔下去了。我很抱歉。」她重複著。她暈了過去，視線無法集中。她試著呼吸，但無法做好任何一個動作。

道格連看都沒看她一眼。他的目光集中在日出上，盯著雲朵生成的溫柔粉紅泡泡，金色的光芒灑在群山的頂端，像是孩子對天堂的繪畫變成真實影像。「現在妳會像她那樣死去。」他戴著手套的手握緊拳頭，羽絨手套也跟著鼓起成球狀。

塞西莉的心臟幾乎要跳出來了。

有個想法從她缺氧的腦中衝破重重迷霧，變得無比清晰——道格是個危險人物，她得逃走。「道格，拜託……不要這樣。」她的手在安全吊帶上不斷摸索著。「我不想落得和伊莉娜一樣的下場。」

道格搖搖頭。「妳完全搞不清楚狀況，對吧？沒有人可以救妳脫離接下來發生的事。」

他靠過去，伸出他的手，塞西莉尖叫。

49

塞西莉找到了她在摸索的東西，她的手握住了道格在那次訓練前給她的摺疊刀。刀子就掛在她的無鎖扣環上，她只需要找到扣環的閘門，然後打開……

她的尖叫聲讓道格亂了分寸，正好為她製造逃脫機會。她手拿著刀向前衝。

她成功了。道格沒預料到她會反擊，他往後跳開，刀鋒劃過了他的衣服。這給了塞西莉足夠的時間逃離山頂的高原。

塞西莉此時身上並沒有扣著任何架繩，但老實說，和剛才的惡夢比起來，她寧可面對現在的危險。

她看了看腳下險峻的坡度，覺得自己還是得扣上架繩才行。

山頂下的錨點纏著一堆繩子，她隨意抓起一條繩子就直接扣上安全扣。她大膽地再回望一眼山頂的小小高原，道格還沒跟上來。她現在身處八千公尺的重重雲霧中，也只能相信自己的直覺了。

她緊緊抓著繩子，側身走下山。她的心臟因腎上腺素作用而狂跳，缺氧讓她視線迷濛，握著登山扣的手也感到麻木。

她把注意力集中在繩子上，沒發覺冰爪上的一根爪子已經卡到另一腳的綁腿。她被絆倒了。大腦還來不及理解自己犯了什麼錯誤，她的身體就已經開始墜落，肩膀大力撞擊著山體。她失去控制，只能任山坡擺佈。她想起先前受過的訓練，試著用戴著手套的雙手阻止自己下滑，但徒勞無功。她的冰斧和登山杖都放在四號營，她的手太虛弱了，無法止滑，也無法有效抓握住冰面。然而她並不害怕，因為如果就要死了，現在做什麼也無法改變結果。

最後她的安全備用繩卡住了架繩，她瞬間感到一陣猛烈的拉力。墜落的速度慢了下來，她開始能把手指和膝蓋插進雪裡，阻止下滑。她的心臟在胸口大力跳動，就像電鑽上下震動那樣。

她躺在山坡上，只是呼吸著。她緊緊閉著眼，不想面對自己處境的現實。

她不知道自己在那裡躺了多久。時間在死亡地帶悄悄地流逝，幾分鐘感覺起來像是幾小時。不過回想起在帳篷裡打包，塞西莉也覺得那像是幾分鐘前才發生的事。

她輕輕眨著閉上的眼，最後張開眼睛。一看見明亮的雪地，她就露出痛苦的表情。此時，塞西莉停在一個小小的岩架上，岩架幾乎不到她靴子的寬度。她謹慎地用腿部施加壓力，把冰爪踩進雪裡，試著創造一個安全的立足點。

但左腿痛得她大叫，膝蓋也抗拒著這個動作。

「救命！」她大喊，但發出來的聲音不過是一陣沙啞的氣音。除了道格之外不會有人聽到她求救，而道格希望她死。

她感覺到繩子上有一股拉力，於是她往後拉，讓繩子上的人知道她還活著。寒風中她似乎聽到有人在叫她的名字。雖然剛才的墜落感覺毫無止境，但停下來之後，她發現自己跌落的距離似乎離原本的路徑不遠。

她又再拉了一下，沒想到繩子竟然掉了下來。她盯著繩子末端的切口，上面的纖維看起來像是斷掉了。是被切斷的嗎？還是她剛才扣上的繩子原本就已經受到磨損，因此才斷掉？

她真希望自己有足夠經驗能判斷兩者的差異。

忽然間，風停下來了。她聽見高處有個聲音，是無線電斷斷續續的聲音。「塞西莉摔下去了。」她聽見對方說。「救不了她。」

道格並沒有打算救她，他連嘗試都不想。他看著塞西莉摔下去，然後把她一個人留在那裡等死。

不過塞西莉還沒死。

她咬牙忍住身體的疼痛。

這時候，她的四肢張開貼在冰雪上，試著阻止自己往下掉。她再次經歷了動彈不得的窘境。只是這次是在死亡地帶裡，她留在這的每分鐘都在邁向死亡。她不能就這樣待在這裡。

「妳還好嗎？」

她聽見有人說話，是個女人的聲音。她抬頭一看，燦爛的陽光刺痛了她的眼，她立刻露出痛苦的表情。護目鏡在她墜落的時候被撞歪了，她在口袋裡摸索著太陽眼鏡，把眼鏡抓出來戴在臉上。

「我不行了！我動不了！」她試著大叫，但她的聲音出不來，聽起來含糊不清。她的每個字都被不規律的喘息打斷。

「我看到路了，只要再走幾步就到了。妳可以的！」塞西莉聽見那聲音說。她鼓起勇氣，再次抬頭往聲音的方向望去。山還是一如往常的空蕩，上面真的有人嗎？

不重要。這次，她必須自己動起來。

*塞西，要靠自己站起來。*她聽見祖母的聲音。

她試探性地扭動沒有受傷的那隻腳，把腳拖到下方，然後搖搖晃晃地站了起來。她側著身體移動，盡可能將冰爪踩深，然後再把另一隻腳往前移。她的動作費力而緩慢，但終究慢慢地開始在山上移動了。

「我來了！」她大喊。或許她根本沒喊出聲，她無法分辨自己到底有沒有真的大喊。無論如何，她在移動，這才是最重要的。

每當她的腦袋記起現在面臨的危險、在死亡地帶裡沒有備用氧氣、也沒有人會來救她，她就會停下腳步，等這些想法過去。每當她受傷的膝蓋不夠強壯，無法把雪推開時，她就用手去推。她的手套因為推雪而濕透，但她沒有其他選擇，只能繼續戴著手套。

她就這樣一次一小步，慢慢地往前。

當她看見雪地裡探出一條亮藍色的架繩及一連串腳印時，她幾乎情緒崩潰。她撲向那條繩子，如果她的臉沒有被脖圍蓋住的話，她可能會親吻那條繩子。她在繩子扣上安全扣，然後真的跪倒哭了起來。

她知道自己必須再站起來，至少現在已經可以很容易判斷要往哪個方向移動了：往下。道格正在山上的某個地方，他以為她已經死了，摔下去了。他告訴塞西莉要下山，當他發現她沒下山時，他跟著她上到山頂。

他上山是為了救她嗎？還是要趁機在沒人看得見的地方殺了她？許多想法在塞西莉腦袋裡動個不停，沒有一件事說得通。她剛才確實聽見卡莉的聲音從上面呼喚她，她聽得一清二楚，卡莉要她動起來。這顯然是她的大腦在捉弄她。會不會道格其實沒有真的出現在山頂？畢竟塞西莉內心藏著那麼多罪惡感和羞愧，在三號營說出自己的經歷後，這些感覺都浮上表面，她當然可能會因此想像出一個卡莉身邊親近的人。她最恐懼的就是被指控害死卡莉，而這樣的惡夢在山上成真了。

山頂的架繩是真的嗎？

她不知道，但她知道她的恐懼是真的。

她腿上的疼痛也是真的。

逐漸靠近的風暴也是真的。

她可以感受到風暴在她身後逐漸成形，風在她背上吹襲的力道逐漸增強。她必須在風暴來臨前趕快下山，她需要找到艾莉絲和札克，確認他們安然無恙。如果在山頂發生的一切不是她的幻覺，那她也需要到一個道格無法單獨靠近她的地方。

她在路上四處張望，並沒有看見道格或其他人的身影。這再次證明，山上發生的一切是她的幻想。風在此時再次大了起來。

呼吸，塞西莉。

冷空氣灌進她的肺。很奇怪，她曾想像在這個海拔高度上呼吸時，會感覺透不過氣，快要窒息。或許某種程度上就像溺水一樣。

但事實上並非如此。

從她的脖圍到墨鏡間，她可以感覺到寒風刺痛她臉頰上露出的一小塊肌膚。接著一股更猛烈的強風向她的身體襲來，幾乎讓她跪下。

高山上雖然有空氣，只是不像平地習以為常的那樣。她精疲力竭，拖著身體在雪地裡掙扎著往前。不只是她的肌肉，她的血液、肺部和大腦都感到非常疲憊。

原因很簡單，空氣中的含氧量過低，份量不到她身體習慣的三分之一。手錶上的高度顯示，她現在仍在八千公尺之上，在死亡地帶裡。

她的心臟跳得很快。她回頭看了看，道格跟在她後面嗎？她停下腳步，一個巨影就在她身後幾公尺，大步踩在剛下的雪上，跟蹤、追趕著她。不……她眨了眨眼，意識到原來那只是山腰上的一朵雲影。

腦中氧氣不足時，連她自己眼睛所見的都不可信。

所以道格跟來了嗎？還是他在前面的路上等著？

她以為自己的心臟不可能再跳得更快了，但她的心確實繼續在胸口狂奔。她大口吸入稀薄的空氣，呼吸也更加急促，感覺頭暈目眩，幾乎要昏厥。

道格在後面或前面又有什麼差別？

晚點再擔心他吧，現在先想想要怎麼活下去。

她以身體能力所及的最快速度移動。只要走錯一步，就會跌落幾千公尺。而鬼魅般的腳步聲，也如影隨形地縈繞她身後。

她必須走下這座山。

而她只能靠自己了。

接著她的目光捕捉到一件亮粉紅色的登頂服，那人坐著的位置有點偏離路徑。是艾莉絲，謝天謝地！艾莉絲的登山經驗很豐富，或許她可以向塞西莉解釋剛才發生的事情。也許先前要她動起來的那個說話聲就是艾莉絲的聲音。

塞西莉跌跌撞撞地走過雪堆，沿著路上的腳印走向隊友。她把脖圍拉下喊著：「艾莉絲！艾莉絲！」

就在此時，一陣風打在塞西莉臉上，艾莉絲也在這時轉向了她。塞西莉用手抱住頭大力咳嗽，咳到腰都彎了。

她吃力地走完最後一段路，抓著好友身上的粉紅色布料，等待另一陣風從頭頂吹過。

「艾莉絲？我是塞西莉啊！妳還好嗎？」她搖搖對方的手臂，但是艾莉絲的身體在她手中卻毫無動靜。

艾莉絲死了。

50

嗚咽的哭聲從她唇間溢出，絕望從她心頭升起。

她再次搖晃艾莉絲的身體，不願接受眼前的事實。

「艾莉絲，醒醒！拜託。」她多麼希望好友能再次露出招牌微笑。在艾莉絲冰冷的白色肌膚對照下，她唇上的紅色口紅看起來就像一道可怕的傷痕。

怎麼會發生這種事？淚水從塞西莉的臉頰流下，在她臉上凝結。她試著移動艾莉絲的身體，把已經毫無生氣的手臂放在自己脖子上，試著拉她起來。她希望盡可能把艾莉絲的屍體帶下山，但她已經好幾小時沒有足夠的氧氣，她沒力氣了。

她不得不放下艾莉絲。

艾莉絲是他們當中最強的登山者，她的結局不該如此。

塞西莉把艾莉絲放回雪地上，她衣服上的帽子順勢向後滑下，塞西莉看見她脖子上有一滴暗紅色的血。塞西莉的心臟怦怦直跳，她輕輕轉動艾莉絲的頭，發現有一道傷口從她後腦勺裂開，她的頭髮和凝結的血液已糾結成塊。

塞西莉震驚地抽回自己的手。

這是道格做的嗎？

她蜷縮在艾莉絲身上。她不能在這裡久留，否則她會在艾莉絲身邊凍死。一想到要把艾莉絲丟下，塞西莉的心都碎了。若是艾莉絲的屍體在風暴後會被掩埋，她希望能為艾莉絲的家人留下一點遺物。

此時她已頭痛劇烈。困惑、噁心、頭痛、幻覺——這些都是高山腦水腫的典型跡象。她的膝蓋在羽絨衣下抽痛著。

但是她突然靈機一動，想到艾莉絲的相機。她覺得自己像是差勁的拾荒者，拉開艾莉絲上衣的拉鍊，在裡頭翻找著相機。可是相機不在艾莉絲平常放的口袋裡，塞西莉也不忍心繼續在她身上亂找。接著，有樣東西吸引了塞西莉的目光——那條琉璃墜飾的項鍊。於是她解開鍊子，把項鍊塞進自己的口袋。

她隔著手套親吻艾莉絲的手，然後翻過身，開始蹣跚地前進，在猛烈的強風中把姿勢壓低。

她不知道自己走了多久，但當她看到四號營的第一個帳篷從霧茫茫的雪景中出現時，她在脖圍下開口大叫。這代表兩件事：第一，她已經離開死亡地帶了。從現在開始，她的每個腳步都會越走越有力。第二，或許——只是或許，她能在這裡找到人幫忙。她也不確定自己還能撐多久。

她把安全扣從營地前的最後一條架繩上解開，跌跌撞撞地走進最近的一座帳篷。風聲隔著帳篷的塑膠布呼嘯著，幾乎不給她任何喘息的空間。她把膝蓋抱在胸前啜泣。她現在很冷，她顫抖著、哭泣，頭和肺都在發燙，她只想回家。

然後她聽見一個令人驚恐的聲音。

又是那一串哨音——低，低，高，低。如果這又是她的幻覺，她真希望幻覺能消失。

道格。原來一直都是道格。

艾倫，伊莉娜，艾莉絲。

現在在營地裡，他要來找她了。

那陣哨音讓塞西莉從昏迷中驚醒。她的手錶在摔倒的時候徹底撞壞，手機和相機也沒電了。她知道道格已經透過無線電向大家宣布她的死訊，但現在她沒有任何電子設備可以發出求救訊號。

沒有人會來救她。

她躡手躡腳地爬到外面，保持低姿勢。

忽然間，她眼前閃過一個人影，那是道格的海軍藍羽絨衣。他在營地裡大步行走，沿路打開每個帳篷的擋板。他的腳步逐漸逼近塞西莉，於是塞西莉移到帳篷後，閉著眼睛，幾乎停止呼吸。如果道格發現她在這裡，她不知道還有什麼方法能保護自己。還好他只是打開帳篷前的擋板，看到裡面是空的就走了。

塞西莉鬆了一口氣。

但接著有人伸手抓住她的手臂，她的心臟幾乎要跳出來了。她想大叫，但是聲音被脖圍擋住了。那隻手抓著她，她跟著踉蹌地後退，被拉進了另外一個帳篷。

一進到帳篷她就被放開了，她轉身一看，發現是札克。

「塞西莉，天哪！還好他媽的是妳！」札克把塞西莉拉過去用力抱住，力氣大到她剛才摔倒的瘀青都被壓痛了。她痛得大叫。

札克似乎沒有注意到塞西莉的反應。「道格把我叫起來，要我下山。老實說，我有點生他的氣，但是我還是開始收拾東西。結果，妳看……」他打開手掌讓塞西莉看他的機器，他的GPS通訊設備和相機全都被砸碎了。「我跑到外面找道格，但所有人都離開了。雪巴、隊員，所有人都不見了。我的設備壞了，根本沒辦法發出求救訊息。我試著尋找架繩，但是天氣變壞，我沒辦法繼續。我試著回到自己的帳篷裡，大概走錯四個之後才找到自己的帳篷。我真不知道自己還能做什麼。」札克搖搖頭，「妳不知道我多高興看到妳。還有其他人在嗎？」

「我想或許道格……」

「太好了！我們去找他，離開這座該死的山。」

塞西莉在札克離開帳篷前抓住他的手臂。「不，我們必須小心，道格很危險。他跟著我到山頂……在那裡攻擊了我。」

「該死！」札克的聲音出奇地平靜。

「你好像不意外？」塞西莉對他冷靜的反應感到訝異。

「不，天啊！我很意外。只是……現在有些事情好像說得通了。」他把手伸到背後，拉出一個小小的黑盒子，上面立著許多天線。「我在找自己的帳篷時，在道格的帳篷裡發現這個。」

「這是什麼？」

「訊號干擾器。這個混蛋！我真的無法相信，但他肯定一路上都這樣搞。我們根本從來就沒有機會成功登頂，是吧？」

「他以為我死了。」塞西莉從縮緊的喉嚨裡發出破音。

札克放下干擾器，握住她的手。「塞西莉，沒關係，我們會一起度過這個難關的。」

「不只是這樣，還有艾莉絲。她已經死了。」

「什麼？」札克踉蹌地退後，手抓著自己的臉。

「我看到她躺在雪地上，她的後腦沾滿了血。」
「不，不，不！道格不可能這麼做的，他不可能會傷害妳。」
塞西莉壓低了聲音。「他認為我殺了他的女兒。」
「可……可是這沒道理啊！」札克結巴地說。
「記得我告訴你們的故事嗎？在雪墩山上的故事？那個死掉的女人，就是他女兒。」
「噢，我的天哪！塞西莉……可是妳知道那不是妳的錯，對吧？」札克把塞西莉拉近自己。暴風襲擊他們的帳篷，札克揉揉自己的眉毛。「我真的不敢相信！那他又為什麼要殺死艾莉絲？」
「他認為艾莉絲是來監視查爾斯的，為了抓到查爾斯作弊的把柄。道格的事業是靠查爾斯建立起來的，札克，他不想要有任何人事物毀了這一切。」
他們的帳篷在風中搖晃著，帳篷的桿子向內彎曲。塞西莉和札克對看，他們對視了一會兒。
「我們現在該怎麼辦？」札克問。
塞西莉嚥下口水。「就像你說的，我們必須離開這座該死的山。」

51

「我們兩個應該要綁在一起。」塞西莉說。「如果我們其中一個人掉到冰隙裡，不管怎麼樣都會死，這時候擔心道格和暴風根本沒什麼意義。」

「說得沒錯。妳有多的繩子嗎？」

「沒有，你有嗎？」

「沒有。」

他們大眼瞪小眼。塞西莉開始搖頭，「我們不該在這座山上的，我們根本沒準備好，我們不是真正的登山家，我們只是……只是高山上的觀光客。」

「唉，我可沒料到雪巴會拋下我們！也沒料到我們稱為隊長的人原來是個神經病！他媽的，我們到底該怎麼辦？沒辦法離開，又不能留在這裡，這下死定了。」

他們兩個看著對方。儘管沒有多餘的繩子能讓他們綁在一起，但面對這個難關，他們必須同心協力才真的能有成功的機會。

札克看著塞西莉，塞西莉發現他眼中已微微浮現歇斯底里的情緒。塞西莉知道他們的角色將彼此互換。札克在某些時候是比較穩定的那個人，是他們的支柱；但現在，塞西莉知道自己必須成為札克的支柱。

「聽著，風已經停下來了，道格也正在某個地方繼續移動，代表他不急著尋找躲避之處，這或許也說明了現在正是適合移動的時間點。我們必須盡可能輕裝上路，我的氧氣瓶已經壞了，所以沒必要再帶著瓶子到處跑。」

「我的也壞了。難不成又是另一個巧合？」

塞西莉根本不想多想。

「幾點了？」她問。

「十點。」

她嚥下口水。他們在七千公尺以上已經待了超過了二十四小時，實在太久了。

「走吧！」她說。

他們讓身體維持低姿態，走進白茫茫的荒野中。第一個挑戰就是如何找到架繩。如果能找到架繩，他們或許就有機會下山。

她帶頭，札克走在後面，他的每個動作都很遲疑。沒關係，她做得到。她沿著帳篷的繩子尋找線索，但現在能看到的繩子很少，她不知道繩子的末端會在哪。接著她看見了一樣熟悉的東西：她的冰斧。冰斧就立在她帳篷前的雪地，她抓起冰斧，掛在自己的安全吊帶。有了冰斧，她覺得自己更強壯了。
最後她終於發現了一團顏色鮮豔的繩子。「在這裡！」她大叫。她摸索著扣環，把扣環扣上架繩。這條繩子通往下坡，所以一定是正確的路線。
「來吧，札克！」她隔著脖圍說。他抓緊塞西莉穿著羽絨服的手臂，塞西莉確定札克的扣環也扣上了，他們才繼續往前。兩個人就這麼一起往下移動。塞西莉還記得上來的坡度有多麼陡，因此下坡路上他們也必須緊緊抓住繩子，免得滑倒。她的膝蓋此時出現劇烈疼痛，每一步都像是大力的撞擊。她並不想死，她也還沒準備好要死。
繩子壓進她的手臂，還好她往下的時候沒有失去控制。她看過雪巴飛快地從繩子上滑下去，用動力推動自己的身體，可是她既無法達到那樣的速度，也沒有他們那種自信。
他們往下的過程中，札克開始不耐煩。到了下一個點，便換他帶頭。
他們下山的時機正巧，厚重、潮濕的雲層將四周陡峭的斜坡都遮蔽了，他們的視線範圍因此變小，也讓他們的恐懼免於加劇。塞西莉內心有一部分其實希望道格已經迅速地下到基地營，把他們丟在山上等死，不過他又要怎麼解釋隊員不見的事情？她實在想不通。
札克停了下來，塞西莉在他身後也被迫停下。她的膝蓋往前彎，跟著跌倒。繩子壓進了她的手臂，但還好她沒事。「怎麼了？」她在風中試著大叫。
「該死！繩子被移走了。」

她停頓了一會兒，試著弄懂他的話。「你是什麼意思？」

「妳自己看。」

架繩的錨點還埋在雪裡，但繩子卻消失了。

「我的天哪！」塞西莉不敢相信道格竟然做這種事。在高海拔山上有一條不成文規定：不可以破壞架繩。對其中一個團隊有幫助的東西，也能幫助到其他團隊。但道格卻破壞了架繩，違背他一生堅持的所有價值。他真的決心讓他們沒有機會下山。

前面的路況看起來不會太差，只要他們格外小心，並同時將冰斧打入地面，他們就有可能在無架繩的狀況下往下移動。

他們也沒有其他選擇了。

「來吧！我們可以辦到的，我們不可能往回走了。」塞西莉對札克說。「唯一的路就是往前。」

札克在他的羽絨服裡發抖，他眼中的恐懼很強烈、很真實。

「冷靜，呼吸。」塞西莉引導著即將失控的札克，他得控制住自己，不然一切就完了。這就是查爾斯說過的內在殺手。一旦札克對恐懼屈服，就會害死他們兩個。在這種天氣下，只要走錯一步，一個恍神，他就死定了，而且很可能也會把塞西莉一起拖下水。

塞西莉抓著札克的肩膀，把他帶到一個雪堆上，他們身上的扣環還扣著前一條架繩。或許札克的發抖不只是出於恐懼，而是身體瀕臨崩潰的訊號。

塞西莉不停扭動自己的腳趾，讓它們保持溫暖，同時也動著手指，拍打雙手。但札克只是坐著，動也不動。

「來吧，札克！」她對他大叫，搓揉他的手，試著讓他恢復動力。「撐著！」

他需要水。塞西莉在羽絨服胸前的口袋裡摸索，她只敢把拉鍊拉開一點，但是冷空氣還是像沙灘上的海水般灌了進來，冷到她骨子裡。

她拿出半公升的水壺，但裡面已經空了，另外一個水壺也只剩下幾口水。

不管怎麼樣，札克如果死在她面前，她會徹底瘋掉。因此讓札克活著是她現在唯一專注的焦點。她用手抓著札克的臉，把水灌進他的喉嚨裡。幸好札克終於有了反應，他眨眨眼，塞西莉看見他的眼神恢復明亮。

「塞西莉？」

「我們會成功的，札克，但是我們必須繼續前進。」塞西莉用手在雪地上挖來挖去，雖然雪水浸透了她的羽絨手套，但一切辛苦都值得，因為她終於找到了地上的架繩，繩子根本沒被人移走。一個小小的錯誤，一個錯誤的判斷，一個不小心，他們兩個就會一起垮掉。

「札克，你看！」她大叫，興奮到幾乎神智不清了。但札克的身體在搖晃，塞西莉伸手把他的安全繩扣在前一條架繩上，再把他的第二條安全繩扣在她的安全吊帶上。可是繩子太短，沒辦法讓他們輕鬆地綁在一起，然而這是她在這個情況下唯一能想到的辦法。她讓札克走在她前面，因為如果札克從她背後撞上來，她就無法阻止兩人同時摔下去。不過札克如果是在她前面跌倒，她至少可以撐住自己，或甚至切斷他們兩人之間連結的繩子，或許。

「我不會讓你死在我面前的。」塞西莉說的這番話比較是為了增強自己的信心，而不是札克的信心，反正他此刻也已經沒在認真聽。塞西莉手裡抓著繩子，一邊哄札克走下山。有好幾個驚險時刻，札克都像是要滑倒了，但靠著塞西莉的意志力和她踩在雪地裡的冰爪，札克始終緊貼著山的表面。

她知道隨著高度降低的每一公尺，札克的狀況就會越來越好。他們每走一步，就更加靠近三號營，他們很快就能抵達安全地點了。這樣的想法成了塞西莉當下的動力。

她在腦海裡想像這條路上漫長而筆直的山坡，這裡並不是冰隙遍佈的區域，因此她有足夠的信心，三號營很快會到。

在某種神奇力量的驅使之下，天氣慢慢地平靜下來。這反而讓塞西莉注意到自己身體的疼痛和疲倦。她覺得手中的冰斧很沉重，但每走一步，她都用盡力氣將斧頭刺入地裡。她擔心自己的膝蓋若是朝著正面走路，會撐不住，因此她側著行走。到了下一個錨點時，她解開她和札克中間的安全繩，札克已經可以自己撐住了。

她輕敲他的肩膀，不發一語地指出下方不遠處的黃色。他們幾乎要抵達三號營了，札克點點頭。

塞西莉的手已經麻木了，手套上的濕氣凝結成冰，她不知道自己最後是否能保住手指。馬納斯盧。這原本應該是難度最小、最容易征服的一座山，是能讓查爾斯輕鬆駕馭，榮登世界最偉大登山家寶座的一座山。但查爾斯現在人又在哪兒呢？他登頂了嗎？他想獲得世界認可、創造歷史性榮耀的願景，是否會在這麼多堆積的屍體下黯然失色？

他們走到第一個帳篷，就栽了進去，終於從寒風中獲得片刻喘急的機會。只不過，這樣的解脫只是短暫的，他們身上依舊沒有任何食物。

塞西莉把背上的背包扯了下來，上頭已蓋了一層冰霜，背包從藍色變成了白色。她掙脫背帶時，上面的冰霜跟著破裂。她用手指努力地把拉鍊拉開，但她沮喪地大叫。她知道包包裡還有另一副手套，她必須把它們戴到手上。

札克試著幫忙。背包放在他們中間，兩個人各拉一邊，最後終於打開了拉鍊。塞西莉從上面伸手進去抓出了手套。

她這時不得不感激自己先前的準備工作，因為背包頂部的格層裡，還放了一些暖手器。

她把暖手器打開，塞進手套裡，祈禱它們能及時救回她的手指。她用最快的速度換上乾淨的手套，不敢看自己的手一眼。

「我們完了！」札克哀嚎說。

「你背包裡有什麼可以吃的東西嗎？穀物棒之類的？」

他搖搖頭——他準備得還真齊全！

塞西莉認為自己應該有帶吃的，但她在背包裡找了很久都找不到。即使她已經在手套裡放了暖手器，她的動作還是很慢。最後她終於找到一條巧克力棒，不過巧克力棒已變成一團結凍的巧克力泥，她根本咬不動，而且巧克力棒也幾乎不具任何營養價值。

塞西莉聽見外面有個聲響。和風聲不同，是雪地上的沙沙聲。

她緊緊抓住札克的手，他哼了一聲醒來。塞西莉沒有注意到他睡著了。

「怎麼了？」他昏沉地問。

「札克，帳篷外面有人。」

她幾乎是用耳語的方式對札克說話。札克意識到發生了什麼事，瞪大眼睛。但這個腳步聲不太一樣，聽起來比她印象中道格的腳步聲更輕盈。

這給了塞西莉一絲信心，但她也不能輕舉妄動，於是她握緊了冰斧的手把，躡手躡腳地往帳篷入口爬過去。札克猛烈地對她搖頭，塞西莉看著他，他漸漸停下來。然後塞西莉點頭，札克也點頭。

塞西莉不知道為什麼札克會相信她，因為她根本也不相信她自己。

她小心地拉開帳篷的擋板，另一手舉起冰斧。

52

「我們得救了！我們得救了！」札克搖著塞西莉的手臂。「格爾登，我們在這裡！」他大喊。

格爾登聽見呼喊的聲音，把頭轉了過來。他一看到他們倆，眼睛都亮了起來。塞西莉也和他感到同樣欣慰。

他在雪中奔向他們。塞西莉注意到他一隻手臂緊貼著身體，脖子上掛著臨時背帶，將手腕固定住。「札克、塞西莉，你們還活著！」他跪下來抱住他們。「昨晚道格命令我們跟著極限巔峰隊下山，他們需要額外的人手幫忙把客戶帶到基地營。道格說我們的登頂計畫已經結束，等你們睡醒之後，他會在早上把你們都帶下山。其他人和極限巔峰隊今早都抵達基地營了。」

「你怎麼沒跟他們下去？」塞西莉問。

「我的手臂狀況很不好，所以需要在二號營休息，他們繼續往下走。我從無線電聽到妳摔下去了，塞西莉。」格爾登的聲音哽咽，他把頭埋進沒受傷的那隻手裡。「我需要回到山上，看看能不能找到妳。我一開始就不該離開妳的……」

「你也不知道會發生這種事。」塞西莉說著，隔著手套緊緊抓住他的手。「可是你現在在這裡。我們需要幫忙。」

「讓我先用無線電通報你們沒事。」格爾登送出訊息，通知山下他找到塞西莉和札克，並告知他們會離開三號營。他等了一下，想聽到確認的回音，但他們只聽到靜電的干擾。一陣強風吹過帳篷，他們三人不得不縮在一起，抵抗風的力道。「我們不能待在這裡。太危險了，我們得下山。」

「來吧，札克！我們再走一下就到了！」塞西莉試著用積極的口吻說。

札克閉上了眼，她很害怕他再也不會張開。但當他再次張開眼，他以充滿力量的眼神盯著塞西莉。這讓她受到了鼓舞。札克以某種方式，從某個地方重新獲得了力量，而她現在也要深入自己內心深處，向正在吶喊著要活下去的那個小小部分支取這份力量。

「等等，格爾登。我們已經好幾小時沒吃沒喝了，你有東西可以吃嗎？」

「我看看。」格爾登從外套裡拿出了幾條點心棒，並從背包裡拿出一壺熱茶。塞西莉此生從來沒為任何東西如此感激涕零。她的嘴唇冷到無法和保溫瓶的瓶口密合，幾乎無法順利把茶喝進嘴裡。她的情況比她自己想像的還糟。她飢餓地大口咬下燕麥棒，但她的牙齒卻難以咬碎堅硬的混合物。終於咬碎之後，口裡卻又太乾而無法將食物溶解。無論如何，她還是將固體的碎片吞了下去，因為她的身體需要這些養分。

札克的狀況比她更糟。茶從他的下巴灑下來，羽絨服上的茶水比流進他嘴巴裡的還多。

「是時候該走了。我沒辦法背你們兩個，我們三個人得綁在一起，或許稍後會找到人幫助我們。」格爾登從背包裡解開一捆繩子。他把札克排在他和塞西莉中間，這代表他認為塞西莉是他們兩人中，比較強壯的那一個。不過這個想法並不怎麼令人感到欣慰。

格爾登確定三個人的狀況都沒問題後，就開始向外走。他們也別無選擇，只能跟著他走。如果沒有格爾登，他們是絕對無法離開這裡的。雖然現在雪稍微變小了，不過地上所有能幫助他們找到路線的腳印都早已被大雪覆蓋。

灰色的陰影籠罩了天空，時間感和方向感也跟著變得模糊。或許是因為塞西莉缺氧才有這種感覺。他們驚險地沿著一道陡坡走著，但塞西莉已無暇感覺恐懼。

他們走得很快。札克在掙扎，但塞西莉和格爾登靠著架繩，還是讓他靠著自己的雙腳走下去。塞西莉很害怕道格在山上跟蹤他們，不過有格爾登和他們在一起，她知道逃脫的機會更大。

他們只能不斷前進。

這段下坡路上，有部分陡峭的路段是需要垂降。第一次垂降的時候，札克跌倒了。格爾登努力把他抓牢，塞西莉也差點被拉倒。塞西莉突然覺得和札克綁在一起不太妥當。

格爾登也有同感。到了下一個垂降點，他停下來解開他們之間的繩子。在這個垂降點如果有人跌倒，後果會更不堪設想。塞西莉緊抓著架繩坐在雪裡，讓身體恢復能量。她希望二號營就在附近。

她實在很想就這樣縮在雪堆裡睡著，這樣會很可怕嗎？

格爾登努力集中精神，試著規劃出一個能把札克垂降到下面的方法。他看到塞西莉心不在焉，便搖搖她的手臂。「塞西莉，我必須跟札克一起下去。妳在我們之後垂降下來，可以嗎？我會讓你們兩個都活著下山。」

她點頭，接著把她的八字型金屬環穿到繩子上。格爾登看了似乎很滿意，便回頭開始幫助札克。

輪到塞西莉的時候，她花的時間比平常更久。雖然膝蓋疼痛不堪，但她還是辦到了。他們抵達了二號營上方，邊上有個帳篷半埋在雪裡，再過去有一道巨大的冰隙。

格爾登揮手要她過來。「札克需要地方休息，我們試著把他移到帳篷裡吧！」塞西莉點頭，將札克的手臂繞過她肩膀，但她力氣不夠，無法把他撐起來，她的膝蓋忍不住彎下去。

「沒有用的！」她倒下，札克也跌進雪裡。她看見格爾登因疼痛而露出痛苦的表情，雖然他極力隱藏。

「別擔心。」他說。「我和札克留在這裡，但是我們需要水。妳過去看看，帶水回來給我們。」

「好的。」塞西莉踉蹌地走到帳篷，把背包和冰斧放在外面。

當她打開帳篷時，裡面已經有人了。

53

「噢，查爾斯！是你，謝天謝地。」她半身癱進了帳篷裡，查爾斯幫忙把她拉了進來。

「塞西莉！妳還好嗎？到底發生了什麼事？我在無線電上聽到格爾登發現妳還活著，我真是鬆了一口氣。」

「他和札克在外面。他們需要幫忙，札克狀況不太好，格爾登也受傷了，他們現在迫切需要水。」

「了解。我知道你們下山，所以放了一些雪來煮水。」他指著火爐上的小金屬罐，爐子就立在他巨大的背包旁。「妳有看到其他人嗎？我在無線電上一直聯絡不到他們。道格呢？艾莉絲呢？」

「艾莉絲……」她好不容易說出她的名字，其他的話卡在喉嚨裡。「她死了，在四號營上面，她的頭部受到撞擊。至於道格，他……他想殺我。我認為他可能破壞了我的氧氣筒。他在山頂朝我撲過來，我之所以能逃開是因為他以為我已經摔死了。」

查爾斯臉上的毛髮沾滿了雪花。他在基地營長出的鬍鬚和濃密的眉毛都因雪花變成了白色，他的雙眼看起來因此更具穿透力，讓塞西莉覺得自己像是直視冰川深處。「山會讓人變得奇怪，尤其是那些絕望、悲傷的人。道格剛好就滿足這所有的條件。」

塞西莉把臉埋進手套裡。「他認為我殺了他女兒。」她啜泣著。一切的驚恐依然讓塞西莉心有餘悸，但她也因為自己終於獲得拯救而感到解脫。她現在和查爾斯、格爾登及札克在一起，道格不可能帶走他們所有的人。

「嗯，但妳確實殺了她，不是嗎？」

塞西莉眨眨眼，坐直了身體。「什麼？我不是故意要在山脊上惹麻煩的。我跟著詹姆斯上了一條他根本就不該帶我走上的路。我卡在那裡……」

查爾斯口中發出嘖嘖聲。「看看妳，現在還在找藉口。妳在道格面前呈現出來的就是目前登山運動中最大的亂源──輕率、不加思考，對山一點尊重都沒有。」

「不是這樣的。好吧，或許我當時是這樣沒錯，但我也學到了功課。」

「是嗎？」他輕輕地說。「看來妳又再次需要救援了。」

「查爾斯，拜託……」塞西莉的呼吸顫抖著，她試著讓自己的注意力集中在眼前的危險，而非過去的事件。狂風掃過帳篷，塞西莉想起兩個還蜷縮在冷風中的夥伴。「我不是這次唯一需要救援的人，我們應該過去幫格爾登把札克帶到帳篷裡來。」她急忙回到帳篷門口，途中不小心撞翻了查爾斯的背包。

背包跟著撞倒了水壺。查爾斯沮喪地嘆氣，試著讓爐火繼續燃燒。他背包的蓋子因此掀開，裡面有些東西跟著掉了出來。就在這個時候，塞西莉看見了前進通訊的相機。

艾莉絲的相機。

她抬頭，和查爾斯冰冷的眼神相對。他知道塞西莉看見了什麼。

塞西莉嚥下口水。她不想開口，但還是控制不住自己：「為什麼相機在你身上？」

查爾斯嘆了口氣，把爐子上的火熄滅。「原本不必這樣的，這不在我的計畫當中。」

塞西莉的目光在相機和查爾斯的臉之間來回，腦袋裡同時拼湊著所有細節。隨著真相大白，她的恐懼也升到了頂點。「是……是你做的？」

查爾斯繼續說下去，彷彿沒聽見塞西莉說話。「我原本是想要你們都登頂，這樣我們就能一起下山，凱旋歸來。不過道格有其他計畫。」

「他一直都知道天氣預報是錯的，也一直阻擋訊號，不讓我知道風暴正要來臨。他希望我被風暴困住。為了掩飾他的謊言，他盡可能把隊伍帶上山。記得他試著要你們在三號營下山嗎？我並不打算讓這種事發生，所以我得分散他的注意力。這就是為什麼我要妳告訴我們雪墩山的事情，因為我知道妳就是他女兒死亡的原因。」

「但……我不明白，是你邀請我來的。」

「我就是出於這個原因才邀請妳。噢，妳真該看看他接到那通電話的樣子。他焦躁不安，不想知道發生了什麼事，但我想知道。我讀了所有跟他女兒死亡相關的文章，人們因為妳發出求救訊號而把妳稱為雪墩山的英雄。妳發表〈無功而返〉之後，我注意到了妳，我知道背後肯定有更多故事。布羅德峰之後，我認為道格開始懷疑我，於是想出了一個計畫，我要帶一整個隊伍上馬納斯盧，讓他忙到沒時間妨礙我。」

「不過計畫沒有成功，他想盡辦法不讓你們上山頂。」

「可是為什麼？」

「他這個愚蠢的傢伙，以為風暴就能攔住我，或甚至殺死我。」查爾斯以一種威嚇的方式從背包上拿下冰斧。

塞西莉的喉嚨被恐懼掐住，讓她更難以開口。「為什麼他要阻止你？」

「他知道我找到了比登頂更讓我興奮的東西。」

「我不懂……」

「妳不懂？」

塞西莉慢慢往後，淺淺的呼吸漸漸加速。她在這裡並不安全。她的身體早就知道了，但她的腦袋花了一點時間才弄懂。道格曾經試著讓他們回頭下山，妳完全搞不清楚狀況，對吧？他不想讓他們和查爾斯一起待在山上。

查爾斯的冰斧末端有一個深色的汙點，塞西莉不想知道那是從哪裡來的。只不過她已經親眼看過受害者，也親手摸過她的血。

「你就是殺人凶手。」她低語。「但是為什麼？」

查爾斯的手指摸著冰斧的弧形刀鋒。

塞西莉口乾舌燥。

「因為我有能力這麼做。」他靜靜地說。「我一直知道自己與眾不同。我還小的時候，道格以為山上的挑戰就足以滿足我的渴望，但後來那變得太容易了，沒有挑戰性。」

「然後在列寧峰那次，大自然對我拋出各種挑戰，而我活下來了。像妳這種人有辦法理解嗎？妳知道需要多大的意志力，才能承受山對你拋出的巨大力量？妳知道需要多大的意志力，才能從重壓著你的積雪底下爬出來，感受陽光照在你臉上，知道自己就是天選之人？那兩個和我上山的人，我原本以為他們很強壯，但他們沒活下來。不，與眾不同的是我，而我想讓世界知道這一點。」

他停頓了一會。「只是世界還沒準備好接受我。我宣布了令人興奮的挑戰計畫——登頂十四，結果有人在乎嗎？人們都很膚淺，那些只會紙上談兵的傢伙竟敢批評我們這些真正在這裡突破人類極限的人。沒人支持我，他們只會說我做的事情太危險。然後在道拉吉里峰上，我遇到那兩個缺氧倒在路邊的傢伙。他們擋住我的去路，我真的生氣了。我用手摸了其中一人的脈搏，是還有在跳，只是很微弱。他如果下山，可能有辦法活下去，而他的兄弟則是要死不活地發出哀嚎。他們兩個都一樣可悲，這種人根本不屬於山。」

「我回到第一個人那裡，在他脖子上更用力施壓。他掙扎了，是啊，他的戰鬥力回來了，為生命和存活奮鬥的力氣。他一直都有這種戰鬥力，只是意志屈服了。如果他早早選擇不放棄，他的身體還可以撐下去，但一切都太晚了……他眼神裡的光芒消失了，而我的臉就是他最後看到的畫面。沒有任何一次登頂能讓我感到自己的能力如此強大。」他說話的時候跟著做出手勢，手指擰著他腦海裡的脖子。塞西莉的喉嚨充滿逆流的膽汁，她手上沒有任何武器，膝蓋也還很痛，唯一的希望就是逃到格爾登和札克那裡。或許他們三個人在一起有能力制伏查爾斯。

「那傢伙太弱了，根本不配出現在那裡。我做的事是對的，我能決定哪個人存活，哪個人死亡。我把他的兄弟帶下山，第二天，我和救援隊回到原地時，他還是坐在哪裡，已經沒了生命氣息，就像我離開的時候一樣。沒有人知道我做了什麼，死亡地帶裡的死亡根本讓人不為所動。況且我救了他的夥伴，成了大家的英雄。」

「這次大家都會知道的。」塞西莉說。「你在想什麼？把全隊的人殺死嗎？不會有人在這種狀況下還認為你是英雄，你的名聲會毀滅的。」

「我的名聲堅不可摧。就像我告訴過妳的，沒有比山上更好的殺人地點。在聖母峰上，只要小小推一下──不，根本不用推，只是輕輕碰一下，不用出什麼力氣，就能讓人摔死。那傢伙以為他看到我使用架繩，就開始散佈惡毒的謠言。他真是狂妄！竟然敢假定我會需要用到他們這種普通人爬山才需要的道具和枴杖。」

淚水滿溢塞西莉的眼中。「但是那些救援行動呢？你……你是要拯救生命，而不是奪人性命。」

「就算偉人也需要好的媒體宣傳呀！」他對自己糟糕的笑話笑了起來。

「所以在卓奧友峰上，格蘭特確實拍到了你的假救援？」

查爾斯不以為然。「我根本沒必要對救援行動造假。我本來是想殺了那個男人，但我看到無人機，只好變成拯救他。格蘭特以為我在演戲，以為可以用這段影像勒索我，他威脅要加入團隊，要得到我的故事的拍攝權。真的很荒謬！不過讓他加入團隊也讓我有機會對付他，毀掉他宣稱他擁有的任何影像。你們每個人都是被精心挑選進來的。艾莉絲，她用她的社交媒體就可以打碎任何惱人的作弊謠言。札克，他那麼有錢，只要讓他來爬山就能夠換取他資助這整個任務，好處綽綽有餘，甚至不用再擔心錢的問題。至於妳，妳是我用來對付道格的祕密武器，妳是我在正確時間點引爆的炸彈。在三號營的時候，道格想讓你們全部下山，但我需要妳在山上成為我最後一次戲劇性救援的對象，讓我因此能名留青史。妳昨晚離開帳篷的時候，我對妳的氧氣瓶動了手腳。我知道氧氣瓶在妳登頂時的某個時間點會壞掉，妳會束手無策，然後我會出現在妳身邊。可是妳真的讓我很驚艷，道格明明要妳下山，妳卻跑去登頂。看看妳在無氧的狀況下走了多遠！」

塞西莉眨了眨眼。一直以來，她都以為查爾斯之所以選她是因為她很強壯，但原來她被選上的原因是因為她很弱。「這一切都是計劃好的？我的天……那伊莉娜？艾倫？你也殺了他們嗎？」

「我花了很長的時間才知道聖母峰那個傢伙在山上到底打電話給了誰。但艾倫在論壇上發文，我看到他要來馬納斯盧，就知道自己的機會來了。至於那個俄國女人，她礙手礙腳的。我必須毀了格蘭特留下紀錄的影片，所以在二號營偷跑進他的帳篷，砸爛他的硬碟，但是被那女人看到了，所以我要在她抵達基地營之前把她幹掉。」

塞西莉用手抱住頭，好似她可以因此阻擋這一切的恐怖事件。但真相就擺在她眼前。

「你為什麼要告訴我這些？」她低聲說。

答案很明顯。他並不打算讓她活下去。如果她想活下去，她得做出更激烈的動作。塞西莉的眼睛瘋狂地在帳篷裡四處張望，查爾斯知道她想做什麼，但他看起來似乎一點都不擔心。

「札克會成為我的救援對象。我想，他的公司之後會對我的努力給予慷慨的回饋。」

「但你為什麼要殺了艾莉絲？」她低聲說。

「她在登頂那一晚來找我，告訴我道格要她下山。她向我坦承她出現在山上的真正原因，她來監視我，並且向我道歉。嗯，我說服她和我去登頂。機會來的正是時候……」他不需要把這句話說完，「我拿走了相機，這樣我就能把它摧毀。」查爾斯把身體移向她，塞西莉往後退縮，但他並沒有攻擊她，只是把相機從地上撿起來。

「我現在就可以這麼做。」他拿起冰斧，在手裡轉了一圈，使勁把相機砸爛。塞西莉無法控制地尖叫。

她開始移動，用四肢爬到帳篷邊緣，衝進暴風裡。

54

「格爾登！」她尖叫。

狂風吹過她的身體，她無法說話。她跪在地上，舉起雙手護著自己的臉。

就在這時，她聽見了那一串口哨聲。那串隨意而悠哉的哨音從她背後的帳篷裡傳出來。

低，低，高，低。

她內心升起一種未曾經歷過的恐怖感，比山上呼嘯的狂風更令人戰慄。

格爾登用沒受傷的那隻手臂把札克拖向帳篷。他們現在又更靠近了一點了。塞西莉的美國隊友看起來情況很糟，他眼睛閉著，頭無力地垂著。

塞西莉抓住格爾登的羽絨服，把他拉走。「我們得離開這裡！」她說。「你抓住札克的另一隻手臂……」她在札克身邊跪下，試著把自己的肩膀塞到札克腋下，撐住他的重量。

「妳找到水了嗎？」格爾登指著帳篷，他依然站著。

「沒有。格爾登，來吧！」

查爾斯打開帳篷的門走了出來。格爾登一看到他，便驚訝地大叫，舉手打招呼。他轉過身來給塞西莉一個大微笑。「查爾斯在這裡，迪迪。」他的聲音充滿希望，「我們現在能走得更快了，我們可以──」

查爾斯揮動冰斧，塞西莉還來不及放聲大叫，斧頭就已正中格爾登的背。她摸索著札克安全吊帶上的扣環，札克和格爾登中間仍有繩子綁住。她不能就這樣放下格爾登，她至少得試試……

道格早就知道了這一切。若不是因為雪墩山的故事，他就會讓他們在三號營折返。她不會登頂，但她會保住自己的性命。

她的腦袋現在只能想到這麼多。格爾登躺在地上流血、呻吟、逐漸死去。查爾斯把斧頭從格爾登身上挪開，塞西莉想靠近格爾登身邊，但查爾斯朝著她和札克走過來。她蹣跚地爬開，受傷的膝蓋縮了起來。

查爾斯緩慢、冷漠、有條不紊地移動著，臉上還帶著笑容，這一切令塞西莉感到顫慄。他顯然每分每秒都樂在其中，享受著他對他們擁有的權力。塞西莉現在在他的領地上，而他是這裡的國王。

就連風都無法使他低頭。

「塞西莉，別跑。如果妳跑走，我會殺死札克。」

塞西莉陷入兩難，她不想丟下札克，可是如果她現在離開，就有可能活下去，並找人來拯救札克……

她聽見格爾登發出呻吟，他的喉嚨裡傳來痛苦的哀嚎，此時塞西莉的想法忽然改變，取而代之的是一種更深層、更原始的衝動。她不打算在山上再失去另一位隊友，於是她衝向查爾斯，朝他撲過去。他不能再奪走另一條性命，塞西莉不打算讓他得逞。

塞西莉的舉動出乎查爾斯的意料，他開始遲疑。他在札克身邊游移，札克終於開始有了反應。這短暫的猶豫不決足以讓塞西莉出手反擊。她撲向查爾斯，讓對方措手不及。除了自己的身體之外，她手上沒有任何武器，但山的地形也站在她這邊。查爾斯左邊的冰隙開始搖動，他以為塞西莉想把他往後推，於是用力向前抵抗，但塞西莉卻抓住他的手臂，用全身的力量把他推進冰上裂開的缺口。

塞西莉看見查爾斯往錯誤的方向抵抗，就知道他中了她的計。他的腳步因此跌跌撞撞，無法控制地失去了平衡，接著一腿踩進了裂縫裡。塞西莉立刻翻身離開，他掉下去的時候，伸手用力揮舞，想把塞西莉一起拖下去。

接著他消失在地平線。

塞西莉的時間不多。雖然她把查爾斯推進冰隙，但不代表查爾斯已經出局。世界上若有人能活著爬出冰隙，那個人非查爾斯莫屬。

她急忙趕到格爾登身邊。從他身體的姿勢看來，她知道格爾登已經死了。格爾登的雙眼開著望向天空，塞西莉伸手闔上他的眼，不由自主地從腹部深處發出哀鳴。

「發生了什麼事？」札克含糊不清的話語把塞西莉從崩潰邊緣拉回了現實。

札克還活著，他們得一起度過這個難關。「我們得走了。」她從帳篷外拿起她的背包和冰斧。

「那格爾登怎麼辦？」

她無法回答札克的問題，況且他們現在有其他事要擔心。天色越來越暗了，如果天色在抵達一號營之前就黑了，那麼他們不只會面臨溫度驟降的問題，也會什麼都看不到。他們現在沒有手電筒，也沒時間再去找手電筒了。她不認為札克還能在山上活過一晚，她自己也是。不過她壓抑著將這個想法藏了起來，現在思考她自己的生存問題是沒有意義的。她必須讓札克活著，只要能讓他活下去，把他帶下山，她也會救自己一命。

她把札克的手臂放到自己肩上，扶他站起來。她不停想著查爾斯會從冰隙裡爬出來，因此每個影子都讓她覺得鬼影幢幢。札克走得搖搖晃晃，不過讓塞西莉放心的是，他至少能自己站起來了。塞西莉撐著他，以防他跌倒。他們蹣跚地走向架繩，再次開始下行。

幸運的是，冰瀑形成的深谷保護他們免於狂風摧殘。塞西莉不斷從肩頭後回望，雖然不見任何人影，但她要札克走快點。札克很疲憊，不過塞西莉還是催促著他，因為查爾斯在追趕他們，格爾登已經付出了生命的代價。但她不想在此時對札克吐露實情，她自己深受恐懼威脅，她害怕到時札克也會因恐懼而癱瘓。

畢竟他們現在最主要的障礙就是斷頭台。只要過了斷頭台，下到一號營之後，他們就能一路直攻基地營。他們只要能持續跟著架繩，即便天黑了，都有辦法走下山。

塞西莉現在已感覺不到腿上的疼痛了，她的大腦隔絕了疼痛感，摒除了任何對生存不必要的事物。

取而代之的是憤怒。憤怒成了她活下去的動力，憤怒驅動著她每個步伐，讓她有力量握緊繩索。她為格爾登和艾莉絲的遭遇感到憤怒。憤怒占據了她的身體，憤怒也給了她力量。

她的手冷到灼痛，但她仍緊緊抓住冰斧的橘色手把。

她鼓起勇氣往後一看，遠方有個身影，那身紅色的羽絨衣上點綴著深藍色。是查爾斯。他出現了。

塞西莉加快腳步，她幾乎一路都在架繩上拖著札克。他們走得很快，以破紀錄的速度抵達了斷頭台頂端。時間正在和他們賽跑，他們不只需要跑贏黑暗降臨的速度，也要贏過跟蹤著他們的殺手。

她把札克的下降器綁到繩子上。「札克，你能辦到嗎？」

「不，塞西莉……那妳呢？」

塞西莉不想浪費時間和他爭論，她並不打算把札克留下來任由查爾斯處置。札克雖然精神狀態很差，但身體狀況還不錯，隨著高度的下降，他的身體會越來越好。塞西莉的膝蓋很痛，大概無法走太遠，但她手中還有冰斧，這點很重要。

她把煞車繩交給札克，繞在他手上。「不要放開煞車繩，好嗎？慢慢地降下去，你可以做到的。到了下面就直接回基地營，不用等我。我會盡量趕上。」

「塞西莉，小心點。」他說。

「去吧！」

她目送札克離去，看著他的身影逐漸消失。她轉身回來，面對自己的命運。

她跪在地上，手裡緊握冰斧。

查爾斯以穩穩的步伐走過來，慢慢靠近。他腳上沉重的靴子在雪地上沙沙作響。

「又要放棄了嗎？塞西莉。」

她把冰斧丟到查爾斯腳下。喇嘛曾經為這把冰斧祈福，結果一點用處都沒有。「這就是你要的，對吧？你要你的受害者脆弱、沒有武器、無法防衛，這就是你喜歡在死亡地帶殺人的原因，因為你的受害者早就半死不活了。」儘管發生了這一切，塞西莉還是大笑了起來。

「你根本不是英雄，你是個懦夫！」

查爾斯低吼，衝向塞西莉。

但他卻被攔住了。道格從他身後的雪堆中跳了出來，抓住查爾斯的帽子，把他往後猛拉。

查爾斯瞇著眼，轉過身，甩開道格的手。

塞西莉趁著查爾斯分神，往前一靠，抓起了冰斧。她拖著身體站了起來，斷斷續續地吸氣。她抬起頭，露出痛苦的表情。她往後一步，站在斷頭台頂端的懸崖邊，身上沒有扣著任何架繩。她從肩後往下看，札克正一路往下，他沒有出任何差錯。或許她能為札克爭取一些逃跑的時間，讓他活下去。

「夠了，查爾斯。」道格說：「我知道你做了什麼。我原本不想相信，也無法相信。我告訴自己，我所懷疑的那些事——馬可、皮耶、布羅德峰上的雪巴，那些都不可能是真的。但我看到你在四號營對格蘭特做了什麼，一切就到這裡為止。」

查爾斯大笑。「你還不懂嗎？對你來說，才是一切到這裡為止。如果你殺了我，你就再也不能在山上工作了。」

「我不在乎，我的生命在卡洛琳死掉的那一刻已經終結。」

「那可不是我造成的。」查爾斯說：「是她。」他回頭指著塞西莉，塞西莉在他的指責下無法動彈。比這更糟糕的是道格臉上痛苦的表情，她看見自己當初的錯誤如何折磨著道格。

「我知道。」道格說。有那麼一刻，風靜止，雪也停住了。

道格舉起手，直指著塞西莉。

他手裡拿著一把搶。塞西莉的心跳似乎停止了，時間慢了下來，她能看見的，就只剩槍管末端無止境的黑洞。

「對不起。」他看著塞西莉說。「我無意將妳捲進這一切。」

接著他把手轉開，直到槍口對著查爾斯。接著他繼續把手升高，直到對著天空。

查爾斯的聲音在顫抖，這是塞西莉第一次從他的聲音裡聽見一絲恐懼。「別這麼做，道格。你會這麼不尊重山嗎？」

「山永遠都會在這裡，我需要保護來爬山的人。」

「如果你這麼做，你會殺死我們全部——我，塞西莉和你自己。」

道格的聲音很沉靜，「我已經死了。」他的眼睛轉向塞西莉。「跳下去！」他說。

查爾斯大叫，「不！」接著他全速衝向道格，伸出冰斧。

道格扣下扳機，子彈從槍管末端發出，射向了天空。

不，不是射向天空。

而是射向了跳舞的大熊。

查爾斯揮出冰斧。

太晚了。

子彈射入了大熊的心臟，巨大的冰峰從山上倒下，發出一陣轟隆，如雷聲般深沉。

塞西莉僵住了。她無法聽從道格的指令往下跳，她什麼都做不了，只是在那裡等著。她看見即將降臨在他們身上的事，但她並不害怕。那一切……已無可避免了。
即將殺死她的，是山，不是查爾斯。
她閉上眼睛，雙手緊握冰斧，冰雪淹沒了她。

55

人們說，寒冷對身體有益。

在冰水裡浸泡一會能活化大腦，可以阻止或甚至是逆轉癡呆症，強化免疫系統。泡在冰水裡應該無感也無痛。

但對塞西莉而言，冰冷的感覺卻像是被刺蝟環抱，被千萬根針頭刺痛身體。

當她終於開始麻木時，那是一種值得慶賀的解脫。疼痛消失了，一切都變成黑暗。

但黑暗也不再令她感到害怕。

因為沒有什麼比傾倒在她身上的那一面白牆更可怕。

在黑暗中，人們期盼有一把火光趕走所有陰影。

但在白雪皚皚的世界裡，白色覆蓋了一切，吞噬了她的所有感受，震碎了她的骨頭。

把她帶下了斷頭台，徹底遺忘。

56

薩馬崗，登頂後兩天

塞西莉躺在床上，松木牆板圍繞在她四周，她身上厚重的睡袋和毯子溫暖地包裹著她。

她從眼角餘光看見明瑪正在離她幾公尺遠的椅子上打盹。她試著轉動她的頭，但每個動作都引起身體一連串的疼痛，讓她不由自主地發出慘痛的呻吟。疼痛模糊了她的視線。她的哀嚎讓明瑪從睡夢中驚醒。他伸過手來，握住塞西莉的手。

「別動。」

「我在哪裡？」

「我們回到薩馬崗了。在我們把妳空運到醫院前要讓妳保持不動，因為還不清楚妳身上的傷勢。直升機已經在路上了，應該不用等太久。」

「發生了什麼事？」

「有座冰峰倒塌，引發了一場可怕的雪崩。很多人喪生了。斷頭台的峭壁保護了妳，妳的冰斧卡住了一塊堅固的冰，它救了妳。」

塞西莉坐了起來，或者說她試著坐起來。「那札克呢？他從斷頭台上下來了嗎？」

「是，他下來了。我們在附近的冰隙裡找到他。」

「他還好嗎？」

「他的腿摔斷了，頭部受到嚴重打擊，有腦震盪。他不記得發生了什麼事。」

「那其他人呢？」她問。

「道格和艾莉絲依然下落不明，大家還在找他們。」明瑪低下頭，「塞西莉，我很抱歉。道格要我們回基地營，他向我們保證他會把你們帶下山。暴風太強了，我們無法返回山上，只有格爾登留在二號營。我們當初應該對道格提出疑問的，這都是我的錯。」他的聲音哽咽，塞西莉希望能轉頭看他，但她動不了。

「不，明瑪，不是道格的問題，是查爾斯……他殺了艾莉絲、格爾登和道格。他也試圖要殺我，他還告訴我他殺了其他人的事。道格引爆這場雪崩是為了要殺死查爾斯，阻止他的作為。」

他們之間沉默了許久。

「塞西莉——妳的腦袋有些混亂。」明瑪用柔和的聲音說。

「不，不是的。我親眼看見他殺死格爾登，他向我承認他殺死了艾莉絲。而且不只艾莉絲，伊莉娜和艾倫也是他殺的，格蘭特很可能也是。道格知道查爾斯就是凶手，這就是他試著要把我們所有人趕下山的原因，這也是為什麼他要把你們送走……他要讓所有人遠離查爾斯。不過謝天謝地，查爾斯已經離開了。」

此時，有人打開了房門，明亮的光線跟著灑了進來。

「她醒了嗎？」

一陣恐懼穿透了塞西莉的身體，她再次發出哀嚎。那人在她身邊坐下，塞西莉可以感覺到床墊的起伏。

「塞西莉，妳聽得見我說話嗎？」他問，並隔著毯子握住她的腿。是查爾斯。

他活下來了。

塞西莉開始啜泣。

「她有說什麼嗎？」查爾斯問明瑪。

「查爾斯先生，她沒說什麼。」明瑪回答。或許明瑪心裡有某個部分是相信她的。

塞西莉的心臟瞬間停止。

「直升機還要多久才到這裡？」

「一小時之內。」明瑪說。「查爾斯先生……你也該回去休息了，你的手臂需要復原。」

「好好好。我只是想來關心一下我們幸運的倖存者。」他靠近塞西莉的耳朵，用只有她聽得見的聲音說：「山是殺不死我的。」

查爾斯的聲音讓塞西莉的胃一陣糾結。他起身離去時，塞西莉咬著牙，直到確定他真的離開。

「明瑪，我說的是實話，我向你保證。」塞西莉說。

「妳有證據嗎？」明瑪非常小聲地問。他見塞西莉沒有回答，便拍拍她的手，「我去看看直升機來了沒，妳好好休息吧！」說完了，便留她自己一人在黑暗中。

塞西莉無法證明任何事情，她頭痛劇烈，眼冒金星。

不，艾莉絲、格爾登、道格、伊莉娜、艾倫，不能讓他們就這樣白白犧牲。他們的生命不是被山奪走的，是查爾斯。但又有誰會相信她呢？

草稿四

聖母峰上的惡魔：查爾斯·麥克維的真實故事

作者：塞西莉·王

九月二十三日，在世界第八高峰馬納斯盧上，一座冰峰的倒塌引發了一場殘酷的雪崩。人們認為這場雪崩帶走了四個人的性命——資深高山嚮導道格·曼尼斯、經驗豐富的嚮導格爾登·索南·雪巴、傑出的法裔加拿大登山家艾莉絲·高提耶，以及英國電影製作人格蘭特·邁爾斯·彼得森。另外，雪崩也造成了三個人受傷——前進通訊執行長札克·米契爾、國際登山界的焦點人物查爾斯·麥克維，和我。

然而，這些人的死傷並非山所造成。

這幾個人的死亡，以及先前至少有其他四個人的死亡，都是由一個人一手造成，在這場他自稱為「登頂十四」的任務當中。

就是查爾斯·麥克維。

他是山上邪惡的化身。他趁著登山者身體最虛弱的時候，犯下令人震驚的惡行。他利用高山上原本就存在的危險——稀薄的含氧量、巨大的冰隙和陡峭的斜坡，來遮掩他的犯罪。政府單位幾乎不可能對發生在八千公尺上的命案進行調查。誰曉得還有多少人是他手下的受害者？

查爾斯在抵達薩馬崗時，曾親口告訴我：「對一個殺手來說，還有比所謂的死亡地帶更好的藏身地嗎？」

但紙再也包不住火了。

他在山上的惡行已走到終點。查爾斯醜惡的真面目即將被揭發，他的受害者也終將獲得安息。

57

加德滿都，登頂後一週

塞西莉的稿子或許永遠不會被出版，但她需要將文字寫下，即使只有她自己看得到。她在加德滿都的醫院裡待了很久。身為雪崩的倖存者，她身上奇蹟似地沒有留下重大創傷。傷得最嚴重的是她的左膝蓋和右手，還有雪盲對視網膜造成的影響。膝蓋和雪盲都會恢復，但她的無名指指尖則永遠無法恢復了。戴著手套在雪地裡挖雪，讓她的手部組織在酷寒中受到損害。這是她身體唯一無法回復的損傷，她知道這已經是不幸中的大幸。

札克的腿骨折，並且有嚴重的腦震盪。雪崩發生時，他已順利抵達斷頭台下方，但還沒完全跨過冰隙。當時梯子彎曲，卡在冰牆上。梯子雖然救了他一命，但也讓他斷了腿。經過手術後，他仍然在恢復中，等待被送回美國。

塞西莉當然去醫院探望過札克。他不記得山上發生的事情了，從登頂之夜起的記憶都相當陰暗模糊。她和札克緊緊握住對方的手，這輩子他們都將因為這份共同體驗而彼此相連。

達里歐也來探望過塞西莉。他很絕望，他立刻相信了她所說的一切。不過手中沒有任何證據能指控查爾斯，他也無能為力。「我就知道我該說服艾莉絲和我一起下山的。我知道我把她送入虎口，我應該拯救你們大家的。我很抱歉。」

最糟糕的是那些新聞頭條。查爾斯宣布他完成了「登頂十四」的計畫，並且從雪裡爬出來救了塞西莉。所有重要新聞台的採訪節目都一致讚揚著查爾斯，認為他很偉大。他現在不僅成了征服者，也成了救世主，成了馬納斯盧的英雄。這種危險、駭人和恐怖的故事總是吸引人們的目光，也因此讓查爾斯的事蹟更增添了幾分神話色彩。

每當查爾斯的臉和他的名字出現在媒體和螢幕上，塞西莉都感到毛骨悚然。她是唯一知道真相的人——查爾斯是殺人凶手。

她真希望自己知道為什麼山會放查爾斯一條生路。查爾斯顯然是用他揮舞的斧頭來止滑，並隨著雪崩的浪潮起伏，因此最後只傷了手臂。他一被人從雪裡挖出來，就堅持要待在山上「幫忙」尋找屍體。

其實更有可能的是他想待在山上掩蓋他的罪行。格蘭特和艾莉絲依然下落不明，但塞西莉知道，艾莉絲的屍體根本就不在雪崩現場附近。

塞西莉的父母要她馬上回家，瑞秋說她會搭下一班飛機趕到加德滿都。

塞西莉拒絕了這兩個提議。他們並不知道她經歷了什麼。他們不知道她是怎麼發現艾莉絲的屍體，怎麼和札克攜手走下山，他們也不知道格爾登的生命是怎麼被犧牲的。

如果這些人的故事就這樣被遺忘，隨著冰雪被掩埋，那麼塞西莉一個人活下來根本就沒什麼意義。

因此，在她回家見任何人以前，她需要做些什麼來彌補發生的事。

格爾登的家鄉湯坡崎村距離馬納斯盧很遠，位於喜馬拉雅坤布地區的高處。這裡也是聖母峰這座知名大山的所在地。塞西莉花了幾天的時間才抵達湯坡崎。她先搭乘一台搖晃的飛機前往世界上最危險的盧克拉機場，接著再搭乘吉普車，一路顛簸到村莊。一路搖晃的車程對她膝蓋的損傷來說或許沒有比走路好太多，但明瑪堅持要她坐車。

她和明瑪在尼泊爾的德賽節期間抵達村莊。這個節日正是慶祝正義戰勝邪惡的日子，但塞西莉在那一天卻忍不住覺得邪惡占了上風。

那並不是一個歡樂的節慶場景，但格爾登的家庭依然熱情地歡迎她。他們邀請她加入德賽節的儀式，她感到相當榮幸。

她坐在格爾登的母親對面，他母親一邊念經，一邊燒著香。這讓她想起了山上的祈福儀式和自己的祖母，也想起了每一位失去的夥伴，她眼中不禁噙滿了淚水。

格爾登的母親靠過來，在塞西莉額頭用米粒印上一個紅點作為祝福。塞西莉向她鞠躬，格爾登的母親也鞠了躬，並雙手合十祈禱。這裡沒有人責備她，但她無法克制自己的哀傷。

她知道失去格爾登對整個家庭而言都很難受，她會盡一切可能來支援這個家庭的需要。

離開格爾登家的路上，她經過了格爾登曾經提到的寺院。她想把握機會，在這裡為查爾斯的手下亡魂留下一些紀念和祭品。

修道院內部的色彩非常繽紛，鮮豔的紅色和藍色點綴著閃亮的金色葉子。這樣的生命力讓塞西莉想起了艾莉絲。她跪下來，低頭思念著她的朋友。

那裡有個小神龕，上面有一座被經幡環繞的佛像。她請求喇嘛的允許，喇嘛點了點頭。塞西莉沒有任何屬於札克、道格或格爾登的東西，因此她拿出筆記本，寫上他們的名字，然後把紙摺成小紙鶴，就像格爾登在基地營教她的那樣。她也拿出了艾莉絲的項鍊，那條她從艾莉絲了無生氣的身體上拿下的項鍊，就是她並非死於雪崩的證明。

這條項鍊證明了她並非死在山的手中，而是死在查爾斯手中。

塞西莉低頭看著掌中的墜子，心想艾莉絲會想把項鍊留在尼泊爾，因為這是她感到最自在的地方。

她正要把項鍊掛在神龕時，忽然想起了艾莉絲的相機——或者應該說是前進通訊的相機。她記得它們會直接透過衛星把影像傳到雲端。

如果……塞西莉對自己的想法不抱太大希望，畢竟札克在基地營的時候就已經連不上線，不過那是因為道格一直在營地裡干擾衛星訊號。

但靠近頂峰的地方可能接收得到訊號。雖然機率不大，但還是有機會。

「謝謝妳，艾莉絲。」塞西莉低語。她親吻了項鍊，然後把它掛到神龕上。

她走到寺院外面。「明瑪？」

他雙手放在背後站著，肩頭擔著一股一個月前沒有的哀傷。「怎麼了？」

「這裡有地方可以上網嗎？我有急事。」

「當然，我帶妳去。」

她倚著明瑪的肩膀，一拐一拐地走到聖母峰景觀茶館。他們一起走到頂樓的露台上，塞西莉坐在陽光下，明瑪送來了濃郁香甜的香料奶茶。她從背包裡拿出了筆電，連上網路。諷刺的是，這裡的訊號倒是很強。

她輸入札克私人伺服器的連結。裡面有兩個檔案夾，兩個都被密碼鎖住了。她先試試札克的資料夾。密碼就是我最喜歡的山——雷尼爾峰。

打開後，她的心一沉。

裡面沒有最後一天的任何影像。

艾莉絲的資料夾是她最後的希望。她點擊後打開。

密碼的對話框彈了出來。她知道艾莉絲最喜歡的山是艾格峰。她輸入後，看著檔案在她眼前出現，她仔細留意檔案的時間順序。

她打開最新的檔案，然後倒抽了一口氣。艾莉絲的笑臉出現在螢幕上。這台相機的鏡頭很靈敏，即使在黑夜中也能清楚捕捉艾莉絲的臉。她穿著登頂服，塞西莉認出她身後那一堆帳篷是在四號營。「我要上山頂了，各位！」她的聲音是如此充滿盼望和期待，「查爾斯說服了我。」

艾莉絲把相機別在口袋上，緩緩離開營地，鏡頭也跟著她的動作搖晃。

塞西莉目不轉睛地看著，覺得想吐。當艾莉絲轉向凶手，對方的臉出現在螢幕上時，塞西莉頭皮發麻。

艾莉絲在最後一刻意識到即將發生的事情。影片的最後，是她在雪中逃跑，或試圖逃跑的畫面。

螢幕劇烈震動後，一片漆黑。

塞西莉用手摀住嘴巴。這是艾莉絲留給她的最後禮物。

查爾斯是殺人犯的影像紀錄。

她得到將他繩之以法的證據了。

這將是登山史上最大的新聞。

明瑪在她身邊用力地喘著氣。

「你現在相信我了嗎？」她問明瑪。

「我得走了。」他忽然從桌子旁站起，椅子被翻倒，哐地一聲倒在磁磚地板上。明瑪衝出了茶館。她不知道他會去哪裡，但她如果是查爾斯，她知道自己不會想被明瑪和其他雪巴找上。

接著她寫了一封電子郵件給蜜雪兒：

如果妳想要真實的故事，就在這裡。

她附上她的稿子〈聖母峰上的惡魔〉，以及一張影片的截圖作為證據。

這樣就足夠了。

茶館外，一座為德賽節設立的竹子鞦韆在午後的日光中搖盪，遠方是被稱為大地之母的聖母峰，又稱薩加瑪塔或珠穆朗瑪峰。

塞西莉坐在鞦韆上，抬頭望著地表最靠近天堂的地方，呼吸著。

誌謝

二〇一九年的九月，我剛登上馬納斯盧頂峰。那時候人還在死亡地帶裡，我就已經坐在雪地上拿出筆記本，開始寫作。當時缺氧、精疲力竭的我，寫出來的筆跡根本無法閱讀。我在那裡寫的東西永遠不會出版，但我知道自己必須把在山上的經歷寫成一本小說。值得慶幸的是，我的冒險不如塞西莉的旅程那麼驚險，但它仍是我生命中最有力量，也是改變我人生最多的體驗。

我首先要感謝的對象，是在我八千公尺探險旅程中的傑出領袖們：菁英冒險隊的寧斯．普爾加（Nimsdai Purja）和明瑪．迦布．「大衛」．雪巴（Mingma Gyabu 'David' Sherpa）。他們在馬納斯盧（以及先前在阿空加瓜）的引領和指導，給了我信心去面對我不曾想過自己能成就的挑戰。這次的馬納斯盧探險隊是寧斯打破世界紀錄的計畫——「勇闖世界十四高峰」（Project Possible）的一部分。我很榮幸能和他一起上山，他是我們這個世代最偉大的登山家之一。我也必須感謝一路陪我到頂峰的嚮導藤西．卡桑．雪巴（Tensi Kasang Sherpa，沿路餵我吃必要的蘋果），還有我最棒的帳篷室友迪亞．潘（Deeya Pun）和史黛菲．特羅格（Stefi Trouget）在我最需要的時候為我加油打氣，以及我了不起的隊友史蒂夫・戴維斯（Steve Davis）、珊卓・葛蘿蔓・海斯（Sandro Gromen-Hayes）、艾薇迪斯・卡派克利安（Avedis Kalpaklian）和科德爾・加德班（Khodr Ghadban）。我們一起創造的回憶，我一生都難以忘懷。

我在前年才開始踏上登山的旅途。二〇一八年的元旦，我登上了人生中的第一座山頂：摩洛哥的圖卡卡勒峰。我對登山的熱情和許多知識都來自那次旅程的嚮導：喬恩・古普塔（Jon Gupta）。是他教導我「不厭其煩」的道理，而他也相信，只要我有決心，就能登上聖母峰。他並不知道，他當時幫助我突破了許多對自己的限制。也謝謝我在白朗峰上的嚮導埃里克・布萬特（Eric Bouvant）。如果沒有他教導我如何在高海拔呼吸和控制節奏，我就無法成功登上那座山。

在登山的旅途中，我雖然受過許多人的幫助，但這本書裡所有跟登山技巧相關的失誤都是屬於我個人的經驗。

寫小說很像爬山，在寫作過程中也需要得到足夠的支援。我再也找不到比茱麗葉・穆森斯（Juliet Mushens）更好的朋友和經紀人了！她比我還早就相信了這本書。她是個夢想家，是我認識的人當中最善於鼓舞別人的一位，出版業裡也沒有人比她更努力。她的團隊——麗莎・迪布洛克（Liza DeBlock）和奇雅・伊凡斯（Kiya Evans），她們是最棒的！也感謝在大西洋對岸，我的北美經紀人珍妮・本特（Jenny Bent）。她絕對是個搖滾明星。我非常感激有這些人在我身邊。

很感謝他們把這本書交到了出版界最好的幾位編輯手中。企鵝出版社（Penguin）的約爾・理查森（Joel Richardson）和錨點出版（Anchor Books）的愛德華・卡斯特麥爾（Edward Kastenmeier），和加拿大企鵝出版的萊拉・西區柏格（Lara Hinchberger）都為這本書的成形付出了巨大努力。他們的建議和支持早已超過了工作的義務範圍，我很高興在出版的旅程上有他們和我一起。他們讓我最瘋狂的夢想成真。

除了企鵝出版的約爾之外，我也要感謝葛蕾絲・朗（Grace Long）、克里歐・柯尼許（Clio Cornish）、露西・烏普頓（Lucy Upton）、艾莉・休斯（Ellie Hughes）、麗芙・托馬斯（Liv Thomas）、李・摩特利（Lee Motely,）、艾瑪・韓德森（Emma Henderson）和珍妮・羅曼（Jennie Roman）。他們組成了作者最夢寐以求的編輯、行銷、宣傳、設計和銷售團隊。

寫作是一件孤獨的事情，尤其是在疫情大流行期間，以及我正轉向至全新的創作類型時。我特別要感謝金・克朗（Kim Curran），她是第一個閱讀本書草稿的人，也是我的攀岩夥伴。我們討論小說情節的時間比討論石頭還多，我對此無盡感激。

每個人都需要像艾美・考夫曼（Amie Kaufman）這樣的朋友。當我告訴她，我有機會去爬八千公尺的高山時，她眼睛都不眨一下就說我絕對要寫這本書。在基地營的時候，我設了一個WhatsApp群組，讓一些朋友可以追蹤我的探險進度，結果他們反而成了我在當地的生命線。茱麗葉、莎拉・伍沃德（Sarah Woodward）、亞當・史特拉福（Adam Stratford）、譚妮亞・史特拉福（Tania Stratford）、瑪利亞・菲利斯・米勒（Maria Felix Miller）、娜塔莎・巴頓（Natasha Bardon）和詹姆斯・史密斯（James Smythe），謝謝你們是第一群說我的瘋狂山地故事（經過微調後）會成為不得了神祕謀殺案的人！謝謝蘿拉・藍（Laura Lam）、朱諾・道森（Juno Dawson）、譚妮亞・拜恩（Tanya Byrne）、柔依・蘇格（Zoe Sugg）、莎拉・瓊斯（Sarah Jones）、史黛西・霍爾斯（Stacey Halls）和凱蒂・伊利斯・布朗（Katie Ellis Brown）在封城期間提供了我極度需要的鼓勵、笑聲和建議。

如果沒有我的家人，無論是直系親屬或是整個大家庭，這一切都不可能實現，他們總是支持我寫作或登山！謝謝麥卡洛克一家、巴奈斯一家（Barneses）和萊威斯一家（Liveseys）的堅定支持。謝謝姊姊蘇菲（Sophie）和姐夫艾凡（Evan）不斷地用他們的創意、熱情和專注激勵我。謝謝我的父母瑪麗亞（Maria）和安格斯（Angus），他們一直是我最熱情的首讀者，是我最大聲的支持者，也是我的力量支柱。若沒有他們灌注在我身上的勇氣和適應力，我不可能寫出這本書。

最後，要特別感謝克里斯（Chris）邀請我踏上我的第一次的登山之旅。你幫助我成長，讓我成為最好的自己和最好的作家。我等不及要看前方還有什麼冒險在等著我們了……

New Black 020
致命巔峰
Breathless

作　　者　艾米・麥卡洛克（Amy McCulloch）
譯　　者　林柏圻

堡壘文化有限公司
總 編 輯　簡欣彥
副總編輯　簡伯儒
責任編輯　張詠翔
封面設計　mollychang.cagw
內文排版　家思排版工作室
行銷企劃　黃怡婷

出版　堡壘文化有限公司
發行　遠足文化事業股份有限公司
（讀書共和國出版集團）
地址　231新北市新店區民權路108-3號8樓
電話　02-22181417
Email　service@bookrep.com.tw
郵撥帳號　19504465 遠足文化事業股份有限公司
客服專線　0800-221-029
網址　http://www.bookrep.com.tw
法律顧問　華洋法律事務所　蘇文生律師
印製　呈靖彩印有限公司
初版1刷　2023年7月
定價　550元
ISBN　978-626-7240-77-9
EISBN　9786267240786 (EPUB)
EISBN　0168559252901 (PDF)

國家圖書館出版品預行編目（CIP）資料

致命巔峰 / 艾米・麥卡洛克（Amy McCulloch）作；林柏圻譯. -- 初版. -- 新北市：堡壘文化有限公司出版：遠足文化事業股份有限公司發行, 2023.07
面；　公分. --（New nlack ; 20）
譯自：Breathless.
ISBN 978-626-7240-77-9（平裝）

873.57　　112009040